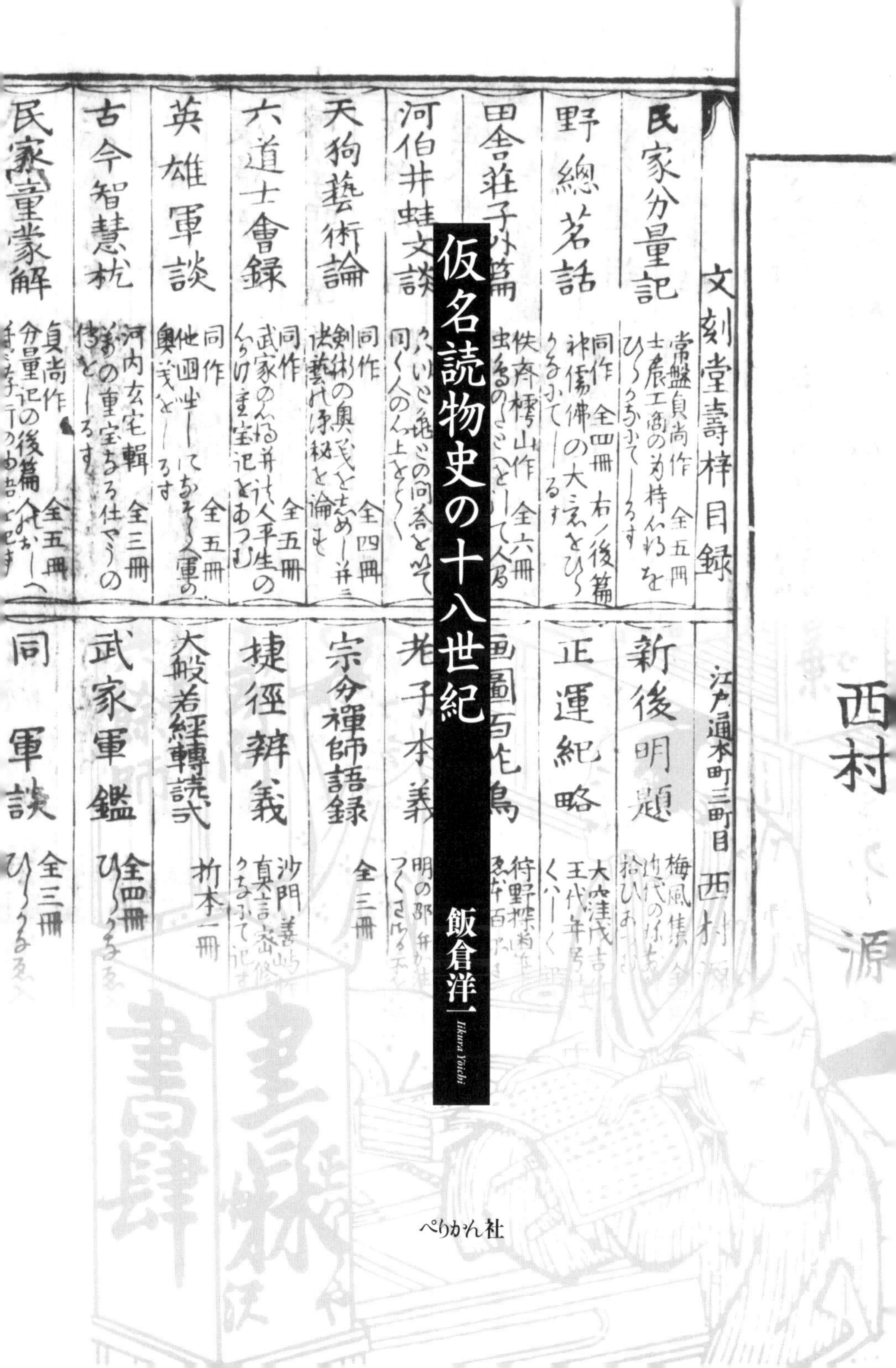
文刻堂壽梓目録

民家分量記

野總茗話

田舎荘子外篇

河伯井蛙文談

天狗藝術論

六道士會録

英雄軍談

古今智慧枕

民家童蒙解

新後明題

正運紀略

画圖百花鳥

老子本義

宗㫖禅師語録

捷徑辨義

大般若經轉讀式

武家軍鑑

同 軍談

西村 源

仮名読物史の十八世紀

飯倉洋一

Iikura Yoichi

ぺりかん社

仮名読物史の十八世紀＊目次

カバー図版　『英雄軍談』（福井市立図書館蔵。出典――国書データベース）巻末「文刻堂寿梓目録」

凡例

一、引用文中の漢字は原則として通行の字体に改めた。

一、引用文中の漢字のふりがなは原則として省略し、最低限にとどめたが、必要と思われる場合は残している。また難読と思われるものには、あらたに付すことがある。

一、引用文中の反復記号「ゝ」「ゞ」「〱」「〲」は用いず、漢字のくり返し記号である「々」は用いた。

一、引用文中の括弧内の筆者の注記、傍線・圏点は筆者が付したものである。

一、引用文には、読みやすさを考慮して、適宜、句読点や引用符を付した。

一、年号には原則として西暦を付すが、厳密な暦法上の換算は行っていない。

一、各論の注に相当する部分は、原則として論文中に（ ）内に記すようにした。

一、引用論文で、初出を示す必要のある場合、可能な限り示した。

序論　十八世紀の仮名読物

一　十八世紀の文学

かつて、元禄期・化政期が近世文学（文化）の充実した収穫期であると言われていた時代があった。その時、近世中期（享保期から寛政期）は文学史的には暗黒の時代だと言われていた。しかし、現在、近世中期、つまり十八世紀が魅力的でないと思う近世文学研究者はほとんどいないのではないか。

十八世紀文学の評価を高めた本として筆者が思い浮かべるのは、たとえば中野三敏『十八世紀の江戸文芸』（岩波書店、一九九九年）、日野龍夫『江戸人とユートピア』（朝日選書、一九七七年）、田中優子『江戸の想像力　十八世紀のメディアと表徴』（筑摩書房、一九八六年）らである。そして、これらのはるか前に、この時代の精神を「近世文人意識」という言葉で切りとった中村幸彦「近世文人意識の成立」（岩波講座『日本文学史〈第九巻〉近世Ⅲ二』、一九五九年）がある。

中野三敏は、十八世紀を雅俗融和の時代とし、近世文学の雅と俗が最もバランスのとれた時代であるとした。元禄化政期を江戸文化の二大頂点とする一般認識に対して、江戸時代を一つの人格に見立て、江戸中期はその活動が最も充実した壮年期であると説いた。

日野龍夫の著作は、十八世紀に、一部の人々が自らの置かれている今を停滞の時空だと認識し、なんらかのユートピアを夢想していた、という共通の気分を拾い上げたものとして記憶に残る。これが文学史の構想というものか、と強い感銘を受けた。

田中優子は、流通するモノと、人々のネットワークに着目して、斬新な切り口から十八世紀像を描き出した。溢れかえるようなモノの羅列と人の交錯が荒削りの文体で放り出された。研究者コミュニティは、『江戸の想像力』を扱い兼ねたが、読書界はその新鮮さに目を瞠った。

そして中村幸彦は、半世紀以上も前に、この時代の文化を生んだ、日本近世的な文人意識について、政治社会の停滞を背景とした、離世・離俗・遊芸（多芸）などの要素を的確に解析していた。

荻生徂徠・服部南郭・蕪村・蝶夢・上田秋成・本居宣長・平賀源内・大田南畝・若冲・円山応挙・木村蒹葭堂・五世市川団十郎・静観房好阿・深井志道軒……と、あげていけばきりがない魅力的な人物たちが発掘・再評価された近世中期（十八世紀）は、元禄期・化政期とは味わいの異なる成熟した時代であったことを今や疑う人はいないだろう。

十八世紀文化の再評価が落ち着いた今、そろそろ新しい十八世紀の文化像が求められていよう。十八世紀の政治社会文化のしくみを踏まえて、さまざまな分野からの考察がなされている。

文学・思想・美術・芸能という各領域を横断し越境しつつ、「学び」と「戯れ」と「繋がり」があるところに、十八世紀の豊穣な文化が生まれた。「雅俗」という様式、あるいは美的価値観ではなく、そのような人々の営みに視点を置いて、新しい十八世紀の日本文化史を再構築できるのではないか、と筆者は考えるものである。有り難いことに、それに賛同を示す研究も出ている（山本嘉孝『詩文と経世——幕府儒臣の十八世紀』名古屋大学出版会、二〇二一年の序論、二二頁）。

もちろん十八世紀文学（文化）の新しいイメージを打ち出すのは簡単ではない。しかし、十八世紀の人々の血の通った「学び」「戯れ」「繋がり」を、十八世紀の社会の諸相の中で描くことで、新しい十八世紀文化像の提起が可能となってくるのではないだろうか。

以上の文章は、筆者が監修した『近世文学史研究2　十八世紀の文学』（ぺりかん社、二〇一七年）に載せた巻頭の趣旨文を基にしているが、その時、寄稿していただいた諸論考で見えてきたのは、やはり人の学びへの意欲の深まりと広がり、戯れの多様化と高度化、人々の繋がりの生成と変容・拡張の顕在化であり、それを支える大きな要素である出版文化である。幕初からほぼ一世紀を経て、商業行為として定着するとともに、思想の伝播、技術の習得、流行の演出など、さまざまな意味で文化形成に大きな貢献を果たした出版は、十七世紀の啓蒙の時代から大きく進んで、人々の文化的な営為と切っても切り離せない重要な意義を有するようになる。

本書では、十八世紀の人々の営為（学び・戯れ・繋がり）を映し出す漢字平仮名交じりの読み物、とくに板本のそれに焦点を当て、そこから十八世紀の文化の一班を照らす試みとする。

二　「仮名読物」という視点

本書では「仮名読物」という聞き慣れない概念（用語）を書名に用いている。江戸時代には「仮名本」という言い方はよく出てくる。「物の本」である真っ当な書籍とは本来漢文で書かれている。それを読みやすく片仮名や平仮名で書き直したものは、片仮名版あるいは平仮名版である（今西祐一郎「片假名版と平假名版――江戸時代出版の一風景」『東方學』一四六輯、二〇二三年七月）。漢籍の啓蒙版と言ってもよいだろう。「仮名本」は、漢文で読むような高尚な読物ではなく、庶民でも読みやすく、楽しめる本という意味で、江戸時代では用いられている（第一部第三章参照）。

「仮名読物」という概念（用語）は、筆者の造語である。これまで「近世小説」という概念の中で、仮名草子・浮世草子・談義本・滑稽本・読本・人情本・草双紙・合巻などと分類される散文ジャンルの全てに対応するのはもちろん、教訓書・雑書・軍書・通俗（翻訳）物・国字解・紀行文・随筆・名所図会など、いわゆる「文学」周辺のテキスト（圏外文学）をも包含する概念（用語）である。つまり、「仮名読物」とは、ひらがなまたはカタカナで書かれ、読者によって楽しく、あるいは真面目に読まれた（江戸時代における）全ての散文の読物を指す。あえて「仮名」と冠するのは、江戸時代の読物の本流は漢文であるという認識に基づいている。

一方、「近世文学」や「近世小説」という概念（用語）を用いないのは、この概念を用いることでこぼれ落ちてしまう豊かなテキストがあまりにも多いと考えられるからである。それらこぼれてしまうテキストを「圏外文学」と呼ぶことで「文学」のカテゴリーに囲い込むというやり方では、やはり、近代的価値観から「面白い」「文学性が高い」と考えるテキストの方に価値を置いていることに変わりはない。そうでないテキストを排除しないというだけのことである。そうではなく、仮名草子・浮世草子以下の「近世文学史」上の読物と同じように読者が愉しんでいたであろう教訓書・雑書・軍書等々を、仮名草子・浮世草子らと等価に扱って読物史を構想するには、それに相応しい概念が必要であり、それが「仮名読物」という概念（用語）を使う理由である。それが近世に即した読物史だと考えられよう。

それらの散文テキスト群をもって「近世仮名読物史」を構想するとしたら、十八世紀は、和漢の古典に詳しく、漢文を作ることを苦にしない一方、日本の古典にも通じ、和歌俳諧を嗜むような人々が、作者なり読者となって、それらの教養を基盤とするコミュニティーの中で、衒学的な「知」を楽しむ「仮名読物」が、さまざまな様式をまとって登場する時代だといえよう。十八世紀中頃から、それらの諸様式が徐々に形成され、いわゆる近世後期小説の豊饒が現出するが、私見では、それらの様式が未分化で、混沌としていた時代の様相こそ、従来の文学史に見えない側面を照らしだし、「仮名読物史」という、新しい散文「文学」史の可能性を拓くものだと思う。本書はその試みの端緒に過ぎない。

三 「奇談」と「寓言」という視角

従来の文学史において、十七世紀の散文の読物については、「仮名草子」という分類が与えられ、それらは「漢文で書かれた学問の書物に対し、仮名で書かれた通俗平易な娯楽的読み物」(『日本古典文学大辞典』「仮名草子」の項、野田寿雄執筆)全般を指していた。つまり、「仮名草子」とは、教訓書・啓蒙書・随筆・説話・翻訳物・物語・軍記・地誌・遊女評判などを含んでいた。しかし、仮名草子は、西鶴の『好色一代男』(天和二〈一六八二〉年)の出現までの時期に限られ、以後は浮世草子・談義本・読本などのジャンルで、散文読物史(「近世小説史」)が語られる。

言うまでもなく、「仮名草子」的な読物は、近世を通じて作られ出版され続けていく。それらを包摂する概念として「仮名草子」の語を、十八世紀以後にも使うことが考えられてもよかっただろうが、実際の文学史叙述において、近代の「小説」に近いジャンル以外の読物は、「圏外文学」として位置づけられていく。仮名草子時代と同様に、否、さらに多様化した「仮名で書かれた通俗平易な娯楽的読み物」は出版され続ける。それらはもちろん研究の対象となっており、無視されているわけではない。しかしそれらを包摂した文学史、書物史は現段階で構想されているとは言い難い。近代的な文学観からではなく、近世的な書物観から、新たな文学史を構築しようとすれば、現在の文学史用語に一部改訂を加えざるを得ない。そこで、暫定的に「仮名読物」という用語を用い、「仮名読物史」を構想することにする。

さて、従来の近世「小説」史では、仮名草子→浮世草子→（談義本）→読本という流れが中心であった。しかし、浮世草子・談義本・読本は、相互に共有する属性があり、仮名草子→浮世草子のように、截然と移行しているわけではない。

本書では、「仮名読物史」というあらたな文学史を構築するに当たって、主として二つの視角を設定する。第一は、「奇談」という、現行のジャンルにはない領域を仮設する。「奇談」とは十八世紀における書籍目録の分類項目のひとつであり。そこに登載されるのは、現行ジャンルでいう浮世草子・談義本・初期読本のほか、地理書・啓蒙書・教訓読物など多様な読物が含まれる。浮世草子→（談義本）→読本と、やや蛇行気味に流れる現行文学史をスムースなものとして把握する補助線として「奇談」という領域は可能性を持っているのではないか。また、現行の文学史観では、多様なジャンルの書物が「奇談」という項目に集められていることは、なにか現在とは違うカテゴリー意識が当時あったのではないか。そのような問題を提起したい。

第二に「寓言」という方法に注目する。近世文学史研究において「寓言」の語はこれまでも重要さを認識されていた。十八世紀の「仮名読物史」を考えるにあたっても、「寓言」という方法はきわめて重要である。かつて中野三敏は「佚斎樗山のこと」「寓言論の展開」（いずれも『戯作研究』中央公論社、一九八〇年）において、樗山が荘子の「寓言」という方法を自作の方法論として意識的に用いたこと、秋成は寓意する内容を「公憤」から「私憤」に展開させたこと、その背景には陽明学左派の思想的影響があると説いた。陽明学左派の影響については、現在では高山大毅「食の比喩と江戸中期の陽明学の受容」（『駒澤國文』五十三号、二〇一六年二月）らによって相対化されていると言えるが、「寓言」論を視座に構想された文学史の見通しは今日なお十分有効である。

さて、「奇談」書のすべてではないが、「奇談」書の中に「寓言」を駆使する作品が少なくないことは注目される。佚斎樗山の作品の多くも実は「奇談」書である。樗山の初作『田舎荘子』は、仮名読物では内題下署名を確認できる初例とされる（井上啓治「「内題下署名」について——談義物の一側面——」『近世文芸研究と評論』二一号、一九八一年十一月）。考えてみると、「寓言」とは作者の主意が寓せられる虚構の読物である。つまり文学史が名実ともに作者とともに語られはじめる時期と、「寓言」が意識的に採用されはじめる時期が重なっており、それが「奇談」という領域で始まるのである。「仮名読物史」の十八世紀においては、学問、とりわけ古典学が地下《じげ》に浸透し、真淵・宣長・秋成ら地下の国学者が活躍した。「奇談」という仮名読物においては、作者達が古典論・和歌論を虚構の物語の中に組み込み、登場人物に語らせることが見られる。それは教訓でもなく啓蒙でもなく、いわば自説の秘かな披露であった。これを私は〈学説寓言〉と名付け、その具体的な事例を分析する。

第一部　江戸産仮名読物の誕生

第一章　佚斎樗山の登場

一　樗山の略歴

享保時代、将軍徳川吉宗の改革政治は、学問・文芸界にも新しい波を生ぜしめた。すなわち、改革の理念に則り、官民一体となった庶民の意識変革が企図されたのである。享保六（一七二一）年、荻生徂徠の施訓になる『官板六諭衍義』の刊行は、その口火を切るものだったと言える。翌七年には室鳩巣による『六諭衍義』の国字解『六諭衍義大意』が刊行され、広く読まれることになる。享保以前にも、貝原益軒の啓蒙的教訓書や井沢蟠龍の武家教訓物があったが、教訓本、あるいは教訓を主意とする読物が圧倒的に流行しはじめるのは、やはり『六諭衍義』の刊行時期あたりを出発点にしていると言わねばならない。これは好色本の禁止などを定めた出版取締条例の発令の時期（享保七年）とも対応する。上方生まれの浮世草子に対抗すべき、江戸という地に相応しい読物を求めていた江戸の出版書肆が、質実剛健の新しい時代にふさわしい文芸を開拓したいと考えるのは当然であった。その期待に応えるかのように忽然と登場したのが、佚斎樗山である。

樗山のことを最初に本格的に論じたのは三田村鳶魚の『教化と江戸文学』（『三田村鳶魚全集』第二十三巻、中央公論社、一九七七年。初出は一九四二年）であった。その著書において鳶魚は樗山を「先憂の人」と呼び、彼の庶民教化に果たした役割を、その伝や作品の紹介とともに熱く説いた。それを承けて樗山研究を深め、樗山の文学史的位置づけを不動のものとしたのが、中野三敏である。その業績は「佚斎樗山のこと」「蕃山と樗山」をはじめとする『戯作研究』（中央公論社、一九八一年）所収の諸論文に示されている。以下樗山についての概述は、多くそれらに学んでいる。

樗山は万治二（一六五九）年三月二十七日江戸に生まれた。本名を丹羽十郎右衛門忠明という。丹羽家の祖先は、三河深溝松平家で、大炊助忠定に発して四代目忠勝の代に分家、それからさらに三代目の定信（忠明の父）の時、久世大和守に仕え、丹羽十郎右衛門と改名した。父の跡を嗣いだ忠明は、広之、重之、暉之の久世家三代に歴仕している。

久世広之は寛永十三（一六三六）年、大和守に叙任、以後加石を重ねて、寛文九（一六六九）年には、下総関宿の城主となり、都合五万石を領している。この広之の代に注目すべきことは、延宝三（一六七五）年十月、熊沢蕃山が、江戸の広之邸で七日間にわたって家臣に学問を講じていることである。この時十七歳の忠明も、その講席に連なっていた可能性がある。樗山は蕃山に強く影響を受けており、その端緒がこの蕃山の講義であったと想像されるのである。さて、広之は延宝七年に卒し、子の出雲守重之がその跡を嗣いだ。

重之は天和三（一六八三）年、封を備中庭瀬に移し、次いで貞享三（一六八六）年には丹波亀山、元禄十（一六九七）年には三河吉田と移封、宝永元（一七〇四）年讃岐守に改め、翌二年大和守に改め、同年下総関宿に再び入封となった。その後一万石を加賜され、六万石となったが、享保五（一七二〇）年六十一歳で世を去った。忠明は重之と年齢も近く（一歳年長）、二十一歳から六十二歳までという人生の壮年期を重之とともに過ごしたと言ってよい。なお三児を生んだ妻の暉が没したのもこの時である（四十二歳）。享保五年という年は、忠明にとって人生の区切りの年であったかもしれない。

重之の跡目は隠岐守暉之が襲い、老臣忠明の仕官生活は続く。しかし暉之に仕えた十余年の間はむしろ著述活動に身を入れ始めた時期というべきであろう。享保十二（一七二七）年の『田舎荘子』で筆名佚斎樗山として文壇に登場するや、矢継ぎ早に著作を刊行し、人気作者となるのだが、それらの著作の草稿は享保ごろから既にしたためられていたことが、彼自身の言によって知られるのである。

享保十六（一七三一）年十二月、七十三歳で致仕、剃髪して可渓斎を号している。忠明の跡は長男忠義が嗣いだ。余生は著述三昧に明け暮れ、寛保元（一七四一）年四月九日、関宿において天寿を全うした。享年八十三。

二　樗山と荘子の三言

晩年の樗山が盛んに著作活動を行ったのは、教育者としての熱意に由来すると言ってよいだろう。「予、多年、心に感ずる所記して数篇となし、且主客の問答を設て童蒙に授く」（写本『心法雑記』自序）、「六道勇士の物語は、予多年聞し所を妄に記して、予童蒙に授け、格物の一助とするのみ。友人某他の小子輩のためにこれを需む」（『六道士会録』自跋）など、童蒙のために書いたという言が多い。しかもそれは自らの子孫に遺すという程度の意識だったから、当初出版など予想しなかったはずである。「予多言の毀りを恐れて蔵《かく》すこと久し」（『六道士会録』自跋）、「我、はじめは多言の譏りを恐れて、秘して出さざる事十余年」（『雑篇田舎荘子』巻六）。しかし、その内容が世に知られるようになるにつれ、出版を望む声が高くなってきた。

樗山其書を秘して出さざること久し。しかるに近年、旧知の内より漏て、内篇は世に見る人多し。是ゆへに、書林頻に是を乞、樗山止《やむ》ことを得ずして、内外篇を分て、両家に授く。

（『田舎荘子外篇』赤井得水序）

このような事情で『田舎荘子』内外篇を皮切りに、いわゆる「樗山七部の書」が陸続と刊行されることになった。

そこで識者が注目したのは樗山の荘子理解の卓抜さである。たとえば書家赤井得水は『田舎荘子外篇』の序において、荘子は深遠な書にして短才の人がよく読み解きうるものではない、林希逸の注をもってしてもなお解き尽くしがたい、と述べた後に、

茲に佚斎樗山、其書（荘子）を見ること委きあまり、我輩をして手をひかんがため、真名かなをまじへ、物に寓してその情懐を述《のべ》、田舎荘子と号す。篇を開ひて是をみれば、和漢の文字ことなりといへども、その心ひとし。うたがふらくは、荘子が樗山か、樗山が荘子か、我是をしらず。

とまで言っている。樗山における荘子受容の重要性は、樗山の号自体が、『荘子』逍遥遊篇に、無用にして自由な存在として言及される「樗」から採られていることでも十分窺い知られるが、文学史的にみて最も注目すべきなのは、荘子が用いた表現方法、すなわち「寓言」「重言」「卮言」のいわゆる三言を、荘子に倣ってかなり意識的に駆使したことであった。樗山自身の言を引こう。

われは物に托して其情を述るのみ。予が記する所、七部の書、外題異なりといへども、終始みな一意にして、全体田舎荘子なり。其語る所、逍遙遊・斉物論・人間世に過ず。その物に托するは寓言なり。神仏を仮るものは重言なり。その戯談は卮言なり。

（『雑篇田舎荘子』巻六）

『英雄軍談』の自序では、なぜ、そのような三言を用いるのかということについて、具体的に述べている。

> 吾党の小子、治世に生れて、幼きより戯遊の事に長じ、その職分をしらざるものおほし、然《しかれ》ども遽《には》かに是をしらしむべからず。暫く帝釈修羅閻王の戦かひを仮り、そのことを設け、正成・元就・勘助等の言に寓して、軍中の法令、備の大略をしめす。所謂寓言なり。古人の言を以て直ちに記せば、小子みることを厭ひて手にもとるべからず。故に戯談を以て事を記し、そのうちに実を含んで見るに便《たより》よからしむ。（中略）或曰《あるひといはく》。「子は聖人の書を読《よむ》者なり。然るに仏をもつて事を記すものは何ぞや」。曰《いはく》。「仏は人の信ずるところなり。人情の重んずるところに因て、言をたてて信をとる。所謂重言なり。戯談はいはゆる卮言なり。然れども無実虚談の言をなして、他の耳目を悦ばしめ、ひとの惑ひを生ずる事は、予が甚だ愧る所なり」

樗山が荘子の三言、とりわけ「寓言」を、散文の方法として意識的に駆使したことは以後の散文文芸界に大きな影響をもたらした。輩出する後続の談義本や初期読本が、「寓言」の方法に裏打ちされていたことは明白であるし、上田秋成や平賀源内は「寓言」の語をもって作品を語り、馬琴にいたっては「小説は寓言なり」（『燕石雑志』巻五下）と断じるまでになる。その展開の様相については、中野三敏の「寓言論の展開」（『戯作研究』所収）に詳述される。

三　樗山の思想

このような三言の方法を以て、樗山が言わんとしたことは何であったか。「予が記する所、君子の情を語ることは簡にして短く、小人の情をかたる事は委くして長し」「君もと小人なり。何ぞ君子の情を知らん」（『雑篇田舎荘子』巻六）と、彼はあくまで庶民の立場に立ち、そして、庶民が与えられた境遇の中でいかに生きるべきかを説く。

富貴をうらやまず、貧賤をいとはず、喜怒好悪念をとむることなく、吉凶栄辱、其のあふ所に随て悠々として造化に遊ぶ者は天下の至楽なり。（中略）富貴福禄は外にあるものなり。是を求めて得ること有、得ざる事あり。かならずとすべからず。至楽は我にあるもの也。心を専にして是を求れば不得といふことなし。

（『田舎荘子』巻中「貧神夢会」）

心の持ち方によって、人生を「至楽」のものにすることができるというこの主張は、樗山の著作全編を貫く。ここにも荘子の造化随順の思想が反映していることは明白だが、樗山の場合、目的があくまで庶民教化にあるためか、原典の超越論的哲学を捨象し、現実肯定の側面を強調しているように思われる。たとえば、「分を越て才覚を用る者は、必ず禍を招く」（『田舎荘子』外篇巻二）というような、いわゆる分度論も、

……此形を受て生れ出しより、死するまでの間には、物あれば則ありとて、此形に付ての職分あり。其職に随て其中に遊ぶものを君子といふ。其職をつとめずして、其形を私するものを小人といふ。

（『田舎荘子』巻上「鷗蚄論道」）

造化の物を生ずる、皆それぞれに、食と居所を授て、迷惑せぬほどにうみ付らるる也。分を越て他をうらや

むは天にそむく也。

（『田舎荘子』巻上「木兎自得」）

という文章に見られるように、荘子思想の現実的応用に基礎づけられている。

もっとも樗山自身の荘子観は、〈荘子といえども実は孔子を尊敬していたのであり、荘子が堯舜孔子を毀るのは、真の堯舜孔子を顕わさんがためなのである〉というものであって、「只聖楽の大意を知て後、荘子を読まば、大に執滞の情を解き、心術に益あらん」（『田舎荘子』内篇「荘子大意」）と言い、ついには「荘子は聖門の別派也」と断じてさえいる（同前）。どうやら樗山の本来の立場は、やはり幼少から親しんできた儒学にあったようだ。といってそれに固執せず、柔軟な思惟をもって諸思想に対応した結果が、彼の著作によく顕れている。仏教に対しても「予仏において悪むことなし。善言あらば何ぞとらざらんや」（『六道士会録』自跋）と言い、事実「正直捨方便」の教えなどは頻繁に利用している。要するに、「儒なりとも仏なりとも、勝手次第に学て、とかく自性を学び給へ。自性をさへ悟れば、儒といひ仏といふ名もなくなり、世界は我が世界にな」（『再来田舎一休』巻二「自性之問」）るというのである。さらに、

神道・儒道・仏道共に、皆聖人の道なれば、合たる所も有べし。国々にて立たる教へなれば、違ひたる所もあるべし。合たる所は合たるにてよし。違たる所は違たるままにて、其人々の生質《うまれつき》のちかき所の門戸より入て、心を修せば可なり。

（『田舎荘子外篇』巻六「如来真実法問」）

と述べるにいたっては、三教一致的言説である。

結局樗山の最大の眼目は、一心の明悟にあり、その意味ではまさしく心法である。いみじくも写本『遊会実録』には、「聖学も神道も皆心法也」と、また『田舎荘子外篇』巻六「如来真実法問」には、「夫《それ》仏法は心法也」と明言する。妄念をはらい、自ら慎み、心を澄み切った状態に保つこと、それこそが肝要事であり、諸教学はそこをめざすことにおいて通底すると、樗山は考えていたようである。

ところでいま触れた『遊会実録』は熊沢蕃山著と銘打たれながら、実は樗山の述作であることは、中野三敏が明らかにしたが（「蕃山と樗山」『戯作研究』所収）、かかる事態が起こっても不思議ではないほどに、蕃山と樗山の思想は類似していること、中野の「蕃山と樗山」に詳しい。

四　著作の概要

樗山の主要な著作の概要を述べる。その際、諸本書誌については多くを割愛する。その詳細は、飯倉洋一校訂『佚斎樗山集』（叢書江戸文庫13、国書刊行会、一九八八年）の解題を参照されたい。

『田舎荘子』

まず樗山の最初の出版となる『田舎荘子』については、中野三敏の校注により新日本古典文学大系81『田舎荘子・当世下手談義・当世穴さがし』（岩波書店、一九九〇年）に収められたため、容易に読めるようになるとともに、文学史的な評価も定着したと言ってよい。『割印帳』には「享保十二年季夏穀旦」の日付で和泉屋茂兵衛版元売り出しとなっているが、刊記に和泉屋茂兵衛の名を記すものは見出せていない。享保十二年の刊記をもつものに三種あり、一は和泉屋儀兵衛版、二は中村多兵衛版、三は出雲寺和泉掾版で、刷りの早いのは和泉屋儀兵衛版である。半紙本三巻（十附録）四冊。天明四（一七八四）年に『田舎荘子』の板木は大坂の稲葉新右衛門に移る。文政九年には、大坂の河内屋喜兵衛が、『田舎荘子外篇』六冊、『田舎荘子附録』（後述する『河伯井蛙文談』改題）三冊と併せ、全十三冊として求板刊行している。

『田舎荘子』の内容を見てみよう。巻上（第一冊）の「雀蝶変化」は、雀と蝶の問答。蝶が所与の運命に安んじることを説く。「木菟自得」は、鷹と木菟の問答。木菟が知足安分、運命随順を説く。「蚿《ムカデ》蛇《ヘビ》疑問」は、ムカデとヘビの問答で、足の多いのと足のないのについて、蚓《ミミズ》が造化のなす所に従うべきことを説く。「鷗蜉論道」は、カゲロウと鷗が世界のあり方について論じる。「鵯鷯得失」は、得意になって小鳥に説く鵯《ヒヨドリ》の小知を鷯《ミソサザイ》が戒める。「鷺烏巧拙」は鷺と烏の問答で、鷺が知足安分・天性随順を説く。

巻中（第二冊）の「菜瓜夢魂」は、負山の夢に菜瓜の精霊が登場し、「死生禍福は命」を説く。「蟇の神道」は、人に化した老鼠と老蟇の問答を朴斎が目撃。老蟇が神道論を説く。「古寺幽霊」は、負山とその友の前に古墳の主の幽霊が現れて造化随順を説く。「蟬蛻至楽」は、蟬と蛻《から》の問答。蛻が「死生禍福は命」を説く。「貧神夢会」は、無休斎の夢に七福神と貧乏神が登場。富貴福禄を離れた所に至福があると説く。

巻下（第三冊）の「荘右衛門が伝」は、作者を思わせる田村荘右衛門と儒士の問答。「無用の贅言」と儒者に非難された荘右衛門が、自らの戯作の方法を「暫く物に托して、我心を感ずる所を述るのみ。其戯言は人のわらひをおかすといへども、戯言の中に、心をつけば、わが心ざしはしらるべし」と述べる。これはそのまま『田舎荘子』の方法を述べたものだと言える。「猫之妙術」は、剣術者勝軒の家の鼠を退治した古猫に、数多の猫が妙術を聞く。これを聞いて勝軒が剣術の奥義を悟る。一種の武術書として読まれていたらしく、この篇単独での写本が見られる。「荘子大意」は作者の荘子観を開陳したもの。これは寓言の形をとらない。

巻附録（第四冊）の「聖廟参詣」は、北野聖廟に参詣したある人の前に天神に仕える末社の神が現れ、怒りの天神（菅原道真）のイメージが法華僧日蔵の妖言であることを述べる。「鳩の発明」は、雉と鳩の問答で、鳩が造化の命に従うべきことを説く。

　以上、その説くところは一貫して知足安分・運命随順であり、見方によれば荘子的であるが、樗山にとって荘子的な世界観や表現方法は、先述の通り、儒教の根本を説くための手段である。武士への教えとして書かれた各篇は、己の職分を天命と受け止め、己を慎む心構えを封建社会の個人の倫理と考える樗山の立場がよく現れている。またその思想は武士のみならず、町人にも通じるところに後世に与える影響の大きさがあった。

『田舎荘子外篇』

　ついで続編である『田舎荘子外篇』（享保十二〈一七二七〉年）を見てみよう。享保十二年、江戸の西村源六を版元として、半紙本六巻六冊で刊行された。初板初摺と思われる本の奥付には「享保十二年丁未歳仲夏吉日」とあり、これが正しいとすれば、本篇の『田舎荘子』よりひと月早いことになる。京の西村市郎右衛門も刊記に名を連ねる。また関西大学附属図書館中村幸彦文庫本は、刊記を有しないものの、享保十二年五月付の「文刻堂壽梓目録」半丁があって、そこに載る七点の書目の中に『田舎荘子外篇』がある。文刻堂は西村源六。本編とは版元が異なるので、外篇の方が早く出たということもあり得ないことではない。しかし、赤井得水の序の日付は八月であり、『割印帳』の日付は「享保十二年丁未十月日」である。本に記された刊記は、実際の刊行月よりも早い日付が記されたと考えておく方がよいだろう。刊記に「弘化四年丁未秋補刻」とし、江戸須原屋茂兵衛、京都吉野屋仁兵衛・大坂河内屋喜兵衛の三都書肆を連記するものがある。蔵板は河喜であろう。

　巻一の「蟻王壁書《ぎわうへきしよ》」は、若い蟻に造化随順を説く老蟻の言に感銘した蟻王が、己を慎むべきことを説諭する内容の壁書を張り出す。「燕子清談」は、小鳥たちに燕が己の分を守ることを説く。「黄鸝入夢《うぐひす》」は、極楽鳥と信じて鷺を飼う人の夢中に鷺が出て了見違いを戒め「正直捨方便」を説く。巻二の「亀蛸《かめたこ》儒釈」は、亀と蛸の問答で、地獄極楽は我が心にあり、神霊も我が心より起こることを亀が説く。巻三「荘右衛門二客裁許」は、『田舎荘子』にも登場した荘右衛門が儒者と仏者の論争をなだめ、儒仏ともに己に近い所に任せて修すべきで、善を好み、道を信じることとの篤い者であれば皆同志であるという話。「書生惧雷」は、雷を怖がる書生に、その師が一切の事象は我が心より起こる、惧るるものも我が心にあると述べ、一心の明悟を説く。巻四「鵜烏《うからす》戯論《けろん》」は、鵜と烏の問答で、鵜が寡欲慎独を説く。「鶬 鵑《ひばりほととぎす》 知愚」は、ひばりとホトトギスの問答で、ひばりが寡欲慎独を説く。「十王留守居回状」は、章題の下に「狂言」と記し、文章もこれまでの各篇と異なり、甚だしい戯文調となる。内容も韓退之が地獄の道中、三途の川の姥や鬼どもに会い、地蔵菩薩と談ずる中に、へんちき論的な論議や狂歌問答を企てるもので、「十王の留守居回状」にそのことが書いていたという設定になっている。巻五「閻王訴状」は旦過《たんが》の僧が閻王と釈尊の問答を見聞する。閻王の訴状は地獄極楽の境を領することの困難を告げ、対して釈尊が上より下を治めるにあたってのさまざまな方策を教示する。巻六「如来真実法門」は、釈尊の説法に感銘を受けた旦過の僧が翌夜も再び釈迦如来の話を聞き、神道・儒道・仏道は皆聖人の道にして、それぞれ入りやすきより入って心を修するがよいという結論が示される。

『田舎荘子』に比べて一層縦横な三言（寓言・重言・卮言）の駆使が見られる。滑稽味と物語性を加えており、また閻王や釈尊を登場させ、地獄を舞台にするなど、仏教的な材料も柔軟に用いている。序者の得水、跋者の白龍子が口を揃えて、林希逸の注を超えて本書が荘子の心をよく伝えていることを讃え、後語を撰した時生軒も、滑稽にして無何有の郷に遊ぶ境地を楽しむことができると褒める所以である。

『河伯井蛙文談』

『河伯井蛙文談』は、『割印帳』に「享保十三戊申歳季夏吉日」付、「板元西村源六」と出ている。半紙本三巻三冊。刊記には、『田舎荘子外篇』と同じく京の西村市郎右衛門が連なる。また「田舎荘子伝写正誤」と題する正誤表三丁を付しているのが珍しい。先述したように本書は、文政九（一八二六）年に正篇・外篇と併せて十三冊本として河内屋喜兵衛から出版されているが、その際、『田舎荘子附録』と改題（但し内題はそのまま）されている。改題本は明治になって大阪の中尾新助が「修身奇語」と角書を付して刊行した。

『河伯井蛙文談』は、『荘子』外編「秋水篇」冒頭の河伯と北海若の問答にヒントを得て構想された。『荘子』の河伯は北海若から道の極まりなきことを学び、物理人情の本質を教えられ、これを子孫に伝えた。一方、東関の井の中に二代にわたって住んでいた蛙は、ひと目海を見たさに鹿島浦をめがけて行くほどに、利根川のほとりに出て、今はこの川の神となっている河伯に出会う。河伯は先祖（すなわち『荘子』に出る河伯）から伝え聞いた大道を蛙に教えようというので、蛙も久しく河伯に親炙して道を聞いた。この間七年の問答や体験を、蛙が宜散なる人物に語って聞かせる。それが、この書の枠組みである。蛙が語る話は例によって、天命に従うべきこと、己を慎むこと、誠の論、生死の論などを、さまざまなエピソードにことよせて説くという内容が多いが、孝養の道については自ら修身することこそ最上と説き、また神に形なしと断じ、仏像を神体とする両部神道の本地垂迹説を廃するなどの、内外篇に見られなかった言説も見られる。本文の最後に韓退之の詩「進学解」の「投㆑閑置㆑散、分之宜也」を引いて「至言」とするが、これが本篇の聞き手「宜散」の名前の由来である。

『再来田舎一休』

『再来田舎一休』は、『割印帳』に「享保十三戊申秋八月日」付、「板元江戸和泉屋源六　売出し江戸和泉屋儀

兵衛」と記載される。初板初刷は刊記に和泉屋儀兵衛の名が記される。半紙本四巻四冊。同じ享保十三年付けでありながら、和泉屋儀兵衛の他に、江戸中村多兵衛板と、江戸出雲寺和泉掾板があることは『田舎荘子』と全く同じであり、『田舎荘子』（本篇）と『再来田舎一休』の板権はセットで三肆の間を移動したのだろう。他に弘化四年（一八四七）板（大坂袋屋亀次郎板）がある。

巻頭、片田舎に一休の風を倣って二休と号する禅僧が登場する。かつての一休と蜷川新右衛門の問答のように、蜆江新右衛門の息子蜆江新六なるものとの狂歌問答をもって本書ははじまる。狂歌は『一休咄』『百物語』『一休諸国問答』等に載せるものを引き、あるいは踏まえている。次いで二休の登場を良からず思う周囲の僧たちが、連続同一質問によって二休を立ち往生させようともくろむが、二休の鮮やかな回答によって返り討ちにあう話が続く。ここで場面は転じ、彼岸中日の新右衛門の家。この家では亭主新右衛門が浄土宗、妻が法華宗の信者。おのおの浄土寺の貞誉上人、法華寺の日立聖人を招いて法談を催すと、お定まりの宗論騒動。そこへ二休が現れるという展開で、まず二休が両僧の言い分を論破し、次いで気随我儘、自性、悪心情欲、三世、因果応報などの名目を論じる。そして、要は迷妄を去り、父母未生以前の自分自身に還ることだと言い、父母未生以前には儒仏もなく、無論浄土も法華もないことを示す。さらに、人間の本来の在りかた、「正体」を失わないことが大切であり、そのために行うのが真の学問だと説く。この作品では狂歌問答を散りばめた甚だしい戯談調に始まり、次第に堅い議論に移行する。「卮言」を駆使して読者を引き込もうとしたものだろう。

『六道士会録』

『六道士会録』は、享保十四（一七二九）年九月の刊行。『割印帳』によれば「板元京西村市郎右衛門」「売出し西村源六」。所見本はいずれも京西村市郎右衛門と江戸西村源六が刊記に並ぶ。半紙本五巻五冊。求板の形跡はない。写本が多く残っており、武家教訓書として読まれたことを物語っている。

松谿子という人物が夢の中で冥途の旅に発ち、三途の川を渡って、大勢の武士が一座して物語しているところに行きあう。新参者として同席を願い、許されて座に加わり、そこで数々の談義を聞く。それらは具体的な事件・例話を通して、武家の行うべき道を諭すという武家教訓説話集の趣を有する。義を守るべきこと、囚人の警護の心得、走り込み者への対処法を始めとして、家内の法をたてるべきこと、子弟教育に及び、さらに太平記評判の批評、心法論と話題はつきない。太平記評判については、評者が義を知らず功利の視点しか持たないと批判している。種本には『武将感状記』（正徳六〈一七一六〉年刊）などを用いている。

さて、その座を辞した松谿子の前に倶生神が現れ、彼を閻魔城に導く。閻魔城では、閻王と倶生神との問答があったのち、閻王が幽霊のこと、天子七廟のことなどを松谿子に尋ね、これに答えて、漸く鬼たちに見送られて娑婆に帰ることになるが、ここでも鬼たちに教えを乞われる。

『英雄軍談』

『英雄軍談』は、『割印帳』に「享保廿乙卯初冬（十月）」付、「板元西村市郎右衛門」「売出し西村源六」と出ている。刊記には両書肆が連記される。半紙本五巻五冊。寛政九（一七九七）年に、大坂の塩屋長兵衛から改題本『奇談戯草』が出ている。さらに享和二（一八〇二）年には、京都の蓍屋《めどぎや》善助によって求板刊行されることになる。大阪府立中之島図書館蔵本によれば外題は剥落により読み取れないが、序題・内題・尾題は「英勇軍談」となっている。

枠組みはかなり複雑である。黙信斎という武士が冥界から迷い出て来た鬼童の持っていた本を入手する。それは閻魔城の危機を日本の三人の名将が救った話を玄恵法師に記させたもので、冥界で出版され教育書になっていたものであった。黙信斎はこれを高野山に納め、みずからも抄記していた。その話が一篇の内容である。

巻一、二では、阿修羅王に攻められ、危機に陥った帝釈が、閻王に助けを求め、これを引き受けた閻魔城側は軍備を整えるものの、大六天の智略などによる阿修羅王側の攻撃に苦戦を強いられる。ここで近年の名将、楠正成・毛利元就・山本勘助の三者が助っ人として召し出され、軍備の要諦を説き、具体的な陣立てを指揮する。これにより見事阿修羅軍を破り、冥界が無事治まるまでを戯文調で描いている。その主意は序にいうように「軍中の法令、備の大略をしめす」にあったことは明らかである。

巻三以下は帝釈・閻王・冥官などの質問に、主として正成・元就が答えていく問答篇で、その内容は、治国の方法、為政者の心得、職分の奥義、神儒仏の論、両部神道の批判、てれん者・山師の説、幼年教育、自己学問の談義、聖徳太子と物部守屋の評と続く。就中、『雑篇田舎荘子』で詳しく論ぜられる太子守屋の説は、樗山の主張の中でも重要なもので、序に守屋復権を標榜しているくらいである。さらに問答は風雷雲雨の談から陰陽の気による現象認識に及び、最後は正成の子の正儀も登場して、欲や生死について鬼たちに説く。なお結末はこれら一連の物語がすべて黙信斎の一夜の夢の中の出来事であったとしているが、これは冒頭の設定と首尾よく呼応しているとは言いがたいように思われる。

『雑篇田舎荘子』

外題が「雑篇田舎荘子」ながら目録題、内題が「地蔵清談漆刷毛」である宝暦九（一七五九）年の再板本（半紙本六冊）の跋文の次に「寛保二年壬戌歳初秋　江戸芝神明前和泉屋吉兵衛板」という文字が遺されていること、また同書に付された和泉屋吉兵衛の蔵板目録に「田舎荘子雑篇　左篇右篇　全六冊」とあること、柱記の巻数が最初から順に、一、二、三巻、一、二、三巻となっていることから、中野三敏は、初板は寛保二（一七四二）年に左篇・右篇三篇ずつの六冊で和泉屋吉兵衛から刊行されたと推定した（「佚斎樗山のこと」『戯作研究』所収）。その後筆者の調査によって、中之島図書館および東北大学狩野文庫に、右篇のみの三冊があることが確認され、中野の推定が裏付けられた。国書データベースによれば筑波大学にも同様に右篇のみ三冊が存する。寛保版には、本文末に宝暦板にはない文言がある。それは「書林の需めに応じ田舎荘子内外雑篇田舎一休井蛙文談藝術論六道士会録七部を分て両家に与ふるのみ」とあり、その次に「享保十三年戊申孟春」と記す。この中で『英雄軍談』には触れていないが、それ以外の、刊行された樗山の七部の書の刊行事情を記している点、重要である。「両家」は板元を指していると考えられ、ひとつは『田舎荘子外篇』『河伯井蛙文談』『天狗藝術論』『六道士会録』を出版した西村源六（源六はもともと京西村市郎右衛門の出店なので市郎右衛門を含むか）、ひとつは『田舎荘子』『再来田舎一休』『雑篇田舎荘子』を出した和泉屋かと思われる（『割印帳』の記述では『田舎荘子』は板元売り出しともに和泉屋茂兵衛、『再来田舎一休』は板元和泉屋源六、売出し和泉屋儀兵衛となっており、『雑篇田舎荘子』の和泉屋吉兵衛と併せてこれら四つの和泉屋を「一家」と考えてよいだろう）。つまり樗山は、自らの著作の出版を打診してきた二つの本屋に、原稿を分けて渡したということなのではないだろうか。なお、『雑篇田舎荘子』は、嘉永三（一八五〇）年十一月に江戸の山城屋新兵衛が求板、四冊本で外題を「田舎荘子」と改めて出版したが、当時なお広く読まれていた本篇の『田舎荘子』と紛らわしかったに違いない。

さて本書は『田舎荘子』シリーズの締めくくりとなる。雲生なる人物を聞き手として登場させ、丹波の子安地蔵が語る談義物語という体裁をとる。前半の三巻では、欲心の非、分をわきまえるべきこと、勤勉に励むことなどを、妖地蔵、てれん者などを話柄として説く。ここでは餓鬼共相手の教訓や閻魔王への回答などという形式に示されるように、地蔵の説法は冥界を対象としている。後半の三巻では、主に雲生の質問に答える形で、専ら仏教伝来以来の古代日本史、すなわち聖徳太子・蘇我氏・物部氏に関する話題が展開される。この中で「太子伝」

なる書が数度にわたって引用・批判されているが、それは寛文六（一六六六）年刊の『聖徳太子伝』のことである。全体として、聖徳太子と蘇我氏を雲生が批判し、地蔵が弁護するという構成になっている。最後に作者のあとがきに相当する部分があり、自分の作った七部の書の作意は、一貫して『田舎荘子』の主意に通じること、その方法として、寓言・重言・卮言の三言を用いたことなどを記していることは前述した通りである。本書の草稿本として『斉物論』という写本が名古屋市立鶴舞図書館にあることは、中野三敏によって指摘される（前出「佚斎樗山のこと」、および同「『斉物論』解題略」（叢書江戸文庫　月報10、一九八八年）。のち翻刻された（飯倉洋一「斉物論」（翻刻・解題）『雅俗文叢』汲古書院、二〇〇五年）

樗山の作品は、単純な動物対話短編から、かなり工夫された枠組みを設定した長編構成へと徐々に移行しているといえる。

さて樗山は、「寓言」という方法を自覚的に戯作的読物に用いた作者であるとともに、本書第二部で論じる「奇談」書の初期の作者としても注目すべきである。近世中期の享保期から明和期にかけて、出版書肆によって書籍の分類項目として立てられた「奇談」書は、実質上樗山の作品に始まるのである。「奇談」と「寓言」が十八世紀の仮名読物のキーワードと考える筆者にとって、仮名読物史の十八世紀は、樗山に始まると言ってよいのである。

第二章　常盤潭北と教訓書

十八世紀前半における庶民教化ブームに大きな役割を果たした書物のひとつに『民家分量記』（享保十一〈一七二六〉年）がある。その作者常盤潭北は下野烏山出身の俳人であるとともに、関東一円で庶民教化活動を行った人物として知られている。本章では、潭北の教訓的著作について、その俳諧活動との関連を視野に収めつつ考察を行い、享保期における俳人の庶民教化の実態を探り、あわせて十八世紀の仮名読物史上における潭北の位置についてて検討を加えようとするものである。

一　必読書としての潭北教訓書

近世文学史上における享保時代は、上方から江戸へという文運東漸現象が顕著にあらわれはじめるいわば転換期の時代である。いままでになかった〈述志の文学〉の一群が、政教の町江戸で輩出するのは、なかでも重要な事柄に属する。この新しい文芸の誕生は、享保改革のなかの一眼目でもあった庶民教育普及政策と深く関わっている。幕府の掛け声に民間も応え、教育への関心が高まった。一方で、享保七（一七二二）年に発令された出版取締令により、軟派小説が出版されにくい状況がつくられた。その結果、教訓を面白く説く読み物が待望され、もてはやされた。江戸におけるその最たる成功例が佚斎樗山の『田舎荘子』シリーズであったことは論を俟たない。詳細は中野三敏「談義本略史」（新日本古典文学大系『田舎荘子・当世下手談義・当世穴さがし』解題、一九九〇年）に尽くされている。

その樗山の刊本八部のうち、五部までは江戸の西村源六（文刻堂）が板元になって出版したものであった。江戸の新鋭書肆であった文刻堂にとって、この樗山の教訓読本は目玉であったに違いない。ところが文刻堂がこの樗山と同様に力を入れていたと思われるのが、潭北の教訓書だったのである。たとえば享保二十（一七三五）年刊『英雄軍談』の巻末に付された「文刻堂寿梓目録」には、樗山の『田舎荘子外篇』『河伯井蛙文談』『六道士会録』『天狗藝術論』の各著が並ぶが、その前に潭北の『民家分量記』『野総茗話』の二著が載せられる。文刻堂目録はさまざまな版があるが、潭北の著書について樗山の著書が並ぶという形式のものが多い。その惹句をみれば、『民家分量記』には「士農工商の身持ち心得をひらがなにてしるす」、『野総茗話』には、「神儒仏三教の大意をひらがなにて記す」と言う。

樗山と潭北とでは明らかにその著書の内容構成、文体が異なっている。当時の読者にとってはどうであったか。同じ文刻堂の樗山著書の惹句を見ると、『田舎荘子外篇』には「虫鳥のたとへを引て人間世の苦楽をしるす」と言い、『六道士会録』には「武家の心得并諸人平生の心かけ重宝記をあつむ」と言う。潭北著書の惹句とは多少異なるトーンで書かれていると言えるだろう。潭北の著書の場合、本来漢文で書かれるべき内容を「ひらがなにて」俗解したというニュアンスがある。一方、たとえば早稲田大学図書館所蔵の樗山著『再来田舎一休』（請求記号ヘ13 02775）の匡郭の外には、潭北の『野総茗話』の本文がぎっしりと書き入れられているという事実もある。

筆者が潭北に関心を抱いたのは、当時の出版元も読者も、潭北の著書を樗山と並列的に位置づけていたらしいという事実からである。しかも潭北の教訓書第一作『民家分量記』は、樗山の第一作『田舎荘子』の一年前に刊行されている。また彼の書いた三つの著作はいずれも版を重ねて近世を通じて読まれ続けている。従来、享保俳壇の一隅にいて農民教化活動も行ったという評価を受けていた潭北であるが、仮名読物史上においても、再検討に値する人物ではないだろうか。

確かに、華々しい享保期の江戸俳壇にあって彼の活動は地味であったし、散文史上に位置づけてみれば、佚斎樗山の諸著作の文彩には遠く及ばず、近世思想史研究においても、せいぜいありふれた封建庶民倫理を説いた通俗教訓書の作者としてとりあげられる程度であってみれば、潭北の真価を問おうとする試みすらも行われなかったのはむしろ当然であったかもしれない。しかしながら、たとえば宝暦期の談義本を繙けば、彼の著作の影響が決して小さくないことら窺われるのである。

まず談義本輩出の嚆矢となった『当世下手談義』（宝暦二〈一七五二〉年刊）には、「常に百姓袋、農業全書、民家分量記などの好書を読きかせて、淳風の風俗にみちびきめされ」とあり、『教訓雑長持』（宝暦四〈一七五四〉年刊）には「先相応に、仮名書の草紙が読めば、鼠の嫁入、金平本からそろそろと仕込、漸々に平仮名の本をあてがふべし、（中略）其外町人袋、百姓袋、冥加訓の類、分量記の前後二篇、此類の草紙、皆平仮名で読やすく、其理さとりやすくいづれもよい書じや。あづけて読せよ」という記述が見える。いずれも青少年の教育に必読の教育書として潭北の著作が挙げられているのである。さらに宝暦十二（一七六二）年刊の『教訓衆方規矩』は、「身持の諫めを療治に准へ、先哲の方書に依て、教訓の匕加減」を示した談義本風の書だが、その最初の「中風門」（ここでは心の偏けをさす）の「薬方」として「○六諭衍義大意湯○大和俗訓丹○家道訓丹○民家分量丸○冥加訓丹」がよく効くとされている。

宝暦期の談義本で『当世下手談義』の流れをくむものは、当代の華美に流れがちな世相を批判する立場にあるが、それらに共通するのは享保期の徳川吉宗の治世をノスタルジックに憧憬する姿勢であろう。言いかえれば、『六諭衍義大意』に顕著に示された知足安分の思想に還ることを目指したのである。作者たちはそれを、西川如見、貝原益軒とならんで潭北の著作に学び、かつ人々に勧めたのである。

談義本に引用されるばかりでなく、諸藩大名の蔵書中にも潭北の教訓書がしばしば見られるし、本居宣長の「先哲著述目録」の中にもその名は記されている。仮名書きの教訓書として、その読者層は広かったようである。潭北はしかし、如見や益軒のように当時の思想界の花形的存在であるどころか、地方出身の一介の俳諧宗匠に過ぎなかった。それがどうして見てきたように、後世に大きな影響を与えるような役割を担うことになったのか。とりあえず彼の出自と事蹟を素描してみよう。

二　出自と事蹟

潭北伝に関わる資料は極めて少ない。『誹家大系図』（天保九〈一八三八〉年刊）には載せられておらず、『俳林小伝』（嘉永六〈一八五三〉年刊）にも「常盤氏。号百花荘。下毛那須人。其角門人。著述、汐こし、後の月日、反古さらへ、としのみとり、俳書の外、民家分量記、分量夜話等アリ」とあるのみ。この『俳林小伝』の記述は、享保十七（一七三二）年刊『綾錦』の「誹道大系図」のそれを襲ったものである。その『綾錦』では「江都当時宗匠　次第混雑」に三十五人のせるうちの末尾に潭北の名前が載る。ただし「当時宗匠點印譜」には前の三十五人中二十九人が重なるにも関わらず、潭北の名は見えない。点者としての活動は無かった可能性が高い。

潭北は、延宝五（一六七七）年、下野烏山赤坂の渡辺家に生まれた。潭北は号で、名は貞尚、別号に堯民、百花荘などがある。生年は享保十九（一七三四）年に記された『民家童蒙解』自叙の文中に「行齢五十八」とあることから逆算したものである。潭北の没年はその墓誌により延享元（一七四四）年七月三日と確定するが、享年が記されておらず、従来これについては、不明とするものや六十歳とするものがあったが、叙上の如く生年が定まるので六十八となる。これは定説でもあるが、従来必ずしも根拠が示されていなかったので、贅言しておく。

栃木県那須烏山市善念寺（浄土宗）の渡辺家の墓域にあるその墓石には中央に「渡辺潭北先生」と刻され、その右に「延享元子年」、左に「七月初三日」と没年月日が刻されている。この墓域には寛文二（一六六二）年から現代まで、二十数基の墓石があるが、その中でもひときわ目立つ尖頭型の墓石である。法名は記されておらず、後人の建碑によるものと推定される。

筆者は平成三（一九九一）年に潭北の生地の実地調査を行った。善念寺に伝わる過去帳のうち江戸時代の部分を通覧したところ、渡辺家、常盤家の縁者と定められる者は二十四名見出せたが、その中に潭北自身に相当するものはなかった。また渡辺家の子孫で当時潭北の墓の管理者であった高瀬（渡辺）幸子氏（那須市小川町）宅には「先祖代々精霧」と中央に書かれた位牌があり、十二名の法名と没年月日が知られたが、その最も古いものは宝暦二（一七五二）年であり、ここでも潭北に相当する法名は記載されていなかった。また渡辺家の系図、由緒書の類も遺されていなかった。

渡辺氏たる潭北が常盤姓を名乗ったことに関しては、この墓域内にあるひとつの墓がある示唆を与えてくれた。それは元文五（一七四〇）年に没した「正誓道覚信士」と、享保十二（一七二七）年に没した「演阿妙法信女」の連名の墓碑である。その「施主」として「渡部次兵衛」「常盤孝七」の名が並記されている。二人は夫婦で妻が元々常盤家の出身だったということかもしれない。いずれにせよ両家がきわめて近い関係にあったことを窺わせるのである。しかしながら、潭北が常盤姓を名乗った詳しい事情については不明である。

渡辺家は名字帯刀を許された町家であり、土地の名家でもあったらしい。烏山は城下町であるが、地元の郷土史家の談によれば、潭北生家（調査当時は住友生命社屋）の近辺は町の有力者が多く、俳諧などもさかんに行われていたという。渡辺家は近世後期には玉屋という郷宿を営んでいた（過去帳によれば文化年間から玉屋の名が見える）。それは戦後まで続いて「玉幸」として親しまれていたが、一九七〇年に、いったん業を廃した（加倉井健造『烏山風土記』第二版、一九八八年ほか)。潭北の時代には何を業としていたのかは不明であるが、たとえば潭北四十歳の享保元(一七一六)年、祇空との奥羽行脚から還ったわが子を見て、喜びの句をものした潭北の母の教養からしても(享保二〈一七一七〉年刊、祇空編『烏絲欄』による)、上層の町家であることは想像される。

また烏山藩大久保家家中の若林家に伝わる御用留抜書の元文元(一七三六)年の条によれば、潭北の弟渡辺嘉兵衛は烏山藩にあって士分格の身分であったらしい(『栃木県史　通史編4　近世　一』第三章第三節、一九八一年)。潭北伝の数少ない資料でもあるので、ここに転記しておく。

一、私兄常盤潭北儀永々相煩、野州佐久山町弟渡辺次左衛門方に罷在候間罷越度候

潭北の弟が少なくとも二人いたことが判明するし、この時期潭北が病臥していたことも判明する。なお善念寺過去帳を見ると、享保二十(一七三五)年の六月十八日に法名「玉顔童女」とあって「城内渡辺嘉兵ヱ女」と注記され、同年九月二十九日の項にも「玉顔童子」に「城内渡辺嘉兵ヱ子」と注記される。嘉兵ヱは愛児二人を立て続けに失ったのである。ちなみに善念寺住職の談によれば善念寺は元来町家の菩提寺であった。わざわざ「城内」と記しているのは、町人の渡辺嘉兵衛が何らかの理由で城内に勤仕していたことを証しているのであろう。

潭北に戻る。彼は若いころ、江戸に出て学んだ。『汐こし』(潭北著、享保元〈一七一六〉年刊)の沾徳序文(のちに『沾徳随筆』にも収められるが文辞に多少異同がある)には医者であったと伝える。同郷の早野巴人の影響もあってであろう、俳諧においても頭角を顕した。もっとも彼の前半生についてはほとんど明らかではない。『綾錦』において、江戸の一流の宗匠として格付けされた時は、はや五十七歳である。その後半生については、後掲する略年譜を参照されたい。

彼の人柄については、蕪村の『新花摘』（安永六〈一七七七〉年成）や、彼の三十三回忌追善集『野の菊』（安永四〈一七七五〉年刊）に窺うことができるが、これらは事典類にも紹介されているから今は省略する。潭北の出生地である烏山には次のような逸話が伝わっている。

或日村民冤罪の為めに拘囚せられ将に死刑に処せられんとす。其父なる者救ふに途なく悲嘆にくれたりしが貞尚の人となりたるを慕へ来りて其実を語り涕泣して救はれんことを請ふ。貞尚之を不愍に思へ如何にもして救はんとして藩廷に出てて某の無罪なることを論ぜり。貞尚の言正なるを以て是非曲直を弁明せり。藩其正なるを以て翌日某は免されて帰村することを得たり。父子感泣して其恩を謝せんとて物品を贈りけれど貞尚固く辞して受けず。人皆義狭《ママ》なるを嘆賞せり。

（『烏山町誌』一九二七年）

また、十三回忌追善集『さざれ貝』（宝暦十〈一七六〇〉年刊）の末尾には江戸俳壇の面々が句を寄せているが、その最初の平砂の句の前書きには、

百花荘のあるじよりより江戸に旅寝して俳諧に座をおどろかせ笑話に老を見せざりしもはや十三年のむかしとなりぬ、わきて我先師とむつましかりしこそ古集をひらきて猶したはれ侍る。

とあって、江戸俳壇の後輩から見た潭北像の貴重な証言となっている。

ここで、不十分ではあるが、潭北の簡略な年譜を掲げておく。

【潭北略年譜】

延宝五（一六七七）年　一歳

○下野烏山の渡辺家に生まれる。

享保元（一七一六）年　四十歳

○四月から八月にかけて、祇空と共に奥羽行脚する（『烏絲欄』）。

○十月上旬、俳諧紀行『汐越』成る（『汐越』奥付）。

享保三（一七一八）年　四十二歳

○このころ上京して淡々らと交友があったか（『今の月日』）。

享保四（一七一九）年　四十三歳

○十二月、『類柑子』（其角著、沾洲・青流等編。宝永四年初版、享保版は其角十三回忌追善記念）に一句入集。在住地「カラスヤマ」。

享保五（一七二〇）年　四十四歳

○六月、貞佐と下野紀行をする（貞佐編『他村』）。

○穀武編『飛ほたる』（介武三回忌追善）に入集。

享保六（一七二一）年　四十五歳
○十月、下野国犬塚村の黒川氏のもとに蟄居して『民家分量記』草稿を三日で執筆する（『民家分量記』。巻末自記、曾原山人跋）。
○前句付・笠付句集『年のみどり』成立。（加藤定彦「新出・潭北編『年のみどり』と野総地方の雑俳」『関東俳壇史叢稿 庶民文芸のネットワーク』若草書房、二〇一三年）

享保七（一七二二）年　四十六歳
○一月、俳書『今の月日』刊。我尚追善集。

享保八年（一七二三）年　四十七歳
○繫鈴舎雨橘編『野明り』（浮生追善）に入集。

享保九（一七二四）年　四十八歳
○四月二十五日、上州高崎にて俳論書『俳諧ふところ子』成立（同書自跋）。
＊この本は潭北が門人に配ったと思われる。追善句集『さざれ貝』に「先師の給わりし一巻今はかたみとなりぬ。／長夜の噺相手や懐子　可竜」／この可竜は『野の菊』では「松枝（松井田か）連」の最初に出てくる人物である。

享保十（一七二五）年　四十九歳

○一月、下野国佐野の郷士久田見氏の懇望により『民家分量記』を添削再成する（『民家分量記』巻末自記）。
○一月十五日、上州高崎で『百華齋随筆』を再成（京大本跋による）。
○この年、信州に半年ほど滞在したか（『民家分量記』曾原山人跋）。

享保十一年（一七二六）　五十歳
○八月、絵入俳書『秋の雛』（百里序）刊。二句入集。
○八月『民家分量記』刊。

享保十二（一七二七）年　五十一歳
○一月、露月編『未歳旦』に二句入集。
○三月十七日、菊岡沾涼、湯島天神にて万句興行。これに列座する（『綾錦』中の巻）。
○夏『閏の梅』（露月ら編）に入集。

享保十三（一七二八）年　五十二歳
○一月、『享保十三年戊申年　歳旦』編。

享保十四（一七二九）年　五十三歳
○一月、露月編『酉歳旦』に一句入集。

享保十七（一七三二）年　五十六歳
○八月、『俳諧反古拾遺』成（江戸本屋仲間記録『割印帳』）。
○夏、『綾錦』（菊岡沾涼編）刊。一流の俳諧宗匠として格付けされる。

享保十八（一七三三）年　五十七歳
○二月、『野総茗話』刊。

享保十九（一七三四）年　五十八歳
○このころより「堯民」の号を用いるか（『民家童蒙解』上之一）。
○三月上旬、八王子に至る（『民家童蒙解』巻上之一）。
○三月、淡々編『紀行誹談二十哥仙』刊。これに入集。
○四月十五日、上州松井田に至る。
○五月一日、『民家童蒙解』付録を書す。
○六月十日、この日の講義、松井田の儘田氏の依頼により書記する。

享保二十（一七三五）年　五十九歳
○八月、其角追善句集『梨園』刊。二句入集。

元文元（一七三六）年　六十歳

○このころ、佐久山の弟渡辺次左衛門方で病気療養（若林昌徳文書）。
○五月、沾涼編『鳥山彦』刊。二句入集。

元文二（一七三七）年　六十一歳
○一月、『民家童蒙解』刊。
○五月、『俳諧明星台』（重雪編）に入集。

元文四（一七三九）年　六十三歳
○十一月、其角嵐雪三十三回忌『俳諧桃桜』（宋阿編）に入集。雁宕、宋阿との三吟（結城三吟）および独吟あり。

延享元（一七四四）年　六十八歳
○蕪村編『寛保四年甲子歳旦帖』に一句入集。
○七月三日、没。

宝暦三（一七五三）年
○十二月、風光編『宗祇戻』に二句入集。

宝暦五（一七五五）年
○二月、『夜半亭発句帖』刊、入集。

宝暦十（一七六〇）年
○三月、十三回忌追善集『さざれ貝』（潭考編）刊。
安永四（一七七五）年
○秋、三十三回忌追善集『野の菊』（潭考編）刊。

粗略な年譜だが、これだけでも潭北の二つの顔、すなわち俳諧師としての顔と庶民教化者としての顔とが明らかに窺われる。のちにのべるように、享保期という時代は、俳諧と教訓が連動する仕方で庶民に浸透した時代であったらしい。潭北はその動きを最も端的に担った人物ではなかっただろうか。

三　教訓三部作

潭北には主な教訓書が三つある。享保十一（一七二六）年刊の『民家分量記』、享保十八（一七三三）年刊の『野総茗話』、元文二（一七三七）年刊の『民家童蒙解』である。『民家分量記』は、日本思想大系『近世町人思想』（中村幸彦校注、一九七五年）に収められており、容易に読むことが出来る。『野総茗話』『民家童蒙解』も、つとに『通俗経済文庫』等に翻刻が備わってはいたが、『民家分量記』をあわせて、『栃木県史　史料編　近世8』（一九七七年）に詳しい解説を付して翻刻されている。ここに収められた解説は潭北教訓書研究の高い水準を示している。これらと記述が重ならないように問題点を絞って三部作について記す。

1　民家分量記――その享受層――

潭北の教訓書のなかでももっともよく知られたもの。半紙本五巻五冊。内題は「百姓分量記」。享保十一（一七二六）年八月、京都西村市郎右衛門、江戸西村源六刊。安永四（一七七五）年四月再版。東宮須原屋茂兵衛、京藤村治右衛門刊。さらに寛政八（一七九六）年版、明治版もある。

本書の成り立ちについては巻末の潭北自記によれば、享保六（一七二一）年十月、「野州犬塚村黒川氏が許に蟄居して」草稿を記し（曾原山人の跋によれば三日にして成ったという）、同十（一七二五）年正月「同州佐野の郷士久田見氏」の懇望により添削再成し、十一（一七二六）年八月に板元の求めに応じたものだという。

犬塚村は、潭北編の俳書『今の月日』や、潭北編『歳旦』（享保十三〈一七二八〉年刊、柿衞文庫所蔵）にその地の者の入集句があるから、おそらく潭北の俳諧活動地のひとつである。巻五に見える問答の段から推察しても、内容は犬塚村での夜話が基本になっているのではないかと思われる。「此里の質直に感じ」て「かり綴じして」渡したという。また、佐野も同じく彼の俳諧活動地である。「郷士」である久田見氏は「済民の志深」い人物であったという。「済民の志」に適う本であるとすれば、この本の読者層に想定に示唆を与えるだろう。中村幸彦も「文章は殊に初めの冊において堅くて、一般農民の読めるものではない。農村でも有識者や、その後々も農村で教導にあたる指導の舌耕者達の参考となったものではあるまいか」（『近世町人思想』解説）と述べている。

本書が享保期の教訓書ブームの中で登場したものであることは、曾原山人（天野曾原、信州出身の儒者）の跋によってうかがわれる。曾原は本書の内容について大略次のようなことを述べている。

一般大衆向けの教訓が近日さかんに行われている。『世範』（宋。袁采撰、寛文九〈一六六九〉年和刻本）、『六諭衍義』（享保六〈一七二一〉年に訓訳本）、『願体集』（願体広類集。清の史典等編）などは、いい本である。仮名で書かれたものは、大したものはない。中で、貝原益軒の『大和俗訓』『家道訓』などはすばらしいものであろう。「東都の隠士」潭北の『民家分量記』は、村野の愚かな者たちのために書かれたものである。「分量とは、凡そ民家の長幼、卑尊、各当る所の分有り、貧富、大小、各称ふところの量有る、是なり」。潭北はこれを諭すために懇切丁寧に例を挙げながら説明している、と。

曽原の言うところに尽きているが、平凡ともいえるその教訓の中には、享保期の農村の不安定な状態を踏まえたと見られる文章がいくつか見られ、単にお題目だけではなく、現実に農村を回ってその実態を知っていた潭北の農政指導者的側面を見ることもできる。また末尾に掲げる「日用に勤来候一書《ひとつがき》」は「不孝なる言行有やなしや」以下二十五条目の内省訓で、のちの心学書によくみられるものの先蹤と言うべきものである。

その思想的基盤はおおむね朱子学によるものと見られ、中村幸彦は「闇斎学派の洗礼を受けたのではあるまいか」と推測している。

本書が宝暦期の談義本によく引用されたことは既述した通りだが、『栃木県史』が指摘するように、後世の農業書『農家捷径抄』（文化五〈一八〇八〉年成）には数カ所にわたる引用があり、国学者宮負定雄の『民家要術』（天保二〈一八三一〉年成）は、これを必読書のひとつに挙げていて、幅広い読者層に支えられていたことを証している。

2　野総茗話――潭北と成島信遍――

半紙本四巻四冊。享保十八（一七三三）年二月、京都西村市郎右衛門、江戸西村源六刊。成島信遍序。安永八（一七七九）年再板本は江戸岩井屋清右衛門・大坂岩井屋伝蔵版。

本書ははじめ『民家分量記』の続編たることを謳った「分量夜話」なる書名で刊行が予定されていたことが、

享保十七（一七三二）年刊『句霊宝』奥付の文刻堂俳書目録に、「分量夜話　未刻　潭北作　追付板行出来　全四冊」とあることで判明する。刊行時、『野総茗話』となったのは、下野下総の広範な地域を歩き回った潭北の、教化者としての遊歴性を打ち出す意図があったものと思われる。

本書の後書き的文章によれば、日頃の夜話を書き留めたものであり、問答の相手は農商階級の人々なので、内容も文章も易しいものである。江戸小網町の鹿沼屋（江田氏）の勧めによって出版することになったという。

構成は巻一が下野雀宮の小倉氏の許での夜話を元としたもの、巻二と巻三が下総八日市場の匝作《そうさ》氏の許での夜話を元としたもの、巻四が、日頃の、ということはおそらく江戸での夜話を元としたものとなっている（この中には「領主」の問に答える条がある）。『民家分量記』が対象を農民に絞った観が強かったのに対し、この著では、さまざまな職業階層の人々の具体的な質問への回答という形式がとられていることが特徴的である。

また先に挙げた文刻堂寿梓目録中の惹句に「神儒仏三教の大意をひらがなにてしるす」とあったように、潭北の思想的立場が比較的窺いやすい条がいくつかあるが、それについては次節で述べる。

なお『野総茗話』は享保後半から宝暦期前半にかけての書目を収録した宝暦四（一七五四）年刊『新増書籍目録』には、この目録ではじめて項目が設けられた「奇談」に分類されている。一見そぐわないようであるが、第二部で詳説するように、当時「奇談」というジャンル意識では「奇」よりも「談」に重点が置かれていたと思われる。その点からみると、同目録の「奇談」に多く収載されている談義本に繋がる性格がこの書に読み取られているのかも知れない。

また、興味を引くのは成島信遍の序文である。そもそもなぜ彼が『民家分量記』に引き続き、ここでも序文を撰しているのかということを考えなければならない。というのも成島信遍は享保四（一七一九）年、幕府奥坊主として徳川吉宗に仕え、同じく八（一七二三）年に御書物部屋をあずかった人物。江戸堂上派地下歌壇に重要な役割を果たしたことが久保田啓一によって明らかにされたが（「江戸冷泉門と成島信遍」『近世冷泉派歌壇の研究』翰林書房、二〇〇三年）、俳諧に親しんだ形跡はないし、通俗教訓書の序跋の類もこの潭北著作以外には、寡聞にして知らない。もともと俗文学には縁のない人物がなぜ潭北と交わりがあるのか。

唯一潭北との間に接点を見出すとするなら、それは信遍が農業に深く関わっていたことだろう。彼の農業書としては『東方農準』『農事大全』『農譚拾穂』などが伝わっている。また信遍は『民間省要』を著して吉宗に抜擢された田中丘隅と親しかった。田中丘隅は本姓窪島氏。川崎の里正、田中兵庫の養子となり、その跡を嗣ぐ。正徳年中に江戸に出て徂徠門に学び、成島道筑（信遍）の経義を受ける。幕府の為に治水工事を行い、道筑は、これを表彰する。のち自らその実見する民政上の事実意見を記録して『民間省要』（享保六〈一七二一〉年序）を著す。道筑はこれを幕府に献上する仲介をした。これにより丘隅は三十人扶持を賜り、支配勘定並に抜擢され、多摩埼玉二郡において数万石の地を支配した（享保十四〈一七二九〉年）という。信遍はそのように郷士、代官といった人々と親しかった。潭北の講話を聞いていた人々とあるいはそれは重なっているかもしれない。そのレベルでの交友の可能性はあるだろう。

信遍が寄せた序文は、潭北の教訓本の位相を考えるのに極めて示唆的である。信遍は幕臣であるが、享保改革における吉宗の庶民教化政策を具現化する人物としてまさに潭北を位置づけたのである。

信遍はまず中国の周の職制のひとつである「撢人」が王の志、国の政事を語るために諸国を巡る仕事を司っていたことを述べたのちに、潭北は現代の「撢人」であるという（「撢人」は信遍の農業書『農譚拾穂』中「郷約」にも見える語である）。信遍によれば、潭北は古を好み、逸民としてあちこちを動き、人を教化し、善導している、たまたま問うものあり、その問答をあつめて「野総茗話」という。これはまさに国の道を興し、人を教えるものである、と。

もとより潭北の著作が広く読まれたのが享保改革に伴う庶民教化ブームに乗ってのことであることは、おおよそ見当がつく。しかしここまで官民の蜜月ともいえる事実を前にすると、その奥を探りたくなってくる。信遍が潭北の二つの著書に序文を撰したことは、享保期教訓書の性格を考える時に大きな示唆を与えるものだろう。

3　民家童蒙解――人間至上主義――

半紙本五巻五冊。元文二（一七三七）年正月、京都西村市郎右衛門、江戸西村源六刊。享保二十（一七三五）年四月一竿舎兆翁序。享保十九（一七三四）年三月自序。天明元（一七八一）年十一月、京都梅村三郎兵衛、勝村治右衛門再版。なお同年付の刊記を持つ京都梅村三郎兵衛、大坂藤屋弥兵衛版では、内題、目録題が「民家分量記続篇」となっている。樗山ものの後刷本などに付された文刻堂（西村源六）寿梓目録には、『民家分量記』『野総茗話』と並んで載っており、「分量記の後編人の教弁孝行の物語を記す」という広告文がある。

上之一が享保十九（一七三四）年三・四月、武州八王子での夜話。上之二、下之一、下之二では、同年の推定四月から六月、上州松井田での夜話。それに付録として孝子忠女譚という構成である。

本書は、一竿舎兆翁の序文によれば、潭北が「門人の懇望に応じて、日頃演説せられたる事を、自ら書して儘田氏千之にあた」えたものである。千之は縁者以外に他見を許さなかったが、縁あるをもって本書を読んだ兆翁、この書が「秘すべきにあらず」「人倫を正し、天理を明らかにす」るものであることを知ったという。一方本書下巻末の潭北の記した「委巷贅言」によれば、この書はもと「真名書」であったものを「俚語」をもって「其席の物語せしごとくに」書き換えたものであるという。

なるほど、上之一では「処不住の隠者堯民といふ翁あり」と、説話風に書く工夫も見せている。

上之一では八王子での講話が十八条にわたって述べられる。彼は門人に向かって、人が第一に知るべき理は何かと問いかける。皆はそれぞれ「性」「人の道」「孝」「家事」などと説を出すが、彼は人がまず知らねばならないことは、人が万物に優れて尊いということだという。なぜなら人だけが理をことわり道を明らめる存在だからであると。このあと彼は「神」なる存在も人間が形を与えたものだと喝破し、一種の人間至上主義を主張するのは注目に値しよう。以後は松井田での講話。上之二では孝行と恥の問題、下之一では処世訓的諸問題、下之二では教育問題や婦人論が語られる。『源氏物語』は「淫乱の媒」となるから女性には読ませるべきではないというあたりは、当時としては常識的な見解であろう。附録には、江戸日本橋の書肆杉浦三郎兵衛と下野佐野犬伏の安藤弥八郎の孝子譚と、同じく犬伏の「さつ」女の忠義譚が綴られ、特にさつの話は長文になっている。この附録は「教化の助となさんことを庶幾《ねが》ふ」て書かれたもので、三人とも潭北の知人だという。

四　「道」と「理」のとらえ方

潭北の思想内容については、教育史的観点から、かなり詳しい検討がなされたことがある（入江宏「享保期における農民教化活動の一側面――「百姓分量記」に示された家と村落の論理――」『北海道学芸大学紀要　第一部C　教育科学編』第十四巻第二号、一九六三年）。この入江論文は俳人の庶民教化の実体にも迫っており、潭北研究の先駆的業績として高く評価すべきものである（前引『栃木県史』における潭北関係の既述も入江の執筆である）。思想史、文学史の側からは、朱子学に基づいた穏当な思想内容の一言で片付けられてきた観なしとしない。わずかに今井淳が『近世日本庶民社会の倫理思想』（一九六六年、理想社）において潭北に何度か触れ、たとえば農村における俗信流行を戒めたことや、農民の零細化・分家問題などに注目していたことを、近代的視点から評価したのが目につく程度であった。

しかし迷信を戒めるのは、『町人袋』『田舎荘子』など、この時期の教訓書に共通しているし、農業問題への注目は、教訓本の評価においてはやや次元を異にする内容である。

彼の思想の背景は奈辺に求められるべきであるか。その根底に朱子学があることは疑いない。先述のように中村幸彦は闇斎学派の洗礼を受けたかと推定するが、その根拠を示してはいない。ちなみに林家門人録『升堂記』には相応の時期、数人の渡辺姓の入門者が見えるが、潭北らしい人物はいない。潭北自身は「経書に渉猟したるにもあらず、論語一部おろおぼえの外、胸中更に他物なし」（『民家童蒙解』巻上之一）と言う。むろん謙辞と見なければならないが、当たらずといえども遠からずではなかったか。いずれにせよ、外部徴証から潭北の思想の出自を探るのは諦めなければならない。

ところで、潭北の教訓三部作を刊行順に読んでいくと、デビュー作の『民家分量記』の時点と、『野総茗話』『民家童蒙解』の時点では、微妙な変化がその言説にみられるようである。それは、享保期において、朱子学が、徂徠学や老荘思想によって相対化の波にさらされるという思想史の局面と軌を一にしている。つまり享保六（一七二一）年に草稿が書かれた『民家分量記』では、前述のように基本は明らかに朱子学であった。しかし享保末期から元文期にかけて著された後二作では、朱子学の主張とは齟齬する考え方が表明されているのである。

その最たるものは「道」（「人の道」）を「理」と区別し、「理」万能主義を否定するということである。その言説を検討する。

まず注目すべきは『野総茗話』巻一の「理と道との問答」である。これは「儒仏禅老荘何れも説々区々也と申せども、解れば同じ谷川の水にて、自然の理の外に道は候まじ、所詮理に乖かざるやうに行ひ候はば、違ふことあるまじく候」と考える「或人」が、貴方はどう思うか、と問うてきたのに答えるもの。ここで潭北は明言する。なるほど天地万物の間に「自然の理」に漏れることはないであろうが、人間だけは「自然の道」というものがあって、これは「理」では裁断できない。もし人間も「自然の理」に従うのであれば、男女との交合は血縁同士であろうと、また人前であろうと憚ることなく行うであろう、しかしそうしないのは、人は「理」ではなく「人の道」に従っているからだ。「向後理を止て道を心がけ給へ」と。では「理」を完全に捨てるべきかとの問いには、事物を判断するには「理」を用い、修身斉家治国は「道」をもってせよと答える。では潭北にとって「道」とは何か。「答二道を問人一」の条では、「道の本は仁なり」とし、その実践は「孝」に始まると言う。そうして巻一全体を締めくくって曰く、「右は野州雀宮小倉氏の許にての夜話なり。強く道を尊び、理を捨人の道の外に道なく、孝は道の本たる事を述侍るのみ」と。

ところで「人の道の外に道なく」について補説すると、「道を問ふ人に答ふ」の条で質問者が「貴翁常の詞に、人の外に道なく、道の外に人なし、人として人の道を行ひ、内に省て違ふ事なくば、何をか憂ひ何をか恐れ、何をか羨み何をか求めんと（下略）」と述べているところから、「人の外に道なく、道の外に人なし」が、いわばこの時期の潭北のキャッチフレーズであったことがわかる。この語はもともと『論語』衛霊公篇の「子の曰く。人能く道を弘む。道人を弘むるに非ず」に朱子が、「人の外に道無く、道の外に人無し（原漢文）」と注したものである（『論語集注』）。さすがに論語を学んだ潭北ならでは、と言いたいところだが、やはりここでは「理を捨てる」ということと一体となって主張されていることを見逃してはなるまい。そういう観点からいえば、むしろ伊藤仁斎の言説との繋がりが注目される（すでに渡辺浩は『民家分量記』を題材としてではあるが、仁斎と潭北との関連について言及している〈「伊藤仁斎・東涯」『江戸の思想家たち　上』研究社出版、一九七九年〉）。

仁斎の『童子問』（宝永四〈一七一四〉年刊）上、第八章には「人の外に道無く、道の外に人無し。人を以て人の道を行う、何の知り難く行ひ難きことか之れ有らん（原漢文）」という。仁斎また『論語集註』からこれを引いたことは渡辺も指摘している。以下渡辺の言葉を借りれば、「しかし、ここに含意されているのは老仏否定のみではない。むしろ何よりも、「道」を個々人に内在する「理」即ち「性」と連結し、人間の奥部に潜む本性への放射・展開のごとくにそれを理解することへの批判であり（例えば『童』上、一四章参照）、同時に、「道」を森羅万象事々物々に遍在する「理」と同一視し、「一木一草の理」をも窮めることによってそれを悟り知ることができるとすることの否定なのである（例えば『童』上、四〇、四一章参照）」（渡辺前掲論文、同書二六二頁）。

まさしく潭北の「理」と「道」の捉え方は仁斎のそれと極めて似ていることがわかる。もちろんこれのみをもって潭北の思想の基盤を仁斎に求めるのは早計である。とはいえ、潭北に影響を与える可能性は仁斎以上にあるはずの荻生徂徠は、この仁斎の理と道の言説について、「これらの議論はみな痴人の夢を説くがごとし（原漢文）」（『弁名』下「理気人欲」）と罵倒している。少なくとも「道は聖人の立つるところ」とする徂徠の考え方に潭北は馴染まなかったであろう。

『野総茗話』巻二の「答二性と理と心を問一」では、「性」「理」「心」に「道」が優先することを述べ、それが孔子の学に基づくことを明らかにする。その言説を引用する。

性はなす事なし、心はなす所あり。心は物に応じて動く、理は動く事なし。物あれば必ず理あり、かならず心あるにあらず。心は理を知り、理は心も性もしらず。極めて性をいふ者は道の裏へまはり、理をいふ者は道の枝を尋ね、心をいふものは道を後にす。いづれも的面に道を見る事かたし。孔子は此三つの物をいはずして日用五倫の道を教給ふ。孔子を低しとすべからず、性学理学心学を高しとすべからず。古《いにしへ》は孔子の道をよしとし、今は性学理学心学にてあらざれば治《おさま》らずといふべからず。唯いつ迄も道は五倫、教えは孔子、書は論語たるべし。うたがふべからず。

言うまでもなく、仁斎は『論語』をもって、「最上至極宇宙第一の書」とした（『童子問』上第五章）。「日用五倫」を重視したことも仁斎学の特徴である。

もし潭北が朱子学的思考から部分的に何らかの展開を果たしたとすれば、そこに仁斎学の影響を見てとるのはさほど困難なことではない。しかし、享保期の江戸の思想状況から考えると、いささか不審も残る。当時大流行していたのは徂徠の学説だからである。あるいは徂徠学を媒介として仁斎学に接近したかとも思われるが、もはや憶測の域に入った。『野総茗話』の言説には外にも興味深いものがあるが、詳細は拙稿「潭北の教訓本——『野総茗話』をめぐって」（『雅俗』第二号、一九九五年一月）を参照されたい。

五　俳諧と庶民教化

潭北には、庶民教化者としての顔と俳人としての顔があることは先述した。この二要素がいかに連携していたかということを考えてみたい。

享保期の庶民教化の波が俳諧にも及んでいたことは、従来指摘されているところである。たとえば、祇空・潭北・盧元坊の教化活動について、三田村鳶魚は次のように述べている。

祇空が深川八幡の社地へ祇空霊神として祭られたのは、享保十二年（飯倉注、実際は享保二十年の祇空三回忌）の秋でありました。祇空は吉田家に由緒があるということですが、この人の書きました『温泉茗談』（飯倉注、国書データベースに所載なく未見）などを見ますと、その教化の筋も大体わかってまいります。この人は「一宿客」という印を用いておりますが、どこへ行っても一晩しか泊らない。祇空なども民間教化につとめた一人であります。

常盤潭北は享保五年（飯倉注、正しくは十一年）に『民間分量記《ママ》』を出しておりますが、この人などは、儒者とも違えば、仏者とも違うようなことで、大いに民衆の教化を行なっております。それから美濃派の盧元坊などは、俳諧ということによって、民間教化を試みている。潭北や盧元坊などによりますと、やはり早速に成仏する、直ちに得脱することが出来るものだ、という方に力が入っているように見えます。そういうふうに——今日の言葉で申せば、宗教的に感化致すのにも、ちょっと説き方が従前と違ってきている。一つには時世からそういうふうにもなりましたろうが、吉宗将軍の仕向けもまた、大いに与って力がありはせぬかと思います。

（『教化と江戸文学』一九四二年、引用は『三田村鳶魚全集　第二十三巻』中央公論社、一九七七年による）

盧元坊の師である支考の存在も大きい。彼の衒学的な俳論は儒釈老三教からの引用が多いことで有名であり、俳諧を「道」としてとらえる発想が顕著であり（後述するように、潭北また俳諧を道と捉えるところ大である）、朱子学的文学観を濃厚に反映している。このような支考の俳論については、中村幸彦「支考論」（『中村幸彦著述集　第九巻』、一九九〇年）が要を得た解説を施している。

江戸俳壇における経世論的傾斜には当時大流行していた徂徠学の影響も大きかったであろう。江戸座の遊俳である祇徳は俳諧古学門を開いた人物であるが、元文六（一七四一）年刊の『一言庭訓』で、「巻中皆世間の盛衰有為転変の理りを観じ仁義五常の道に背かず、仏神の冥慮を仰ぎ、おのづから勧善懲悪の一巻なれば老若貴賤の今日をうつして吾身をかへりみるには俳諧よりよろしきはなし」といい、俳諧は人も世をも治める一つの道で、決して博奕・勝負の具としてはならない、という諷諫説を唱えている（飯倉洋一「祇徳の立場——「誹諧古学」について」『國文學 解釈と教材の研究』二〇〇三年七月号参照）。

このような状況について、中野三敏は、樗山と紀逸一派との交渉について触れた後、「当時の江戸俳人と教訓読本との関連は、安居斎、紀逸、祇徳、常盤潭北、山口輝雄などにかなり密接なものを認め得るようである」と述べている（『戯作研究』所収「佚斎樗山のこと」の注1〈一四五頁〉）。

では潭北の俳書に教訓的言辞を見出すことができるのだろうか。享保七（一七二二）年刊『今の月日』において潭北は、「親句疎句」について、「一、親句疎句の事、合点し得たる方の侍る。親は子をやしなふ姿也。愛面にあらはれて見えざる所なり。疎は臣をつかふ心、表儀にして内こまか也（以下略）」と解説している。白石悌三「親句疎句の論」（『言語と文芸』六十二号、一九六九年、のち『江戸俳諧史論考』九州大学出版会、二〇〇一年所収）にも引かれた有名な説だが、親句を親の子に対する愛情に、疎句を主君の臣に対する心遣いに喩えているところがユニークである。この喩えは、難しい俳諧の概念を、童蒙児女に解りやすく説く趣きがあり、実際の潭北の講話を彷彿とさせる。

潭北のまとまった俳論書といえば『俳諧ふところ子』（享保九〈一七二四〉年執筆）がある。この書は潭北が門人に俳諧の要諦を説いて与えたものらしい。潭北十三回忌集である潭考編『さざれ貝』（天理大学附属天理図書館綿屋文庫所蔵）に、「先師の給わりし一巻今はかたみとなりぬ」の前書で、「長夜の噺相手や懐子」という可竜の句がある。可竜は、潭北三十三回忌集『野の菊』（安永四〈一七七五〉年刊）によれば上州松井田の門人である。門人たちにいわば形見として与えたこの教えの書は、いたるところで俳諧が「道」であることを強調している。祇徳のごとき露骨な経世論的付会はさすがにないものの、俳諧の本来的意義からみると真面目すぎる俳論は、潭北の立場を遺憾なく発揮している。

その証人として『民家童蒙解』の著述を懇望したという上州松井田の儘田千之という人物を挙げたい。潭北はその著を「儘田氏之隠荘好和亭」においてなした（『民家童蒙解』「委巷贅言」末尾）が、同書には潭北に対する千之の謝辞が記されている。この千之という人物は、俳諧においても潭北と深い関係がある。例えば蕪村の『寛保四年歳旦帖』では、潭北句の次に彼の句が出ている（ちなみにその次の句は潭北の追善句集を編んだ潭考の句である）し、潭北自身が編んだ享保十三（一七二八）年刊『歳旦』にも入集している。もともと松井田は潭北の俳諧活動の一拠点地であったことは、その追善句集などを見れば明らかであるか、このようなことから考えて、千之は潭北の俳諧の門人であったことはほぼ疑いのないところである。

次に、三部作から窺うことのできる、彼の教化活動の地を列挙してみると、次のごとくである。

『民家分量記』　下野犬塚村　下総佐野

『野総茗話』　下野雀宮　下総八日市場

『民家童蒙解』　武蔵八王子　上野松井田　下野犬伏

一方、潭北編の俳書『今の月日』や『歳旦』に入集する地方俳人を見ると、犬塚、佐野、松井田、犬伏からはいずれも複数の俳人が入集している。その外にも『民家童蒙解』に登場する「篤実」の人砂岡我尚は彼の俳諧仲間であり、その出身地下野結城の俳人も多く潭北編俳書に登場している。これらの数少ない資料からでも見えてくるのは、潭北の教化活動地と、彼の俳友の分布状況とは、かなり重なっているということであり、推測を恐れずに言えば、実際にはほぼ一致していたであろうことである。

この時期の俳人の庶民教化の実体については不明な点が多いが、不十分ながらこの潭北をもって一例とすることはできるであろう。

元文二（一七三七）年五月、松井田出身の俳人金井重雪が実父金井末雪の七回忌を記念して編んだ追善句集『誹諧明星台』がある。これには潭北の句も千之の句も入集しているが、その序跋を見ると俳諧と教訓が連携した実例をみることができる。

まず重雪の序文は、「それ孝は百行のもとにして万善の源とこそいふなれ」ではじまり、安士の跋文は重雪を讃えて、「此人五倫の道理もわきまへ分て孝の道を守るを専として松井田に心を近く武陵の親の膝もとをさらず」（飯倉注、重雪は養子となって江戸に居住していた）と述べる。「孝」は潭北の教えの中でも最も重要な「道」の実践であったことは既に見たとおりである。松井田に俳諧を拡げ、教えを浸透させた潭北の影をここに見ることは附会であるかもしれないが、少なくともその精神をこの追善集に見ることができるとは言えるだろう。

六　文運東漸と西村源六――結びにかえて

最後に潭北を近世散文史上にいかに位置づけるべきかについて述べる。

1　享保期の官民一体の教訓書ブームの一翼を担った。

2　樗山らの談義本流行の素地を作り、宝暦期の談義本にも影響を与えた。

3　俳諧と教訓との橋渡し役を文字通り体現した。

以上についてはもはや贅言するまでもないだろう。ただし、潭北の教訓三部作を出版した文刻堂西村源六については一言しておかなければなるまい。というのも、私見では、いわゆる文運東漸のもっとも早い時期における功績者のひとりとして文刻堂は位置づけられるが、その中でも潭北の著作を出版したということが、大きな意味をもっているとと見られるからである。

西村源六は、浮世草子出版書肆として名高い京都の書肆、西村市郎右衛門の江戸出店として出発した。中野三敏は、享保十二（一七二七）年刊の『竹斎行脚袋』（『新竹齋行脚袋』）（『新竹斎』改題本）の奥付にその旨が記されていることを報告した（「文運東漸の一側面」『戯作研究』所収）が、筆者も享保十二（一七二七）年刊『御伽大黒の槌』（『新御伽婢子』の改題本）の刊記に、次のようにあることを見出した。

享保拾弐年
　未ノ正月吉祥日
京六角通鷹丸西へ入町
　西村市良右衛門
江戸通本町三丁目出店
　西村　源六

「出店」とわざわざ断る以上、源六の江戸での出版活動開始時期は、享保十二年からさほど遡らないはずである。管見では享保十一（一七二六）年刊の『民家分量記』以前には遡らないようである。これには傍証もある。西村源六は蔵板目録（文刻堂寿梓目録）をよく付ける。近世後期にいたると書目二百五十点を超すものもある。しかし文刻堂目録の中で最も早いと思われる享保十二年刊行の『田舎荘子外篇』附載の目録（関西大学図書館中村幸彦所蔵本による）は、わずか七点の目録で、しかもそのうち四点は「追而板行」。既刻は『民家分量記』『田舎荘子外篇』『俳諧句霊宝』の三点のみである。網羅的な目録を特徴とする文刻堂であるから、おそらく『田舎荘子外篇』刊行時の既刻はこれだけだったのであろう。なお、『句霊宝』は柿衞文庫本刊記によれば実際は享保十七

（一七三二）年の刊行であった（ただし享保十〈一七二五〉年冬付の露月と西村源六連名の跋があり、そこで出版宣言もしているので、初板刊行年についてはなお考慮の余地がある）、ということは、『民家分量記』こそ西村源六の記念すべき出版界デビュー作であった可能性は高い。

そして、翌十二年には、佚斎樗山のいくつかの作品を和泉屋儀兵衛と分け合って手に入れ（前章参照）、まずは『田舎荘子外篇』を刊行する。そしてともに無名といっていい潭北と樗山の著作は見事に売れるのである。江戸に進出してきたばかりでありながら、江戸の出版状況を正確に把握し、読者のニーズを巧みに捉える西村源六の腕の確かさは並々ならぬものだったのである。当時、教訓書といえば、益軒や如見のものが売れていた。江戸ではまだこれといった売れ筋の作者はいない。源六は江戸にふさわしい新しい教訓作者を誕生させた名プロデューサーであったと言えるだろう。

享保期における教訓書、教訓読物の刊行状況を見ると、上方では比較的純粋な教科書が目立ち、江戸では教訓に滑稽を交えた談義本が目立つ。八文字屋本の伝統いまだ根強い上方では、滑稽な読物は浮世草子が受け持っていたからだろうというのは中野三敏の分析である（前掲「文運東漸の一側面」）。現在の文学史においては、江戸出来の新しい文学である樗山作品は文運東漸の旗頭的存在として脚光を浴びている。そのこと自体は否定しようのないことである。しかし、潭北の作品は、江戸においては数少ない、『六諭衍義』の精神を継承した、しかも庶民向けのまじめな教訓書であった。ありふれた言い方になるが、樗山の作品も、潭北のオーソドックスな作品とのバランスの上に供給されたのであり、あたかもそれは車の両輪のごときものではなかったか。

本稿の最初に、当時の本屋も読者も、潭北と樗山を並列的に扱っていることを述べたが、その意味はこのあたりにあったのではないか。宝暦期の江戸の出現した談義本が、不思議に『田舎荘子』を挙げず、『民家分量記』を挙げるのも同じ理由からである。なぜなら滑稽を旨とする本は、必ず真面目な本を規範として必要とするからである。

西村源六は、俳諧書肆としても相当な実力を示すことになり、やがて江戸有数の本屋に発展する。俳書では『句霊宝』のほか『誹諧閏の梅』（享保十二〈一七二七〉年）など、おそらくは源六と親しかったと思われる露月の俳書出版で実力をつけていくのである。

〈追記〉

念校段階で、藤原英城「二代目西村市郎右衛門の出版活動――その登場から享保年間までの動向」（『京都府立大学学術報告　人文』六十八号、二〇一六年十二月）に、西村源六の江戸「出店」表記が享保四（一七一九）年刊の『神祇／伊勢御改服忌令』に見えることが指摘されているのに気づいたので追記する。これによって源六の出店としての活動を享保四年まで遡ることができる。ただし、これによって本論の趣旨が変わることはない。

第三章『作者評判千石篩』考

一　問題の所在

歌舞伎見物とは役者を見にいくことである。歌舞伎を批評するとは、役者を批評することと同義である。役者評判記とは、役者の演技を様々なキャラクターの観客が批評し、位付するものである。

それでは物語・小説などの読物の批評とは何であろうか。テクストの新しさ・面白さ・芸術性の高さなどを論じるものであろう。しかし、日本の小説評論の嚆矢ともいわれる『作者評判千石篩』(以下『千石篩』と表記する)は、役者評判記の形式にならったもので、角書の「作者評判」は「役者評判」のもじりである。つまり、役者を評判するように作者の技量を評判したものである。読物の批評において、その「作者」を批評するとは、どういうことなのか。近世文学史における「作者」の問題を考える時に、本書の持つ意味は大きいのではないか。筆者の問題意識はそこから始まる。

『千石篩』は、宝暦三(一七五三)年から宝暦四(一七五四)年春にかけて江戸で出版された十三の仮名読物について、ひとつひとつ評を下した出版物である。書型・冊数などの外形をふくめ評判記のスタイルを有するが、伝本は東京都立中央図書館加賀文庫所蔵の二本(一本は上中下揃い、一本は上中のみ)が知られるのみで、広く流通したものとは思えない。しかし、近世の娯楽的な読物の歴史を考える際に、本書を避けては通れない。そう考える理由は以下の五点である。

第一に、この時期の「仮名物」（仮名本）と称する本の享受のあり方がうかがえる点。

第二に、江戸時代の出版史において、娯楽的な仮名読物の著者に「作者」意識が伴うのは享保期あたりからと推定されるが、役者評判記になぞらえ「作者」を評判するという形の本書は、批評する側の読者もまた「作者」を意識していたことを明示している点。

第三に、「仮名読物」は、教訓臭の濃いものから教訓臭の薄いもの（慰みになるもの）へと、その嗜好が変化するターニングポイントが宝暦四年前後と見られ、本書の評判はそれを反映していると思われる点。

第四に、仮名読物の多様な享受のあり方を示している点。この評判は、一般読者の平均的な評価を反映しているわけではない。評判本文には、幾度となく「世上」「世間」の評価と、亭主のランク付が異なることを述べている。我々は、「近世的な読み方」を一つに収斂できるかのような幻想をいだきがちであるが、「近世的な読み方」も当然多様なはずである。そもそも評判記という形式が、褒貶両面の批評を内在させ、批評を相対化する仕組みをもっている。

第五に、本書は江戸の地で出た「仮名物」を評判するが、それを評判するのが武士たちであることで、評判された「仮名物」の主要な読者が江戸の武士であると考えられる点。

二　本書についての評価

本書については、浜田義一郎が、「『戯作評判千石篩』《（ママ）》解説――宝暦四年の文芸界――」（『文学論藻』三十二号、一九六五年十一月）で初めて紹介した。「同時代人の享受の態度、読書人のあり方、文芸界の傾向あるいは形態などについて素朴ながら興味ある記述が少くない」とされる。

次いで中野三敏が「翻刻、作者評判千石篩」（『淑徳国文』第六号、一九六八年一月）において、翻刻と解題を発表、「江戸時代に於いて、系統だった小説評判が行われたのは、恐らく此の書を以って始めとする」とした。中野は「「戯作評判記」評判」（『鑑賞日本古典文学〈34〉洒落本・黄表紙・滑稽本』角川書店、一九七八年）で、本書が突然出現した背景として、①享保以降の学芸界における議論嗜好の傾向があり、文芸界にも白話小説の批評が現れるように、大衆娯楽読物にも低俗に見合う形式すなわち評判記形式の批評が現れたこと。②宝暦四年という年は江戸の読物類が激増した年であること、その理由として出版取締令などを出した徳川吉宗の死（宝暦元年）による出版界解放の機運があること、を挙げる。また本書が、武士の読者という立場から書かれ、教訓性よりも、衒学的な色談義や世間の穴探しを評価するという、江戸戯作の方向を言い当てたものだったと指摘する。いずれもきわめて重要な指摘である。

なお、同『江戸名物評判記案内』（岩波新書、一九八五年）には、その内容が再録された。翻刻は、同編『江戸名物評判記集成』（岩波書店、一九八七年）に、他の名物評判記とともに収められた。

濱田啓介は「近世に於ける小説評論――馬琴以前の形勢について――」（『国語と国文学』一九七五年六月号）において、「小説評なるが故に、始めて記述態度が問題とされるに至る。（中略）これらは一部の作品の表現態度に関する評であって、史評にも、講釈評にも、芸評にも、浄瑠璃の評にも嘗て無いものである」と評価する一方、「しかし、尚、形象を評するには殆ど及ばない」「その評判の方向を専ら教化の態度如何に引きつけてしまっている」とその限界も指摘する。

『日本古典文学大辞典』（岩波書店、一九八四年）の「千石篩」（中野三敏執筆）なども参考にすれば、本書は、①日本の小説を評論した最初の書であり戯作評判記の第一作。②役者評判記のパロディである名物評判記の最初の作品。③作品の表現態度を評した点で画期的であるが、小説の形象を批評するまでには及んでいない。④後の江戸戯作の方向性を予言。というような評価を与えられている。

　本稿は特に目新しい指摘をするものではないが、近世前期から近世後期にかけての、漢字仮名交じりの読み物（これを「仮名読物」と称する）の史的変遷を考える上で重要だと思われる「奇談」書（宝暦四年の『新増書籍目録』ではじめて登場する分類項目）の文学史的意義、ひいては仮名読物史を構想する上での本書の持つ意味を考えてみようとするものである。というのも、本書が評判する読物は、十三点中十一点が「奇談」書と認められるからである。「奇談」書という領域じたいが、仮名読物史上、近世前期から近世後期への橋渡し役的な意味をもつが（第二部第一章「近世文学の一領域としての「奇談」」参照）、その変遷をたどる上で、特にそれが続出した宝暦三・四年の「奇談」書を評判する『作者評判千石篩』は仮名読物史の過渡期の内実を探るのに重要な書物であるといえよう。

　まず、本書で取り上げられた対象を、記載順に十三点挙げておこう。注記は実際の書型・巻冊数・著者・版元・宝暦四年書籍目録での分類である。それに付加すべき情報を記しているものもある。

第一　龍宮船　半紙本四巻四冊　張朱鱗　宝暦四年正月　江戸鶴本平蔵　「奇談」弁惑物

第二　非人敵討実録　半紙本五巻五冊　多田一芳　宝暦四年正月　江戸和泉屋平四郎　「風流読本」（明和九年書籍目録では「奇談」）

第三　諺種初庚申《ことぐさはつがうしん》　半紙本五巻五冊　紀逸　宝暦四年正月　江戸浅倉屋久兵衛・萬屋清兵衛　「奇談」

第四　水灌論　半紙本四巻四冊　服陳貞　宝暦三年四月　江戸西村甚介・加賀屋喜兵衛　立項なし

第五　教訓不弁舌　半紙本五巻五冊　一応亭染子　宝暦四年正月　江戸吉文字屋次郎兵衛・本屋庄兵衛　「奇談」

第六　無而七癖《なくてななくせ》　半紙本三巻三冊　車尋・桴遊　宝暦四年正月　江戸小沢伊兵衛　「奇談」

第七　当風辻談義　半紙本五巻五冊　嫌阿　宝暦三年九月　江戸竹河藤兵衛・辻村勘七　「奇談」
第八　銭湯新話　半紙本五巻五冊　伊藤単朴　宝暦四年正月　江戸奥村次助　「奇談」
第九　当世花街談義　半紙本五巻五冊　孤舟　宝暦四年正月　江戸伏見屋吉兵衛他　「奇談」
第十　風姿記文　半紙本三巻三冊　竹径蜷局　宝暦三年十二月　江戸藤木久市　「雑書」
第十一　下手談義聴聞集　半紙本五巻五冊　臥竹軒　宝暦四年正月　江戸出雲寺和泉　「奇談」
第十二　反答《へんとう》下手談義　半紙本五巻五冊　儲酔　宝暦四年正月　江戸和泉屋仁兵衛他　「奇談」
惣巻軸　花間笑語　半紙本四巻四冊　大進　宝暦三年九月　江戸大阪屋平三郎　「奇談」

三　「仮名物」をめぐって

「作者評判千石篩」の書名は、正徳二（一七一二）年正月刊行の『役者千石通』（泉長兵衛版）のもじりと思われる（同書本文は『歌舞伎評判記集成』第四巻所収）。しかし、本文ではそのような説明はない。「千石篩」の書名については、惣巻軸の「花間笑語」で、「亭主」が「外題はなんと、隠居思召つきは御座りますまいか」と訊いたのに対して、「隠居」が「あるともあるとも。千石とほしがよかろ。必ず善悪を評して、粃《ぬか》と精《しらげ》を撰分る意じやないぞや。あの千石とほしといふ物を見るに大方、大門通りと書付てあるから、仮名物を取あつかふと言ふ縁ばかり」という通り、出来のいい作品と不出来の作品を選別する意のように見えるがそうではなく、千石篩に決まって書き付けてある「大門通」は金物屋の多いところであるから、「金物（仮名物）」を扱うという洒落の命名であったと説明する（もちろん選別の意味ではないという言い方で、その意味もあることを含意していよう）。享保二十（一七三五）年刊『続江戸砂子温故名勝志』巻之二「江府町名目」の「河北」中の「通旅籠町」の説明に、「此町と通油町の間を大門通と云、むかし此南に吉原ありし時の大門口通り也。此通にから金道具商、馬道具屋あり」（小池章太郎編『江戸砂子』東京堂出版、一九七六年）とあるが、河野通明「千石通しの成立と伝播（一）（二）」（『民具マンスリー』三八―七・三八―八、日本常民文化研究所、二〇〇五年）によれば、貞享元（一六八四）年に、江戸大門通りの釘屋喜兵衛が、取り扱い商品の金網を使って千石通しを発明し、ヒットしたという。同論文も引用する『本朝世事談綺』巻二「器用」に「〇千石簁／貞享のころ、東武の大門通釘屋喜兵衛といふもの工夫し、はじめてこれを造る」とある。恐らく、釘屋が所在地と屋号を商品に書き入れていたのだろう。ともあれ「仮名物」から「金物」、その店の多い「大門通」（釘屋喜兵衛）、それが決まって書き付けられている「千石篩」の連想で、題名が考えられたというのである。

「仮名物」とは、一般的に定義すれば漢字仮名交じりで書かれた読み物と言ってよいであろうが、後に述べるように、本書は江戸の本屋事情に近い者の著したものとおぼしいので、「仮名物」も本屋の使う用語として捉えておくのがよいだろう。

本屋が刊行する書籍目録の分類に「仮名物」の語がはじめて登場するのは、享保十四（一七二九）年の『新撰書籍目録』（京、永田長兵衛刊）である。「仏書仮名物類」と「仮名物草紙類」であるが、『千石篩』でいう「仮名物」とは「仮名物草紙類」を指していると考えるべきであろう。本書の評判本文の中では「仮名本」「仮名草子」と称されることもある。

ここで『千石篩』における「仮名物」「仮名本」「仮名草子」の用例を列挙してみよう（傍線筆者、以下同じ）。便宜的に番号を記しておく。

1　戌の年新板仮名本（内題前書）

2　此春読だ新板の仮名本（開口部）

3　抑《そもそも》年の初めのなぐさみは、借《かし》本屋を呼寄て、新板の仮名本読んでたのしむほど、気のはらぬ遊びはなし。
今年は取わけ江戸作の仮名本、何程でたやら。（同）

4　かな物評判とは縫殿介が趣向（同）

5　さあさあ当春新板仮名本の惣巻頭、唯仮初《かりそめ》の草子かと直下に見れば、（龍宮船）

6　其上仮名本などは大方作者の書捨《かきすて》置たを、書物屋が取上て、板行する故、（同）

7　仮名本とは申ながら仮初にも書物作る人が、文字知らでなるべきか（同）

8　向後仮名物の読本などは唯其主意さへ知れば文字にはおかまひなされな（同）

9　元来此手合は、四角な字が読《よめ》ませぬから、かやうな仮名本でなければ埒あきませず。（非人敵討実録）

10　凡此書に不限《かぎらず》、惣じての仮名本、物語の類は、一部の所詮さへ聞へますれば、文句のよしあしは、正真の
道行の杖のやうな物。（諺種初庚申）

11　さすがに仮名本でも、書てだす程の人が、其合点なく、世間の人を己が心の通り、是非こじ付てくれふと
おもふて、書て出す物かは。（銭湯新話）

12　少々も、書物さばきする出家さへ、仮名草子を見そこなふて其やうに堕落するに（当世花街談義）

評判の対象は「仮名物」（「仮名本」・「仮名草子」）であると知られる。「仮名草子」はここではもちろん、現行の文学史でいう近世前期の啓蒙的読物とは違う。宝暦四年の『新増書籍目録』では、「仮名物草紙類」という分類が、「教訓」「奇談」「風流読本」に分化した（中野三敏『江戸の板本』第五章　分類。岩波現代文庫、二〇一五年）。宝暦三年冬から宝暦四年正月にかけて「教訓」に分類されている本は出版されていないことから、『千石篩』がこれ

を扱っていないのは当然であるが、『赤染衛門綾輦《あやのてぐるま》』（大坂、吉文字屋市兵衛刊、売り出し鱗形屋孫二郎）、『世間長者容気』（八文字屋八左衛門刊、売り出し鱗形や孫二郎）、『風流川中嶋』（八文字屋八左衛門刊、売り出し鱗形や孫二郎）ら江戸の書肆鱗形屋孫二郎が販売に関わっている「風流読本」相当の浮世草子は宝暦四年正月の刊行であるが、これらも扱っていない。「風流読本」では、唯一『非人敵討実録』が評判の対象だが、この本は明和九（一七七二）年の『大増書籍目録』では「奇談」に収載されている。また『水灌論』は書籍目録への掲載がない。『風姿記文』は「雑書」に分類されているが、「雑書」から選ばれたのはこれだけである。それ以外はすべて「奇談」に分類されている。つまり、「仮名物」とは、『千石篩』の登場人物たちの世界では、ほぼ「奇談」書を指すものと考えてよいだろう。

ちなみに、宝暦三（一七五三）年の『当風辻談義』巻四「弁財天宮古路を讃給ひし事」には、『当世下手談義』を目して、「町人の愚な者の為に、教訓した真実が届ひて、世人の心に、かなふたればこそ、書物屋共の咄を聞けば、近年出来た仮名本の中では、売れ物であつたげな」と言い、『銭湯新話』巻五「扇の辻子の百物語」で、「こしやくな奴と叱付、彼子宝（往来物『近頃子宝』を指すか）や、教訓向の仮名本よむなら、引たくつて理屈者にせまいもの」と言うのも同類である。

また、これらの用例からいくつかの興味深い記述を拾うと、まず「仮名本などは大方作者の書捨置たを、書物屋が取上て、板行する」（用例6）というのがある。作者に積極的に著述を公にするつもりがなく、本屋が本になる原稿を探す場合もあることを示していよう。次に、「仮名物の読本などは唯其主意さへ知れば」（用例8）「惣じての仮名本、物語の類は、一部の所詮さへ聞へますれば」（用例10）と、仮名物の読書要諦は、主意を押さえることだということが述べられている。さらに「此手合は、四角な字が読《よめ》ませぬから、かやうな仮名本でなければ埒あきませず」（用例9）とは、仮名物の読者は漢文を読むのが苦手な学力の層であることを示唆している。そして、彼らは「年の初めのなぐさみ」に「借《か》本屋《し》を呼寄て、新板の仮名本を読」(用例1)むのが愉しいのである。『千石篩』では、仮名物の読者として下級武士たちを宛てていることも留意しておかねばならないだろう。享保十二(一七二七)年刊『田舎荘子』以来、江戸で次々に出版される仮名本は、作者も読者も武士中心で動いていたのである。

四　役者に見立てた作者評判

次に、角書の「作者評判」について。この角書が「役者評判」のもじりであることは言を俟たない。娯楽的な仮名読物において、「作者」が内題下や書物の奥に明記されるようになるのは、享保期からである。

享保七(一七二二)年十一月の触書(『御触書寛保集成三十五　書籍板行等之部』)のなかに、「何書物によらず此以後の新板之物、作者幷板元之実名、奥書ニ為致可申候事」とあり、板本においては著作物が「作者」「版元」とともに認識されるようになった。これは今では当たり前のことだが、江戸時代前期までは、娯楽的な読み物については、誰が作者であるかということが必ずしも明らかではない。西鶴は序末に署名したが「作者」を名乗ることはなかったし、八文字屋自笑は序で「作者」を名乗ったが、それは名乗っているだけで多くは他人の代作だった。

「作者」を対象に批評を行うことは難しかった。

井上啓治によれば、「文芸的な作品に初めて内題下署名を用いるようになった」のは享保十二(一七二七)年の『田舎荘子』を嚆矢とするという(井上啓治「「内題下署名」について——談義物の一側面」『近世文芸研究と批評』第二十一号、一九八一年)。作り手と読み手が互いに「作者」をイメージできるのは、内題下署名という形式の成立の時期と重なっていると考えてもいいのではないか。

「作者評判」という評判記が成り立つのも、「作者」認識が確立しているからという理由が大きい。ちなみに評判対象の十三点について、内題下署名のあり方を見ると下記の通りである。

①『龍宮船』……巻一内題下に「東都　張朱鱗　編輯」
②『非人敵討実録』……内題下に署名なし。序末に「摂陽浪速旅客　多田一芳」
③『諺種初庚申』……内題下に署名なし。序末に「硯田舎　紀逸」
④『水灌論』……巻一内題下に「服陳貞述」
⑤『教訓不弁舌』……巻一内題下に「江府河南散人一応亭染子述」
⑥『無而七癖』……内題下に署名なし。見返しに「車尋／桴遊　両君著」
⑦『当風辻談義』……各巻内題下に「東都谷中住　嫌阿述」
⑧『銭湯新話』……内題下に署名なし。序末に「武州多摩郡青柳の老農　伊藤単朴」
⑨『当世花街談義』……内題下に署名なし。序末に「孤舟」
⑩『風姿記文』……内題下に署名なし。序末に「蜷局」
⑪『下手談義聴聞集』……各巻内題下に「臥竹軒撰」
⑫『返答下手談議』……各巻内題下に「東武　儲酔述」
⑬『花間笑語』……巻一内題下に「洛西　如意輪大進撰」

教訓・談義系の本に内題下署名があり、娯楽・滑稽色の強い本にはそれがない。井上啓治は板本の仏書や益軒らの通俗教訓書に享保以前から内題下署名が見えることを指摘し、「内題下署名は享保の教化運動の中で生まれたものである事はまちがいない」とし、片や娯楽系の本に内題下署名が見えないことが多いことを踏まえ、内題下署名は作者が教訓・教導を意識していたと示唆しているが、それを裏付ける結果であると言える。なお『無而七癖』は、「両君」とあるように身分の高い者の著述（本文中にも「御歴々の御慰に被成た物とぞんじますが」とある）であるため署名がないのであろう。

さて、評判記である以上、それは役者評判のパロディである。本文にも「此春読だ新板の仮名本・作者の手際を、役者評判に准《なぞらへ》て批判し」「役者評判に准て、いふて見る迄の事」とある。では、作者はどのように役者に見立てられているだろう。具体的な役者に擬えている例は四つ。

まず「しかもおかしみのある、もたれ気のない所が嵐音八が芸に似て、さりとはいやみのないが御亭主の御心に入りて妥へ出されたで御座らふ」という『教訓不弁舌』の評を挙げよう。嵐音八（初代、一七一一～一七六九）は宝暦ごろ道化方として著名。役者評判記でも道化の部で常に最上位に来る役者。享和二（一七一七）年刊の洒落本評判記『戯作評判花折紙』に、「役者なんども、我等が若い自分の助高屋高助、あく方では市川宗三郎、女形では芳沢あやめ、どうけ方では嵐音八、みな名人にて、なかなか今時の役者のつゞく事ではおじやらぬ」とある。『千石篩』で「もたれ気のない」と評されるが、それに類する芸評は見出せなかったものの、『戯作評判花折紙』巻下「道外形之部」では、『道中粋語録』を評して「子曰いにしへの愚は直なり、いまの愚はいつわれるのみと。真の道外方の愚は直にして、ちやり敵の愚はいつわれる所なり。いにしへの松島茂平次、あらし音八、みな直愚なり。よつて芸どうもきれいなり。どう中すごろく丈この器なり」と、やはり嵐音八の芸に譬えられている。

次に「細に気のつく所が、早川伝四郎が芸のごとく、適《あつはれ》御巧者とは、三つ子も見立まする」とあるのは、『返答下手談義』の評である。早川伝四郎（一六九八～一七四九）は、立役を務めるが役者評判記での評価はそれほど高いわけでもない。おおむね「上上」である。しかし、享保十九（一七三四）年『役者三津物』では「第一諸芸巧者にて、立物衆のお隙入のじぶんは、何ほどの大役でも、引受てなさるるといふは、重宝な男」と評され、享保二十（一七三五）年『役者初子読』では、「扨々重宝な男実ごとござれ、武道実悪、去《さり》とは御きようなこと」と、何でもこなす器用な役者と目されていたようである。「御巧者」とはこれに準えたものだろう。

第三に、伊藤単朴を評して、悪口役の「わる右ェ門」が「雑長持や新話の手際で、大方芸のたけも知れた事、なんとして上方役者の片手にもたる物でござらぬ」という場面がある。「上方役者」とは、八文字屋浮世草子を指すものだろう。わる右ェ門はさらに、「此銭湯新話も、外題程にない、松嶋茂平次じや。松嶋松嶋と下らぬさきは、大いにおかしからふと、おもひ済して居た所が、案に相違、もふおかしいか、おかしふなるかと、一日待てもさりとはおかしふなかつたとおなじく、外題程おもしろふない」と、道化役者の松嶋茂平次に擬えての悪口をたたみかける。松嶋茂平次（一七〇〇～一七六五）は、前述のように、後世嵐音吉とならんで道化役の名人と称されるのだが、このような期待外れのこともあったのか。評判記によれば、壮年期の評価は高いが、寄る年波には勝てなかったか、晩年に評価を下げている。延享三（一七四六）年三月『役者見好桜《みよしのさくら》』では、「松島殿は年が薬とやらにて近年利口にお成《なり》なされてきのどく、まへの通りのぬけ作にしてほしい迄」、延享四（一七四七）年三月の『役者三輪杉《みわのすぎ》』では、「此人下り立より打つづきし当りも今はむかしになつたり、近年はつきりとした当りみへず」と評される。さらに寛延四（一七四六）年正月の『役者枕言葉』では、

久々にての森田座、顔みせ仏大右衛門の役、ほうづきうりの出、恨之介妹のかはりにほうづきを我がなめて、外記《げき》平になめさする仕内、それよりけいせい此里なんぎの場にて、少しはたらきある所さして面白ふもあらず。次に番太の出、宿なしを待ちおくり、それより非人くるしむを足にてせなかふまるる仕内気がついてよし、非人とすもふにてなげられ、いたむいたむといはるる段、ひにんにきる物をはがれて、はいらるる場、次にしんとく丸と妹此里をつれ来るをしらず、なふなふ其船へびんせんと、諷《うたひ》にての所も見物がしんから嬉しがる程にもなし。

という評があり、『千石篩』の譬えも、なるほどと首肯されるのである。「上方役者」にはかなわないと言う一方で、「(無而)七癖や水かけ論などは、上方役者にまけはいたすまい」という「亭主」の言もある(当風辻談義の条)。上方の浮世草子への劣等意識と、新興勢力としての江戸の作者たちへの応援意識が拮抗している感がある。

第四に、『当世花街談義』で、「弁舌流るるごとく、面白く言廻さるる所が、助高や高助と引張の上々吉」とある。助高屋高助(一六八五〜一七五六)は、初名染山喜十郎。沢村善五郎・惣十郎・宗十郎(初代)・長十郎(三代目)と改め、宝暦三(一七五三)年十一月の顔見世で助高屋高助と改めた。宝暦四(一七五四)年正月の『役者懐相性』では、「立役之部」で「真極上上吉」と位付けされ、次いで同年三月の『役者大峰入』では同じ位付だが立役の巻軸となり、「いづれ不断の物ごしもぶたいの口跡もかはる事なき言舌《ごんぜつ》、栢筵に続ての名人」と評されており、『当世花街談義』をこの役者に見立てるのは妥当である。

また直接役者の名を出さなくても、芸評に通じる批評語を使用するものがある。『諺種初庚申』評の最後に、「貸本屋の表四郎」が、「どうぞ来春はわつさりとした趣向がありそふな物すでにおまへの龍宮船・非人敵討、続て此書を御出しなされたも談義風をはなれた故で御座ります」という場面があるが、延享三(一七四六)年『役者三叶和《みつかなわ》』「道外形之部」の松島茂平次で「惣じて一両年半道のいきかた昔の様にわつさりと頼ます」、宝暦三(一七五三)年『役者秘事枕』江戸巻「立役之部」の巻頭沢村長十郎の評に「七年ぶりにて当皃《かほ》みせ市村座の御勤、いつにかはらぬ諸芸もんさく、わつさりとした色事師いよ、おらが訥子《とつし》のいよ」(『歌舞伎評判記集成』第二期第四巻)と、「わつさり」を褒め言葉に使っている。

以上見てきたように、役者になぞらえる形での評判は、芸評と同じように印象批評的な評判であるが、「役者評判に准て」と宣言したことでの縛りのためとも言え、その調子が全体を覆っているとまでは言いがたい。

五　「味噌濃い」と「わつさり」と

宝暦三年から四年にかけての「仮名本」とはすなわちほぼ「奇談」書であることは前述した。「奇談」史というものを仮設するとすれば、「奇談」史は享保十四（一七二九）年から明和九（一七七二）年までの、書籍目録で「奇談」に分類された仮名読物の歴史であり、宝暦四（一七五四）年は「奇談」史のほぼ折り返し地点に相当する。宝暦二（一七五二）年刊の『当世下手談義』が一世を風靡するが、その保守的な教訓性は長く喜ばれず、その批判書や、新たな趣向を打ち出す「奇談」が輩出する。「奇談」史上ではターニングポイントとなるこの時期に、出版界が活況を呈していたことは確かで、『千石篩』のような評判記の登場は必然的な事態だったともいえる。

そこで『千石篩』の批評を見ていくことで、読者側からみる「奇談」史、ひいては仮名読物史が構築できるのではないかと考える。十三作の評判を通して見えてくるのは、「教訓」から「なぐさみ」へ、「味噌濃い」表現から「すらすらとして」「難のない」「わつさり」とした表現への嗜好という変化が感じられるということである。一方世間では、まだ教訓を歓迎する情勢もあることも読み取れる。

まず、上位に置かれた作品のどこが評価されたかを見ていこう。巻頭に置かれた『龍宮船』は、和漢の書を引用した弁惑物である。評を読むと、「龍宮」の外題の目出度さが正月に相応しいというのが巻頭に置かれた大きな理由のようであるが、亭主を務める逢坂関内は、「一時目をよろこばするばかりにあらず、心得にもなるべき話も数々あり」と面白みと啓蒙のバランスの良さをほめる。亭主に賛同する池盛栗右衛門が、この席での方針を、「此席では、只面白く可笑を楽み珍しい話を専にいたせば、理屈の善悪は世人定よと出て、一向彼下手談義かかりの書は取上ませぬが此会の定。去々年から談義類の物が余り沢山過て目に染ます」と『当世下手談義』以来の理屈や談義の勝った本を敬遠し、「唯何の難癖もなひ当座の慰になる草子が、銭出した甲斐がある。此本などは何反《へん》よんでも気つかひなしに、来年の春、新板物の反答《へんとう》も出そもない」と、癖のない安心して読める娯楽読み物として本書を評価する。ここに、『千石篩』の基調が示されているし、「仮名物」（「奇談」書）の方向性も示されている。

二番目に置かれたのが、『非人敵討実録』である。ここでも「全体敵討一件にてあたり障りもなく、すらすらとして難のない所を称美いたし、此所へ置まする。尤文章もあるべきかかりに何のかざりもなく、しかも他の嘲笑をまねく文言もなさそふなり」と亭主が評価の理由を述べる。「おとなしい、難の御座らぬ書」という評もあり、いずれも『龍宮船』と軌を一にする。桁右衛門という堅物の登場人物は、近年は軟弱な本が多い中で、武士が子供に読ませてもよい本だと評価する。桁右衛門は慰みに読んでも教養になる本として『武道伝来記』『古今武士鑑』『新武道伝来記』『本朝諸士百家記』を挙げている。『非人敵討実録』は先述したように宝暦書籍目録では「風流読本」に分類されており、西鶴の武家物以来の浮世草子の系譜に連なるものである。そして『武道伝来記』らが武士に歓迎されていた書物であることがわかる。

三番目の『諺種初庚申』も「つゐさらさらと書捨てられし物」「此書のやうなすらすらといたした本」というあっさりとした文章を良しとする亭主の評語がみえ、『当風辻談義』や『銭湯新話』を「兎角下手談義の気味がはなれず、跡から反答《へんとう》の、弁当のと造作のかか」るものと捉え、「慰一通りの書を第一といたせば」と選書の理由を述べる。「最早教訓むきの書は、去年から余り出て胸につかへますれば、此書のやうなすらすらといたした本の湛と出るやうにいたしたい」というのである。本屋の表四郎の意見も同様に、「去年から出ルも出ルも下手談義の類書で、さりとは気がかわらいで、おかしふ御座りませぬ。どうぞ来春はわつさりとした趣向がありそふな物」と述べる。

このように上位三作の評によれば、教訓・談義の色彩の濃いものが忌避され、あっさりとして難のない慰みの書が評価されていることがわかる。

この傾向は、他の作品の評にもみえる。前者については、「最初から教訓向の書は跡へまわします。あながち教訓の書を嫌ひますでは御座らねど、余り味噌濃い故に、其場をはなれた書を前《さき》に出しました」（『水灌論』）、「下心は世上を教訓むきの書とぞんじ、類も御座れば、末に置ます」（『無而七癖』）と徹底されているし、後者については、「此書は一体、我慢のないおとなしい書で御座る。自己《てまへ》一分を守り、他を嘲《あざける》といふことなく、教訓もくどふなく、さらさらと致して、見るに飽きが御座らず」（『教訓不弁舌』）、「薬にはなるとも、あぶなげのない、よい慰な本で御座る」（『風姿記文』）、「全体難のない書で、あたらず障らず、いかふはねもいたすまいが、謗られもいたさず、波風なしのよい物で御座る」（同）などの評が見える。

ただ、このように教訓臭を嫌い、あっさりとした慰みを好むというのは、あくまでもこの座での亭主の方針。評判のメンバーの中にもお堅い立場の者もいるし、世間の評判や本屋の評価はまた違った評価基準があることを、本書では注意深く書き込んでいる。

一二を挙げると、『諺種初庚申』における貸本屋の表四郎の言に「世上の評は、水灌論が大出来じやと申まする。所詮は近道の評判が御座りまする。其近道と申は、本の売れると、不熟売《なまうれ》とでさつぱりと埒のあく事、不出来な書は、一応は見る人もあれど、末とげて流行《はやり》ませねば私共の仲間で寝置物と号て、所々の干見せの隅に埃《ほこり》がついて朽果ます。其所で作者の上手下手もしれます事で御座ります」と、売れるか売れないかというのが最も簡単な評価だとシビアに言うかと思えば、『銭湯新話』評の中では「池森栗右衛門」が「世上の人も心々に、此方共のやふに、慰み一片に見るもあり、我気にあわねばとつて放下《ほか》すもあり。法界悋気にして、書にあらわして、理を非にまげて叱るもあり、めつたに嬉しがるもあるは拙者が職分でもふさば、軽料理すく御客もあり。味噌濃、べつたりとしたをすく人もあり。献立にも面々のすいた事計は出されませぬ。千差万別で御座れば、さまざまの評義すき嫌もある筈」と、評価の多様性をしっかり認識する発言をしているのである。評判記という形式自体が、評価の相対化を行うシステムであるが、『千石篩』の作者もそれを十分に心得ているのである。

結び

先学は、『千石篩』で評された中に、「穴」を穿つことをテーマとした『教訓不弁舌』と、色談義流行への道を開いた『当世花街談義』が入っていることに注目し、「この方向づけはまさに以後の江戸戯作の進路とぴったりと重なり合った」（『日本古典文学大辞典』「千石篩」）と言う。たしかに、穴の穿ちと色談義は、どちらも後期江戸戯作の重要な方法である。

しかしながら、『教訓不弁舌』は第五位、『当世花街談義』は第九位であり、非常に高い評価を得ているわけではない。また『教訓不弁舌』の評では、京者と江戸者の風俗争いの描写を褒め、さらさらとした筆致を評価はしているが、穴の穿ちという趣向について触れているわけではない。また『当世花街談義』は、色道を論じながらも放蕩を勧めるわけではなく、「色道から善に勧むる手段」を高く買っており、中村幸彦が論議体洒落本の戯作的要素とする「ちゃかし」や「穿ち」（『中村幸彦著述集』第八巻「戯作論」、中央公論社、一九八二年）には触れない。すなわち、『千石篩』の作者が、戯作の行方を見通すほどの慧眼を持っていたとまでは言いがたいと思われる。

むしろ注目すべきだと思われるのは、「咄本」という言葉が出てくることである。これについて第二部第一章（「近世文学の一領域としての「奇談」」）でも述べるが、『諺種初庚申』を「どこに一つ難ずべき所のない上々吉の咄本」、「いかさま此書位の咄の本に、あの衆（俳諧宗匠）が汗水たらして何しに骨おらるる物ぞ」。と評し、『銭湯新話』を「咄本ながら、教訓ありて、春から段々と書続ての趣向面白クよふ出来ましたぞ」と評しているように、咄の場が設定されるものを「咄本」と呼んでいる。ちなみに「軽口咄本」という分類が宝暦書籍目録には立つが、それらは十八作中十七作が「軽口〇〇」という書名であり、『千石篩』のいう「咄本」「咄の本」とは異なる。

語りや咄の場が設定されるのは「奇談」の特徴であった（第二部第四章「「奇談」の場」）。ただ、同じく場が設定されたとしても談義の場が設定される、いわゆる談義物については「咄本」とは呼ばない。「奇談」史に燦然と輝くのは宝暦二（一七五二）年刊行の『当世下手談義』だが、その二年後、談義風の作風は飽きられて、「わつさり」としたものが求められていたのである。そのためには「談義」よりも「咄」だった。

宝暦五（一七五五）年の「奇談」書は八点ある。第二部第五章「「奇談」史の一齣」で述べるように、少なくとも『当世下手談義』の議論を引きずったものは皆無であった。もっとも『舌耕夜話』『大進夜話』は、教訓臭さはないとはいえ、講釈の場を設定したものであった。片や『檗下雑談』『茅屋夜話』『雉鼎雑談』などが「咄」の場を設定した読み物であった。試行錯誤を続けながら、「奇談」は徐々に教訓臭さを離れ、教訓性は失わないながらも面白い慰み物へと展開していくのである。

第二部　奇談という領域

第一章　近世文学の一領域としての「奇談」

一　「奇談」という領域の仮設

本章は第二部の総説に相当する。本章で述べた内容は、次節以降に詳細に述べられることになるだろう。

ここにいう「奇談」とは、もともと近世の書籍目録に現れる分類のひとつである。宝暦四（一七五四）年刊行の『新増書籍目録』（京、永田長兵衛刊、以下『宝暦目録』と称する）において初めて現れ五十七点を掲載、次の明和九（一七八九）年刊行の『大増書籍目録』（京、武村新兵衛、以下『明和目録』と称する）にも継承されて七十六点を掲載した。

宝暦以前の享保十四（一七二九）年刊の『新書籍目録』（京、永田長兵衛）では、「仮名物並草紙類」という分類があり、百四十一点を掲載するが、これは現行文学史用語でいう浮世草子が多くを占める。「仮名物並草紙類」は『宝暦目録』では「教訓」「奇談」「風流読本」と三つに分かれる。「風流読本」すなわち浮世草子であるが、『宝暦目録』で九十五点を掲載、『明和目録』では三十三点に激減する。

「教訓」は享保改革の庶民教化政策に応じたものとはいえ、『宝暦目録』で十九点、『明和目録』で二十点と横ばいであるのに対して、「奇談」は『宝暦目録』の五十七点を『明和目録』では七十六点に増やしており、「風流読本」を上回る。「風流読本」すなわち浮世草子は上方文壇の産物だったが、上方の本屋が作った書籍目録でも、はっきりと衰退傾向をあらわにし、どちらかというと江戸の作品が多くを占める「奇談」が台頭してきた様子が明瞭にうかがえる。享保から明和にかけての時代を「奇談」の時代と呼んでもよいだろう。

「奇談」の中には、現行の近世文学史のジャンルでいう「浮世草子」「初期読本」「談義本」などが含まれているが、それらのどのジャンルにも入らないものもある。仮名草子『浮世物語』の改題本である『続可笑記』、咄本『百物語』の改題本『世説雑話』も含まれる。教訓書というべき『野総茗話』、朝鮮に関する啓蒙書の『朝鮮物語』、本朝諸寺の故事来歴説話を集成した『諸国古寺談』など、現代における「奇談」のイメージからはかけ離れた書物もある。

書籍目録における本の分類は、本屋がきちんと全ての本を読んだ上で行われたわけではない。題名だけを見て、そこに放り込んだものが多いのが実情だろう。「奇談」もしかりで、いくら江戸時代に即した用語だからといって、過大評価は禁物である。その保留をした上で、「奇談」の外形的な特徴、および平均的な内実を述べると、次のようである。

①　半紙本四冊または五冊の形態。
②　青色系の表紙。
③　漢字平仮名交じりの本文。
④　一冊十数丁から二十丁程度の丁数。
⑤　各冊に、一・二図の挿絵。
⑥　短編説話の集成という枠組み。
⑦　問答・談義・咄などの語りの場の多用。
⑧　教訓・啓蒙の意識。

「奇談」を中心にみた近世仮名読物史の流れ

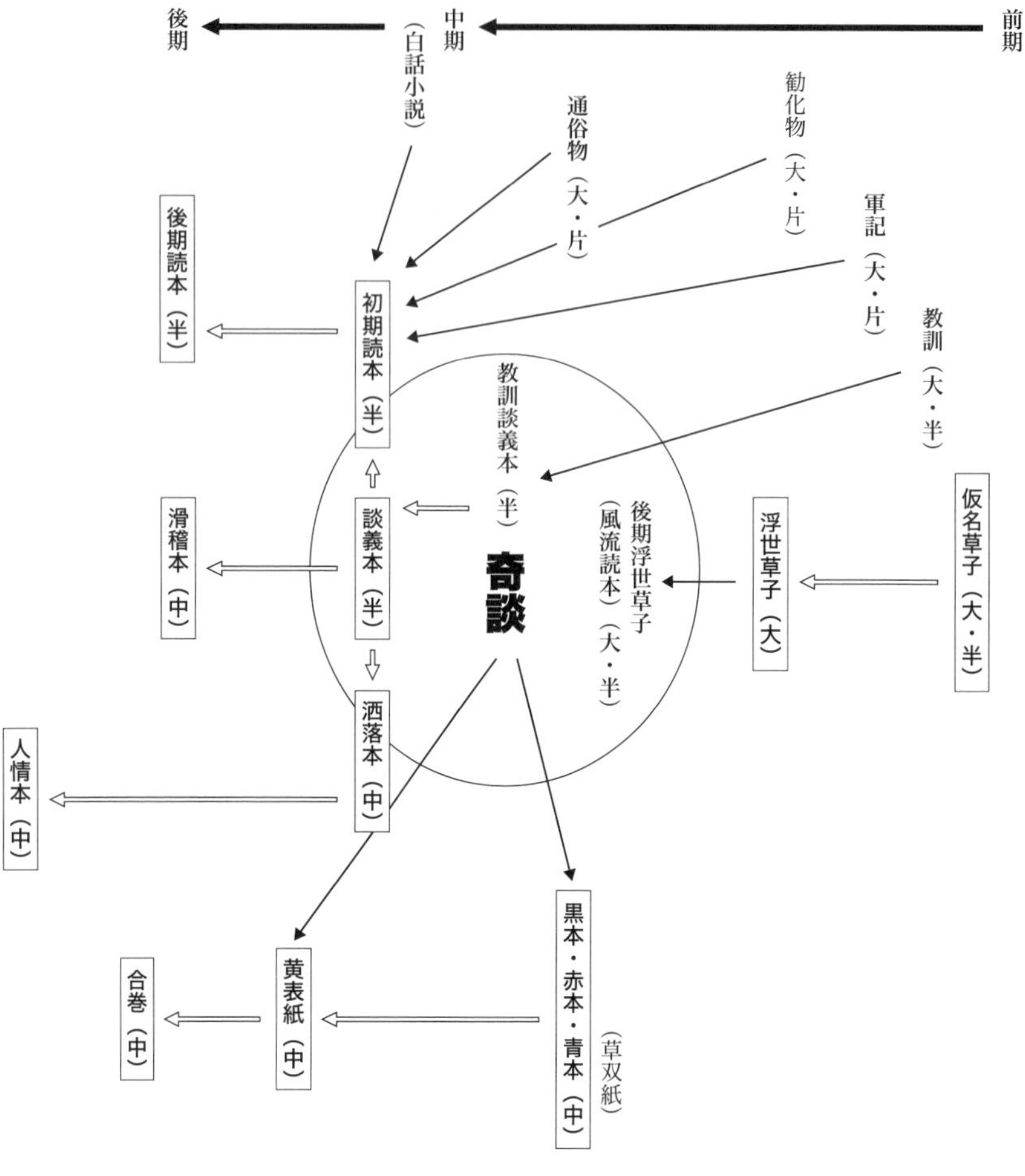

大・半・中・小は本の大きさ
片はカタカナ表記　他はひらがな表記
□で囲んだのは現行文学史で記述されるもの

これらは可能な限りの「奇談」書の調査を通して、帰納的に得られた特徴である。逆にこれらの特徴を持つ読み物をも収めて、「奇談」という領域を構想できないだろうか。たとえば『雨月物語』や『当世滑稽談義』などは、書籍目録に掲載されていない書物だが、「奇談」に分類されても不思議ではない。なぜわざわざ「奇談」という領域を構想する必要があるのかといえば、それによってはじめて近世における仮名読物史のターニングポイントが見えてくるからである。

たとえば、現行の「近世小説史」に、「奇談」という領域を重ねてみるとどうだろう。右にあげる概念図は筆者の講義で示している一試案に過ぎないが、前期から後期への文学史的流れが、「奇談」という領域を仮設することでスムースに理解できるように思われる。(1)

二　「奇談」史構想批判をめぐって

まず、筆者の「奇談」史構想に対する批判をあげ、これにコメントするところから始めたい。『隔月刊　文学』（第十巻第一号、二〇〇九年一・二月号）の特集「上田秋成　没後二〇〇年」で企画された「《座談会》上田秋成」（稲田篤信・木越治・長島弘明・飯倉洋一）での長島弘明の発言。筆者が、「「奇談」論の中に『雨月物語』を取り込んでみたい」と述べたことに対する批判である。

長島　「奇談」に対して異論を述べてもいいですか。飯倉さんが「奇談」のことを言われるのは、我々みんな同じだと思うんですが、書籍目録を調べたときに、秋成の『諸道聴耳世間狙』と『世間妾形気』、片方が奇談の部で、片方が風流読本に入っているというのが、異様に感じられたことがきっかけだと思うわけです。

たぶんその経験があって、「奇談」というのが、いままでの我々の研究をある程度相対化する概念として出てきた。それはいいんだけど、まちがっていけないと思うのは、あれ（書籍目録——飯倉注）が近世という時代の全体的な合意だという前提でやってはいけない。

つまりあれは本屋が分類したもので、本を売るときに便宜的に付けた分類の名称なんだから、その限定をつけないといけない。ジャンル意識を考えぬいてそうしたわけではない。あの時代には、我々が考えるような意味でのジャンルなんてことはひとつも考えてない。つまり、気質物は普通には風流読本なわけですから、もし『世間狙』に「何々気質」というような題名がついていれば、当然風流読本に入っているわけ。それだけの違いでしかない。（下略）

また次のようにも発言している。

長島　書籍目録を重く取り上げすぎると思うの。そうする必要はないと思う。書籍目録の分類を取り上げることは、いかにもなんか我々とは違うというところをテコして、相対化しようという意図に傾きすぎる気がする。

もちろん座談会上でも筆者なりに反論をしていたのだが、このやりとりを実際に読まれた方から、「奇談」論争に関しては、筆者の形勢悪しという印象を受けたとの読後感をいただいた。今読み返してみると、たしかに肝心のことを述べていない。この場を借りて、長島の批判に感謝するとともに改めてお答えしたい。

実は、筆者が「奇談」に注目したのは、秋成浮世草子の二作品が、書籍目録で別の分類になっていたからではない。「奇談」に関する最初の論考は次章「奇談から読本へ」（初出は『日本の近世 12』中央公論社、一九九三年）だが、この論考では、読本の祖とされる『英草紙』を文学史的にどう位置づけるかという問題意識から、『英草紙』が当時の書籍目録で「奇談」に分類されていることに注目した。それが「奇談」という領域を構想した契機だった。その「奇談」書に、筆者が『叢書江戸文庫』の一冊として編んだ『佚斎樗山集』に収めた著作や、樗山を経由して調べはじめた常盤潭北の著述もまた多く含まれることが「奇談」書への関心を深める理由だった。

さて、筆者は「奇談から読本へ」において、『英草紙』が「奇談」書の中では突出して高度な文芸性を有していることを指摘した。それは「奇談」書に分類すべきでない作品がそこに入っているという意味ではない。むしろ、他の「奇談」書との共通性を考えることで、『英草紙』の画期性もまた浮かび上がるだろうと考えたのである。ちなみに、筆者はこの論考において、秋成の浮世草子には一切触れていない。

「奇談」とは本を売る際に便宜的に本屋が分類したもので、当時の人のジャンル意識を反映したわけではないという長島の見解は全くその通りであり、筆者も同様の立場である。念のために、本書第二部第三章（初出「浮世草子と読本のあいだ」『国文学』二〇〇五年六月号）から引用しておくと、

しかし、急いで付言しておかねばならないのは、当時の書籍目録における分類だからといって、あまり過大に評価してはならないということである。宝暦目録では「奇談」であった『当世花街談義』が、明和目録では「風流読本」となり、逆に宝暦目録で「風流読本」であった『非人敵討実録』が明和目録では「奇談」に収載されるという事実、「奇談」に俳書や南京将棋の解説書が含まれているということなどから考えても、おそらくは中身を読まずに、場合によっては書名のみで「奇談」に分類してしまったというのが実情であったと推測される。

このような認識であるから、筆者が「奇談」を浮世草子や読本に代わる、あるいは並ぶジャンルとして提唱しようとしているわけではないことはおわかりいただけるだろう。ただし、「近世小説史」において、浮世草子から読本へという流れの中で、浮世草子にも読本にも収載しがたい作品が、享保から明和・安永期に現れ、先学はその処理に苦慮しており、「いっそ何か別のジャンル名を考えた方が早いようにも思えるほどである」（中野三敏「讀本年表・瑣事」、『読本研究』第十輯、一九九六年）とか、明和五（一七六八）年刊の奇談集『花実御伽硯』（この書は『明和目録』では「奇談」に分類されている——筆者注）を「収納する既成のジャンルがない」（篠原進「浮世草子の汽水域」、『浮世草子研究』創刊準備号、二〇〇六年六月）と述べられると、それについ答えようとして「これからの近世文学史の構想において、まさにそのような過渡期のテクストを収納する受け皿として「奇談」というジャンルを仮設しておくのもひとつの方法である」（前掲「浮世草子と読本のあいだ」）と言ってしまったのは、我ながら誤解を招く表現であった。もとより「「奇談」というジャンルの仮設」は、「いっそう有効な方法が提示されるための捨石的試案」（同）であり、「奇談」とはあくまで「仮想的な領域」（拙稿「怪異と寓言——浮世草子・談義本・初期読本」、『西鶴と浮世草子の研究』第二号、二〇〇七年、本書第三部第一章）であるのだ。

三　「奇談」の意味

さて「奇談」という領域を仮設する意味はどこにあるのか。もともと近世の漢字仮名交じりで書かれた読み物を、近代以後の散文ジャンルとしての「小説」の語を適用して、「近世小説」と呼ぶことは定着している。近世文学を専門に研究していない人にも理解できるような、仮名草子・浮世草子から人情本・合巻までを含む、仮名読物の諸ジャンルを一括りする概念として、「近世小説」に勝る語はないだろう。江戸時代の文学を、非専門の方に、あるいは海外の読者・研究者に開くために、「近世小説」という概念を用いることは有効である。しかし、一方で、この「近世小説」という言葉で括ることによって、排除されてしまう読物群が存在することも事実である。水谷不倒の『選択古書解題』（奥川書房・釣之研究社、一九三七年）や三田村鳶魚の『教化と江戸文学』（大東出版社、一九四二年）はそのような枠組みからこぼれおちた読物群を掬い取る著作であった。

翻って、近代の行き詰まりが指摘されて久しく、様々な分野で江戸時代を見直す動きが続いていて、単なる江戸ブームとは言えない状況になってきている今、近現代的な観点から仕分けされたものではない江戸時代の読み物にこそ、新たな江戸時代観ひいては行き詰まりの打開へのヒントがあふれているのではないかと夢想するのは楽観にすぎようか。江戸時代には盛んに読まれていたのに、近代以後はさっぱり読まれなくなった様々な本、たとえば、重宝記・節用集・善書・経典余師などが、文学研究のみならず、歴史研究からも放置され続けてきたことは言うまでもないが、これらの再評価は近年急速に進んでいる。そういうものはまだまだ埋もれているのだが、「奇談」書のいくつかもそれにあたるだろう。

書籍目録で「奇談」に分類される書物に中には、『英草紙』『当世下手談義』『当世花街談義』のように、すでに文学史的にも重要な位置を占めているものも存在するが、多くは翻刻もされていない（されていたとしても入手しがたい）、知られざる読み物である。これらは、「奇談」というカテゴリーを与えてやることで、陽の目を見る。そして重要なのは、これらの読み物が、既成の文芸ジャンル（浮世草子・談義本・読本）に属する作品と並んで「奇談」という部類に配されているということである。ここから、当然のことながら「奇談」とは何かという問いが発せられる。この問いに答えることが、近現代の尺度では測れない、江戸の読み物意識を解明することにつながり、それは近現代の江戸時代観に、何らかの反省を与えるだろう。

「書籍目録の分類を取り上げることは、いかにもなんか我々とは違うというところをテコにして、相対化しようという意図に傾きすぎる気がする」（長島弘明）という批判をまた受けそうであるが、居直って言えば、近現代の価値観を相対化するのに、「我々とは違うというところをテコに」するのは、決して間違ってはいないと思う。「奇談」という領域を仮設しようとする時に、難点であるのは、「奇談」が洒落本・黄表紙・後期読本のような、非常に分かりやすい様式を外形的に持っていないことはもちろん、内容的にも、他に類例のない領域だと言えないことなのである。「奇談」の中に仮名草子の改題本のあることは、「奇談」をジャンルとして立てることの困難さを示すものである。また漢字片仮名交じりで書かれた『道楽庵夜話』、南京将棋の解説書である『白溝戯和解』などは、間違ってこのグループに入れられた可能性すらある。このことは、「奇談」という部類が、浮世草子（風流読本）でもなく教訓書（教訓）でもない、娯楽的な読み物という程度のゆるい枠で認識されていたことをうかがわせる。

だが、それにしても、なぜそれらを「奇談」という語でくくろうとしたのか。近世中期における「奇談」の語の位置を考える必要があるだろう。そもそも「奇談」とはどういう意味だろうか。『日本国語大辞典』を引くと、「珍しくて不思議な話。珍しく興味のある話。珍談。珍説」とある。用例としては『風俗七遊談』（宝暦六〈一七五六〉年）を載せる。もちろんそれ以前の用例は、少なからず見いだせるが、それも享保期まで。それより以前となると西鶴をふくめ、用例を容易には見出せない。また書名に「奇談」が用いられる例も少なく、管見では、享保三（一七一八）年刊『唐話纂要』増補版の巻六柱刻に「和漢奇談」（「奇談通俗」）として、和漢両国に題材を得たふたつの白話小説とその和訳が収められた例が早い。

「奇談」の語の用例も享保頃から見られるようになる。「和漢奇談」の一編「孫八救人得福事」には「遍ク伝聞テ、京中の奇談トゾナリニケル」とあり、巷談の場を前提とした使われ方をしている。勧化本『本朝諸仏霊応記』序（享保二〈一七一七〉年）には、「幽魂怪変の奇談を聞く時は……」」、『田舎荘子』序（享保十二〈一七二七〉年）には、「かの味をすすむるの空言、膝を前にするの奇談」とあって、いずれも「聞く」対象として「奇談」がある。

享保十九（一七三四）年刊の『本朝世事談綺』（近代世事談）は、「奇談」に分類される書であるが、その後序に「近き世の事《コトワザ》を談《タハムレイヒ》て綺《イロドルアヤ》を其ままに題号とす而已」とあり、「談綺」の表記ながら、内容より語り口に重点の置かれた使用例が認められる。以上からうかがえるのは、「奇談」には談話の場を前提とした「綺《あや》ある談《かたり》」というニュアンスが色濃く影を落としているということである。「奇談」分類の初めて登場する『宝暦目録』所収書目を見ると、多くが語り（咄）の場を前提とした「綺ある談」の意味で捉えてよさそうである。そしてそういう意味の「綺談」であれば、『日本国語大辞典』に用例として引かれた石川丈山『新編覆醤集』巻三にも、「煮茗留狂客　綺談猶未終」（茗を煮て狂客を留め、綺談猶ほ未だ終へず）とあって、近世前期からの用例を確認できるのである。

ちなみに、中国では「奇談」の語はどれほど使われているのか。『大漢和辞典』には立項がなく、『漢語大詞典』には「奇特的言論或見解」とし、用例として明の袁宏道『錦帆集』巻一の五言古詩「答江進之別詩」の「奇談飛金屑」の句を引く。この「奇談」も、語りの場を前提としたものである。また書名としては明代の『両晋南北奇談』『禄嗣奇談』、清代の『繍像風流奇談全伝』などがある。ただ、語彙にしても書名にしてもそう古くは遡らないようである。

四　「奇談」の場と構成

江戸時代中期、「奇談」の語が盛んに使われるようになり始める享保期の用例から推すと、「奇談」とは珍談・

珍説というよりも、「語りや咄の場を前提とした面白い話」と、「談」の方に重点を置いて理解した方がよい場合が少なくない。そのように理解すれば、「奇談」書という括りの中に、教訓的あるいは知識的な色彩の濃い本も収められてくることに違和感を覚えない。近世後期になると、「奇談」の語感は現代のそれに近くなってくる。しかし、「奇談」というカテゴリーを仮設するときには、「談」を重視することが必要である。

「奇談」のひとつの典型として『太平百物語』（祐佐作。半紙本五冊。享保十七〈一七三二〉年、大坂河内屋宇兵衛刊、『宝暦目録』所載）をあげてみよう。全五十話からなる短編奇談集である。その序文、

> やつがり年比西国に経歴して、貴賤僧俗都鄙遠境の分ちなく、うち交はり語らひける中に、あやしの物語どものそれが中にも、出所の正しきをのみ集めて、反古の端に書き綴り置きしをみれば、その数百《もも》に満てり。然るを笥中《しちう》に蔵《こ》めて虫糞となさんも本意なければ、是れを梓に寿《いのちながふ》して、吾にひとしき輩《ともがら》に見せなば、永き夜の眠りを覚し、寂莫《つれづれ》なぐさむ一助ともならんと、剞劂氏《きけつし》に命じぬ。実《げ》に怪力乱神を語るは、聖の文の誡めながら、かく拙き物語も、おかしと見る心より、自然と善悪の邪正を弁へ、賢愚得失の界《さかひ》にいらば、少しき補ひなきにしもあらずと、（下略）

序者は西国を遍歴する過程で、さまざまな語りの場に遭遇し、「あやしの物語」を聞いたが、その中で、出所正しいものを集めて書き溜めていた話を、同好の士の慰みの一助に披露するために出版する。「怪力乱神」を語るのは孔子の誡めだが、この物語を楽しみながら読めば、自然に善悪を弁えるようになるという。慰みと教訓をうたった典型的な序文である。書名に『太平百物語』とあるが、いわゆる百物語を紙上再現したわけではない。しかし、書名自体が、語りの場を前提とした話の集成であることを示している。

本書の最終話は、「百物語をして立身せし事」の標題で、ある国の咄好きの若君が、与次という御料理方が次々に繰り出す咄に感心、与次は、若君の成長後、新知三百石を与えられるという、版本末尾話の祝言にふさわしい出世譚である。この中で、与次の繰り出す咄は、「いろいろのばけもの咄、或ひはゆうれひろくろ首、天狗のふるまひ、狐狸のしわざ、猫また狼が悪行、おそろしき事哀れなる事、かなしきむくひ、武辺なる手柄ばなし、臆したる笑ひ草など、手をかへ品を分かち」ての咄であった。そして若君は、与次の咄に「剛臆の差別《しゃべつ》を知り、恥と誉れの是非好悪を弁へし程に、今以て益ある事おほし」と顧みる。本話が『太平百物語』全体の内容と趣旨、さらには書名にも重なることは明らかであろう。序文で作者が述べたことは、本書を読み継いできた読者が、本話に至って実感するような仕組みになっている。「百物語」は、ここでは「多くの物語」の意味だろうが、本話には明確に語り手（咄し手＝与次）と聞き手（若君）が存在しているのである。

　このように、語り（咄と言う方が適当な場合もあるが、以下「語り」に統一する）の場の設定とは、語り手と聞き手の存在を前提とする。「奇談」には、この語りの場を本文の中に再現するテクストと、語りの場を全体の構成要素として持つテクストがある。もちろん、『太平百物語』のように、両方を実現しているものも多い。語り手と聞き手を前提とした語りの場が設定されているかどうかを基準に「奇談」リストを見ていくと、多くはその条件を満たしていることがわかる。あるいは、別の言い方をすれば、書名自体から、語りの場が設定されていそうだと予想できるものが多い。実際に本屋が中身をそれほど読まないで分類していく場合は、書名を手がかりにするだろう。

　第二部第四章「「奇談」の場」で、「奇談」における語りの場について、とくに談義と咄がその枠組みになっているケースをいくつか検討した。談義の場としては『非人敵討実録』（多田一芳、宝暦四〈一七五四〉年、江戸泉屋平三郎刊）・『舌耕夜話』（自楽軒、宝暦五〈一七五五〉年、江戸伏見屋善六刊）・『風流座敷法談』（文海堂、明和六〈一七六九〉

年刊、京都山田宇兵衛刊)、咄の場としては『繋下雑談』(陳珍斎、宝暦五年、江戸藤木久市刊)・『茅屋夜話』(隠几子、宝暦五年、江戸大和田安兵衛刊)、『銭湯新話』(宝暦四、伊藤単朴、江戸梅村宗五郎刊)、『雉鼎会談』(藤原陸、宝暦五年、江戸藤木久市刊)の例を挙げた。そして咄の場合は、語り手が次々に変わってゆく順咄の形式をとるものがあることを述べた。本章では、これとは違う用例をあげてみたい。

『野総茗話』(常盤潭北著、享保十八〈一七三三〉年、江戸西村源六刊)は、常盤潭北が、下野と下総を行脚した際の夜話を元としてなっており、題名もその通りである。怪談奇談というようなものではなく、農商階級の人々を相手にした、いたってまじめな教訓話である。

『当世下手談義』(静観坊好阿著、宝暦二〈一七五二〉年、江戸大坂屋平三郎刊)は、狭義の談義本の嚆矢とされるが、本書も作者みずからが「新米所化が、田舎あるきの稽古談義、舌もまわらぬ則だらけ」と、書名の通り、下手な談義に見立てている。

『諺種初庚申』(紀逸、宝暦四年、江戸浅倉屋久兵衛刊)は、序に「怪力乱神も語るに尽て多は狐狸の古狂言に落侍るに、一夜ある方にて庚申の待に人々進ておとらじと云出る怪異珍話目覚しく、其席に硯を鳴らして書きとどめ」とある。庚申の待宵に、人々がそれぞれ語った怪異珍話を、その場で書きとめたという形式である。

『不埒物語』(南啓堂梅翁、宝暦五年、江戸吉文字次郎兵衛刊)は、貧しいわが家に同類が来て「夜もすがらの物語を書集」めたという枠組みを持つ。

『大進夜話』(大進、宝暦五年、江戸大坂屋又右衛門刊)は、序に「大進和尚の夜話を書集て、四ツの巻とせしが、直に書題とはなれり」とあるように、大進の夜話を集めたという形式である。

『童問答間似合講釈』(寺崎秀谷、明和六〈一七六九〉年、京銭屋七郎兵衛刊)は、序によれば、洛東鹿ケ谷に、十五歳の暖吉、十三歳の寒吉という子供が語り合っていたのを、居合わせた名主分の寺崎甚右衛門が聞いて書き留めたという建前になっている。いずれも、問答・談義・咄の場が設定されている。

ところで、『作者評判千石篩』は、十三作の「仮名本」を役者評判記のスタイルで評判した、本邦初の小説評論とも言われる書であるが、十三作のうち十一話が「奇談」に分類される本である（『非人敵討実録』は『宝暦目録』では「風流読本」、『明和目録』で「奇談」に分類される。『水灌論』は立項がなく、『風姿紀文』は「雑書」に分類されている）。いま、場の設定ということに留意して、本評判記を読むと、三番目の『諺種初庚申』に対して、「いかさま此書位の咄の本に、あの衆（俳諧宗匠）が汗水たらして何しに骨おらるる物ぞ」と、八番目の『銭湯新話』には、「外題の思ひ付きよく、咄本ながら、教訓ありて、春から段々と書続ての趣向面白クよふ出来ましたぞ」と評する。すなわち、語り手と聞き手のいる場の設定を反映して、「咄の本」「咄本」と称しているのが注目される。『宝暦目録』には「軽口咄本」という部類が立つが、そこには並ぶ十八作は、短い笑話を集めた軽口本（十八作中十七作が「軽口○○」という書名）であり、『千石篩』のいう「咄の本」は、咄の場が描かれているという意味での呼称である。つまり『千石篩』の作者とその周辺においても、「奇談」は語りの場が強く意識されるような本だったということになる。

本書は宝暦四（一七五四）年正月、「本屋表四郎」の刊行である。『作者評判千石篩』は割印帳にも記載はなく、仲間内での遊びで作ったのであろう。版元の「本屋表四郎」は、本文中に登場する貸本屋と同じ名。ここに出てくる登場人物の姓名は「逢坂関内」「底意地悪右エ門」など、全て作者がキャラクターに合わせて創っている。表四郎も「表紙」を掛けた名であり、実在しない本屋だろう。

しかし、武士たちの座談による評判という形式をもつ『千石篩』に、出版も手掛ける貸本屋をわざわざ評判に参加させて、「私共の仲間で寝置物と号て、所々の干見せの隅に埃がついて」などと語らせたり、それ以外の登場人物も、作者に無断で本屋が出版するという事情を知っていたり、伊藤単朴の出自に詳しいなど、本屋か本屋に近い人物が作者である可能性がある。だとすれば、「咄の本」という言い方は、「奇談」の性質を本屋側から説明するひとつの証言たりえよう。

五　近世仮名読物史上の「奇談」

「奇談」の当代的な語義を考慮しつつ、「奇談」書に共通する外形的特徴のひとつとして、語りの場の設定があるものが多いことを述べてきた。では内容的にはどうであろうか。啓蒙的・教訓的な内容を持つものが多いというのが特徴といえば特徴であるが、もちろんこれは「奇談」書に限らず、広く近世文学全般に言えることであろう。それでも、「奇談」書全般に述志の色彩があることは押さえておくべきことだと思われる。

「奇談」の登場とは、近世中期における仮名草子の復活ともいえる（実際、仮名草子の改題本もある）。だからと言って、奇談＝仮名草子とは言えない。では仮名草子全体を見渡した時と、「奇談」書全体を見渡した時、どのような違いがあるのだろうか。それは仮名草子には見られなかった創作意識、表現意識が芽生えているということであり、それが、後期に新たに生まれる諸ジャンル（「洒落本」・「談義本」・「滑稽本」・「読本」等）の前兆と捉えうることであろう。そこに、「近世小説史」への「奇談」の位置づけがある。ただ、「近世小説史」という言い方自体が、江戸時代に即したものとは言えないので、ここでは「近世仮名読物史」という言い方にしておこう。「近世仮名読物」とは、本書序論で述べたように、紀行文・教訓本・軍記・雑書などをも含めた漢字仮名交じりの読み物全体をさす。「近世小説」よりも江戸時代に即した言い方ではないかと考え、用いることとしている。

この観点に立つとき、「奇談」書に一部見られる「寓言」という方法の意識的採用は注目してよいのではないだろうか。たとえば、佚斎樗山の作品の中で、『英雄軍談』『雑篇田舎荘子』『六道士会録』が『宝暦目録』の

「奇談」に掲載されるが、樗山の作品は意識的に荘子の三言の方法を用いた。『雑篇田舎荘子』（寛保二〈一七四二〉年）の、

予が記する所七部の書、外題異なりといへども、終始みな一意にして、全体田舎荘子なり。其の語る所、逍遥遊、斉物論、人間世に過ぎず。その物に托するは寓言なり。神仏を仮るものは重言なり。その戯談は卮言なり。衆口に調和《てうくは》して他の上を慰するといへども、皆大宗師をはなれず、事実は古書に考て、仮にも証なきことを記せず。

という言説は、荘子三言を教訓に利用するという樗山寓言論の総論である。次にあげる兵法・戦術の要諦を戯作の形で説いた『英雄軍談』（享保二十〈一七三五〉年刊）序文は、各論にあたる。

吾党の小子、治世に生れて、幼きより戯遊の事に長じ、その職分をしらざるものおほし。然ども遽《には》かに是をしらしむべからず。暫らく帝釈修羅閻魔の戦かひを仮り、そのことを設け、正成・元就・勘助等の言に寓して、軍中の法令、備の大略をしめす。所謂寓言なり。古人の言を以て直ちに記せば、小子みることを厭ひて手にもとるべからず。故に戯談を以て事を記し、そのうちに実を含んで見るに便《たより》よからしむ。同遊相集りてこれを弄せば、久しうして内に感通し、其志の由《よる》ところを知《しる》事あらん歟。或曰《あるひといはく》。「子は聖人の書を読《よむ》者なり。然るに仏をもつて事を記するものは何ぞや」曰。「仏は人の信ずる所なり。人情の重んずるところに因て、言を立てて信をとる。所謂重言なり。戯談はいはゆる卮言なり。然れども無実虚談の言をなして、他の耳目を悦ばしめ、人の惑ひを生ずる事は、予が甚だ愧る所なり。故に仮にも出処なき事を記せず」

これらの言説を談義本や初期読本、あるいは戯作一般の創作意識の源流と考えることができよう。近世仮名読物史における「奇談」の意義のひとつである。

かつて筆者は、「奇談」書の中に読本の祖といわれる『英草紙』が含まれていることに注目し、該書が、「奇談」書に共通する性質をもちつつも、それらから突出する新しい方法意識を持つことを指摘し、それは「奇談」から「読本」へという道筋をつけるヒントたりうると考えた（次章「奇談から読本へ」）。『英草紙』が「奇談」書群の中で突出しているのは、それが白話小説耽読に裏付けられた翻案であるということ、登場人物の議論が知識人を相手にする衒学的な議論であるということ、そしてなにより主意を伝える方法意識の高さであろう。南畝がこれを読本の祖と位置付けたのも、京伝・馬琴の持つ高い方法意識の先蹤を庭鐘に見たからではないか。

次章で詳しく述べるように『英草紙』第一話「後醍醐の帝三たび藤房の諫を折く話《くじこと》」の展開は、後醍醐帝を語り手とし、藤房を聞き手とした場を設定した上で、和歌の知識、自然現象の科学的解釈、談義僧批判などを「寓言」という方法によって読者に伝える典型的な「奇談」の行き方であるが、白話小説の方法の導入や、高度な知識の開陳、表現意識の高さなどは、「奇談」書のレベルを超えたものであった。このことは、「奇談」という領域を仮設し、『英草紙』をその中においてみることで見えることなのではないだろうか。

おわりに

筆者が仮設を試みた「奇談」という領域は「教訓・啓蒙を目的と、語りの場を枠組みとしてもつ、面白い話の集成」という平均的な内容をもつ仮名読物群であった。書籍目録上は「教訓」「雑書」「風流読本」と隣り合わせで相互に可換的な面もある。加えて書籍目録上分類困難な読物をもそこに引き取って収めることもある、境界の緩やかなカテゴリーであった。その内実は、仮名草子・浮世草子と重なる部分もあるが、一方で、樗山・庭鐘などの、後期戯作の魁となる高度な方法意識や、新しい試みを孕んでいた。文学史的に位置づければ「奇談」は、近世前期の仮名読物と近世後期の仮名読物をつなぐ、橋渡し的な役割を果たした領域だと評価できるのではないだろうか。

注

（1）「奇談」という領域を仮設することへの理解も徐々に拡がっているように見受けられる。たとえば『國文學』二〇〇五年六月号（「特集　近世小説——その豊饒」）では、巻頭の延広真治と長島弘明の対談「近世小説——ジャンル意識を超えて」で、延広が筆者の「奇談」研究に理解を示し、『浮世草子大事典』（笠間書院、二〇一七年）では、「浮世草子と奇談」という事項項目が立項された（項目担当は筆者）。鈴木健一『日本近世文学史』（三弥井書店、二〇二三年）第三部小説史では「「奇談」の系譜」という一項が設けられ、拙論に言及された。

第二章　奇談から読本へ——『英草紙』の位置

一　享保期の出版状況から

享保から宝暦（十八世紀前半〜十八世紀中頃）にかけての文芸界は、かつての仮名草子時代のように新しい可能性を孕みつつも、なお混沌とした状況にあった。しかし、この時期の文芸界に現れた諸現象は、結果として成熟した近世後期文芸の土壌となりえている。たとえば、近世小説のいわば王道であり、近世後期文芸ジャンルの中でもっとも硬質かつ知的興趣に満ちた「読本」の基層も、この時期に盛んに出版された新傾向の文芸、たとえば白話小説や仏教勧化物などによって形成されたことは文学史の常識となっている。「読本の祖」といわれる都賀庭鐘『英草紙』（寛延二〈一七四九〉年刊）もまた、この時期に現れた佳品であった。本論はこの傑作を生んだ背景を、享保から宝暦にかけての文芸界の動向の中に、とくに享保以後に登場する「奇談」書群の検討を中心に探ろうとするものである。

天和〜元禄期（十七世紀後半）に活躍した上方の浮世草子作家西鶴の没後、小説界を主導してきたのは、京都の書肆八文字屋であった。八文字屋は、遊女評判記の著作によってデビューし、西鶴の後継者に成長した当代きっての作家其磧を擁していた。西鶴の模倣といわれ、文学史における評価は必ずしも高くはない其磧だが、それでも気質物・時代物という新様式を開拓して当代文芸界に多大な影響を及ぼしたことは事実である。

しかし其磧没後、一世を風靡した八文字屋本にも翳りが見えてくる。これを受けて、上方でも江戸でも新しい小説の誕生へ向けて、さまざまな模索が行われている。そういった読本発生の基盤となった諸事象についての文学史的研究、いわゆる読本前史についてはかなり研究が積み重ねられている。その結果、時代物の浮世草子・浄瑠璃・実録・白話小説・通俗軍談・近世軍記・仏教勧化物・談義本など、前時代ないし同時代の文芸諸ジャンルの影響との相互交渉が明らかにされてきた（中村幸彦「読本発生に関する諸問題」『国語国文』一九四八年九月のち『中村幸彦著述集』第五巻所収、日野龍夫「読本前史」『文学』一九八〇年六月・同七月のち『宣長と秋成』所収、徳田武「中国講史小説と通俗軍談――読本前史――」『文学』一九八四年十一月・一九八五年十月のち『日本近世小説と中国小説』〈青裳堂、一九八七年〉所収、堤邦彦『近世仏教説話の研究』翰林書房、一九九六年など）。それらの研究成果を踏まえつつ、享保以後の文芸界の動向についてまず略述してみよう。

八代将軍吉宗の出現によって享保期の社会が大きな変動期を迎えたことは既に周知のことに属するであろう。なかでも幕府の打ち出した庶民教化政策は、新しい文芸発生の重要な契機となった。まず享保二（一七一七）年、従来旗本以上の幕臣に限られていた昌平黌の経書講義の聴講が町人クラスにも許可された。次いで享保四（一七一九）年には侍講室鳩巣らの高倉屋敷での講書にも一般聴講が許されることになった。さらに享保四年、「孝順父母・尊敬長上・和睦郷里・教訓子孫・各安生理・毋作非為」という明の太祖洪武帝の教民用スローガン「六諭」を解説した、明末の范鉱の『六諭衍義』が薩摩藩主島津吉貴より献上されるや、吉宗はその訓訳を荻生徂徠に命じ（享保六〈一七二一〉年）、室鳩巣にその国字解を撰ばせた（享保七〈一七二二〉年）。この国字解は書家石川伯山の手によって版下が書かれ、全国の寺子屋に、手習いを兼ねた教科書として配付された。これが『六諭衍義大意』であり、その題簽には「官刻」の角書が付されていた。この書物が後の教訓読物に多大な影響を及ぼすことになる。

一方、享保の改革政治の中で文学史にとって重要な意義を持つのは、享保七（一七二二）年十一月に触れ出された出版についての条令である。全五条からなり、その一では今後の新刊の書物において「猥成儀異説等を取交」ぜて作ることを禁じ、その二では「好色本の類」を禁じ、その三では他人の祖先家系についての錯説を書いて出版することを禁じ、その四ではあらゆる書物に作者・版元を明記することを定め、その五では将軍家に関係する記述は原則として禁じ、やむをえない場合も奉行所の指示をあおぐべきことを定めている。

ちょうどこの触書に前後して、三都には本屋仲間が結成され、近世出版機構の基礎が築かれたのだが、享保七年の出版条令はこれと連動して、板権の確立を前提としたものであった。条令のその四は本屋の板権を保証したものと読むべきであるという（中野三敏「談義本略史」『新日本古典文学大系81田舎荘子・当世下手談義・当世穴さがし』解説、岩波書店、一九九〇年。のち『十八世紀の江戸文芸』、岩波書店、一九九九年所収）。現代の我々が条令から受ける「言論統制」の印象と違って、出版の部数がこの条令によって減じたわけではなく、むしろ、改革政治に即した形で、教訓的・主知的な書物が続々と刊行される事態が現出した。

実際享保期の学芸界は幕府の教化政策に呼応するように、かつてない賑わいを呈していた。神道・儒学・仏教・老荘思想・和学・史学等において、それぞれに新しい波が訪れ、蘭学には将軍自身が積極的な導入を打ち出した。近世初期の啓蒙的風潮とは違って、この時期の諸学は従来の固定化した学問を相対化しようとする意欲に満ちたものであり、従って百家争鳴的な状況であった。各学問分野から、これを大衆に俗解する講釈師が登場し、地方といえどもこれを聴講するものは多かった。舌耕家ともいわれる講釈師たちは、都鄙を歩いて一方では奇談説話の収集者となり、編者ともなった。

学問への関心の高まりは上から与えられたばかりではない。民衆側から発生した教育運動としては、元禄十六（一七〇三）年、摂津平野郷で発生した儒学の学習会がある。月に三夜、郷中の師弟二、三名を集めて講習を開いたものであったが、享保二（一七一七）年に含翠堂という郷学となった。こういう郷学は大坂周辺の地域で元禄から享保期にかけて設立されたが、享保九（一七二四）年には含翠堂の影響を受けて懐徳堂が建設され、以後の大坂の町人学問をリードすることになった。

寺子屋も享保あたりを境に普及しはじめようだ。『兼山麗沢秘策』所収の享保七（一七二二）年六月付の書状に、江戸府内に八百人の手習い師匠がいるという浪人の言を引いている。商業の発達と生活水準の向上によって、識字や計算能力が要求され、それに対応する教育機関が小規模ながら簇生したことが推測される。

郷学、寺子屋設立とは異なる運動としては心学がある。享保十四（一七二九）年、京都に石田梅岩が開いた心学の講席では、町人を対象に席銭を取らず、人倫の道を平易に説いたという。享保期の経済的危機のなかで、商人が生きていくために、「倹約」「正直」などの町人特有の倫理が模索され、梅岩の心学はよく応えることとなって、次第に普及していく。

将軍のお膝元の江戸では、『六諭衍義大意』の趣意に添うような、体制順応型とみえる教訓読物が出版されつつあった。江戸は、上方の書肆の出店から出発したような新鋭の本屋が浮世草子を売り捌くことに飽き足らず、新しいタイプの本を企画していた。武士の多い土地柄でもあり、上方に多い実用的教訓書や致富譚的教訓書とは違って、根本的な倫理を易しく説く、あるいは滑稽にまぎらかして説くような教訓書が生まれている。浮世草子出版で知られる京都の書肆、西村市郎右衛門の江戸出店で、享保期中頃から精力的に出版活動を始める文刻堂西村源六が板元や売り出しとして関わった仮名書きの教訓読物を例にとってみる。なお原本や割印帳から、西村源六が板元、売り出しの場合はその旨を付記する。

民家分量記	常盤潭北	享保十一	大本	五冊	教訓（板元）
田舎荘子外篇	佚斎樗山	享保十二	半紙本	六冊	教訓談義（板元）
河伯井蛙文談	佚斎樗山	享保十二	半紙本	三冊	教訓談義（板元）
天狗芸術論	佚斎樗山	享保十四	半紙本	四冊	教訓談義（板元）
六道士会録	佚斎樗山	享保十四	半紙本	五冊	教訓談義（板元）
我かしこの記	宗堅	享保十五	半紙本	三冊	教訓談義（売り出し）
六諭衍義小意	中村三近子	享保十六	半紙本	三冊	教訓（板元）
野総茗話	常盤潭北	享保十八	半紙本	四冊	教訓（板元）
本朝世事談綺	菊岡沾涼	享保十九	半紙本	五冊	啓蒙　別名「近代世事談」（相板元）
英雄軍談	佚斎樗山	享保二十	半紙本	五冊	教訓談義（売り出し）
民家童蒙解	常盤潭北	元文二	半紙本	五冊	教訓（板元）

一見して明らかなように、佚斎樗山の作品が文刻堂教訓読物の主力である。樗山の作品で最も著名な『田舎荘子（内篇）』（享保十二〈一七二七〉年）こそ和泉屋儀兵衛の出版であったが、樗山の仮名書きの板本八作のうち四作までもが文刻堂によって刊行されている（『田舎荘子』『再来田舎一休』『雑篇田舎荘子（地蔵清談漆刷毛）』は別の板元が出版、『英雄軍談』は本家の西村市郎右衛門が板元で源六は売り出し）。その読者層の広がり、類似作の続出などからその人気のほどが偲ばれるが、そこに目を付けた源六の出版人としての手腕もなかなかのものであった。

もともとは童蒙に遺す教訓読物として書いたと自らいう樗山の諸作品の主旨は、心の持ちかた次第で人生を至楽のものとすることができるという心法を説くところに存する。樗山は関宿藩主の久世家三代に仕えた藩臣で、『田舎荘子』刊行時、六十九歳でなお現役であった。彼としては、幕府の教化政策に準ずるようなつもりで書いた作品群ではなかったか。しかし、読みやすさを配慮して、動物の対話を趣向とする『田舎荘子』内外篇にはじまって、文体は年を追うごとに戯作調を濃くし、叙述形式は地獄冥界などを舞台に神仏の口を借りる問答体を多用するようになる。これが後に輩出する談義本に影響を与えるのだが、かかる表現方法は『荘子』に出る「三言」を駆使したものであること、樗山自身が明言している。すなわち「物に托するは寓言なり。神仏を仮るものは重言なり。その戯談は卮言なり」（寛保二〈一七四二〉年刊『雑篇田舎荘子』）と。寓言論はのちに上田秋成の小説観に重要な位置を占めてくるものであるが、樗山はこれをかなり意識して使っていたわけであり、そこに読本に繋がる小説意識の芽生えを見ることができるのである。

ところで文刻堂の教訓読物群のなかで、もうひとつ注目されるのが常盤潭北の三部作、『民家分量記』『野総茗話』『民家童蒙解』であろう。樗山に比べると、文飾もないオーソドックスな教訓書であるが、大変よく読まれ、宝暦期の談義本などに書名が引用されることしばしばである。この潭北は下野烏山出身の俳人であり、江戸の俳壇に客人格として出入りしていたようである。潭北の足跡を辿ると、関東一円を廻っており、彼の行く所、俳諧の座と講話の場が一致していたことが認められる（第一部第二章）。その講話を元として成ったのが該三部作である。そのうち、前二作には幕臣の成島信遍が序を寄せており、ここにも庶民教化運動における官民の蜜月ぶりを垣間見ることができる。同じく文刻堂から出た中村三近子の『六諭衍義小意』はその書名自体が、民間の教導家が幕府の庶民教化運動にぴったりと寄り添っていることを物語っている。教化政策が地方にも浸透していく背景には俳諧師や俗間教導家の活動を忘れてはならないであろう。

文刻堂は俳書の出版にも熱心であったが、俳諧と教訓の意外な近さは、やはり俳人である菊岡沾涼の啓蒙的著述『本朝世事談綺』にも窺うことができる。そもそも俳諧の宗匠たる者は、俗諺に詳しく、故事に明るく、古典に精通していなければならなかった。また、諸国行脚をするのが常である俳人たちは当然のごとく説話収集者にもなりえたはずである。これが後に述べる「奇談」の流行と密接に関わってくる。

ところで俗間教導といえば、神道講釈や仏教の説法談義を逸することはできない。神道界では既成の神道流派が分裂や権威の低下を露呈するにつれ、俗流神道の台頭が促進された。なかでも「風流講釈」と評された増穂残口の人気はめざましいものがあったらしい。正徳五（一七一五）年刊の『艶道通鑑』が大当りし、その後続々と刊行した著作をまとめて、享保四（一七一九）年には「残口八部書」として売り出し、これを種本として洛中四条河原などで講釈を展開した。残口の講釈の模様は諸書に伝えられるが、仏法に対しては、頭ごなしに罵るという表現がふさわしいほどの激越な調子であったらしい。それは著作にも顕れていて、狂激な文体がのちに平賀源内の滑稽談義本あたりに影響を及ぼしているといわれる。また『艶道通鑑』の中の措辞が『雨月物語』「青頭巾」に剽窃されるなど、読本への直接的影響も指摘されている。

仏教の方でも巧みな弁舌で唱導する者が都鄙に現れ、俗に受ける題材を持ち込んで、「法席を戯場の如くならしむ」と評される（宝永八〈一七一一〉年『勧化南針鈔』）程、娯楽化の傾向に拍車がかかっていた。面白い説法談義を求める聴衆に応じて、説教僧たちは教義を解りやすく伝えるために詩歌・俗諺・故事を利用し、因果譚・霊験譚を語った。これらの種本といえるのが仏教勧化物といわれる、片仮名交じりで書かれた書物である。その大概を窺うことができる後小路薫「近世勧化本刊行略年表」（『勧化本の研究』和泉書院、二〇一〇年所収）についてみると、享保から宝暦にかけて勧化本が流行していたことが具に知られるのであるが、その中で二点の傾向について触れたい。第一は享保前後に「故事」を銘打ったものが多いこと（正徳五〈一七一五〉年刊『扶桑故事要略』、享保元年〈一七一六〉刊『本朝怪談故事』、享保五〈一七二〇〉年刊『孝道故事要略』など）である。「勧化補助」と角書に付された『扶桑故事要略』では輯集者盤察の本邦説話の博捜ぶりがうかがわれる。故事物が説話の宝庫であることは、それらの引用書目を一瞥しただけで明らかである。故事物は仏者だけではなく、儒者や俳諧師も手掛けて一種の流行になっているが、これも先述した啓蒙的風潮と関連している。和漢の古典に依拠したといわれる読本の素材や措辞も、実際はこういった故事物に依存していたこともあったろう。第二に、享保十五（一七三〇）年刊『中将姫行状記』、寛延二（一七四九）年刊『苅萱道心行状記』など、読本の魁のひとつとされる長編仏教説話の出現がある。説法の連続講演から生まれたと思われるこの手の作品は『苅萱道心行状記』の跋に言うごとく、民衆に周知の演劇ネタや伝説を勧化に利用する趣があり、図らずも思想性を内包する娯楽読物というスタイルを生んだ。いうまでもなくこれは読本の基本的なスタイルでもある。しかも山東京伝や曲亭馬琴はこれらの長編仏教説話の構成をそのまま借りて自らの読本を書いている（中村幸彦「桜姫伝と曙草紙」『国語国文』一九三七年八月号。のち『中村幸彦著述集』第六巻、同「読本発生に関する諸問題」前出）。

この他、和学古典の講釈、中世以来の伝統を持つ太平記読みなど軍記講釈、敵討やお家騒動、裁判沙汰などの時事巷説をあつかう講談など、さまざまな形で舌耕は行なわれた。それらは、相互に批判しあうこともあったが、一方では題材を共有しつつ、結果的に民衆教化を広めていった。たとえば『艶道通鑑』と『扶桑故事要略』は同じ年の刊行ながら多くの共通した説話を持っていることを、後小路薫「『艶道通鑑』と勧化本」（『叢書江戸文庫16仏教説話集成』月報、一九九〇年）が指摘している。そして彼らの著作が故事考証や俗説弁惑の風潮を押し進めることになった。やがて生まれる読本を受け入れる素地はこの時点で出来上がっていたといってよい。むろん読本が生まれるための要因として中国白話小説、通俗軍談、そして近世軍記についても述べなければ充全でないことは承知しているが、その前にこういった享保以後の状況が、当時の書籍目録に新たに立項された「奇談」書群に反映していること、そこに『英草紙』もまた入っていることの意味を考えてみたい。

二　宝暦書籍目録の「奇談」

宝暦四（一七五四）年に京都の永田長兵衛が出した『新増書籍目録』（以下『宝暦目録』）は、同じ書肆の手になる享保十四（一七二九）年版『新撰書籍目録』（以下『享保目録』）以降の新刊本約二千七百部を載せた目録である。この目録によって享保から宝暦にかけての出版事情の大概をうかがうことができる。そこで注目されるのは、仮名読物の分野で『享保目録』になかった分類項目が『宝暦目録』で立てられているということである。具体的に言えば、『享保目録』において「雑書」「仮名物草紙類」と分類されていた領域が、『宝暦目録』では「教訓」「奇談」「風流読本」「雑書」に分類されている。この中で「風流読本」は八文字屋本を指しており、これはおおむね『享保目録』の「仮名物草紙類」にあたる。とすれば「教訓」と「奇談」がジャンル的に新しい分類基準であるということになる。「雑書」で一括されていた領域から二つが独立分断したということであろう。「教訓」の立項は、むしろ教訓を唱えるのが当然であった従来の「雑書」において、純粋な教訓から離れる傾向が一部に出てきたために、逆に独立して立てざるを得なかったとも考えられそうである。純粋な教訓から離れる傾向とは、浮世草子とはまた違った語りのスタイルで読ませる書物の勃興、すなわち「奇談」書の輩出である。ここで『宝暦目録』の「奇談」の一覧を掲げてみよう。掲載順序、書名は『宝暦目録』に従い、出版年（西暦は省略）と備考を追記した。

＊　　＊　　＊

『新増書籍目録』（『宝暦目録』）「奇談」所載の書目

	書　名	著者	出版年	備考
1	野総茗話	常盤潭北	享保十八	教訓書
2	近代世事談	菊岡沾涼	享保十九	百科全書（内題「本朝世事談綺」）
3	英雄軍談	佚斎樗山	享保二十	教訓談義
4	雑編田舎荘子	佚斎樗山	寛保二	教訓談義
5	同　右編	佚斎樗山	寛保二	教訓談義
6	諸国里人談	菊岡沾涼	寛保三	奇談集
7	藻　塩　袋	菊岡沾涼	寛保三	俳諧注釈（故事考証）
8	仙家俗談	寸木主人		（原本未詳）
9	夢中老子	燕志堂	延享四	教訓談義（13『造化問答』改題本）
10	本朝俗諺志	菊岡沾涼	延享四	諸国記事集
11	世説児談	雅亮	延享四	説話集
12	都　老　子	後藤梨春	宝暦二	教訓談義
13	造化問答	安居斎宗伯	享保十九	教訓談義
14	虚実雑談集	恕翁	寛延二	奇談説話
15	諸州奇事談	静観房好阿	寛延三	奇談説話

16 怪談登志男　素汲子　寛延三　奇談説話
17 万世百物語　烏有庵　寛延三　奇談説話（元禄十年刊『雨中の友』改題本）
18 朝鮮物語　木村理右衛門　寛延三　朝鮮についての啓蒙書
19 花実百物語　玉花堂太世　（原本未詳）
20 当世下手談義　静観房好阿　宝暦二　滑稽談義
21 同　続　静観房好阿　宝暦三　滑稽談義
22 英　双　紙　都賀庭鐘　寛延二　国字小説
23 太平百物語　祐佐　享保十七　奇談説話
24 古今百物語　延宝四　奇談説話
25 古今実物語　北尾雪坑斎　宝暦二　奇談弁惑（古今弁惑実物語）
26 著聞雑々集　酔雅子　宝暦二　奇談説話
27 御伽厚化粧　筆天斎　享保十九　奇談説話
28 夢中一休　田中友水子　寛保二　教訓談義
29 面影荘子　田中友水子　寛保三　教訓談義
30 老子形気　新井祐登　宝暦三　教訓談義
31 故事談（御伽座頭）　雲水子　寛延四　宇治拾遺物語・古今著聞集の抜粋
32 同　続　寛延四　宇治拾遺物語・古今著聞集の抜粋
33 世説雑話　烏有道人　宝暦四　説話集
34 近代変化物語　（原本未詳）

35	渡世伝授車	都塵舎	元文二	浮世草子
36	弁慶物語	白水		（原本未詳）（同名の室町物語あり）
37	怪談百千鳥	静活		（原本未詳）
38	続一休噺	也来	享保十六	咄本
39	昔男時世粧	也来	享保十六	古典俗解
40	児戯笑談	三近子	寛延二	教訓談義
41	都荘子	信更生	享保十七	教訓談義
42	三獣演談	神田白竜子	享保十四	教訓談義
43	六道士会録	佚斎樗山	享保十四	教訓談義
44	大和怪異記		宝永六	奇談説話
45	怪談三本筆			（原本未詳）享保二序『新怪談三本筆』というものあり。
46	桃太郎物語	布袋室主人	宝暦三	長編物語
47	龍宮船	張朱隣	宝暦四	奇談弁惑
48	花間笑語	大進	宝暦三	教訓談義
49	当風辻談義	嫌阿	宝暦三	滑稽談義
50	下手談義聴聞集	臥竹軒	宝暦四	滑稽談義
51	花街談義	孤舟	宝暦四	色談義
52	返答下手談義	儲酔	宝暦四	滑稽談義
53	無而七癖	車尋・桴遊	宝暦四	滑稽談義

54 銭湯新話　伊藤単朴　宝暦四　滑稽談義
55 諺種初庚申　紀逸　宝暦四　説話集
56 教訓不弁舌　一応亭染子　宝暦四　滑稽談義
57 犬徒然月見友　元禄十六　『犬つれづれ草月見の友』か？

＊　＊　＊

ここに〈読本の祖〉といわれる『英草紙』(22)を見出すことができる。『英草紙』は角書に「古今奇談」と謳っている。まさしく「奇談」に他ならないわけだが、表を見れば、この目録の「奇談」の項目に収められたのは、必ずしも現在「奇談」という言葉からイメージされるような内容の本ばかりではないことに気づかされるのである。

内容的には啓蒙的・教訓的色彩が強く感じられる。全体的に眺めると、いわゆる奇談よりも教訓を主意とする談義調の作品や、啓蒙を目的とした故事説話集が多い。また宝暦三、四年に出た談義本はここに入れられ、宝暦四年刊の談義本評判記『作者評判千石篩』所載の十三部のうち十部を占めている(47〜56)。本書籍目録の刊年もまた宝暦四年である。すなわち分類者の意識において「奇談」＝談義本という感覚があったのではないかとさえ思われる。

明和九(一七七二)年刊行の『大増書籍目録』になると、「奇談」の項は『宝暦目録』の五十七点から、さらに七十六点に増えているが、その内容も『宝暦目録』に比べると、現在の語感でいうところの「奇談」に相応するものが多くなってきている。ところが、『宝暦目録』の「奇談」の場合、談義本が多く載せられていることからも窺えるように、「奇」よりもなお「談」の方に重心があるように見える。話の内容よりも語りの面白さである。先に述べたように享保から宝暦にかけては、講釈舌耕流行の時期であり、ここに集められた書目も半数近くは談義の体裁を取っている。

常盤潭北の教訓書『野総茗話』（1）が「奇談」に入っているのは現在からみると不審なのだが、同じ作者の『民家童蒙解』が「教訓」の部に載っているところをみると、やはり談義の体裁という点において「教訓」と「奇談」の分岐点があったと考えられよう。本目録のなかに四作入っている樗山の作品（3・4・5・43）は、前述した通り対話形式を用いた滑稽な語りによって心法を述べるという方法を採っているが、『夢中老子』（9）、（『造化問答』（13）の改題本）・『都老子』（12）・『夢中一休』（28）・『面影荘子』（29）・『老子形気』（30）・『児戯笑談』（40）・『都荘子』（41）・『三獣演談』（42）らは、大なり小なり樗山流の教訓談義の方法に倣って書かれている（中野三敏「静観房まで」『戯作研究』中央公論社、一九八一年）。

やはり四作入っている俳人菊岡沾涼の著作は、いずれも啓蒙的な書で、諸国の民俗的事象や和漢の故事についての知識を開陳したものであり、いわゆる奇談とは異なっているが、たとえば『諸国里人談』（6）は、諸国遊歴中に集めた話ということで、書肆に題名を乞われ「採も直さず有りの侭に里人の談《モノガタリ》と」（序、原漢文）名付けたと言い、『本朝俗諺志』（10）でも「誠に東都は扶桑一の大津にしてもろ国の人聘せずといふ事なし。その国々の俗談を五つ三つあつめたるを」と自序で記しているように、諸国咄的な形式に、知識啓蒙を織り込んでいるのであり、「談」に重点があると言えよう。

『当世下手談義』（20）は宝暦期に輩出する談義本の出発となった作品である。教訓を主意としながらも、江戸の当世風俗をふんだんに取り入れて、従来の教訓談義本にない新境地を開いた。『教訓続下手談義』（21）はその続編。いずれも実際の舌耕談義が反映した戯作調の作品である。47から56にかけての宝暦三、四年の談義本はその追随作、あるいは批判作で、いずれも啓蒙教化を謳い、談義調の文体を駆使している。この他『宝暦目録』「奇談」の項には、朝鮮についての入門書ともいうべき『朝鮮物語』（18）や、『伊勢物語』の俗解（やつし）本である『昔男時世妝』（39）も登載されていて、「奇談」書の啓蒙性を物語っている。この啓蒙性も講釈のそれと通ずるものであろう。

「奇談」の意味を考えるポイントはこのあたりにありそうである。近世後期読本は「奇談」を書名や角書に付す例が多い。(1)『英草紙』の角書「古今奇談」の先例に倣ったのだが、この場合、「奇談」は「物語」とほぼ等しい意味合いの用いられ方、あるいは読本であることを示す言葉そのものとなっている（「綺談」と書いて「よみほん」と読ませる例もある）。しかし近世の中期までは書名に「奇談」が用いられる例は極めて少ない。管見によれば享保三（一七一八）年刊の『唐話纂要』増補版の巻六の柱刻に「和漢奇談」（「奇談通俗」）として和漢両国に材を得た二つの白話小説とその和訳が収められた例を知るのみである。その一編「孫八救人得福事」の文中にも「奇談」の語が見えるが、和訳の方を示せば「遍ク伝聞テ、京中の奇談トゾナリニケル」とあり、巷談の場を前提とした使われ方である。

勧化本『本朝諸仏霊応記』序文（享保二〈一七一七〉年）には、「苟《マコト》に聖神赴感の霊異を見るときは敬謹激切の信を起こし、又幽魂怪変の奇談を聞くときは恐怖驚嘆の意有りて疑執の罪を消せしむ」とあり、『田舎荘子』序文（享保十二年）に「かの味をすすむるの空言、膝を前にするの奇談、其意は道によらしめ生をたのしめむとする哉」とあって、いずれも、咄や語りの場を前提としているが、これが「奇談」の一般的な使われ方ではないか。むろん「聊《いささか》一点《てん》の慈愛《じあい》もなかりし、めずらしき親ありし奇談《きだん》あり」（寛延三〈一七五〇〉年刊『諸州奇事談』巻三、本書はのちに『豊年珍話談』と改題される）の如く「珍しい話」の意に等しい使われかたも見出すことができるが、たとえば、享保十九年（一七三四）刊の『本朝世事談綺』（近代世事談）では、その後序に「近き世の事《コトワザ》を談《タハムレイヒ》て綺《イロドルアヤ》を其《ソノ》ままに題号とす而已《ノミ》」とあり、「談綺」の表記ながら、内容より語り口に重点の置かれた使用例が認められるが、「奇談」の性格をよくあらわしている事例だと思われる。

すなわち「奇談」には、現在の我々がそう思い浮べるように、〈不思議な話〉〈珍しい話〉という意味は当然含まれるが、むしろ談話の場を前提とした〈綺《あや》ある談《かたり》〉というニュアンスが色濃く影を落としており、『宝暦目録』所収書目では多く後者の方が当てはまりそうだということである。

もちろん「奇談」書の中には怪異を語るものは少なくない。『虚実雑談集』(14)『諸州奇事談』(15)『怪談登志男』(16)『太平百物語』(23)『古今百物語』(24)『著聞雑々集』(26)『御伽厚化粧』(27)らがそうである。しかし、これらは面白い語りに必要な材料として怪異が選ばれたと考えるべきである。なぜなら怪異譚といえども、それは教訓談義の一環として語られているということが、建前にしろ、原則としてあったからである。怪異を語る場合、娯楽性よりも、教訓啓蒙の意識が前面に出てくるのである。実際、たとえば『虚実雑談集』の作者は講釈師として著名な瑞龍軒恕翁であるが、その自序に「身のいましめともなれり」という言が見えるごとくである。

怪異譚に筆を染める著者の念頭に必ず去来したに相違ないのが『論語』「述而編」にいう「子不語怪力乱神」の言葉である。翻案怪異小説として後世に大きな影響を与えた浅井了意『伽婢子』(寛文六年刊)の自序においてすでにそれは示されていた。

夫れ聖人は常を説いて道ををしへ、徳をほどこして身をととのへ、理をあきらかにして心をおさむ。天下国家その風にうつり、その俗《しよく》を易《かふ》ることを宗とし、総て恠力乱神をかたらずといへ共、若止《もしやむ》ことを得ざるときは、亦述《のべ》著して則をなせり。(中略)然るに此伽婢子、遠く古へをとるにあらず、近く聞つたへしことを載あつめてしるしあらはすもの也。学智ある人の目をよろこばしめ、耳をすすぐためにせず。只児女の聞《きく》をおど

ろかし、をのづから心をあらため、正道におもむくひとつの補とせむと也。（後略）

序文はここに集められた話を「疑《うたがふ》ことなかれ」と締めくくっている。陰陽五行、天地造化は幽遠にして不可測であるのがその理由である。「怪力乱神を語らず」というテーゼは、怪異譚を教訓の方便とし、かつ人智では測りがたい〈事実〉として押し出すこととなった。近世中期の怪異小説も基本的には『伽婢子』序の執筆意識を継承したものが多いが、享保期前後から顕著になってきた合理的思考性は奇談怪説を作り事として指弾する傾向を帯びてきた。その裏返しとして「奇談」においてはその事実性や出所の確かさが具体的に主張される。

たとえば宝永六（一七〇九）年刊『大和怪異記』は角書に「出所付」を謳っているし、享保十七（一七三二）年刊の『太平百物語』序文は「実に怪力乱神を語るは、聖の文の誡」との認識を示しつつ、教訓に補いありと出版の意図を述べるが、その材としたのは「あやしの物語どものそれが中にも出所の正しきのみ集めて」書き綴った草稿であったと言う。寛延三（一七五〇）年刊の『怪談登志男』には「これまさに近き世の事にて、其時の人皆現存せり。うたがふべからず」（巻五、二十六話）、「この篇にしるせし数々の妖怪は、誠に怪しとするにたらず」（巻五最終話）と事実性を強調する。

一方、浮薄な執筆意識による類書には批判の鋒先を向ける。延享四（一七四七）年刊『本朝俗諺志』（寛保三〈一七四三〉刊『諸国里人談』の後編）の書肆二酉堂の跋には「怪談百物語の類書牛に汗し棟に充ッ。しかはあれど皆往《イニ》昔《シヘ》の談にして今や現ならず。頃日編集ノ五冊者米山翁眼前見亦は其地の人に委く温問て正説顕然たり」と言う。

こういった流れとは別に、怪談をすることは読者に喜ばれるところであると開き直る作者も登場してくる。寛延四（一七五一）年刊『万世百物語』の序は「奇怪を語るは聖人のいましめ給ふ所、しかはあれども古今小説家の載るを見るに、怪談伝奇枚挙に遑なし。実に漢も倭も好事の人こそを（多）き」とはじまり、怪談伝奇を

「好事」において捉えている。「書留めて里の児輩に土産にもがな」とするのも、決して教訓話としてのそれではない。本文の二十篇は全て「あだし夢」ではじまる和文脈の文体で、まさしく〈綺《あや》ある談《かたり》〉となっている。こういう叙述態度は樗山の著書に見えた三言を駆使する戯作的手法の流れにあると言えるが、教訓や啓蒙を目的とした面白い語りが、ここでは目的をはなれて面白い語り自身を追求しはじめたのだと言ってよいだろう。この流れは舌耕談義が、教義より語り自体の面白さによって人を惹き付けるようになった過程を想起させる。

以上、『宝暦目録』の「奇談」の項目に載る書を中心に考察してきたが、享保以来、『英草紙』の出現にいたるまで、「奇談」とは、あくまでも教訓・啓蒙・弁惑を目的として面白く語られる読み物であった。面白い語りは題材や表現方法に意を用いる。怪異を題材とするのも、荘子流の三言が駆使されるのも、作者たちの工夫のひとつである。それらはいずれも、当時の庶民教化政策を背景に広がった諸学諸教の舌耕談義を反映していたと言えるだろう。

三　「奇談」書の中の『英草紙』

この「奇談」書群の中に『英草紙』が入っているのは、その角書に「古今奇談」と謳っていたからという理由のみに帰してよいのであろうか。たしかに『英草紙』の成立には、以下に説くように庭鐘の白話小説耽読の経験が密接に関わっており、むしろ上記の「奇談」書との共通性は希薄に見える。しかし、これらの「奇談」書群の中において見たときにはじめて『英草紙』の画期性も確認できるのではないであろうか。その視点から『英草紙』について考えてみたい。

天明狂歌界の大立者で江戸を代表する文人である大田南畝が「いまの都下のよみ本の風はこれ（筆者注、庭鐘の

『英草紙』『繁野話』を指す）を学ぶに似たり」（自筆本『一話一言』巻五十四、この部分の記述は文政二〈一八一九〉年）と記し、明治に入っては雙木園主人著『江戸時代戯曲小説通志』（明治二十七〈一八九四〉年刊）が「読本の起源は、延享の頃、近路行者（飯倉注、都賀庭鐘のこと）が英草紙繁野話を著はしたるに始まる」と述べてより、読本の始発に庭鐘の『英草紙』（寛延二年刊）をおくのは学界での定説となっている。

　庭鐘は、享保三（一七一八）年生まれの大坂人。享保末年に京都に遊学して新興蒙所に書を学び、香川修庵に医を学んだ。当時の京都は白話小説が流行した時期であった。彼もそれに飛びついた一人だったが、彼の中国語の学力や白話小説への精通ぶりは群を抜くレベルであった（中村幸彦「都賀庭鐘の中国趣味」『泊園』第十七号〈一九七八年六月〉。のち『中村幸彦著述集』第十一巻所収）。二十代から三十代にかけて、彼は、みずから国字小説と称する白話小説の翻案を三十篇ほど試作していた（『繁野話』『莠句冊』序文）。これが元となって、三部作と言われる『英草紙』『繁野話』『莠句冊』が生まれた。

『英草紙』が画期的であった最大の要因は、それが中国白話小説に通じた文人の手になる小説であったことに因る。享保以来の社会に現れた文人について、中村幸彦「近世文人意識の成立」（岩波講座『日本文学史』第八巻、一九五九年。のち『中村幸彦著述集』第十一巻所収）等を参照しつつ略述すれば、享保期に至って膠着した封建社会制度の矛盾が露呈しはじめていた。幕臣や藩臣の中には政治に関心を示さず、もっぱら文事・諸芸に励む者があらわれた。硬直化した世襲制度は職業選択を許さず、現実に不満を持ち才能の抑圧を感じる者が余技や趣味に鬱憤を晴らすという構図は武士層に限ったことではなかった。もちろん朱子学の文学観では「文は道の末」であり、文を玩ぶことは志を失うことにも通じるとされていたから、こういった文事への耽溺は本来うしろめたいことであった。しかし、享保以後勃興した儒学の新しい潮流を代表する徂徠学派（古文辞学派）は芸に遊ぶことを積極的に肯定する論理を打ち出し、文事への志向を著しく見せていた。徂徠学派では聖人の教えを直接学ぶために唐話

（中国語）学習を重視し、漢語表現熟達のために作詩作文の訓練が行なわれた。折しも中国からは珍しい文物書籍が続々と舶載され、知識人の間には空前の中国ブームが到来していた。とくに明末清初の隠逸的文人の随筆が好んで読まれ、文人趣味への憧れといったものが形成されつつあった。ただし、それは所詮反俗孤高を掲げる隠逸趣味であるゆえに、社会の中枢に位置するものが与するものではない。文人の立場はしたがって離俗的・逸民的な立場であった。文人趣味は社会の各層において広がった。儒者・僧侶・富裕な商家・医者などに顕著にそれを見ることができる。文人とは作詩作文のみならず、書画・篆刻・煎茶など諸芸に通じてもいる博識の人々であった。

文人が熱中した唐話の学習には、当時多く流入してきた白話小説が用いられることがあった。江戸では徂徠が訳社を結んで岡島冠山を講師として訳文の学を興し、京都では稗官の五大家といわれる人々が黄檗僧から唐音を学んだ。また伊藤東涯の古義堂では好んで白話小説が教科書として取り上げられていた。その白話小説は従来の日本の読物にはない特徴を備えていた。筋書の面白さと構成の巧みさ。登場人物に明確に付与される性格。現実性あふれる描写。さらに白話小説の評論も同時に入ってきたが、それは小説の読み方、作り方そのものへの関心を高めた。白話小説は次第に知識人を魅了し、教科書から娯楽読物としての位置をも獲得することになった。とりわけ長編では『忠義水滸伝』『三国志演義』、短編では三言二拍と言われる『古今小説』『警世通言』『醒世恒言』『拍案驚奇』初刻・再刻と、それらの抄出本である『今古奇観』などが人気を博していた。これらが庭鐘や秋成の作品の直接の典拠となっている。

娯楽読物として人気が高まれば、訓訳本が求められるのは当然のことであろう。岡島冠山訓訳の『忠義水滸伝』初集の刊行は享保十三（一七二八）年であった。短編白話小説の訓訳本は寛保三（一七四三）年に岡白駒による『小説精言』を皮切りに『小説奇言』（宝暦三〈一七五三〉年）、『小説粋言』（宝暦八〈一七五八〉年）と和刻三言が出そろう。その一方で、通俗軍談といわれる中国講史（演義）小説の翻訳も、元禄期の『通俗三国志』『通俗漢楚軍談』を皮切りに続々と現れている。徳田武「中国講史小説と通俗軍談」（前出）によれば、これら通俗軍談の原典は少なからず白話を交えたものを含んでいる、すなわち通俗軍談は白話小説の翻訳の先駆をなすものであり、読本前史の上で注目すべきジャンルであるという。

中国詩文語学熱は、書く訓練にも及んだ。徂徠学派では日本の軍記の漢訳や、擬文という漢文創作の訓練が行われていた（日野龍夫「読本前史」前出）。また和文の白話訳や白話文の創作をするものさえ少なからず現れる（中村幸彦「日本人作白話文の解説」『中村幸彦著述集』第七巻、中央公論社、一九八四年）。

白話小説の筋立てを、日本を舞台に置き換える翻案が試みられる素地はかくして整っていった。既に浄瑠璃や歌舞伎において、あるいは浮世草子において現実の事件を人物や時代設定を変えて描くことは常套的な手段であった。中国説話『剪燈新話』らを翻案した『伽婢子』という立派な手本も夙に存在するし、『宝暦目録』所載の『御伽厚化粧』（享保十九〈一七三四〉年刊）にも中国説話の翻案がある。白話小説に精通していた庭鐘が、白話小説を題材としてこれと同じ事を試みたとしても何の不思議もなかったのである。

『英草紙』の面白さの多くはそれが中国白話小説の翻案であったという点に帰着するものであろう。すなわち白話小説そのものが持つストーリー展開の意外さと現実描写の力である。しかしながら白話小説の翻案という方法をもって書かれたという点を指摘するだけでは『英草紙』の画期性は説明できない。ここで『英草紙』が先述した『宝暦目録』の「奇談」書群の中に位置していたという事実を改めて考えなければならない。たしかに『英草紙』の高踏性は「奇談」書の中でも際立っている。しかしこれを『宝暦目録』「奇談」の中の例外とするのではなく、「奇談」的土壌から生みだされた傑作と考えてみたい。かかる視点から見た場合、庭鐘は庶民教化の立場にたって正道を面白おかしく伝えようとした「奇談」作者の精神圏に引きずられながらも、そこから抜け出す新しい散文精神の持ち主であったという見方が成立する。

ここでは『英草紙』の序を見ていくことにする。作者の隣家に住む「方正先生」は、「英草子の藁」を取り目録を一瞥して、「青雲の志」ある者が「遊戯の書」に手を染めるとは嘆かわしいと苦言を呈する。これに「余」が応える形をとっている。

先生の言是なり。余また此の書の為に説あり。彼の釈子の説ける所、荘子が言ふ処、皆怪誕にして終に教となる。紫の物語は言葉を設けて志を見し、人情の有る処を尽す。兼好が草紙は、惟仮初《ただかりそめ》に書けるが如くなれども、世を遁るる事の高きに趣を帰す。

怪しい話であっても教えとなる、艶っぽい物語の中に著者の志あって人情の限りが尽くされる、かりそめに綴ったように見えて高邁な思想を旨としている、そのような和漢の古典を例に挙げ、「遊戯の書」必ずしも玩物喪志ではないという弁明である。教義を導くのに面白い語りをもってする「奇談」書の基本的性格はここに充分窺える（『荘子』『源氏物語』『徒然草』らに自著を比肩する自負の顕れであることは言うまでもない）。

この後、儒教により正道に導く者少なく、学ぶに意欲ある者また少なければ、金言の耳を悦ばすこともないという現状を嘆き、「一畝の民」が閑暇に記して「同社中の茶話に代」えんとするこの草紙は、もとより名山に蔵すべきものではないが、「此書、義気の重き所を述ぶれば」「鄙言かへつて俗の儆《いましめ》となり、これより義に本づき、義にすすむ事ありて、半夜の鐘声深更を告ぐるの助」となることが作者の深意だと述べる。「茶話」に代えるというところは（二作目『繁野話』の序にも「戯作《ぎさく》して茶話《ちゃわ》に代ゆ」と言う）、「奇談」書の談義的性格を引きずっている。また「義」を掲げるのは「奇談」書に共通する教訓的態度に他ならない。

最後に言う。

此の二人生れて滑稽の道を弁へねば、聞《きく》を悦ばすべきなけれども、風雅の詞に疎きが故に、其の文俗に遠からず。草沢に人となれば、市街の通言をしらず。幸にして歌舞伎の草紙に似ず。賜覧の君子、詞の花なきを以て、英の意を害する事なくして、両生の幸ならんのみ。

「滑稽の道を弁へ」ぬとは、当代世俗小説（八文字屋の気質物）の文体に遠いこと、「風雅の詞に疎き」とは王朝物語や和歌の雅言に疎いこと、「市街の通言をしらず」とは都会の流行語を知らぬことと解せられている（日本古典文学全集『英草紙・西山物語・雨月物語・春雨物語』、一九七三年、頭注）。ただし「滑稽」は第一話「後醍醐の帝三たび藤房の諫を折《くじ》く話《こと》」の中で「今の俗僧の俗男女に説き聞かしむる所は、理を浅く説くをもつぱらとして、滑稽笑話の類なれば」とあるところから見て、教訓談義本の滑稽な文章を想定すべきかも知れない。いずれにせよ、表現上、従来の文芸に及ばぬという謙譲の姿勢を見せながら、実は新文体の創造に自負を抱いていると読めるのであり、それは本文そのものが立証する。たとえば、あるときは『枕草子』や『万葉集』をさりげなく取込み（第三話）、あるときは「売弄《ふれま》ふ」（第二話）・「盤問《なじりと》ふ」（第三話）など唐話に通じた表記を試みるなど、和漢両文脈を自在に使いこなす芸を見せ、和漢混淆・雅俗折衷といわれる新文体を創出しているのである。これは文人庭鐘の知識教養のなせる業であったが、しかしこのような新文体創造の意識は、教訓啓蒙の「奇談」を高度な文学作品に仕上げようとする精神に由来するものではないだろうか。「奇談」の典型的なスタイルである半紙本五冊の体裁を守りつつ、すなわち従来の「奇談」の陣営に自らを置きながら、浮世草子や物語や「歌舞伎の草紙」に対抗し得る文体を持っていることの誇りを、この序文は語っているように思えるのである。

『英草紙』の各篇がおおむね白話小説の翻案から成っていることは既に述べたが、翻案に当って庭鐘はさまざまな工夫を見せている。『英草紙』が「奇談」書の精神圏を意識しながら、そこから抜け出ようとした小説であることは、彼の工夫を具体的に分析することによって明らかになるであろう。ここでは一例のみ挙げる。

第一話「後醍醐の帝三たび藤房の諫を折く話」（以下「後醍醐」と略記）は白話小説集『警世通言』所収「王安石三難蘇学士」を翻案したものである。原話の梗概は以下の如くである。

宋の神宗の時の荊公王安石は蘇東坡の才を重んじたが、東坡が自らの才を恃んで軽薄の言をなしたのを憎んで左遷した。東坡は任満ちて上京し、荊公を訪ねたところ、荊公が「西風昨夜過園林、吹落黄花満地金」と詠みさしているのを見て、秋風が菊花を一斉に黄落させることの誤りを非難する意味をこめて「秋花不比春花落、説与詩人仔細吟」と次韻した。黄州の菊花を知らず軽薄の言をなした東坡を荊公は黄州に左遷した。東坡は任地の菊花が西風一吹にして黄落することを知り、荊公が自分をなぜこの地に派遣したかを知った。ところで出発に先立って荊公は瞿塘峡の中峡の水を汲んで帰るように依頼していたが、東坡はこれが困難であったため下峡の水を汲んで帰った。荊公はこれが下峡の水であることを見抜いて東坡の軽薄を戒めた。また荊公は書斎の二十四の書架の全書物を暗記していて、ここでも東坡をやりこめた。

庭鐘はこれを『太平記』の世界に置き換えた。後醍醐天皇を荊公に、万里小路藤房を東坡に擬えた。しかしながら、後醍醐が藤房を論難した内容は巧みに置き換えられている。とくに第一難のつくりかえは知的興趣に満ちたものである。藤房は帝が速水という者に与えた古歌「あづま路にありといふなる逃水のにげかくれても世を過すかな」（源俊頼の歌）を帝の御製と思い込み、「速水」と「逃水」を掛けるのは不審と難じた。帝は気色を損じ、東の歌枕を見て来いと命じた。武蔵野に赴き、土地の田夫から逃水の説明を聞き、帝の示した和歌が古歌であったと知った藤房は自らの浅才を恥じたというものである。詩にまつわる話を歌に置き換えた手腕も並々ならぬものがあるが、中でも「逃水」を取り上げたところは注目に値しよう。「逃水」のごとき奇異なる自然現象に合理的説明を与えようとするのが享保以来の博学的風潮の雰囲気であったが、そのひとつのあらわれでもある『宝暦目録』の「奇談」の一書『諸国里人談』（寛保三〈一七四三〉年刊）巻三「山野部」に、「逃水」のことが載る（尾形仂「中国白話小説と『英草紙』」『文学』一九六六年三月号に指摘あり）。その説明に「麗なる春のそらに地気立て、こなたより見れば、草の葉ずゑをしろじろと水の流るるごとくに見ゆるなり。その所に至て見れば、その影なくて、またむかふに流るるごとくの影あり。いづれまでも其所をさだめず。行ほど先へ行て迯行《にげゆく》やうなるゆへに、かく名付たる。春より夏かけてあり。秋冬はなし」と言い、俊頼の該歌を引用している。「後醍醐」の田夫は藤房に向かって「あれは川にては侍らはず。あれこそ山峰に雲を出だすがごとくにて、地気のなす所、いつとても春夏の際《あひだ》、遠所より見る所、水の流るるやうに見ゆれども、水にあらず、其の所には行けば見えず、行けども行けどもむかうへ行くやうなれば、むかしより逃水と名づけぬ」と語ったが、これは『諸国里人談』の説明とほとんど変らないといってよい。やはり『宝暦目録』「奇談」に載る『龍宮船』巻一「東国影沼之説」においても、武蔵野の「逃水」についての考証がなされているように、「逃水」は、この時期における知識人の博学主義や合理的思考に即してあえて選ばれた話題だと思われるのである。(2)

このことは、庭鐘が同時代の「奇談」書作者の精神圏を意識しつつ、これを相対化する立場にいることを意味するが、それは第二の論難においてもさらに明らかとなる。第二難では原話の水の鑑定とは全く違う話になっている。太平の世に帝が遊戯に耽けり、女謁盛んに行なわれ、僧侶が跋扈しているのを嘆じて藤房は、仏徒の、国を危うくすることを、故事を説き言葉を尽くして諫言した。しかし帝は、今時の僧侶はへつらい者ばかりで国法を害する力はないと喝破し、「今の俗僧の俗男女に説き聞かしむる所は、理を浅く説くをもつぱらとして、滑稽笑話の類なれば、二度《ふたたび》童にかへりたる婆翁、理屈ばなしと同じ耳に聞けば、誰か聞きこんで発心するものもなく、説法者も聴衆に憚らず、書籍は膝前に抜きながら、目はひたすらに空焼《そらだき》のかたにむかふ」などと冷静に述べる。これが当時の談義流行をあてこんだものであることは明らかである。これも『宝暦目録』の「奇談」の中に載る宝暦四（一七五四）年刊『下手談義聴聞集』巻四の「惣じて近年の談義僧は、はでを第一にして、役者の声色をまねらるる、是はやくしや違ひか。今時は談義にも仏書からだんだん、軍書にひろがり、仏の説法すくなく、婆々様達の軍《いくさ》しり顔聞くにおかし（中略）其中へ当世もてはやす落し咄といふ事を入て、うれしがらせ」といった文章と比較すると、談義僧の俗化を諷する論調に共通するものがある。

また第三の論難においては、献上された馬の吉凶を尋ねられた藤房が周の穆王の八駿の故事を引いて諫言、帝が八駿の出典を質したところ正解を出せず、帝がまたも博識を発揮してやりこめる。この話においても、故事とその出所への執着という、一部の「奇談」書に見られる傾向が読物化されているといえる。すなわち庭鐘の翻案上の工夫は「奇談」書作者の精神圏の相対化として把握しうるのである。

四　初期読本作者の創作意識

ところで『英草紙』の他作品を読んでみれば、幕府の教化政策と呼応するような単純な教誡を述べたものは一篇もない。もちろん、だからといって思想性が希薄なのではなく、作品に寓意された硬質な思想（歴史観）が高度な文芸性を壊すことなく、テクストに滲み出ているといった体なのである。言い換えれば、彼の思想（歴史観）と文体（表現）が有機的にテクストとして統合されているのであり、このスタイルは通りいっぺんの教訓・啓蒙・弁惑を面白く叙述する「奇談」書のレベルを一新している。

たとえば、「後醍醐」の結末、原話においては王安石の博識ぶりを賞賛する印象が強いが、「後醍醐」ではむしろ才知に驕る天皇像が批判的に描かれている。「今主上智は奢に用ひ、弁は非を覆ふに足る。下官不才の言ひ動かすべきにあらず」と、帝の智略に失望し、辞職して隠遁する藤房の言葉に庭鐘の歴史観が託されている。自らの史観を登場人物に託して語らせるという方法は「寓言」の方法であり、談義本の先駆者である樗山の『英雄軍談』にも、登場人物の口を借りて作者の古代史観を語るという方法は既に意識的に使われていた。ここにも「奇談」書の精神が息づいているのを認めることができる。しかし同時に、歴史批判のモチーフが庭鐘において確実に意識されていたことが、他の「奇談」書との決定的懸隔でもあったのである。

『英草紙』第五話「紀任重《たふしげ》陰司に至り滞獄《くじ》を断《わ》くる話《こと》」は明代白話小説『古今小説』「鬧陰司司馬貌断獄」の忠実な翻案である。不遇な知識人がその怨みを表出して冥界に行き、地獄の訴訟を処理することになって、歴代の有名人物を評論してそれぞれ別の有名人物に転生させるという判決を下すという筋である。庭鐘はいわば紀任重を通して歴史上の人物を批評しているのだが、紀任重が不遇な文人であるという設定は、まさしく初期読本の創作意識を考える際に示唆的である。

『英草紙』において、享保以来の「奇談」書が採ってきたものとは異なる主題が白話小説から学ばれたことは明白であるが、より重要だと思われるのは「奇談」作者の啓蒙意識とは根本的に出自を異にする執筆意識が庭鐘にはあったことである。それは反俗隠逸の文人的立場からする執筆意識であり、基本的には庶民教化といった社会的立場とは逆の立場である。文人の隠逸志向については既に述べたが、庭鐘自身もその事跡があまり知られていないこと、「太平逸民」の印を用いていることなどから、すくなくともその精神においては市井の隠逸者であったと言える。序には「青雲の志」ともあり、その志を実現しえない不遇の知識人という典型的な文人の姿を庭鐘に重ねることができる（徳田武「『英草紙』論――「俗に即して雅を為す」――」『近世文芸』一八、一九七〇年七月。のち『日本近世小説と中国小説』所収）。ここにおいて作家の精神は教訓啓蒙より発憤遣悶というレベルにおいて捉える方がわかりやすい。

不遇の知識人が憤りを洩らすことによって文学が成立するという考え方は、古く『史記』「太史公序」に「詩三百篇、大抵聖賢発憤の為作する所なり」と見えて以来、中国史書の文学観として脈々と流れ、「水滸伝は発憤して作る所なり」（李卓吾「読忠義水滸伝序」）と、講史小説観にまで繋がっている。近世中期の日本においてもこの考え方が「老荘世を憤る」の説として儒者の間に顕れたり（中野三敏「寓言論の展開」『国語と国文学』一九六八年十月号。のち『戯作研究』所収）、元禄十六年刊『通俗続三国志』の序に表明されたりして（徳田武「読本論」『鑑賞日本古典文学〈35〉秋成・馬琴』一九七七年）、知識人の間に共通認識として存在していたことがわかる。庭鐘に小説作法を学んだと思われる秋成においても、不遇意識から発する「憤り」は史観と結び付いて重要な作品モチーフであった（拙稿「秋成における「憤り」の問題――『春雨物語』への一視点――」『文学』一九八五年五月号のち『秋成考』〈翰林書房、二〇〇五年〉所収）。文人の著した初期読本は「憤り」の前提に不遇意識があり、それが幕府の教化政策に歩調をあわせるごとき教訓奇談と執筆契機の点において一線を画するポイントとなったのである。

庭鐘に学んで『雨月物語』を書いた秋成は、その小説観において、「寓言」が「憤り」の表出方法であることを述べている。刊本『よしやあしや』（寛政五〈一七九三〉年刊）において次のように憤りの説を展開している。

凡物学びて才ある人の時にあはぬは、我有一宝剣といひ、しら玉はよししらずとも我ししれらばとよみ、或は書は憤りになるとも云。やまともろこしの人の心は異ならぬもの也けり。彼土にては演義小説といひ、ここには物がたりとよぶ。それ作り出る人の心は、身幸ひなきを嘆くより、世をもいきどほりては、昔を恋しのび、(中略)ただ今の世の聞えをはばかりて、むかしくの跡なし言に、何の罪なげなる物がたりして書つづくるなん、かかるふみの心しらひなりける。

かつて樗山が意識的に用いた寓言の方法と結び付いて、秋成の所説は我が身の不遇を嘆く者の〈私憤〉に創作のモチーフを見出すものであった。

読本は、史上の人物を作品中に転生させ、史実とは違った活躍をさせる。そこに娯楽性の追求があったのは確かであるが、それは一方で、作者である不遇の知識人の発憤遺悶という機能を有していた。読本作者が実際に不遇であったかどうかはそれほど問題にすべきことではない。彼等の執筆意識を、発憤遺悶という文学観が規定していたことが重要なのである。文人であり、本来「雅」の領域にあるべき彼等が、かかる屈折した意識をもって「戯作」した「遊戯の書」であるゆえに、読本は俗文学といえども高度な文芸性を持つことになったのである。

注

(1) ちなみに近世後期を中心に書名に「奇談」を有する書物群を調査した浜田泰彦の「書名「奇談」素描——文事領域拡大の原動力——」(『語文』一一六・一一七号、二〇二二年三月)がある。

(2) 真島望は、沾涼はこれに遡る享保十七(一七三二)年刊の地誌『江戸砂子』においても同様の記述をすでに行っていたことを指摘している(『近世の地誌と文芸——書誌、原拠、作者』第九章「化政期の江戸名所と俳諧」汲古書院、二〇二一年。初出は二〇一四年)。

第三章　浮世草子と読本のあいだ

本章は、『國文学』（學燈社）二〇〇五年六月号で与えられた標題に応えて書いたものである。「浮世草子と読本のあいだ」とは、文学史的な問題そのものである。浮世草子と読本を①全盛期浮世草子と後期読本（すなわちジャンルの典型）として把握するか、②末期浮世草子と初期読本（すなわちジャンルの終焉と始発）ととるかによっても意味合いが異なってくる。たとえば、横山邦治『読本の研究』（風間書房、一九七四年）の冒頭論文「『都鳥妻恋笛』から『隅田川梅柳新書』へ」は、①の把握を前提に、浮世草子と読本は断絶しているという一般的な理解に対して、その連続性を具体的に跡付けた論文である。与えられた標題に即して言えば、「浮世草子と読本のあいだ」に仏教長編説話を置いてそこに一筋の脈路を見出したものである。一方筆者は②と受け止めて以下論じていくこととするが、「浮世草子と読本のあいだ」とは言っても、浮世草子が終焉していないうちに読本が始発する事実（長谷川強『浮世草子の研究』〈桜楓社、一九六九年〉では浮世草子の下限を天明三（一七八三）年の『風当俗世諸芸独自慢』に置く。読本の鼻祖とされる『英草紙』の刊行は寛延二〈一七四九〉年であり、三十年以上の重複がある）換言すれば、浮世草子史と読本史を重ねると三十年ほどの重複時期があるという事実を考えると、その空白を埋めるというよりも、重複期の文学史をいかに構築するか、あるいはその時期の文学的状況をどのように把握するかということが、「浮世草子と読本のあいだ」を考えることになるのではないかと思う。この問題は、浮世草子に分類するか読本に分類するか迷うテクストや、いずれにも分類されないまま放置されているテクストが存在して、研究者を悩ませてきたことと関係する。

ところで「浮世草子と読本のあいだ」という標題から思い浮ぶのは、横山前掲論文がその最初に触れる秋成の浮世草子『諸道聴聞世間狙』（明和三〈一七六六〉年刊）、『世間妾形気』（明和四〈一七六七〉年刊）と初期読本『雨月物語』（明和五〈一七六八〉年序）との連続性と断絶性の問題ではなかろうか。しかしジャンル交替が実際には三十年ほどの間に緩やかに行われたことを考えれば、秋成が短期間に全く異なるジャンルに転進しえたのかという問い自体が、さほど意味をもたなくなってくる。実際、秋成における浮世草子二篇と『雨月物語』との間にそれほど大きな飛躍があるわけではないとされており、たとえば『雨月物語』を気質物として読む見方が提示されたり（高木元「読本の校合——板本の象嵌跡をめぐって——」（『読本研究』第六輯、一九九二年九月のち『江戸読本の研究』ぺりかん社、一九九五年所収）、宝暦明和期における浮世草子と初期読本の作者・読者が共通の文化壇の中に存在することの指摘がなされている（長島弘明「『雨月物語』における作者・書肆・絵師・読者」『秋成研究』東京大学出版会、二〇〇〇年。初出は一九八七年五月）。ただ、明和期はまさに、先述した浮世草子と読本の重複の時期に相当し、このときの上方文壇の状況は出版も含めてなお考えてゆく必要がある。

近世中期から後期にかけて、「近世小説史」の中心が浮世草子から読本へと移行し、その移行期が享保から宝暦明和にかけての散文史的に混沌とした時期であるとは、大方の研究者の共有する認識だろうと思われる。「近世小説史」の記述上非常に重要な位置を占めるはずのこの移行期の解析は、従来主として読本研究の側から読本発生論あるいは読本前史という形で諸説が提出されてきたように思うが、文学史全体を見わたす立場からも、この問題へのアプローチがなされている。

たとえば中野三敏は「今更『日本小説年表』の不備をあげつらっても仕方あるまいが、「浮世草子」から「讀本」と続く、その境目の元文から明和・安永の辺りは、誰が見てもまことに不安定であり、これはその次の「滑稽本」の初発の部分とも重なって、ますます揺れ動いているように見え、いっそ何か別のジャンル名を考えた方が早いようにも思えるほどである」（中野三敏「讀本年表・瑣事」「読本研究」第十輯、一九九六年十一月）とし、従来『日本小説年表』の「読本」に漏れているが、読本に分類すべきであろう若干の作品を紹介している。第一にあげる『万物天地鏡』（明和八〈一七七一〉・九〈一七七二〉年ころ刊）は中国の説話を材料としたものであったが、作者南峯が書いた他の作品『人間一生三世相』（安永三〈一七七四〉年刊）・『唐土真話』（安永三年刊）についても中野は「読本に認定すべきであろう」とする。しかし中村幸彦によれば、それらは中国白話小説を翻訳しながらも「読本とならぬ作品」であり「末期浮世草子の」「一つの試み」の例として挙げられている（中村幸彦「読本発生に関する諸問題」『中村幸彦著述集〈第五巻〉』、中央公論社、一九八二年。初出は一九四八年九月）。また濱田啓介は南峯と荻坊奥路（佐伯了伯）が同一人物であるかを検討して「これら三作品は、いずれも共通して支那小説の殆ど逐語訳に近い作品であり」「ともかくも（佐川了伯の他の）浮世草子風（作品）とは別（の趣）である」とする（「吉文字屋本の作者に関する研究――奥路・其鳳同一人の説など――」（『国語国文』第三十六巻十一号、一九五〇年。（　）内は筆者補記）。見解が分かれているというよりも、浮世草子にも読本にもただちには分類しがたい領域の作品が存在し、このあたりに「浮世草子と読本のあいだ」の一現象が看取されよう。

一方、篠原進は浮世草子研究の立場から、長谷川強『浮世草子考証年表――宝永以後』（青裳堂書店、一九八四年）に収録されている作品、いない作品について再検討し、「浮世草子の汽水域」を浮き彫りにした（篠原進「浮世草子の汽水域」『浮世草子研究』創刊準備号、二〇〇四年）。その中で『年表』に収録されているが浮世草子と呼ぶには素朴にすぎる奇談集『花実御伽硯』（明和五〈一七六八〉年刊）をあげて、浮世草子とはいえないが、読本のイメージにも遠く「それを収納する既成のジャンルが存在しない」という。ただ、『花実御伽硯』については、畑中千晶「『花実御伽硯』の粉本――写本『続向燈夜話』の利用について――」（『敬愛大学国際研究』三三号、二〇一九年三月。のち『これからの古典の伝え方』〈文学通信、二〇二一年〉所収）によって、本書の粉本の大部分が写本『続向燈夜話』であることが明らかにされた。これも「浮世草子と読本のあいだ」におくにふさわしい作品であるといえよう。

ところで筆者は、『英草紙』の成立を出版史的に捉えようとして、同書が宝暦四年刊の『新増書籍目録』（京、永田調兵衛刊）の「奇談」という分類に含まれていることに着目した。「奇談」という項目は分類的書籍目録においては本書籍目録において初めて立てられた分類であり、その中にさまざまなジャンルの作品が混在している。そこで従来のジャンルとは異なる近世散文の新たなカテゴリーとして「奇談」を想定し、「奇談」書群の中で突出するテクストとして「読本の祖」とされる『英草紙』を位置づけようとした（前章参照）。「奇談」収載の書目は明和九年刊行の『大増書籍目録』（京、武村新兵衛刊）において、「風流読本」を上回る点数となるが、これを現行の「近世小説史」に位置づけるのは難しく、あらたに「奇談」史というものを仮設することを提案してきた（第二部第四章、第五章）。この筆者の提案は、先引の中野の「いっそ何か別のジャンル名を考えた方が早い」ということばにも応えるものではないかと思う。先引の『花実御伽硯』もまさに「奇談」書群の中に見出される。

しかし、急いで付言しておかねばならないのは、当時の書籍目録における分類だからといって、あまり過大に評価してはならないということである。宝暦目録では「奇談」であった『当世花街談義』が明和目録では「風流読本」となり、逆に宝暦目録で「風流読本」であった『非人敵討実録』が明和目録では「奇談」に収載されるという事実、「奇談」に俳書や南京将棋の解説書が含まれているということなどから考えても、おそらくは中身を読まずに、場合によっては書名のみで「奇談」に分類してしまったというのが実情であったと推測される。それでも、実際に「奇談」書を分析してみたとき、大方の傾向としては、咄や語りの場を前景化することを特徴とする〈綺《あや》ある談《かたり》〉という特質が見えることを前章では指摘してきた。そこには現在の語感でいう奇談怪談とは違うイメージがあった（「奇談」という語自体が享保以前にはなかなか見出しえない語でもあった）。

一方で、仮名でかかれた読物のうち、他に分類しがたいものをとりあえず入れておく「器」として「奇談」があったことも否定できない事実であろう。浮世草子から読本への移行期において、洒落本・談義本・滑稽本の先蹤と思われるようなさまざまな試みが行われ、逆に仮名草子や初期浮世草子の改題改編が行われる退行現象も見られ、そうした混沌の坩堝の中から新しい読み物が生まれるのであってみれば、これからの近世文学史の構想において、まさにそのような過渡期のテクストを収納する受け皿として「奇談」という領域を仮設しておくのもひとつの方法である。その際現行文学史のジャンルに分類されうるものであっても、重複して「奇談」に入れておいて構わない。たとえば「談義本」（前期滑稽本）のかなりの部分はもともと書籍目録では「奇談」に分類されているのだからこの中に入れておいてよい（「談義本」史と「奇談」史が並立しうるということである）。もちろん書籍目録に登載されていないものでも、「奇談」的なテクストはここに入れておけばよい。乱暴な議論と眉をしかめる向きもあろうが、もとよりいっそう有効な方法が提示されるための捨石的試案である。

ここで「奇談」的テクストの外見的特徴を述べれば、半紙本四冊ないし五冊、青色系表紙・漢字平仮名交じり文、一冊十五丁から二十丁、挿絵各冊約二図。多く短編説話集の形式をもち、改題本も多い（改題本の場合体裁が異なる）。現状では本が傷んでいたり、補修されていたり、表紙が改装されていることが多く、貸本屋印の捺しているものをよく見る。末期浮世草子から初期読本への橋渡しはこの半紙本の形態を念頭に入れる必要がある。たとえば、前掲『浮世草子考証年表』の書型のデータを整理してみると、表のようになる。

浮世草子の書型は、明和以後半紙本型が圧倒的に多くなるということである。これは、上方の板元が半紙本型の書型で出版することの多い江戸での販売を考慮にいれたこともあろうが、文学史が浮世草子から新しいジャンルである読本にスムースに移行するための過渡的現象と解釈することも可能である。換言すれば浮世草子が「奇談」的になり、その「奇談」の中から読本が生じたと把握すればよいのである。

	大本	横本	半紙本
宝永から正徳	92	54	18
享保	66	21	10
元文から寛延	47	4	2
宝暦	37	5	5
明和から安永	20	12	63

書籍目録の「奇談」収載のテクストとしては『御伽厚化粧』（享保十九〈一七三四〉年）・『地獄楽日記』（宝暦五〈一七五五〉年）・『秘事枕親子車』（明和五〈一七六八〉年）など現在浮世草子に分類されているもの、佚斎樗山の『田舎荘子』（享保十二〈一七二七〉年刊）とその続編および『都荘子』（享保十七〈一七三二〉年）『面影荘子』（寛保三〈一七四三〉年）などの追随作、『当世下手談義』（宝暦二〈一七五二〉年刊）とそれに追従する宝暦期輩出のいわゆる談義本、『近代世事談』（享保十九〈一七三四〉年）・『諸国里人談』（寛保三〈一七四三〉年）・『本朝国語』（宝暦十二〈一七六二〉年）・『市井雑談集』（明和元〈一七六四〉年）などの説話奇談集成、『怪談実録』（明和三〈一七六六〉年）・『新説百物語』（明和四〈一七六七〉年）・『怪談国土産』（明和五〈一七六八〉年）などの怪談物、『舌耕夜話』（宝暦五〈一七五五〉年）・『風流座敷法談』（明和六〈一七六九〉年）のように談義の場を再現したようなものなど、さまざまな試みが見られる。享保以後の江戸の読者層の増大、庶民教育の普及による識字率の向上で、新しい読者のニーズに対応する読み物が模索され、その中には旧作の改題出版という試みも多かった。その中で衒学的な読書の快楽がわかる読み巧者が現れて、突出的に知的な読み物である初期読本が登場する（あるいは色談義に特化した談義物は洒落本へと繋がり、滑稽を追求したものは滑稽本を生む）。「奇談」書のさまざまな試みの中で、次の時代に繋がるジャンルが登場し

たわけである。

「奇談」という器の中に従来のさまざまなジャンルが融解し、新しい読者が参加して、宝暦明和以後の近世後期散文の世界が開花するという見取り図を描きたい筆者にとって、「浮世草子と読本のあいだ」という課題は、とりわけ上方散文（仮名読物）文芸史の構築ということと関わると思われる。浮世草子も初期読本も上方がリードしたジャンルだからである。そこで注目されるのが、大坂の吉文字屋市兵衛の活動である。中野のあげた『万物天地鏡』も吉文字屋市兵衛から出版されている。すでに中村幸彦、濱田啓介によってはやくから注目されてきた吉文字屋であるが、その出版活動や作品については従来高い評価を受けてきていない。絵本と娯楽読物の垣根を越えた安易な挿絵の流用などが指摘されている（神谷勝広「吉文字屋本の挿絵板木流用」『名古屋大学国語国文学』64、一九八九年七月）。

しかし本の作り方や、その質はともかく、宝暦明和期に吉文字屋が、百物語物をはじめとして、「浮世草子と読本のあいだ」を考えるときに無視できない書物を多数出版していることは確かである。そのあたりについて、たとえば太刀川清は、「宝暦・明和の怪異小説は一口に言って日本伝統的なものと中国外来的なものとの対立期」であり、吉文字屋の百物語物を、日本伝統的なものを好む読者のニーズに答えたものとして位置づける（太刀川清校訂『叢書江戸文庫②百物語怪談集成』〈国書刊行会、一九八七年〉解題）。これを引いた高橋明彦は、吉文字屋刊の『近代百物語』『新選百物語』に中国種の怪談が含まれていることを明らかにする（高橋明彦「吉文字屋百物語と宝暦明和」『叢書江戸文庫㉗続百物語怪談集成』〈国書刊行会、一九九三年〉月報）吉文字屋のこのころの娯楽読み物に白話小説をはじめとする中国種が用いられたことは百物語物だけではないことは先述のとおりすでに指摘されていた。吉文字屋の本はたとえば都賀庭鐘や上田秋成のような衒学的なところはなく、雅俗という読者の二層を想定すれば、俗の読者をターゲットにしていることは間違いない。その中で中国種を使うというのは、中国趣味の流行という否応ない時代の流れを示すものであろう。

明和ごろの吉文字屋の出版の傾向を典型的に示すものとして注目すべきは、明和八（一七七一）年ころに吉文字屋が作成したと考えられる蔵板目録「定栄堂当世読本目録」掲載の十二点である。浮世草子が描く対象である「当世」に「読本」が付いた「当世読本」の語は、「浮世草子と読本のあいだ」にこれらの作品が位置することをはからずも示している（山本秀樹「文学史用語「読本」の拠所」『読本研究新集』第三集、二〇〇一年一〇月）はこの目録の紹介から始まって、文学史用語「読本」の再検討へと論を進める）。この目録は『京都大学蔵大惣本稀書集成〈第一巻〉』（山本秀樹編。臨川書店、一九九四年）に収まる『滅多無性金儲形気』に付載するものとして影印される（三四五頁）。その掲載順に書型・冊数・作者・刊年を挙げると次の通り（西暦は省略する）。

*最明寺諸国物語	半紙本五冊	荻坊奥路	明和八年刊
*西海奇談	半紙本五冊	荻坊奥路	明和八年刊
*弁舌叩次第	半紙本五冊	荻坊奥路	明和九年刊
*名槌古今説	半紙本五冊	荻坊奥路	明和八年刊
*傾城戦国策	半紙本五冊	大楽子	明和八年刊
*天神利生記	半紙本五冊	金陵	明和六年刊
*敵討浮田物語	半紙本五冊	多田一芳	明和七年刊か
名玉天地説	半紙本五冊	金陵	明和六年刊
雲水閣雑纂	半紙本五冊	鳥飼酔雅序	明和四年序
近代百物語	半紙本五冊	鳥飼酔雅	明和七年刊
新撰百物語	半紙本五冊	鳥飼酔雅	明和五年刊

＊囁千里新語　大　本五冊　松木主膳　宝暦十二年刊

書型は＊を付したものについては『浮世草子考証年表』により、『名玉天地説』は篠原前掲論文に、『雲水閣雑纂』は神谷前掲論文に、『近代百物語』・『新撰百物語』は管見による。「世話読本」においては半紙本五冊の形態がほぼ確立しているといえる。これらのほとんどは江戸吉文字屋次郎兵衛が刊記に連なるので、江戸の読者を意識していたことがわかる。「世話読本」の過半は『浮世草子考証年表』によれば浮世草子であるが、四作の作者である奥路は俳諧を嗜んだ形跡があり、また前身は講釈師かとも推測されている（濱田前掲論文）。濱田論文は『最明寺諸国物語』『西海奇談』『名槌古今説』を「浮世草子風奇談実録体というべきもの」とし、『弁舌叩次第』を「浮世草子風の文体が顕著」な「小ばなし集」であるとする。ただ「浮世草子風」というからには浮世草子そのものではないという認識であろう。一方篠原進は浮世草子『世間自慢顔』が『名玉天地説』の続編として企図されていたことを指摘し、『名玉天地説』を浮世草子に入れるべきであるとする。だが同時に、同書には「教養主義的で生硬な議論」が提示されていることも付言している（篠原前掲論文）。篠原のいう「教養主義的で生硬な議論」は、教訓談義本に現れる特徴であり、その特徴が初期読本（『英草紙』「後醍醐の帝三たび藤房の諫を折く話」、『雨月物語』「貧福論」など）にも継承されることは周知である（中野三敏「寓言論の展開」〈『戯作研究』中央公論社、一九八二年。初出は一九六八年〉など）。浮世草子風の奇談実録、談義本的な浮世草子。いずれにせよ、この時期の吉文字屋の読み物は、稚拙・拙速の誹りはまぬかれないものの、さまざまなジャンルのもつ特徴を混沌として体現している。奥路の作品はその一例である。

「世話読本」の中にある『近代百物語』『新撰百物語』も、一見古風な怪談読み物であるが、先述のごとく中国種を含むところに時代の影響があったようだ。

文学的な価値を認められず、ほとんど振り向かれていなかった吉文字屋の「世話読本」をはじめとする出版物は、文学史の新たな構築にとっては存外重要な位置を占めるのかもしれない。

第四章 「奇談」の場

一 はじめに

これまで述べてきたように、「奇談」とは、「奇談」という言葉が使われ始めた近世中期に、「奇談」書という形で書籍目録上分類されていた書物群ならびに、それらに準ずる書物群を指している。

「奇談」が、分類式書籍目録の項目にはじめて立ったのは、宝暦四（一七五四）年刊の『新増書籍目録』（京、永田長兵衛刊。以下宝暦目録と呼ぶ）においてであった。収録点数は五十七点、このことは「奇談」という新しいタイプの読み物が登場したと捉えるより、読物の分類の枠組みとして新しく「奇談」という語が登場したと考えるべきであろう。内容自体が目あたらしいわけではなかった。寛延二（一七四九）年刊の『英草紙』など、新しいタイプの読み物も確かに存在したが、仮名草子・浮世草子の改題本、啓蒙的教訓書、『当世下手談義』とそれ以後輩出した談義本もこの中に入っている。重要なのは、それらを「奇談」という語でカテゴライズしたことの意味だろう。

「奇談」といえば〈珍しい話〉〈不思議な話〉という意味だと今日の我々は考える。しかし宝暦目録の「奇談」五十七点を通覧すると、〈不思議な話〉も確かにあるが、単なる教訓物、啓蒙書、談義本など、今日的意味における「奇談」にほど遠い書も少なくない。日本における「奇談」の用例は、享保期（十八世紀はじめ）あたりから散見するが、それ以前には見出しがたく、書名にも採られない。比較的新しい言葉であったと思われる当時の「奇談」の意義は、諸用例を検討すると、「奇」よりも「談」に重点があり、〈綺《あや》ある談《かたり》〉というニュアンスが濃い（つまり奇談というより綺談である）。それらは、聞き手の存在する語りの場を前提としている。つまり「奇談」とは「語り手（話し手）」と聞き手のいる場を前提とした面白い語り（はなし）の謂いだったと思われる。

したがって書籍目録における「奇談」書とは、少数の例外はあるが、談義や咄という近世的な説話発生の場を枠組とした短編読物集としてほぼ括られる。とくに宝暦目録には宝暦二（一七五二）年から宝暦四年に刊行された談義本が並んでおり、これらは宝暦目録の刊行が宝暦四年であることを思えば、当時の意味における「奇談」を代表する書物群だといえよう。この分類は明和九（一七七二）年刊の『大増書籍目録』（京、武村新兵衛。以下明和目録と呼ぶ）にも引き継がれるが、明和目録所載の「奇談」書七十六点について検討してみても、大概は宝暦目録「奇談」書と同様な傾向が見て取れるのである。

二　「奇談」における場の設定

「奇談」とは〈綺《あや》ある談《かたり》〉の謂いであり、それを代表するのは談義本であったと述べた。逆に言えば、談義本とは、談義という語りの場を本文に持ち込むということにひとつの典型がある。たとえば談義本の代表作といえる『当世下手談義』（宝暦二〈一七五二〉年刊）は、座敷談義・辻談義の場を本文の中に持ち込んでいる。〈綺《あや》ある談《かたり》〉の場そのものが本文化されるとは、「咄」や「談義」の場、つまり語り手と聞き手の存在する場が本文に書かれるということであるが、言うまでもなく、それは近世以前の物語・説話にも多くみられる。益田勝美・森正人らが『大鏡』『堤中納言物語』『古事談』『宇治拾遺物語』などを考察の対象として、重要な発言をしてきた。[1]「奇談」の場を考えるにあたって、それらの示唆するところは大きい。

近世初期の仮名草子にもそのような形式を持つものがいくつかある。『清水物語』『祇園物語』『是楽物語』巻中（湯の山にて物語の事。是楽の楊貴妃物語講釈）、『海上物語』などである（中村幸彦「仮名草子の説話性」『中村幸彦著述集』第五巻、一九八二年参照）。

つまり、「奇談」を「談義や咄の場をテキストに持ち込んだもの」と定義してみても、その構造は旧来の物語や説話にも存在したものであって、新しい傾向とは言えないのである。しかし、物語や説話の枠としての場の設定が、ひとつの読物のカテゴリー認識に関わっているのだとすれば、それは看過できない意味をもってくるだろう。そして「奇談」が書籍目録における分類項目である以上、出版メディア論の観点が必要となってくる。中世以前の物語・説話とは違う切り口があるとすれば、そこがひとつのポイントになるだろう。

洒落本・黄表紙・読本など近世後期の読物ジャンルは、内容以上に形式によって規定されていると言ってよい。内容が顧慮されないというわけではないが、形式抜きではジャンルは語れない。形式とは出版に関わる形式で、書型、冊数、挿絵のあり方などさまざまな要素がそこにはある。ここで、宝暦・明和の書籍目録に載る「奇談」書で管見に入った本から帰納すると、第二部第一章から繰り返しているように、半紙本数冊、縹色または紺色表紙、漢字仮名交じりで半葉九行から十行、匡郭は縦十七〜十九センチメートル、一冊十五丁から二十丁、挿絵が各冊二面というのが、その平均的姿であろう。正確なデータを以て述べるのではないが、三分の二程度は、この形式に収まるのではないかと思われる。なお、冊数は談義本と同じく四冊または五冊がほとんどで、中野三敏の言うように、四冊が教訓系、五冊が読物系と大雑把には言える（中野三敏「談義本――その精神と場」『戯作研究』中央公論社、一九八一年）。さらに江戸の俗文学の場合、多くが正月の出版で、末尾を祝言で飾り、何らかの啓蒙教訓的建前があるというのは常識に属することであろう。

これらの書誌的・形式的特徴と、場の設定という問題がいかに絡んでくるのか。実際に、本の編集には本屋が関わることが多い。たとえば、この時期の読物は、談義本評判記の『作者評判千石篩』に、「仮名本《かな》などは大方作者の書捨置《かきすて》たを書物屋が取上て板行する故、作者の方へは沙汰も音もないが間々あるげな」というように、本屋が作者に無断でその原稿を持ち出し本にしてしまうケースがあるし、大坂の定栄堂鳥飼酔雅（三代目吉文字屋市兵衛）や京都の高古堂小幡宗右衛門のように、本屋自身が作者であることも少なくない。本屋は常に出版の形式を考えているわけだから、出来上がった文章をどういう形式の本にするかではなく、あらかじめ用意された本の形式に当てはまるように文章を書き、既存の文章を編集するのである。内容は取るに足りなくとも、編集が重要な論点となるのが「奇談」という分類に収まる短編説話集なのである。そして、編集という論点では、枠としての場が大きな問題となってくるのだ。

枠としての場のあり方として、二つのレベルを想定しうる。第一に、奇談集本文の内部にそのような場が描かれているということ。第二に、奇談集全体がそのような場を枠として成り立っていること。

一は、『諸艶大鑑』（貞享元年）巻二「百物語に恨みが出る」の百物語、『日本永代蔵』巻二「世界の借屋大将」における夜咄、浮世草子『傾城禁短気』（宝永八年）における傾城の談義など浮世草子にも多くみられる。「奇談」書では、談義の場を描いたものとして『当世下手談義』（宝暦二年）巻二における八王子の臍翁の座敷談義、巻四における鵜殿退卜の徒然草講釈、『八景聞取法問』（宝暦四年）巻五における鵰入《ずくにゅう》法師の四十八夜談義などが挙げられ、咄の場を描いたものとして『銭湯新話』（宝暦四年）における銭湯、『無而七癖』（宝暦四年）巻三における「無垢庵」、『興談浮世袋』（明和七年）巻三における「女共寄合噺」など限りなく見られる。談義や咄が当代のものである以上、当代を描く浮世草子や談義本にそれらが描かれることは至極当然であった。

それらの〈場〉を短編集全体の枠とする発想が出て来るのは、談義や咄に親しい大衆読者を想定した出版企画においては当然ありえよう。すなわち二は言説の場（語り手と聞き手のいる場）を本文の中に持ち込むだけではなく、全体の枠が言説の場そのものとなっているというケースである。とりわけ談義と咄の場が、枠を形成している。以下は二のケースを中心に、具体的に見ていく。

三　談義の場

『非人敵討実録』（宝暦四〈一七五四〉年、江戸和泉屋平四郎刊、半紙本五巻五冊）は、宝暦四（一七五四）年の目録では「風流読本」に分類されていたのに、明和九（一七七二）年の目録では「奇談」に入っている。本書は、舌耕師勅使河原源内の講談を基として、浪速の老人の物語や、または国人との面談を加味して構成している。歌舞伎・浄瑠璃で有名な大和国敵討咄（『敵討襤褸錦』）の実録講釈だが、リアルな舌耕体を用いているわけではなく、軍記風文体に練り上げられている。序に言う。

　于時《ここにこれ》勅使河原《てしがわら》源内信行《のぶゆき》といえるは、宝永《ほうゑい》の晩年《ばんねん》より享保のころまで、専《もつはら》浪華《らくわ》の地《ち》に鳴《なり》し舌耕《ぜつこう》なり（中略）此敵討《かたきうち》を説《とく》事、余多度《あまたたび》に及べども、聴《きく》人尚倦《なをうま》ずして、是を望《のぞむ》。愚老《ぐらう》も若《わか》きときより、かかる勇《いさみ》ある物語《ものがたり》は大好物《かうぶつ》にて、程遠《ほどとを》き所《ところ》にてもいとはず、足を空《そら》に馳行《はせゆき》、其席《せき》に列《つらな》り、余念《よねん》なく頭低《かしらかたむけ》聞籠《ききこめ》し事の、耳《みみ》に有《たもち》て忘《わす》れもやらず、友《とも》なる人に、そこここと噺《はなし》ければ、「委覚《くわしく》へられたり。かやふの物語好《ものがたりすけ》る人あれば、其人に見せて、歓《よろこば》せむ。写《うつし》くれよ」と云。「我終《つゐ》にかやうの物、筆取《ふでとり》し事はなし。物語らんほどに、汝書《かけ》」といへども、「是非《ぜひ》吾《われ》に筆を授《さづく》」と誣《しゆ》。あたら白紙《はくし》を汚《けが》せしと、跡《あと》にてわらひ申されなと書《かき》とどめぬ。（下略）

中身を読んでみると、読者を舌耕の場に引き込む工夫が特になされているわけではない。巻五に「講師　源内評にいはく」とあって六行ほどの評があるのは軍記評判のスタイルであるが、全編にこれが貫かれているわけでもなく、中途半端である。しかし、読者は、名調子の舌耕を脳裏にイメージしながら本書を読んでいただろう。枠を設定する意味はそこにある。その枠が意識されて分類が「奇談」に移動したものであろう。

そういうイメージをほぼ紙上に再現していると言ってよいのが、『舌耕夜話』（宝暦五〈一七五五〉年、江戸伏見屋善六刊、半四巻四冊、明和目録の「奇談」所載）である。その序文書き出しに、

> いづくの横町には有けむ、講師自楽軒といへる人、五日の会読せられしを、聞溜て、五つの巻に綴り、予に清書を乞て、梓に行ひ、永く耕舌の跡を、とどめむとや。

とあって、講師自楽軒の五日（実際は四日）の会読を記したものであることを述べる。各巻の冒頭は、舌耕の口調を写す文章となっており、当時の舌耕談義を髣髴とさせるものがある。舌耕は四日間それぞれ前座後座があり、内容は伝承・故実・世相評判など多岐にわたる。その構成は、

初日　前座　○酒の濫觴《はじまり》弁に故実　○附り五節句の故事
　　　後座　○小栗実記弁に毒酒の根元　○附り班女ものぐるひの考え
二日目　前座　○本朝茶の濫觴《はじまり》弁に故実　○附り千利休の事
　　　後座　○名物古器の論　○附り吉原茶の遊《ゆ》の事
三日目　前座　○謡の濫觴併に相の狂言　○附り古今川原物芸勤事

後座　○俳諧の濫觴幷に古実　○附り近代宗匠心違の事
四日目　前座　○本朝浄瑠理操の濫觴《らんせう》　○附り豊後節善悪徳失の事
後座　○播州化生屋敷の事　○附り名護屋軍次智謀

となっている。「初日」と題された巻一本文の書き出しは、次の通りである。

各様へ申上まする、私義今度ここもとにて、毎夜講釈《かうしやく》をはじめ即今ばん初日ゆへみなさまへめで度、御酒を一ツあげぬ替りに、酒の濫觴《はじまり》、幷《ならび》に故実《こじつ》、扨神祇《じんぎ》尺教《しやつきやう》恋無常《こひむじやう》も皆、酒にながれ込《こむ》ぜんまいがらくりを述《のべ》、後座には小栗の実記《じつき》毒酒《どくしゆ》の根元《こんげん》、世間に流布《るふ》する、車で熊野《くまの》へ行れたとは相違の段、且班女《かつはんじよ》もの狂《くる》ひの考《かんが》へ等《とう》を委《くは》しう講《かう》じまする間　則《すなはち》御酒を上たと思し召て、御退屈《たいくつ》のなきやうに、御たばこでもめし上られ、ゆるりと御聞被下ませ、御茶も随分能のを申付て置ました。

「則」が二度出てくるが、『当世下手談義』（宝暦二〈一七五二〉年刊）に、「予がこの草紙は、新米所化が田舎歩きの稽古談義、舌もまはらぬ則だらけ」というように、下手な談義者がよく使うものとされている（石川了「噺」『庶民仏教と古典文芸』、世界思想社、一九八九年）。巻二・巻三も同様であるが省略する。巻四は舌耕最終日でその口上は次の通り。

今晩は講談の終にて御座候得ば、各様江の御暇乞に、何かな面白少々慰にも相成り申べき趣向と思ひ付、わつさりと当時はやりの浄瑠理幷豊後節の徳失殊に娘女子の道を申談じまする。又当時は怪虚説を賞美する人々おふし。是も虚説に似実録もあり。今宵はその新を逐一述まする。扨分て申上まするは御名染みを重、来春も春の内より夜講釈仕、吉例にまかせ新板物編集いたします。則外題は風俗遊覧集と申て、道徳仁義の趣、末へに至つては諸国遊女の客義弁蝦夷人異形の酒盛、是は別て笑草にも相なり、御なぐさみの媒にもしかるべし。

これによれば来春の夜講釈に合せて『風俗遊覧集』なる新板物を編集することを予告している。『風俗遊覧集』なる板本は、国書データベース等でも確認できず、実体はなかった可能性が高いが、講釈時の配り物という設定であろう。これらの記述から、当時の舌耕のありさまが窺えるのだが、見てきたような臨場感ある文体が、読者を舌耕の現場に引き込む装置になっていることは明らかであろう。口上が終わり、具体的に話の内容に入ると、こういう舌耕調は消えてしまう。舌耕の場に読者を引き込んでしまえば、それで十分というわけである。

『風流座敷法談』（明和六〈一七六九〉年、京都山田屋宇兵衛刊、半紙本三巻三冊）は明和目録「奇談」所載の本であるが、説話というよりも、三人の僧の説法談義をそのまま写したものである。竹林賢七という儒学を信奉する男の父は禅宗を、母は浄土宗を、娘は日蓮宗を崇信している。そこで各宗の僧を招いて法談を催すことになる。日蓮宗妙法寺日経上人・浄土宗極楽寺念誉和尚・禅宗本来寺空鈍長老と、それぞれの高僧が座敷談義をする。そう言えば仮名草子『夫婦宗論』、佚斎樗山の教訓談義本『再来田舎一休』に、家内宗論の趣向があるが、いずれも浄土宗と法華宗の宗論を禅宗的立場からおさめようとする内容である。『風流座敷法談』は禅宗の空鈍の法話が聴衆にあまり受けず、これらと趣が異なる。各宗を相対化したところに語り手の位置があるのが注目されよう。これはいわゆる前期戯作の特徴でもある、対象を突き放した視点である。順咄的な構成（後述）は読ませるための工夫であって、法話自体よりも、談義の場そのものを描写するところに眼目があると思われる。したがって仮名法語というよりも、やはり「奇談」という領域に入る作品ということになるだろう。

『当世滑稽談義』（明和九〈一七七二〉年正月、江戸吉文字屋次郎兵衛刊、半紙本五巻五冊）は明和目録に載るものではないが、「奇談」書にふさわしい。京都嵯峨清凉寺の本尊釈迦如来が江戸両国回向院の出開帳（比留間尚「江戸開帳年表」〈西山松之助編『江戸町人の研究』第二巻、吉川弘文館、一九七三年〉によれば、享保十八年に実際に開帳が行われた）の時、夜の退屈凌ぎに、銀杏和尚を呼び寄せ、五百の阿羅漢らと一同に風俗の談義を聴聞するという設定。しかし最後は銀杏和尚の小屋の夢であったとする。多分に戯作的である。

これらの談義の場の設定は、いずれも作者（あるいは本屋）によって仮構されたものであろう。記録が目的の談義の聞書ではない。談義を聞くことが娯楽でもあったこの時代においては、娯楽読物化するための装置であると言える。かかる場の設定は娯楽読物以前に教化の目的で採用されていたという予測が成り立つ。仮名法語をはじめ仏教典籍の探索がなされねばならない。たとえば次のようなテクストである。

乗誉述『増上縁談義咄』（宝永四〈一七〇七〉年、京都好田市三郎刊、大本五巻五冊）は、日蓮宗から浄土宗へと改宗したい東国人に対して、乗誉が師看誉上人の四十八夜談義を「談義のことばをそのままに」記録した聞書（「談義帳」と呼ばれる）を見せる。その枠組は次のようになっている。

（乗誉＝飯倉注）和尚のいはく、先師看誉《かんよ》上人当夏《たうなつ》のはじめ、東国におゐて四十八夜の法談《ほふだん》をせられしが、愚僧御供《とも》中てちやうもんいたせしを、覚《おぼ》えがきにしるし置たり。談義のことばをそのままにあらはしたれば、聞にくき所も又よめにくき所もあらんなれど、一ツは信心増長《しんじんぞうちやう》のため。一ツは物語のためにもならんと、一巻の聞書《ききがき》をしぶかみづつみの中より取出《とりいだ》さる。東国の人喜悦《きえつ》したる皃《かほ》つきにてひらきみれば、其発端にいはく、先師看誉上人、三月廿五日、東国におゐて日蓮党《とう》念仏を謗言《ぼうごん》いたすにより。其邪義《じやぎ》を正さんために、四十八夜、禁断義のおもむきを、尼入道の耳ぢか成《なる》やうに談義せられし、其聞書。

第初日《しよにち》の談義　三月廿五日

（中略。以下省略は所々あるが四十八座の談義を順次記す）

東国の人此談義帳を拝見いたし、いよいよ信心増上《ぞうじやう》いたしければ、是を書冊《しよさつ》に作り、東国に下向して、知音《ちいん》の人々に土産《みやげ》にもやいたさんとこころざして、増上縁談義咄と号す。

この例では、談義の場はいわば予定調和的な時系列に沿って現れ、読む人を次第に教化に導く。その都度ごとの場の積み重ねとして描かれる。一般に「奇談」における談義の枠組には、時間の幅は存在していても、教化に導くという目的が欠如しており、談義の終わりに予定調和的な完結感がない。つまり偶発的な時間を切り取って枠組にしているのである。ここで東国の人が「談義帳」を見たということに注目しておこう。明和目録の「奇談」書の中に「平がな談義帖」という本がある。『享保以後大阪出版書籍目録』によれば、五冊。板元は大坂柏原屋佐兵衛。本稿初出時に、「「平がな談義帖」がどんな本であったかは今の所不明だが、『増上縁談義咄』における「談義帖」から教化という目的を骨抜きにしたようなものではないか」という憶測を記しておいた。さて「平がな談義帖」は、「新選禁談義」の改題本であることが、『享保以後大阪出版書籍目録』には記されているのだが、「新選禁談義」もまた知られざる本であった。ところが、二〇一八年、杉本和寛によってこの本が発見された。杉本によれば、『新選禁談義』は『増上縁談義咄』の改編改題本であったというのである（「禁談義から禁短気へ――『風流三国志』と『傾城禁短気』構想の背景としての宝永の宗論騒動」『東京藝術大学音楽学部紀要』四三集、二〇一八年三月）。『新撰禁談義』の出現により、私の憶測は当たっていたということになったのである。

四　咄の場

明和目録の「奇談」に載る『檠下雑談』（宝暦五年、江戸藤木久市刊、半紙本五巻五冊）は、次のような陳珍斎の自序を持つ。

（前略）爰《ここ》に載る物語は、予がかぶつきれの時（子供の時）、ひがし隣に隠者あり。永々しき夜を慰めんとて短檠（夜会に使用する茶会の燈台）の下にしこり（じっとして）、老僧・老医・座頭の坊・六十六部なんどと、古きはなしせらるるを壁越《かべごし》にぬすみ聞して、筆にまかせて書きあつめ五の巻となし、檠下雑談と命じて置しを、今また梓にちりばめて好事の者の慰《なぐさみ》に備ふ。文の拙き無学のものと見る人ゆるし玉《たま》へ

陳珍斎は子供の頃東隣に住む隠者の家にたむろする老僧・老医・座頭・六十六部らの昔話を壁越しに盗み聞いたという。本書は二十四話の別々の咄から成るが、それを説話集として統一する装置として、〈咄の場〉を設定するひとつの典型的な形、すなわち集まった複数の人々が入れ替わり立ち替わり咄し手となるという設定である。これを「巡物語《じゅんのものがたり》」という用語に倣って「順咄」と名付けておこう。(2)「巡物語」とは、森正人「〈物語の場〉と〈場の物語〉・序説」（『説話論集』1、清文堂、一九九一年、のち『場の物語論』、若草書房、二〇一二年）によれば、「あてられた「番」に従って一人ずつ「順」に物語を語り、そして語り手が「巡る」すなわち一座の人々が替わる替わる語り継いでいく方法であ」る。「順咄」もこれに準ずるが、後述するように、「順咄」の語が文献上確認できるし、「はなし番」「はなしの当番」の語があることから、近世中期の巡物語的ありかたとして「順咄」の用語を使

用することを提案したい。『日本国語大辞典』には、「順話」として立項されて雑俳の「云尽す・主の御前の順咄し」（『俳諧すがたなぞ』『未刊雑俳資料』十四期、一九六二年）を載せる。この「順咄」を枠として持つ「奇談」書が少なくないのである。

明和目録所載の『茅屋夜話』（宝暦五〈一九五五〉年正月、江戸須原屋安兵衛刊、半紙本五巻五冊）は、序によれば、六十八となった「愚翁」が「茅屋」を来訪する人に咄を所望しては「貯へ」た「奇談異説」をかき集めたという設定である。一座の咄の場ではないものの、咄し手が交代するところ、順咄的な構成である。序末に、「有《あり》の儘《まま》にただ茅屋《ばうをく》の夜話《やわ》と題《だい》するもの也と云々《しかじか》」。なお、『茅屋夜話』序文は、来訪者から咄を聞いて書き付けるという枠組を「宇治の亜相の物語」に借りたことを、「実《げに》や宇治《うぢ》の亜相《あしやう》の物語の世々のかがみと成たる事の跡《あと》も野翁《やおう》が茅屋《ばうをく》に胡座《あぐら》かきての夜ばなしも志《こころざ》す処一《いつ》に帰するものなり」と告白する。『宇治拾遺物語』序文には「宇治大納言源隆国が「往来の者、上下をいはず呼び集め、昔物語をせさせて、我は内にそひ臥して、語るにしたがひて大きなる双紙に書」きつけていったとあった。「奇談」がその巡物語的枠組を宇治拾遺の序文に負った事例として記憶すべきであろう。

咄の場とは、具体的にどんな場であり、そこでどんな咄がされたのか。たとえば『銭湯新話』（宝暦四〈一七五四〉年、江戸梅村宗五郎刊、半紙本五巻五冊）の伊藤単朴の自序にそれは窺える。

> 人毎《ごと》に一つの癖《くせ》は有るものを、われにはゆるせと詫《わび》させたまひしは吉水和尚《よしみずくわしやう》なりとかや。実諺《げにことわざ》のごとく、なくて七癖《ななくせ》にて、己《おの》がさまざま好む方に偏《かたよ》らざるはなし。予は唯佗《ただひと》の談話《はなし》を好て、晨《あした》には隣家《りんか》の茶話《ちやのみはなし》に食《しよく》を忘《わす》れて、悍婦《やまのかみ》の機嫌《きげん》を損《そこない》、昏《ゆうべ》には遠《とほ》く夜語《よがたり》を遊びて黒犬に咬《かま》れしも余多度《あまたたび》なり。渡船《わたしふね》の乗合咄《のりあいはなし》も、風静《しづか》かなる折りこそあれ、浪《なみ》の起居《たちゐ》の騒《さは》がしければ、一向《つやつや》聞きもさだめず。いかがしてと思ひわづらふ中に、ふと心

づきて、旅宿《りよしゆく》のあたり近き銭湯《せんとう》の亭主《あるじ》に親《ちか》づき、終日《ひめもす》入来《く》る人の雑談《はなし》を聞《きく》に、誠《まこと》に日々《ひび》に新《あらた》にして、又日々にあらたなる仏神《ふつじん》の利生《りしやう》噺証拠《しやうこ》ただしく、語《かたる》も有れば、亦其時所も朧《おぼろ》月夜に、己《おの》が影《かげ》に驚《をどろ》いて、気《き》を失《うしな》し臆病談《をくびやうはなし》、悋気《りんき》の角《つの》ぐむ、あしき女の身の上物語《ばなし》、毎日《ひごとに》一ッ事聞《きか》ぬたのしさを、我《われ》に等しき人《ひと》しあらば、下《すそ》配《わけ》せんと、書留《とどめ》しも、今は昔宇治拾遺《むかしうぢしうい》の高貴跡《たかくたつときあと》にならへる僭諭《せんゆ》の罪《つみ》の逃処《にげどころ》なく、赤裸《あかはだか》にせられても、露《つゆ》うらむべきかたなき、湯屋盗《ゆやぬすびと》の、あつかましくも、人の誹笑《ひしやう》をかえり見ず、則《すなはち》ここに序文の真似を

癖になるくらいに咄を聞くのが大好きな人物が存在していた。咄とは隣家での茶話、遠いところでの夜話、渡し船の乗合咄など。『銭湯新話』本文においては銭湯が咄の立ち上がる場になっていた。「利生噺」「臆病談」「身の上物語」などさまざまな話題が展開する。その際、咄し手は次々に変わっていく順咄の形式を取っている。人々の咄を聞き取って書き留めたという形式であるが、傍線部のように、『宇治拾遺物語』序文に見られる「隆国」の位置に序者は立っていることが匂わされている。『茅屋夜話』の例も考え合わせると、この「順咄」という枠組の範が『宇治拾遺物語』にあったのではないかという想定に無理はない。

ところで、談義を描く「奇談」においては、談義の場面が挿絵として描かれたが、ここでは銭湯という咄の場が可視化される。挿絵の占める位置の大きい江戸時代の娯楽読物の板本に特有の現象である。可視化されることで、場は一層読者に意識されることになる。

明和目録の「奇談」所載の『雉鼎会談』（宝暦五〈一七五五〉年、江戸藤木久市刊、半紙本五巻五冊）。貞享年中、江戸の東北誓願寺の、残智坊の寮に、武士三人が入り来って鼎に座し、二十六夜待とて物語に興じた。三人はいずれも南朝遺臣の末葉で、帆懸船の紋を付けた名和氏、三文字の紋は河野氏、鷹の羽根は菊地氏。三人がそれぞれ「世にふれざる珍事を語らんとて、その詞たくみに」物語ること百に及んだ。これも順咄の方法で展開する。

このように順咄は、数人の人々が集まる場において起こりうる咄のありようである。しかし娯楽読物の装置としてそれが働く場合、順咄は短編説話集の各話を連関させ、統括するシステムである。短編説話集編成の方法として意図的に採用される。

以下、「奇談」書ではないが、典型的な順咄の事例を明和期の仮名読物から二点紹介する。明和元（一七六四）年刊『当世不問語』（江戸湯浅屋伊八、半紙本五巻五冊）は、咄好きの「予」と友との茶のみばなしを書き留めたという形をとる。その中に質屋の番頭福右衛門の夢物語という枠があり、さらにその中で質物らが順番に咄をしてゆくという順咄の形式がある。本書については野田壽雄『日本近世小説史　談義本編』（勉誠社、一九九五年）にも言及される。

福右衛門は質物を虫干ししていたが、少しうとうとしていると咄声がする。ひそかに窺うと、干し並べた衣類らが「世間の雑たん（世間話）」をしている。一座は「面々の身の上あるいは聞及ばれし中にも、一興あるべきはなしを取まぜ、ゆるりとたのしもふではござらぬか」というのである。

最初は「黒郡内（羽織）」が「此れは至極《しごく》の思《おも》ひつき、長舌《ながこと》ながら私《わたくし》が聞及《ききおよび》ましたはなしをいたしませふ。先《まづ》わたくし主《しゆ》人儀《ぎ》は生国どうとん堀《ぼり》の人で……」とかつての浄瑠璃好きの主人の話をするが、割り込んできた「憲法《けんぼう》小紋《こもん》の麻上下《あさかみしも》」の浄瑠璃論が一座を圧倒する。次に「ついでに身どもも昔よりの物語《ものがたり》いたして聞《き》かせませう」と、「草摺《くさぞう》ちぎれし古具足」が語り出し、「一座《ざ》耳《みみ》をそばたて、『此れは珍しい昔《むかし》のいくさものがたりの実録《じつろく》をきくは上々吉のなぐさみ』としづまりかえつてひかへたり」と咄の場が活写される。次いで、「只今の御はなし中々夜《や》講《こう》なぞでうけたまはるとは格別の義、ついては私はなし番《ばん》に当たりましたが、口ぶ調法《てうほう》ゆへ、何もはなしがござりませぬよつて、私主人身《み》持《も》ちあしきどらのうわきをはなしませう」と、「黒羽二重に紅《も》みのかくし裏《うら》付し当世仕立の小袖」が言う。「はなし番」というように順咄の形式がいつのまにか定着していた。これに呼応して、「羊《よう》羹《かん》いろに古びたる黒縮緬《くろちりめん》の十徳」や「歴《れき》々の時服」が次々に咄し手となる。次いで「是《これ》は諸国《しよこく》一見《げん》の僧《そう》にもあらず一所不住《しよふじう》の沙門《しやもん》でもなく、花《はな》の御江戸の片隅《かたすみ》にある去《さ》る御寺《てら》の里通《さとがよ》ひにばかり奉公勤《ほうこうつとめ》し短《み》じか羽織《はをり》にて候」と、謡曲風に出た短羽織が、江戸中の遊里を見たという主人の僧の「どらもの語《かたり》」を話せば、それに誘われて「空色《そらいろ》郡内《ぐんない》に五所紋《もん》すみる茶のうら付し」たのが、どら息子の身の上を語り、次いでやもめの「てら参着《ぎ》」に見えて実は「いたづら者《もの》の晴着《はれ》」が、「さて今日はさまざまおもしろい御はなし承りました。いづれも実《じつ》々の御物《もの》がたりゆへ中々町道場《まちどうじやう》の夜談義《よだんぎ》で中将姫《ちうじやうひめ》ぎやうでう（行状）記あるひはかんせうじやう（菅丞相）の御えんぎなどと高《かう》座《ざ》へ上り、雷《かみなり》に尻《しり》ご玉《たま》をぬかれ、かつぱに臍《へそ》をつかまれたと、かかとで虫のかぶる時代ちがひの事どもを誠しやかに講釈いたすとは格別のおもしろみがござります」と一座をたたえ、「時に私《わたくし》はなし番《ばん》でござれど、御覧《ごらん》の通《とほ》り元女子《もとおなご》に付添《つきそ》ひをつたゆへ、かやうの席《せき》で興《けう》にもなりそうなはなしは曾而《かつて》ぞんじませぬ。よつてこちの後家のみもちわるいだんをはなしませう……」と始める。ここでも「はなし番」の語が見える。最後に「八人藝《げい》の某《なにがし》がはれの上着《うはぎ》」が参会の礼を述べ、自分の主人の話をする。一座は皆感心し、「このつぎはたれぞ」と言ううちに、丁稚からゆすりおこされた福右衛門が目を覚ますところで終わる。

順咄の中に世相批判を交えるところは談義本風であるが、順咄を夢中物語の枠に収めたのは、順咄の宿命である終わりのなさを打ち切る仕掛けである。典型的な巡物語である『堤中納言物語』「このついで」では、主上の登場で巡物語が中断する。巡物語・順咄では、それを終わらせる出来事（仕掛）が必要なのである。

『風流狐夜咄』（明和四〈一七六七〉年正月、江戸三河屋八右衛門刊、半紙本五巻五冊）には「順咄」の語が見える。巻一「藪の中の順咄」という一話で、「順咄」という語を見出しに用いている。本章における「順咄」のタームの提言は用語も含めてこれに基づく。熱心な一向宗徒のへんくつ孫左衛門が、相たなの儒者・神道者に誘われて、午の日の王子参りの途次、「世上珍節談」の額をかけて行われている咄の座に出あう。この座は、藪の中で扇の順盃を廻しながら順咄を行っていた。扇を廻すというのが趣向として成功しており、一座の盛り上がりが臨場感を伴って伝わってくる。「順《じゅん》はなしの開口」「はなしの当番」の言葉が見えるが、咄を次の者に渡す時に、「扇は次に廻りけり」（巻一）、「座中一同に笑ひ納る順の舞扇《まひあふぎ》は次へまはりけり」「いかさま尤そうな事でござると扇を次へさし出す」（巻二）、「いかさまそんな物かへと扇を次へまはさるる」「……と弥陀がなみだにくれぐれとたのみおかれた言の葉の末広がりの扇をば次へ渡して立たまふ」（巻三）、「此理もしごく尤なりと扇は順にまはり行」「持ちたる扇を次へをくりやる」（巻四）という具合に、咄を次に送ることを扇に焦点化して視覚化する。最後は「……かならずかならず御用心と申たれば、きやんといふてとびさりぬ。今夜はこれまで残りは後会後会と皆々立給ふと座敷もきへて野原なりけり」（巻五）というわけで、狐の夜咄であったという結末。これも『当世不問語』と同工異曲であった。

さて、順咄といえば、当然百物語に触れなければならないところである。百物語は本来、順咄の形式を持っている。喜多村信節著『嬉遊笑覧』も、「百物語といふことも又是巡物語ながら怪事を語る戯なり」と述べている。[3]『諸国新百物語』（元禄五〈一六九二〉年刊）は、序によれば百物語の場を本文化したことになっているが、実は『御伽比丘尼』（貞享四〈一六八七〉年刊）の改題本であり、内容的には「百物語」の名と相容れない。明和書籍目録にも、特に大坂吉文字屋市兵衛のもので、「百物語」を書名に謳う本が掲載されているが、いずれも順咄の枠組を持つものではない。宝暦のころは、百物語をするものは少なかったという『拾椎雑話』の証言もあるように、実際に百物語が頻繁に行われていたわけでもないようである。「奇談」の趣向としては絶好なのだが、一冊二十丁程度の五冊という限られた枠組では、わずか一丁に一話の怪談ということになり、一話の長さとしては物足りないであろう。祝言で終わり、何らかの教訓を付与するという、近世の板本のあり方からしても百物語は不向きである。百物語を二十話程度で中断するという手もあるが、それでは百物語の趣向の意味がほとんどなくなってしまうし、実際「奇談」書で「百物語」を題に謳うもののなかにはそういうものはない。

しかし、『古今百福談』（明和十〈一七七三〉年正月刊、『京都大学蔵大惣本稀書集成』第二巻）という順咄の形態をとる本がある。これは百物語とは逆に灯心を一本ずつ増やして段々明るくし、百に満ちれば三年以内に福がくるというものでいかにもめでたい。咄の内容はさまざまな立場の者の福ばなしで、「まづ主人がおはなしなされ」とあるから、順咄の形式と考えてよい。祝言で終わる板本の通例にも叶っている。

五　研究の展望

以上、「奇談」の場について考察してきたが、解明すべき問題点も浮上してきたようである。

第一に、場そのものの視覚化すなわち挿絵の問題。僧の談義やこの時期のスターである志道軒の談義の場面はよく「奇談」に登場し、パターンも決まっている。『銭湯新話』では咄の場が挿絵に描かれる。役者評判記の開口部で評判者たちの咄の場が絵に描かれるのと通じる。枠としての場の設定によって話し手と聞き手、そしてかれらのいる場所が明確になるのである。

第二に、文学史的には、これらの場を設定する「奇談」書群出現の前提に、出典を重視し、故事集成にこだわる故事物説話集（『和漢故事要略』『分類故事要語』『扶桑故事要略』など）を置いてみる必要性。宝永から享保にかけて、これらの故事物が相次ぎ、そのあとに「奇談」が簇生することの文学史的検証が行われなければならない。

第三に、「奇談」の作者および板元の問題。大坂の三代目吉文字屋市兵衛鳥飼酔雅や京都高古堂小幡宗右衛門など、「奇談」出版に意欲的でかつ作者編者を兼ねた板元があり、彼らの日常的な文事グループと「奇談」の場の重なりを考えていく必要があるだろう。たとえば彼らの文事の繋がりのひとつに俳諧が挙げられる。俳諧の場と順咄の場が構造的に類似していることも留意すべきことで、「奇談」書に俳諧が話材としても、引用としても頻繁に出てくることとも関わってくるだろう。

第四に、「奇談」の順咄的編成に『宇治拾遺物語』が示唆を与えているのではないかという問題。近世説話に『宇治拾遺物語』が深く関わっていることは、先述の『増上縁談義咄』の中に、『宇治拾遺物語』第一話の道命阿闍梨説話がそっくり引用されていることにも現れているように、無視できない事実であるが、その全貌は未だ明らかではない。説話編成の方法にまでそれが関わる可能性があることを本章で指摘したが、より解明を進めていかねばならないだろう。

注

（1）益田勝実「貴族社会の説話と説話文学」（『国文学解釈と鑑賞』一九六五年二月号）、森正人「堤中納言『このついで』論」（『愛知県立大学文学部論集』二九号、一九八〇年）、同「〈物語の場〉と〈場の物語〉・序説」（『説話論集』第一集、一九九一年）など。

（2）「巡物語」とは、注1所掲森正人一九九一論文の注5に、それまでは「めぐりものがたり」と読むのが一般的であった「巡物語」を「じゅん（の）ものがたり」または「ずん（の）ものがたり」と読むべきであるという指摘がある。その後、この読みが定説化しているようである。

（3）百物語については、東雅夫『百物語の怪談史』（角川ソフィア文庫）があり、テキストとしては太刀川清校訂・解説の『百物語怪談集成』『続百物語怪談集成』（叢書江戸文庫、国書刊行会）がある。川端善明「巡物語・通夜物語――場と枠、或いは形の意味について――」（『説話の講座』第二巻、勉誠社、一九九一年）は『嬉遊笑覧』の記事を踏まえて、巡物語のひとつの類型として百物語があることを指摘する。

第五章　「奇談」史の一齣

一　「奇談」史構想以前

本章は、近世中期における仮名読物史構想の一環として、当時の書籍目録に「奇談」として挙げられた読物群について考察するものである。書籍目録における「奇談」は、宝暦四年刊行の『新増書籍目録』（京、永田調兵衛。以下宝暦目録と称する）において初めて登場し、次の明和九年刊行の『大増書籍目録』（京、武村新兵衛。以下明和目録と称する）にも継続して挙げられた（これ以後は、出版点数多数のため総合的な目録は刊行されていない）。ここでは、この二つの目録に掲載された、「奇談」書（約五十年にわたり、その数は優に百を超える）の文学史的意味について、具体的な問題に限定して考えたいと思う。もちろんこれらの「奇談」書は、部分的には別の観点（たとえば「読本」史であり、「談義本」史である）からは、三田村鳶魚・水谷不倒・中村幸彦・野田壽雄・中野三敏らによって、はやくから言及されてきた。しかし、先学が全く言及しなかった本も「奇談」書群の中には存在する。取り上げられるか否かは、作品としての完成度の問題よりも、それぞれの構想する文学観・文学史の枠組みに収まるかどうかの問題だったと思われる。第二部の第一章から第四章において、「奇談」書の出版を、文学史上のひとつの「運動」と見ることが可能であるかどうかを検証してきたが、本章もその一環である。書籍目録の概念による領域把握がどこまで可能であるか、またかかる視角からする文学史が従来と異なる相貌を示すかどうかなどを問題意識としている。

「奇談」書の中で、現行の近世文学史の教科書には必ず出てくるような書目を挙げれば、例えば次のようなものがある。教訓「談義本」作者佚斎樗山の『六道士会録』『英雄軍談』などの諸作品。「初期読本」の祖といわれる都賀庭鐘の『英草紙』と『繁野話』。狭義の「談義本」ブームの火付け役である、静観房好阿の『当世下手談義』『教訓続下手談義』『諸州奇事談』などの諸作品。粋談義・色談義と言われ、『洒落本大成』に収められている『当世花街談義』。百物語怪談の『太平百物語』『古今百物語』『新説百物語』などの短編説話集。水滸伝の影響を受けた最初の「読本」と言われる『湘中八雄伝』。秋成の浮世草子『諸道聴聞世間狙』。他にも咄本『百物語』の改題本『世説雑話』や仮名草子『浮世物語』の改題本『続可笑記』など改題本も少なくない。現在の「奇談」の語感では到底捉えられない書物が多く入っていることが、むしろ考察の手がかりになるようである。

「奇談」書が従来の文学史研究における問題意識と重なるとすれば、第一に「読本」前史（「初期読本」成立論）の問題であり、第二に「談義本」史の問題があげられよう。

「読本」前史とは、すなわち「読本」の成立基盤を考えていくものである。「読本」の成立に、山口剛「読本の発生」（『文学思想研究』4、一九二六年。のち『江戸文学研究』、『山口剛著作集〈第二巻〉』所収）が指摘した白話小説の影響が決定的であったことはいまや周知の文学史的事実である。中国語の学習のために利用されていた白話小説が、むしろ娯楽読み物として知識人の間で楽しまれるようになるには、同時代の日本の読物（説話・物語）に対する物足りなさがあったためだろう。「読本」の黎明期でもある宝暦明和期間の「奇談」書の輩出は、白話小説が脚光を浴び始めるころの読書界の、混沌とした状況を反映した風景――一方では仮名草子の安易な焼き直し、一方では果敢な試行錯誤の軌跡が見られるなど――でもあったのである。

中村幸彦「読本発生に関する諸問題」（『国語国文』第十六巻第六号、一九四八年。のち『近世小説史の研究』、『中村幸彦著述集〈第五巻〉』所収）は、山口の慧眼に敬意を表しながらも、「読本」が中国白話小説の模倣によってのみ成立したわけではないことを説き、「従来の小説年表類を見るに、この初期読本の部分は、甚だ蕪雑の様態を呈する。中国白話小説の翻案もあれば、日本古今の世事俗談もあり、仏教説話の長編もあれば、短編怪奇の談話集もあり、さては仮名草子の改題本すらも混ずる。（中略）この初期読本の混沌の中から、叙上の読本の諸特徴の萌芽と、その成長と、それの環境をなす該界の潮流を見きわめること、即ち読本発生の検討である」と述べる。そして実録物・怪談物・仏教勧化物という三傾向を「初期読本」の潮流として析出し、三傾向を併せ持つ白話小説の影響力の必然を解説する。また、読本の長編構成については史書・古典・軍記などからの取材や、雅俗論への拘泥、仏教長編説話の借用などに触れている。中村の周到な論は、現在もなお輝きを失わない。

中村の論に加えて、日野龍夫「読本前史」（『文学』一九八〇年六・七月号。のち『宣長と秋成』〈筑摩書房、一九八四年〉所収）は、「読本」述作に「歴史を読む行為が先行している」点を重視して、文人の歴史趣味の顕われとしての、漢文による擬文・記事・論などの文章が「読本」の源流の一要素であると指摘した。また白石良夫は「読本前史管見」（『読本研究』一輯、一九八六年。のち『江戸時代学芸史論考』〈三弥井書店、二〇〇〇年〉所収）で、説話集に考証を加えた新しい形の読物の中でも、俗説をあげて博引傍証をもってこれを正すという形式をもって読書界に歓迎された井沢蟠龍の『俗説弁』シリーズを「読本」前史を考える上で重要だとする。

いずれの考察も、『英草紙』『雨月物語』など庭鐘・秋成の作品に「初期読本」を代表させて、そこへ至る「読本」前史を論じているように思われる。しかし、いうまでもなく寛延から明和にかけての「初期読本」の作者達の中でも、庭鐘・秋成は突出した存在であった。白話小説の影響も、歴史意識も、考証癖も看取できない「初期読本」が少なからず存在したこともまた確かである。篠原進はそれらの従来あまり検討が進んでいない「初期読本」の一群を検討し、「『英草紙』以後——初期読本論序説」（『青山語文』第三十三号、二〇〇三年）で、宝暦期の

「読本」における演劇離れ、八文字屋本離れは、まだ不十分であったとする。ここで篠原は、「初期読本」がほとんど収載されるところの、宝暦・明和目録所載の「奇談」を手がかりに、そこから「初期読本」の性格を絞っていこうとしているようである。これは私の問題意識に重なるが、「初期読本」のタームを捨ててしまうところまでには至っていない。しかし、より素朴に、当時の書籍目録の分類概念である「奇談」書だけで一度文学史を考えてみる試みがあってもよいのではないか。

「奇談」書は、これら「初期読本」の「蕪雑」「混沌」を飲み込んだ上に、さらに談義本やそれ以外の雑多な書物を含む。中でも従来「談義本」にジャンル分類されている書物のほとんどが「奇談」に収められるということは、この時代における「談義本」と「初期読本」の未分化を示すと言ってよいだろう。半紙本五冊の書型も共通している。とくに宝暦四年に出版された目録に同年出版の「談義本」が、数多く掲載されていることは、「奇談」イコール「談義本」という認識をうかがわせる。「奇談」書の考察に「談義本」の検討が必須であり、逆に「談義本」というジャンル設定、「談義本」の範囲認定に、「奇談」書の分析が関わってくるだろうと予想されるのである。

「談義本」の研究は水谷不倒・三田村鳶魚の先駆的研究に始まる。不倒は、『草双紙と読本の研究』（奥川書房、一九三四年）で「過渡期の読本」として増穂残口・静観房好阿・伊藤単朴を「談義物」作者として、佚斎樗山・大江文坡らを「寓意小説」作者として言及し、『選択古書解題』（奥川書房、一九三七年）で多数の「談義本」を紹介した。とくに後者は、「奇談」書の中のいくつかについては、その概要を知るのに今もってこれしか頼るものがないという貴重な存在である。鳶魚は、「滑稽本概説」（『江戸文学叢書　滑稽本名作集』、一九三六年、のち『三田村鳶魚全集』第二十二巻）で、談義物の成立背景を享保の庶民教化政策、学芸界における三教一致の風潮、談義説法の流行などから説き、談義物の特徴は、勧善懲悪の教訓を旨としながら滑稽の要素を持ち、穴の指摘や諷諫を行うこと、洒落本や滑稽本に影響を与えたこと、文運東漸の始まりに位置することなどの重要な指摘をした。

戦後、野田壽雄は「談義本について」（『国語と国文学』一九五〇年一月号）、「談義本の発展」（『国語国文研究』第六号、一九五二年）を発表、安永九（一七八〇）年刊『風姿戯言』序文に「談義本」の呼称のあるところから「談義本」というジャンルを提唱、その範囲を『当世下手談義』（宝暦二〈一七五二〉年刊）から『風姿戯言』までとした。野田によれば、談義本とは実際の談義を元にしているものであり、樗山の『田舎荘子』系のものとは一線を画すべきだという。野田の研究は『日本近世小説史談義本編』（勉誠社、一九九五年）に集成されている。中野三敏は野田の定義した談義本を「狭義の談義本」とし、残口樗山ら静観房以前の談義物を含めて「広義の談義本」とした。中野の一連の研究は『戯作研究』（中央公論社、一九七三年）に、「談義本」の史的展望については『田舎荘子・当世下手談義・当世穴さがし』解題（新日本古典文学大系81岩波書店、一九九〇年。のち『十八世紀の江戸文芸』岩波書店、一九九九年）の「談義本略史」に書かれている。

先述したように、「奇談」書の中に「談義本」はかなり含まれてくるが、完全に重なっているわけではない。「談義本」が取りこぼし、かつ「初期読本」にも入れられないような書物が存在する。「読本」史にも「談義本」史にも登場しない、それらの書物は、「奇談」史というものを仮設したときに、初めて史的位置づけを得ることができるだろう。たとえば現在望みうる、近世「小説」全体を見渡した通史で、個人の執筆にかかるものといえば、中村幸彦『近世小説史』（『中村幸彦著述集〈第四巻〉』中央公論社、一九八七年）が思い浮かぶのだが、そこでも「談義本」と「初期読本」の間にあるような本の扱いには苦慮の跡が窺える。もちろん、「奇談」というジャンルを安易に認めることはできないし、従来の評価も、「奇談」に奇談以外のものが多く含まれているゆえに、あまり信用がおかれていないというのが実情である（前掲野田壽雄・中村幸彦論文等）。しかし、宝暦明和期の混沌とした読書界の状況については、さまざまなアプローチがあってもよいだろうと考える。

二 「奇談」史の仮設および「奇談」書年表の試み

「古今奇談」という角書をもつ『英草紙』（半紙本五冊、寛延二〈一七四九〉年刊）は「読本の祖」とされ、近世仮名読物史において重要な存在であることは言うまでもない。第二部第二章で筆者は、『英草紙』が、宝暦目録において「奇談」書の中に分類されていたことに着目し、「奇談」書の中で「奇談」書を超える方法を獲得したところに「読本」成立の一要素があったという観点から、『英草紙』の文学史的位置を再考しようと試みた。『英草紙』を「奇談」書の中に還元し、そこからの突出性に読本の萌芽を見ようとしたのである。

宝暦目録と明和目録の分類項目「奇談」には、各々五十七点、七十六点の書物が掲載される（ただし重複するもの五点）。それらは、現在の文学史用語でいう「談義本」、「奇談系読本」（「初期読本」）、「前期滑稽本」、「浮世草子」などであり、加えて教訓書、俳諧書、地理書、農業書、遊戯書なども含まれ、内容的には雑多なものである。そして、書籍目録の分類からみると、隣接分類項目に「教訓」と「風流読本」（現在の「浮世草子」に相当）さらに「雑書」（随筆類が多い）があった。

享保十四（一七二九）年刊の『新書籍目録』（京、永田調兵衛刊）以後の、分類目録の形態をとる書籍目録における仮名読物の主な分類項目とその点数を表にすると、次のようである【表1】（なお明和目録以後は刊行点数が多いため、総合書籍目録は姿を消す）。

享保目録の「仮名物草紙類」は、浮世草子が中心である。浮世草子は宝暦目録では「風流読本」に概ね載っている。「教訓」「奇談」の登場は、享保末期ごろからの浮世草子の漸減に代って、新傾向の読物が現れてきたと考えてよいだろう。「風流読本」には分類できないし、「雑書」と一括りにもできない書物群が登場してきたのである。

「教訓」とは書名に「教訓」が付くなど、一見して教訓書であろうと見当がつくものが多い。徳川吉宗の庶民教化政策に即した教訓書ブームの顕れと見てよい。しかし「奇談」は、先述したように、内容的には、教訓から滑稽まで、あるいは故事説話から怪談巷説まで、幅広く収載されており、明和目録では、点数も「風流読本」を上回るまでになる。宝暦四（一七五四）年以後明和年間にわたって「奇談」の時代が到来したと言ってよいだろう。

もっとも「教訓」「奇談」「風流読本」の区別は一部可換的であって、この三つに区分する明確な指標があるわけではない。たとえば、宝暦目録で「風流読本」に分類されていた『非人敵討実録』は、明和目録で「奇談」に入れられたし、逆に宝暦目録で「奇談」に分類されていた『当世花街談義』は、明和目録では「風流読本」に収められている。このように隣接領域に重なりを持ちながらも、第二部第一章で述べたように、確実に「奇談」の特徴はつかめる。

あらためてそれを掲げると、

① 半紙本四冊または五冊の形態。

② 青色系の表紙。

【表1】

	仮名物並草紙類	教訓	奇談	風流読本	雑書	計
享保目録（1729）	141				50	191
宝暦目録（1754）		19	57	95	69	240
明和目録（1772）		20	76	33	110	239

③　漢字平仮名交じりの本文。
④　一冊十数丁から二十丁程度の丁数。
⑤　各冊に、一・二図の挿絵。
⑥　短編説話の集成という枠組み。
⑦　問答・談義・咄などの語りの場の多用。
⑧　教訓・啓蒙の意識。

である。

これらの「奇談」書を刊行年代順に、版元のデータも併せて並べてみたのが次の表である【表2】。可能な限り原本の諸本を探索し、初版と思われるもののデータを挙げているが、原本が不明のものもいくつかある。そういうものは、『享保以後大阪出版書籍目録』『江戸出版書目（割印帳）』の記述で補ったが、それでも不明なものは後ろに回した。また刊記に複数の書肆が連記されている場合も、この二書に従って、できるだけ一肆に絞って記述した。「奇談」年表の叩き台として掲げることにする。「備考」欄は筆者の覚書程度のものであり、不備が多いことを許されたい。なお、宝暦目録、明和目録ともに、もともと刊行順には並んでいない。それらは冊数、書名、著者を記すのみである。

この表から何が見えてくるだろうか。既に述べたとおり、これらの書目を一括して扱う共通要素は、不思議な話、珍しい話としての「奇談」ではない。当時の用例に徴しても、「奇談」は、談話の場を前提とした面白い〈語り〉というニュアンスでとらえた方がよく（第二部第二章）、教訓・啓蒙・異聞・怪談などのバラエティに富む内容を伝える、テクストの枠組を示すと考えるべきであろう。この年表からは、わずか五十年ほどの短期間ではあるが、浮世草子から本格読本の時代へと徐々に移行する様子が窺える。そしてこの年表の初期に属する『英草

【表2】

刊年	書名	書型冊数	著者	刊行地	版元	備考
元禄16（1703）	犬徒然月見友	3	（不明）	大坂	本屋又兵衛	浅井了意著『犬つれづれ月見の友』か
宝永6（1709）	大和怪異記	半7		京都	柳枝軒	出所付の説話集
享保14（1729）	三獣演談	半3	神田白竜子	江戸	松会堂	動物問答の談義
享保14（1729）	六道士会録	半5	佚斎樗山	江戸	西村源六	武家教訓談義
享保16（1731）	続一休噺	半4	也来	大坂	河内屋喜兵衛	咄本
享保16（1731）	昔男時世妝	5	也来	大坂	瀬戸物屋伝兵衛	古典俗解
享保17（1732）	太平百物語	半5	祐佐	大坂	河内屋宇兵衛	奇談説話集
享保17（1732）	都荘子	半4	信更生	京都	野田屋弥兵衛	『田舎荘子』系教訓談義
享保18（1733）	野総茗話	半4	常盤潭北	江戸	西村源六	教訓書
享保19（1734）	造化問答	半4	安居斎宗伯	江戸	小川彦九郎	教訓談義。改題本に『夢中老子』
享保19（1734）	御伽厚化粧	半5	筆天斎	大坂	本屋長右衛門	奇談説話集・浮世草子
享保19（1734）	近代世事談	半5	菊岡沾涼	江戸	西村源六・万屋清兵衛	百科全書。内題「本朝世事談綺」
享保20（1735）	英雄軍談	半5	佚斎樗山	京都	西村市郎衛門・江戸西村源六	地獄物。教訓談義。改題本に『奇談戯草』
元文2（1737）	渡世伝授車	半5	都塵舎	京都	菊屋利兵衛	浮世草子
寛保2（1742）	夢中一休	半4	田中友水子	大坂	大野木市兵衛	教訓談義
寛保2（1742）	雑編田舎荘子	半3	佚斎樗山	江戸	和泉屋吉兵衛	教訓談義
寛保2（1742）	雑編田舎荘子右編	半3	佚斎樗山	江戸	和泉屋吉兵衛	教訓談義
寛保3（1743）	面影荘子	半4	田中友水子	大坂	渋川清右衛門	教訓談義
寛保3（1743）	諸国里人談	半5	菊岡沾涼	江戸	池田屋源助・須原屋清右衛門	奇談異聞集
寛保3（1743）	藻塩袋	半5	菊岡沾涼	江戸	若菜屋小兵衛	俳諧注釈（故事考証）

延享4（1747）	本朝俗諺志	半5	菊岡沾涼	江戸	須原屋平左衛門	諸国記事集
延享4（1747）	世説児談	半5	埜雅亮	江戸	須原屋茂兵衛	説話集
延享4（1747）	夢中老子	半4	燕志堂	江戸	須原屋平左衛門	『造化問答』改題本
寛延2（1749）	虚実雑談集	半5	恕翁	江戸	須原屋茂兵衛	奇談説話
寛延2（1749）	英草紙	半5	都賀庭鐘	大坂	柏原屋清右衛門	国字小説（初期読本）
寛延2（1749）	児戯笑談	半4	中村三近子	京都	西村市郎右衛門	教訓談義。改題本に安永五年『浮世ごうし』
寛延3（1750）	諸州奇事談	半5	静観房好阿	江戸	須原屋平左衛門	奇談説話集。改題本に『豊年珍話談』
寛延3（1750）	怪談登志男	半5	素汲子	江戸	須原屋太兵衛	奇談説話集
寛延3（1750）	万世百物語	半5	烏有庵	江戸	和泉屋吉兵衛	奇談説話集。元禄十年刊『雨中友』の改題本
寛延3（1750）	朝鮮物語	半5	木村理右衛門	江戸	山城屋茂左衛門・藤木久市	朝鮮についての啓蒙書
寛延4（1751）	古今百物語	半5		大坂	吉文字屋市兵衛	奇談説話
寛延4（1751）	古事談（御伽座頭）	半6	雲水子	大坂	田原屋平兵衛	『御伽座頭』改題本。宇治拾遺・古今著聞抜粋。
寛延4（1751）	続古事談	半6	雲水子	大坂	田原屋平兵衛	『御伽座頭』改題本。宇治拾遺、古今著聞抜粋。
宝暦2（1752）	都老子	半4	後藤梨春	江戸	鶴本平蔵	教訓談義
宝暦2（1752）	当世下手談義	半5	静観房好阿	江戸	大和屋安兵衛	「談義本」の典型。追随作続出。
宝暦2（1752）	古今実物語	半4	北尾雪坑斎	大坂	和泉屋卯兵衛	奇談弁惑（古今弁惑実物語）
宝暦2（1752）	著聞雑々集	半5	酔雅子	大坂	吉文字屋市兵衛	奇談説話
宝暦3（1753）	教訓続下手談義	半5	静観房好阿	江戸	大和屋安兵衛	滑稽談義
宝暦3（1753）	老子形気	半4	新井祐登	大坂	吹田屋多四郎	教訓談義
宝暦3（1753）	桃太郎物語	半5	布袋室主人	江戸	小沢伊兵衛	長編物語
宝暦3（1753）	花間笑語	半4	大進	江戸	大坂屋平三郎	教訓談義
宝暦3（1753）	当風辻談義	半5	嫌阿	江戸	須原屋茂兵衛	滑稽談義
宝暦4（1754）	西播怪談実記	半5	春名忠成	大坂	吉文字屋市兵衛	西播の説話集
宝暦4（1754）	世説雑話	大4	烏有道人	大坂	田原屋平兵衛	『百物語』改題本

宝暦4（1754）	非人敵討実録	半5		江戸	泉屋平三郎	宝暦目録では「風流読本」。改題本に『絵本襤褸錦』。
宝暦4（1754）	龍宮船	半4	張朱隣	江戸	鶴本平蔵	奇談弁惑
宝暦4（1754）	下手談義聴聞集	半5	臥竹軒	江戸	出雲寺和泉	滑稽談義
宝暦4（1754）	当世花街談義	半5	孤舟	江戸	伏見屋吉兵衛他	色談義
宝暦4（1754）	返答下手談義	半5	儲酔	江戸	和泉屋仁兵衛	『当世下手談義』批判
宝暦4（1754）	無而七癖	半3	車尋・桴遊	江戸	小沢伊兵衛	説話集
宝暦4（1754）	銭湯新話	半5	伊藤単朴	江戸	梅村宗五郎	説話集
宝暦4（1754）	諺種初庚申	半5	紀逸	江戸	浅倉屋久兵衛	説話集。『千石篩』掲載
宝暦4（1754）	教訓不弁舌	半5	一応亭染子	江戸	吉文字屋次郎兵衛	滑稽談義
宝暦4（1754）	八景聞取法問	半5	梅牗	江戸	西村源六	改題本に『時勢世話談義』（安永八年）
宝暦5（1755）	雉鼎会談	半5	藤貞陸	江戸	藤木久市	角書「中古雑話」
宝暦5（1755）	たのしみ草	半3	梅翁	江戸	吉文字屋次郎兵衛	たばこについての本。国書は「農業」
宝暦5（1755）	繫下雑談	半5	陳珍斎	江戸	藤木久市	説話集
宝暦5（1755）	茅屋夜話	半5	隠几子	江戸	大和田安兵衛	説話集
宝暦5（1755）	舌耕夜話	半4	自楽軒	江戸	伏見屋善六	四日間の舌耕を写す。
宝暦5（1755）	地獄楽日記	半5	自楽	江戸	太田庄右衛門	地獄物。浮世草子のスタイル
宝暦5（1755）	大進夜話	半4	大進	江戸	大阪屋又衛門	明和元年版・安永五年版あり
宝暦5（1755）	不埒物語	半7	梅翁	江戸	吉文字屋次郎兵衛	地獄物。『根無草』に影響与える
宝暦6（1756）	武人訓	半5	（不記）	大阪	吉文字屋市兵衛	『武家拾要』を改題刊行
宝暦6（1756）	松実雑話	半5	玉真堂	江戸	竹川藤兵衛	内題「即功丸一名松実雑話」
宝暦7（1757）	続可笑記	大5	（不記）	大阪	吉文字屋市兵衛	『浮世物語』の改題本。宝暦二年丹波屋理兵衛版あり
宝暦7（1757）	鷺水閑談	半4	鷺水	京都	白木屋半衛門	安永九年求版本あり
宝暦7（1757）	道楽庵夜話	大2	金龍道人	京都	植村藤三郎	漢字片仮名交じり
宝暦8（1758）	斎階俗談	半5	東華	江戸	太田庄右衛門	和漢奇談集成

宝暦8（1758）	見外白得瑠璃	半5	捨楽斎鈍草子	京都	銭屋七兵衛	滑稽文学全集7所収
宝暦9（1759）	金集談	半4	田保里	大坂	大野木市兵衛	角書「太平弁惑」
宝暦10（1760）	豊年珍話	半5	静観房	江戸	辻村五兵衛	『諸州奇事談』の改題本。再改題本に『天怪奇変』
宝暦10（1760）	名なし草	半5	伴寵岳	江戸	川村源左衛門	問答形式による教訓書
宝暦10（1760）	世説麒麟談	半5	春名忠成	大坂	吉文字屋市兵衛	『西播怪談実記』の後編
宝暦11（1761）	当世百物かたり	5	（不記）	大坂	柏原屋五兵衛	原本不明。『和漢乗合船』→『当世両面鏡』の改題
宝暦11（1761）	諸国古寺談	大5	（不記）	大坂	平瀬新右衛門	『諸国因えん物語』を改題刊行
宝暦11（1761）	艶道微言	半4	長慶	江戸	辻村五兵衛	『艶道通鑑』に影響を受けた恋愛談義
宝暦12（1762）	普世俗談	半5	残笑子	京都	著屋仁兵衛	世俗の諺を面白く説いたもの
宝暦12（1762）	小差出双紙	5		大坂	正本屋仁兵衛	原本不明。大阪書目による
宝暦12（1762）	常盤八景	半4	馬世章	江戸	近江屋源七	芝居風景を八景に見立てた狂文
宝暦12（1762）	本朝国語	半5	矢島酉甫	大坂	吉文字屋市兵衛	
宝暦13（1763）	今昔雑冥談	半5	清涼井蘇来	江戸	吉文字屋次郎兵衛	改題本に『怪異夜話』
宝暦13（1763）	今昔諸国咄	6	（不明）	大坂	升屋大蔵	原本不明。『当世はつ鑑』の改題本
宝暦13（1763）	俗談唐詩選	半5	風物	江戸	大坂平三郎	唐詩選の詩題に由来する説話集
明和元（1764）	庭虫群従	4	（不明）	大坂	秋田屋太右衛門	原木不明。『蜘蛍夜話』の改題本『御伽夜話』の改題本
明和元（1764）	市井雑談集	半3	林自見正森	京都	野田弥兵衛	異聞集成
明和2（1765）	胡徒然	5	白梅山人	江戸	野田七兵衛	原本不明
明和2（1765）	平かな談義帖	5	（不明）	大坂	柏原屋佐兵衛	原本不明『増上縁談義咄』→『新選禁談義』の改題改編本
明和2（1765）	水の行衛	半5	平秩東作	江戸	須原屋市兵衛	教訓談義
明和3（1766）	怪談実録	半5	浪花亭紀常因	江戸	須原屋茂兵衛	怪談集
明和3（1766）	復讐奇譚	半6	西向庵	江戸	竹川藤兵衛	漢字片仮名交じり。仏教長編説話
明和3（1766）	諸道聴聞世間猿	半5	損徳叟	大坂	正本屋清兵衛	浮世草子
明和3（1766）	繁野話	半6	都賀庭鐘	大坂	柏原屋清衛門	『英草紙』の後編に当たる初期読本

明和4（1767）	新説百物語	半5	高古堂主人	京都	小幡宗右衛門	怪談説話集
明和4（1767）	浮世荘子	半4	雪翁	京都	河南四郎右衛門	『田舎荘子』系の動植物の問答
明和5（1768）	怪談御伽猿	半4	大江文坡	京都	秋田屋伊兵衛	奇談集
明和5（1768）	新選百物語	半5	鳥飼酔雅	大坂	吉文字屋市兵衛	奇談説話集
明和5（1768）	怪談笈日記	半5	大江文坡	京都	菊屋長兵衛	『宿直草』に新たに説話を加える
明和5（1768）	怪談宿直袋	半5	大江文坡	京都	菊屋長兵衛	『宿直草』から採話
明和5（1768）	花実御伽硯	半5	半月庵	江戸	山崎金兵衛	怪談説話集。『続向燈夜話』等を粉本とする
明和5（1768）	怪談国土産	半5	禿帚子	江戸	山崎金兵衛	怪談説話集
明和5（1768）	秘事枕親子車	半5	丹青	江戸	雁金屋儀助	浮世草子
明和5（1768）	湘中八雄伝	半5	根本八左衛門	江戸	前川六左衛門	朝比奈義秀もの。水滸伝の影響
明和5（1768）	そこらさがし	半5	単朴	江戸	竹川藤兵衛	残口の『小社探』にならう書名
明和5（1768）	世間常張鏡	半3	則志	京都	河南四郎衛門	地獄物
明和5（1768）	白講戯和解	半1	樗庵屈長	京都	林伊兵衛	南京将棋の教本
明和6（1769）	両空譚	半5	雷梭	京都	小幡宗右衛門	長編の敵討ち物
明和6（1769）	風流座敷法談	半3	文海堂	京都	山田宇兵衛	禅宗・浄土宗・日蓮宗各宗の法談
明和6（1769）	当世穴さがし	半5	顎斎主人	江戸	雁金屋儀助	風俗の穴さがし
明和6（1769）	童問答問似合講尺	大5	秀谷	京都	銭屋七郎兵衛	少年の問答の聞き書き。教訓談義
明和7（1770）	近代百物語	半5	鳥飼酔雅	大坂	吉文字屋市兵衛	怪談説話集
明和7（1770）	怪談三鞆絵	半5	茶話堂	江戸	雁金屋伊兵衛	怪談説話集。管見は九大雅俗文庫所蔵の巻三・巻四のみ
明和7（1770）	垣根草	半5	菅翁	京都	梅村三郎兵衛	『英草紙』・『繁野話』に倣った短編小説集
明和7（1770）	一子相伝極秘巻	半5	半田主人	江戸	大和屋安兵衛	秘伝秘事の滑稽な解釈
明和7（1770）	興談浮世袋	半5	青二斎能楽	江戸	大阪屋平三郎	浮世咄を集めたもの
明和7（1770）	龍都朧夜話	半5	大道寺宣布	江戸	和泉屋金七	龍宮に因む咄を吹き寄せ
明和7（1770）	山家一休	半4	花洛散人	京都	菊屋七郎兵衛	『田舎荘子』風の教訓談義

明和7（1770）	とわし草	大2	建部綾足	京都	菊屋安兵衛	片歌説を主張した俳論書
明和9（1772）	怪談御伽童	半5	静観房好阿	京都	梅村判兵衛	北の方に侍る女童たちの話
安永3（1774）	本朝奇跡談	半4	梅村政勝	京都	村上治兵衛	諸国奇談。明和九年以前版未見
？？？？	花実百物語	5	玉花堂太世	？	？	原本不明。宝暦目録所載
？？？？	近代変化物語	5	（不明）	？	？	原本不明。宝暦目録所載
？？？？	弁慶物語	5	白水	？	？	原本不明。宝暦目録所載
？？？？	怪談百千鳥	5	静活	？	？	原本不明。宝暦目録所載
？？？？	怪談三本筆	5	（不明）	？	？	原本不明。宝暦目録所載。『新怪談三本筆』あり
？？？？	青葉物がたり	5	未達	？	？	原本不明。明和目録所載
？？？？	席上怪談	4	嘯松子	？	？	原本不明。明和目録所載
？？？？	實説百物語	5	幡氏	？	？	原本不明。明和目録所載

紙』が、いかに突出した存在であったかも容易に読み取れるだろう。

また「奇談」史として窺えることを言えば、次のようなことが指摘できようか。

一、上方と江戸では内容の傾向が違う。江戸は教訓・啓蒙に比重がおかれているが、上方は怪談・説話を収集したものが多い。しかし明和頃から江戸でも読物系が目立ってくる。明和になるにつれ、「奇談」＝「怪談」という認識が強くなってくるようである。

二、宝暦四（一七五四）年と五年は、江戸で出版点数が多い。「談義本」史においては既に宝暦四年の状況については説かれて久しいのだが、この状況は宝暦五年まで続いており、「奇談」史としては注目すべき事象である。これを私は半紙本型「奇談」の多様な試みの時期と位置づけたいと思っている。

三、明和四（一七六七）～五（一七六八）年ごろに上方を中心に怪談ブームと称すべき現象が起こる。「怪談」の書名も明和に入って『怪談実録』（明和三年）、『怪談御伽猿』（明和五年）、『怪談笈日記』（同）、『怪談宿直袋』（同）、『怪談国土産』（同）、『怪談三鞆絵』（明和七年）、『怪談御伽童』（明和九年）と、急に目立ってくる。「奇談」書に登載されていない『雨月物語』（明和五年序、安永五年刊行）の角書にも「恠談」とあったことが思い出される。

以下、二の問題を中心に、一、三にも波及的に触れていきたい。

三　「奇談」史の一齣——宝暦四・五年——

宝暦二（一七五二）年刊の『当世下手談義』が後続の「談義本」を輩出し、江戸出版界の活性化を齎したことは周知の文学史的トピックである。特に宝暦三（一七五三）年から四（一七五四）年にかけては十三部の「談義本」が刊行され、同年二月に出た『作者評判千石篩』によってそれらが早速評判されたのである。その十三部の書名・著者・書型・巻冊を挙げれば次の通り。そのうち「奇談」書に掲載されているものは番号を◯で囲む。表と重複するが版元も記しておく。

宝暦三年刊行のもの四種。

1　『水灌論』　服陳貞著。半紙本四巻四冊。江戸西村甚介・加賀屋喜兵衛刊。

②　『花間笑語』　大進著。半紙本四巻四冊。京都梅村市兵衛刊・江戸西村半兵衛刊（『千石篩』惣巻軸）。

③　『当風辻談義』　嫌阿著。半紙本五巻五冊。江戸竹河藤兵衛刊。

4　『風姿紀文』　竹径蜷局著。半紙本三冊。江戸藤木久市刊。

宝暦四年刊行のもの九種

⑤『龍宮船』　後藤梨春著。半紙本四巻四冊。江戸鶴本平蔵刊行。（『千石篩』巻頭）。
⑥『非人敵討実録』　多田一芳著。半紙本五巻五冊。江戸泉屋平三郎刊。
⑦『諺種初庚申』　慶紀逸著。半紙本五巻五冊。江戸浅倉屋久兵衛刊。
⑧『教訓不弁舌』　一応亭染子著。半紙本五巻五冊。江戸吉文字屋次郎兵衛刊。
⑨『無而七癖』　車尋・桴遊著。半紙本三巻三冊。江戸小沢伊兵衛刊。
⑩『銭湯新話』　伊藤単朴著。半紙本五巻五冊。江戸奥村治助・梅村宗五郎刊。
⑪『当世花街談義』　孤舟著。半紙本五巻五冊。江戸伏見屋吉兵衛他刊
⑫『下手談義聴聞集』　臥竹軒猪十著。半紙本五巻五冊。江戸出雲寺和泉刊。
⑬『返答下手談義』　儲酔著。半紙本五巻五冊。江戸和泉屋仁兵衛刊。

「談義本」といえば『当世下手談義』に影響されたこれらの作品を指してほぼ足れりとし、次いで源内の『根無草』（宝暦十三〈一七六三〉年刊）『風流志道軒伝』（宝暦十三年刊）への展開が叙されるのが「談義本」史の常であった。しかし、その翌年の宝暦五（一七五五）年に刊行された八点の「奇談」書は、ほとんど既存の「談義本」史には記述されないのである。その書目を挙げれば次の通りである。

○『地獄楽日記』　半紙本五巻五冊。江戸太田庄右衛門刊。自楽著。地獄物。閻魔王宮の御家騒動を戯曲的に描いたもの。体裁は浮世草子。
○『不埒物語』　半紙本七巻七冊。江戸吉文字屋次郎兵衛刊。梅翁著。地獄物。江戸の風刺でもある。源内『根無

草』への影響が指摘される。
○『たのしみ草』半紙本三巻三冊。江戸吉文字屋次郎兵衛・横田屋半治郎刊。梅翁著。煙草の効能を述べた本。『国書総目録』では「農業」に分類する。
○『雉鼎会談』半紙本五巻五冊。江戸三河屋半兵衛・藤木久市（割印帳）刊。藤貞陸著。奇談十話。二十六夜待の夜話で、鼎談（順話）の体裁をとる。柱は「中古雑話」とあり。
○『繫下雑談』半紙本五巻五冊。江戸藤木久市（割印帳）・中川小兵衛・丸屋庄兵衛刊。陳珍斎著。すべて四字熟語の章題。全二十四話。老僧・老医・座頭・六十六部などの話を盗み聞きしてかき集めたものという体裁。
○『茅屋夜話』半紙本五巻五冊。江戸大和田（須原屋）安兵衛刊。隠几子（山本格庵）著。順咄的構成。
○『舌耕夜話』半紙本四巻四冊。江戸伏見屋源六刊。自楽軒著。自楽軒なる講釈師の四日間にわたる舌耕を書きとどめたという形式をもつ。
○『大進夜話』半紙本四巻四冊　宝暦五年十二月割印。江戸大坂屋又衛門刊。大進著。大進和尚の講説を集めたもので全四十五話から成る。
そしてこれらは、従来、（『地獄楽日記』を除いて）翻刻がないばかりか、言及されることもきわめてまれであった。わずかに『雉鼎会談』『繫下雑談』『茅屋夜話』が水谷不倒『選択古書解題』で、『不埒物語』が野田寿雄『日本小説史論考』『日本近世小説史談義本篇』で、『たのしみ草』『舌耕夜話』が『近世小説史』（『中村幸彦著述集〈第四巻〉』）において簡単に取り上げられてきたに過ぎない（ただし『雉鼎会談』については、近年、近衞典子校訂代表『江戸怪談文芸名作選　第四巻　動物怪談集』〈国書刊行会、二〇一八年〉に翻刻が入った）宝暦四（一七五四）年刊の仮名読物評判記の『千石篩』刊行の後に出た本なので、注目されなかったというのがその理由だろう。

しかし、「奇談」史の観点から言えば、当然宝暦五（一七五五）年の諸作品は無視できない。宝暦四年刊の作品群の中には、既に『当世下手談義』の保守的教訓性を脱却し、新しい展開を見せるものもあった。宝暦五年刊のものは、それをさらに進めて、滑稽本を準備する基盤を作っている。

宝暦五年刊本の書名に着目すると、「夜話」という語が入るのが三点あり、「雑談」「会談」もあることは留意すべきことがらである。宝暦三・四年の「奇談」（「談義本」）の書名が『当世下手談義』を意識して『当風辻談義』『返答下手談義』『下手談義聴聞集』『当世花街談義』というように「談義」を銘打つ書が多かったのに対し、宝暦五年はそれがひとつもなく、変わって「夜話」が台頭してきたのである。

もちろん、宝暦五年を境に、「奇談」の場が〈談義〉から〈咄〉に変わってゆくという都合のいい見取り図を描くことは出来ない。宝暦四年にも『銭湯新話』という、銭湯という咄の場を設定した作品があるし、宝暦五年の『舌耕夜話』『大進夜話』は講釈・談義の場が用意されているからである。むしろ、宝暦四・五年を「奇談」の最盛期として一束にとらえ、その内実を検討することで、この時期の「奇談」書の特徴が見えてくるのではないだろうか。

享保以後、『当世下手談義』に至る「奇談」史を振り返ると、佚斎樗山『田舎荘子』の系統を引く問答物と、『太平百物語』『御伽厚化粧』などの説話物の二つの柱がある。いずれも教訓・啓蒙・弁惑を趣旨として、面白い〈語り〉を目指すという態度が共通している。しかし、狭義の「談義本」の祖である『当世下手談義』は、そこに〈語り〉の場を意識的に持ち込んできた。その序文で、自らの著述を、「予が此草紙は、新米所化が田舎歩きの稽古談義、舌もまわらぬ則だらけ、智者の笑は覚悟のまへなり」と談義に准え、「開闢の磬をチンチン」と終わる。つまり著述全体の枠組みを談義の場に見立てたのである。また作品中にも、「八王子の臍翁」の「座敷談義」や「鵜殿退ト」の「徒然草講談」を取り入れ、臨場感溢れる叙述を展開する。このように〈語り〉の場を持ち込むとは、作品全体の枠（短編説話集の枠）に何らかの場を設定する方法と、作品中に場を設定する方法の二つがある。『当世下手談義』は両方を採用したが、以後の「奇談」の多くも、どちらかの方法を意識的に採用したと思われるのである。

宝暦四（一七五四）年刊『当世花街談義』は、『洒落本大成』第一巻に所収される色談義と呼ばれる類のもの。ここでは軍書講釈師の止蔵軒（志道軒）と草上本無と称する僧の対話という形の場が設定される。内題にも「問答花街談義」（傍点飯倉）とそのことを強調する。ところが、中野三敏によれば、本書は『白増譜言経』（寛保四〈一七四四〉年写）という五巻一冊の写本を種に改作したものであった（『洒落本大成』第一巻解題）。『白増譜言経』には講釈師も僧も登場しないし、問答の趣向などはない。作者孤舟は、これを抜粋したものに、巻一・巻五を新たに創作して付したが、それは止蔵軒と本無和尚の問答という場を設定することでもあった。場を設定することが「奇談」として出版するのに必要な措置であったとみることが出来る。

宝暦四年刊行『銭湯新話』の、全体の枠としての場は前章で述べたとおり銭湯である。本書においては、銭湯という場は話し手と聞き手の存在を必然のものとする展開に寄与し、単なる枠にとどまるものではない。春夏秋冬の時間の軸も用意されていて周到な構成である。単朴その人を想起させる七十三歳の人物を聞き役に、「咄上手」の「菱屋太郎次」の長話を受けて「初湯から教訓する」「湯屋の大屋」（巻一）、「咄仲間の頭取、丹波屋の善息」に促されて正直者の成功譚を「さらさら」と語る材木屋「信濃やの木曾次郎」（巻一）、「暮方迄嘶続け、亭主を慰」めようとする人々（巻三）など、話し手が次々に変わる「順咄」（前章「「奇談」の場」参照）の形式がとられている。

宝暦五（一七五五）年刊の『舌耕夜話』・『槃下雑談』・『雉鼎会談』・『茅屋夜話』において、どのように場が設定されているかについても前章で述べた。

宝暦五年刊の『不埒物語』は、閻魔王が色に迷って政治を怠り、地獄の風景が江戸世相のうがちになっているもので『根無草』の先蹤とされているが、全体の枠にはやはり夜咄の場を設定する。

侘しかりき賤が臥家の破れ窓より、凍行月《さへゆく》をながめて仮寝《うたたね》かねし折から、是もひとり竈のほそき煙りをさへたてかねし同匹のあり。野辺の露ふかく、むしの声々に枕をはなれて、予が宿りに来り、夜もすがらの物語を書集《かきあつめ》、前後のふつつかなるを其儘に、不埒物語と題して、拙き筆をとりて七巻となしぬ。誠に古知《こち》の作書術数は言説《ごんぜつ》の当理むべなるべし。是はまた身の甲に似せての愚文なれば広才の人々譏る事なかれ。

同年刊の『たのしみ草』は煙草の効用を説いた啓蒙教訓書というべき本で、場の設定は見られない。『不埒物語』の梅翁の著述で、明和目録には並んで掲載される。

同年刊の『大進夜話』は、「大進和尚の夜話を書集めて四ツの巻きと」した講話集である。講釈の語調をどこか残しているが『舌耕夜話』のような臨場感を感じさせる具体的な設定はしていない。しかし、話材が豊富で、教えを説くのに適切であり、飽きの来ない巧みな文章である。これもまた「奇談」のひとつの形なのだろう。やや古臭い感は否めないが、新しい試みの中でこのようなものが存在するのは、当然のバランスであるし、文章は中々の出来である。巻三「箒の伝」の冒頭を引用してみよう。

惣じて、仏の教《をしへ》も、神の道《みち》も、老子孔子《らうしかうし》も、唯箒《ただはうき》壱本を教《をし》へ給ふと、見出したは、予が大言なり。怪《あやし》むことなかれ。笑《わら》ふことなかれ。能心を定《しづめ》て聞《きき》給へ。一切諸法の根元は、清浄《しやうじやう》なり。先に本来清浄をいへるが如し。

やはり談義の調子を彷彿とさせるものではある。大進といえば、宝暦三年『花間笑語』が、『千石篩』の番付で惣巻軸におかれており、「奇談」の変革期に活躍した作者として記憶すべきである。

おわりに

宝暦四・五年に輩出した「奇談」書の試みの中で、特に目立つのは、以上述べてきたような、談義や咄の場の前景化であり、場のテキスト化であった。それは話材を単に紹介するのではなく、いかに面白く表現して伝えるかという、後期戯作の特徴でもある〈表現主義〉を準備する母胎になった。江戸が滑稽な材料を主に用い、上方が異説怪談を主に用いたという違いはあるが、「奇談」史を通して、主題主義から表現主義へと次第に変わってゆくための要因として、枠組みとしての語りの場の準備というのが挙げられるのではないであろうか。

第三部　〈学説寓言〉の時代

第一章　怪異と寓言――浮世草子・談義本・初期読本

一　はじめに

近世怪異譚の系譜において、浮世草子に垣間見え、談義本や初期読本で顕著になる傾向として、知的議論・世相批判・歴史評論などの導入がある。浮世草子から、談義本・初期読本へ繋がる文学史の一面として見逃せない要素であろう。宝暦四（一七五四）年の書籍目録にはじめて立項される「奇談」書には、その傾向をうかがわせるものが少なくない。「奇談」をひとつのカテゴリーとした文学史を構想する私にとってもこの問題は重要である（第二部第一章参照）。

そのような傾向に大きく関わってくる概念が「寓言」である。荘子に由来する「寓言」とは「其事はなけれども道理をふくみて、それにことをよせていひたる者」（熊沢蕃山『女子訓』、元禄四〈一六九一〉年刊）、「荘子は物によそへて、それとなく理を明す。是を寓言といふとや」（『風流座敷法談』、明和六〈一七六九〉年刊）、「寓言《ぐうげん》とは、寓《ぐう》は寄《よす》ると訓《くん》ず。荘子《そうじ》我胸《わがむね》の中より説示《ときしめ》す事を、わざと齧缺《げつけつ》・王倪《わうげい》・庚桑楚《かうさうそ》などがいへる様《やう》に、事を他人《たにん》の云《いへ》る様《やう》に、寄託《よせかこつ》けて、説《とか》れしを、寓言《ぐうげん》といふ」（大江文坡『荘子絵抄』、天明四〈一七八四〉年刊）などと一般的には理解されている。

寓言を観点に怪異譚史を考えることは、江戸時代からすでに見える。伊丹椿園『翁草』の安永六（一七七七）

年序に「本邦今古、人物幽瞑の怪異して、君子の未だ信ぜざる所、彼に託して是を諭し、名を仮て意を寓し、専ら勧懲に本づく」（原漢文、傍線筆者）といい、椿園自身も「其顰に効《ママ》ひ、此書五巻を著す」（原漢文）というのである。当時の初期読本作者がこのような観点を持っている以上、寓言を視点に怪異表現の史的展望を行うのも失当ではないだろう。

　ではなぜ寓言が重要な視点となるのか。儒教が幕府の教学であった近世という時代において、人々の怪異に対する態度は、怪異の存在を信じるにしろ信じないにしろ、そのことを記述し論じる者は、「子は怪力乱神を語らず」という『論語』（「述而篇」）の命題の呪縛から逃れられなかった。たとえば怪異説話を編んで公刊しようとする場合、怪異を語るという禁忌を犯す正当性をいかに確保するかという難題がつきまとうのである。志怪が本来憚るべきことだとすれば、それを出版することにはその正当性を保証する論理が必要である。仏教への帰依を促すのが目的の仏教説話集ならば、そもそも「怪力乱神を語らず」の立場に立つわけではないから、この難問にぶつかることなく因果・霊験を語ることが出来る。しかし、仏教的ではない怪異説話集においては、怪異を教訓の材料として活用しようとすれば、それを許容する論理が必要になるのである。表向きは無鬼論の立場に立つ近世の儒教的世界観に即したときに、怪異の話を活用するには、それを虚構として活用しなければならない。怪異を虚構として叙する論理として寓言論があったことは疑いない。寓言は、虚構による教訓という方法の前提的な形式であり、時として虚構と同義語ですらあった。

二　樗山の寓言論と怪異譚史

第一部第一章で述べたように、佚斎樗山は享保十二（一七二七）年『田舎荘子』で忽然と文壇に登場、散文史上明瞭に寓言論を明示し、かつその理論通りに実作を残したことで、文学史上に不動の評価を確立している（中野三敏「佚斎樗山のこと」『戯作研究』〈中央公論社、一九八一年〉。長島弘明「寓言」〈『國文学』、一九九五年七月臨時増刊号〉など）。樗山の総論的寓言論は次のようである。

予が記する所七部の書、外題異なりといへども、終始みな一意にして、全体田舎荘子なり。其語る所、逍遙遊、斉物論、人間世に過ず。その物に托するは寓言なり。神仏を仮るものは重言なり。その戯談は卮言なり。衆口に調和《てうくは》して他の情を慰するといへども、皆大宗師をはなれず、事実は古書に考《かんがへ》て、仮にも証なきことを記せず。

（『雑篇田舎荘子』、寛保二〈一七四二〉年刊）

樗山が関宿藩三代に仕えた家老格の藩士であり、自ら儒教をその人格形成の要においていた篤実な士であったことは注目しておいてよい。その著書の中でも、「荘子は聖門の別派なり」（『田舎荘子』「荘子大意」）と断言している。具体的な寓言の方法を次の引用に述べているが、要するに子弟教育のためには、便宜的に荘子の寓言の方法を借りる必要があるとするのである。

吾党の小子、治世に生れて、幼きより戯遊の事に長じ、その職分をしらざるものおほし。然《しかれ》ども遽《には》かに是をしらしむべからず。暫らく帝釈修羅閻魔の戦かひを仮り、そのことを設け、正成・元就・勘助等の言に寓して、軍中の法令、備の大略をしめす。所謂寓言なり。古人の言を以て直ちに記せば、小子みることを厭ひて手にもとるべからず。故に戯談を以て事を記し、そのうちに実を含んで見るに便《たより》よからしむ。同遊相集りてこれを弄せば、久しうして内に感通し、其志の由《よる》ところを知事《しる》あらん歟。或曰《あるひといはく》。「子は聖人の書を読《よむ》者なり。

然るに仏をもつて事を記するものは何ぞや」。曰。「仏は人の信ずる所なり。人情の重んずるところに因て、言を立てて信をとる。所謂重言なり。戯談はいはゆる卮言なり。然れども無実虚談の言をなして、他の耳目を悦ばしめ、人の惑ひを生ずる事は、予が甚だ愧る所なり。故に仮にも出処なき事を記せず。」

（『英雄軍談』序文、享保二十〈一七三五〉年刊）

日本近世〈小説〉史における寓言の史的考察をするときに、そのエポックが樗山の一連の談義本であることは、すでに常識になっていると言ってよいだろう。その背景には近世中期の老荘思想の流行が指摘される（中野三敏「寓言論の展開」『戯作研究』所収）。改めて言うまでもなく、談林俳諧で盛んに議論された寓言論の虚実論的側面と違って、樗山の寓言論は、教訓や述志の方法として位置づけられており、これを自覚した上で自作に応用した作者として記憶されるのである。このことを近世怪異譚史を横目に睨んで再検討してみよう。

近世における人々の怪異に対する態度とは、誤解を恐れずに図式化すれば、不可知論的神秘主義と弁惑的合理主義のいずれかに立つということである。『胆大小心録』二十六で、秋成が無鬼論の立場にたつ懐徳堂学主の中井履軒を知識人の世間知らずと斬って捨てながらも、自分は履軒から「文盲」と嘲笑されたことを記していることに典型的なように。

前者の立場にたつ仮名草子の例は、因果・霊験を説く仏教説話の系統だろう。『因果物語』（寛文年間刊）をその代表として挙げることができる。後者の例として儒学者山岡元隣の『百物語評判』（貞享三〈一六八六〉年刊）が挙げられよう。さまざまな怪異・妖怪話を挙げて、その妄なることを批判し怪異を弁惑する。仮名草子にはじまる近世怪異譚史は、この二つの立場の拮抗関係の歴史とも言える。つまり怪異をほんとうにあったこととして語る（あるいはそれを装う）ものと、怪異を合理的に解釈しうるものとして語るものと、である。[1]

人々の怪異に対するふたつの態度の中で、寓言は、怪異を喩えとして用いることで人の耳目を驚かせ道理を伝える方法として怪異作者に自覚化され、理論化される。樗山は荘子の方法を説明していう。

或は怪異《くわいい／あやしくことなり》の戯論《けろん／たはぶれ》をいふことは、這裏《しやり／ここに》に、至理《しいり》を寓《ぐう》す。物を仮《か》りて人の耳《みみ》に入やすく、人の眠りを、惺《さま》さむことを欲《ほつ》してなり。（『田舎荘子』享保十二〈一七二七〉年刊「荘子大意」）

この荘子論はそのまま、寓言が「怪異」を趣向として取り込む時の論理を示しているといえる。ここには「怪力乱神を語らず」のテーゼに背くことのない、〈怪異語り〉のあるべき形が示されている。「怪異」は、信ずべきか否定すべきかという議論の対象ではなく、道理を示すための喩として立ち現れるのである。もちろんその場合の「怪異」とはそらごとであることが暗に前提されている。「寓言」を「そらごと」と訓じた例は、中野三敏によれば、『可笑記評判』（万治三〈一六六〇〉年刊）に遡る（前出「寓言論の展開」）が、浮世草子においても享保十九（一七三一）年刊『御伽厚化粧』序に「筆天斎が数条の編々、其名其趣に不通《かよはず》、亦他の寓言《そらごと》をねむじ、雪に霜を加ふる如くならば、跡から禿る厚化粧ともいわめ」（傍線筆者）の例がある。

三　蕃山の寓言論

樗山が荘子から得た寓言という方法を〈小説〉として形象化するためには、そこに篤実な儒者としての思想的な根拠（儒教的立場からの「荘子」論）があったことが予想される。

まず思想史的側面から、樗山に強い影響を与えたことが実証されている（中野三敏「樗山と蕃山」『戯作研究』所収）

熊沢蕃山の寓言論の言説を見てみよう。

神書をかきたる者すぐに書侍らで、荘周寓言の筆法を似せて書たり。荘子は理明かにして、古今無雙の筆力なれば、いかほど大きな寓言しても、後人とりて見てよく道理知られ侍り。日本の人は文筆の法にならはず、道理分明ならずして寓言したる故に、其人の心にはかくとおもひてかきつれども、筆不達者なることなれば、後世の人、理を取て見るべきやうなし。道理しられざる故に、其辞のしどけなきを見て、あなどる心出来、神霊の明かなるまでおしてなみしぬれば、狂気するものもあるべし。（『三輪物語』、貞享二〈一六八五〉年成立）

ここで注目されるのは、寓言するものは、道理が分明で筆達者でなければならないという蕃山の主張である。たとえば蕃山は同じ『三輪物語』の中で、海幸山幸神話解釈において、①兄ホノスセリノミコトの釣り針を失くしたヒコホホデノミコトは新しい釣り針を兄に与えるが兄は許さなかった。これは、不徳にして天下を治めることが出来なかった兄が弟から徴発して天下の財をむさぼり色々な難事を言った事実を暗示した寓言である。②弟が竜宮へ行ったというのは、海の底までの思いやりをもって仕えた事実を暗示した寓言である。③乾珠・満珠のたとえは、力をもってしても徳に勝てないことを諭す寓言である、と独自の神話寓言論を展開し、「暫く世俗のあらそひをかりて、徳と力と、人と天との勢をあかしたり」と結論する。そして、「神書はむかしの伝を其ままかかで、はるか後に書たり。その筆者に道徳の学なかりしゆへに、寓言のさまよろしからず、せめて寓言す共、荘周などのやうに、理を明かにしたらよかるべし」と、道徳の学に裏打ちされた寓言でなければ効果がないとする。これは『田舎荘子』「荘子大意」に見える樗山の寓言論の先蹤として注意してよいのではないだろうか。ちなみに宣長は『玉勝間』五の巻でこの言説を「神の御典《オフミ》を、いはゆる寓言也と見たるは、めづらしくもあらぬ、例のじゆしや意《こころ》なり」と、批判する。

神話を事実ではないとし、一種の壮大な比喩としてとらえる蕃山は、ここに道理をたとえ話で説く寓言の方法を当てはめる。樗山の寓言の具体的な創作方法とは異なるものの、道理を説くのに荘子の寓言を用いるという大枠の発想を樗山に与えた可能性があろう。以下に述べる浮世草子の寓言にもそれがなかったとは言えまい。

四　浮世草子の怪異と寓言

樗山の談義本が画期的な新〈小説〉であったとしても、それを寓言として受容できる成熟した読者層が準備されていた（樗山自身は子弟のためとはいうが）ということも事実であったろう。つまり樗山以前の仮名草子や浮世草子怪異物の作者たちにも、漠然とではあるにしろ、寓言的手法を自覚した作品があったからだろう。

仮名草子『伊曾保物語』は翻訳物だが、後半の動物に託した喩言は寓言であると言える。[2] 樗山の『田舎荘子』にみえる動物対話物に繋がるだろう。先に述べた『百物語評判』の著者山岡元隣には『小卮《こさかずき》』（寛文十二年刊）という寓言的作意の要素の濃い作品がある。『小卮』は序文に荘子三言（寓言・重言・卮言）の方法を用いることを明言しており、樗山の先駆として注目しておかねばならない。これも『伊曾保物語』に影響を受けている可能性がある。

樗山以前の浮世草子怪異物に目を転じると、林義端に元禄八（一六九五）年自序『玉櫛笥』がある。その跋文に、

余、嘗て李氏が剪燈余話を観て、酷だ其紀事の怪奇なるを喜ぶ。此に托して彼れを喩す者有り、名を仮て意

を寓する者有り。鬼幻百出筆に信《まか》せて文を弄す。連日之を読めども厭ふを知らず。竊に嘆じて以謂《おもへ》らく、本邦州郡の広き、近代干戈の間、豈に奇事異聞の李氏が述る所の如き者無からんや。顧《おも》ふに世著述の才に乏しふして多く伝はらざることを致すならん。余自ら揣《はか》らず顰《ひそみ》に効《なら》ふて編輯せんと欲す。然れども倭詞の俗習に慣ふて、文を裁する所以を知らず。懜然として筆を擲《なげう》つて復た省りみざる者の久し。蓄念の発する所、自ら抑ふること能はず。又釈了意師の狗張子に摸して述るに俚語を以てす。此れ僅かに見聞せん所、近世の事実のみ。鄙陋砕瑣寧ろ前人の大作に比するに、唯だ其の辞を措くの間、彼を喩《さと》し、意を寓する所以の者は蓋し又これ有り。媍人女児の翫索に備ふるに以て、之を題して玉櫛笥と曰ふ。猶ほ異を訪ひ奇を捜りて嗣て続編を出んと。草藁未だ就《な》らず。姑く他日を竢《ま》つと爾《しか》云ふ（原漢文、傍線筆者）。

近世における翻案系怪異説話集の展開を見ていく場合、『伽婢子』の後代作品への決定的影響というのはいくら強調してもしすぎることはないだろう。山口剛『怪談名作集』（日本名著全集、一九二七年）における『伽婢子』「牡丹灯籠」を濫觴とする「牡丹灯記」（『剪燈新話』）翻案の系譜の論述をあらためて引き合いに出すまでもない。その『伽婢子』が大いに参考にした『剪燈新話』の続編的作品である『剪燈余話』は、『玉櫛笥』の義端序においては、傍線部に明らかなように寓言と捉えられているのである。それに連なろうとする義端も自らの作品を寓言と位置づけていると言えよう。実際『玉櫛笥』には、寓言と呼ぶにふさわしい篇がいくつか見られる。

巻四の四「雲林院」は、太田道灌の家来武平次が雲林院のほとりで高貴な女性に会い、老尼から二条后だと教えられる。武平次は伊勢物語のことを尼に問う。やがて業平が忍び来る。嵐が激しく吹き武平次はもとの道に戻る。太田道灌がそれは業平・二条后の幽霊だと教え、業平像の誤りを正す。道灌の業平論は儒教的立場からの伊勢物語論であるが、本篇は、筆者のいう〈学説寓言〉（第三部第三章）であり、後の明和七（一七七〇）年刊『垣根草』第四話「在原業平文海に託して冤を訴ふる事」の、業平みずから夢に現れて業平像の誤謬をただす話を思い出させる（第三部第四章）。

巻五の一は、先陣争いをして主君を追って死んだ二人の武将の幽霊が古今の軍法を評論する、〈軍談寓言〉と呼ぶべき内容である。この先蹤は『伽婢子』巻五の二に「幽霊評諸将」があり、その典拠は、枠組みが『剪燈新話』巻四ノ一「竜堂霊会録」、軍談の内容が『甲陽軍鑑評判』と指摘される（新日本古典文学大系『伽婢子』解説）。巻六の一「山中の伶人」は、金閣寺を建てた足利義満のもとに樹霊が現れ、夢解きで樹霊は木を伐ることを嘆き、足ることを知れとさとすという、教訓を寓意する典型的な寓言である。怪談系浮世草子と目されている『玉櫛笥』だが、談義本・初期読本の特徴である知識性・議論性がこのように既に見られるのである。

同じく義端の『玉箒子』（元禄九〈一六九六〉年刊）巻二の二「碁の精霊」は浮世草子には異色の幻想的奇談で、碁石の精霊が白っぽい人と黒っぽい人として現れ、源氏物語の柏木を論じ、発句を次々に詠む。巻三の一の「清水寺詩」は、西京に住む小野久庵という隠者のもとに詩仙堂石処士と名乗る翁が門人平岡子、扈従とともに現れ、詩作し、詩論を交わし、茶論を交わす。ひとつの〈学説寓言〉である。

宝永元（一七〇四）年刊の辻堂兆風子『玉すだれ』は義端二著に連なろうとする意識が書名から明らかである。木越治は本書の作者が知的議論を積極的に導入していること、修辞的文体への志向のあることなどが初期読本へ継承されていることを指摘している（叢書江戸文庫34『浮世草子怪談集』〈国書刊行会、一九九四年〉解題）が、それは寓言的構成の採用された篇が少なからず存在する点にも窺われるのである。たとえば巻二の一「丹州橋立暁翁銀河に登る事」は、丹州与佐の暁翁という隠士が、夢に銀河へ行き、仙女（織女の神）の話を聞く。仙女は、天河伝説の大方は虚妄であり、「雲は山川の霊気、雨は天地の沛沢、何ぞあやまりて房閨のたのしみとせん。天をあなどり神を汚すこと、是より甚敷《はなはだしき》はなし」と言い、その名誉回復を暁翁に依頼する。そこでは七夕伝説に関する作者の知識が披瀝され、寓言の形式でその弁惑が行われる。もっともこれは『剪燈新話』「鑑湖夜泛記」の翻案であり、引用されている漢詩も典拠のものを用いている。また巻七の四「花木弁論幷貧福問答」では、摂津武庫山に住む隠士の前に現れた黄衣の翁と青衣の翁が花木と金銭についての問答をする。これも登場人物に仮託して自説を述四る寓言の典型的な形である（ただこれにも典拠が予想されよう）。

正徳二（一七一二）年刊の都の錦『当世智恵鑑』巻六の三「隠者の教戒」は、但馬国豊岡の自笑軒という隠者が、無入という世捨て人に、学問を説き当世儒者批判を行うもの。談理的色彩の濃い寓言と言える。都の錦には胡蝶の夢を踏まえた『風流日本荘子』があり、荘子には親しかったと推測される。

これら浮世草子怪談集と呼ばれる説話集に寓言的要素の濃い作品が既に存在することが確認された以上、樗山談義本の方法的土壌は用意されていたというのに躊躇する必要はない。なお、浮世草子に見える寓言論といえば、団水の『好色破邪顕正』（貞享四〈一六八七〉年序刊）があるが、これは源氏物語・伊勢物語論であり、自らの創作について述べたものではないのでここでは触れない。

五　談義本の怪異と寓言

浮世草子に胚胎した方法的土壌が樗山を経て、いかにも談義本らしい談義本を咲かせる助けとなったのかを瞥見してみよう。

寓言という創作方法については先に見たが、ここで非常に参考になるのが、『史記』「老荘申韓列伝」に引かれる荘周伝の本文とその注釈である。『史記評林』和刻本（八尾版）を閲すると「其の書を著せる十余万言、大抵率ね寓言也」（原漢文）の本文に注して、『史記索隠』の「其書十余万言率ね皆主客を立て、之を相対へ語らしむるを偶言と言ふ。又音寓、寓は寄也」（原漢文）を引く。この主客を立てて、問答させるという形式こそ、近世〈小説〉史の過渡期、「奇談」の時代に多用された形式である。『史記評林』の流布状況から言って、近世期における「寓言」理解に、同書所引の『史記索隠』が与ったと考えるのは失当ではないだろう。先に見た樗山の具体的方法も、要するに主客を立てるということに収斂する。その主客が立てられるためには、彼らの問答を必然にする場が必要なのである。今、寓言をこのような補助線を用いて理解することにする。

寓言を怪異譚に活かすために必要な作者側の操作は五点ほどあろう。第一に仮想的時空の設定、第二にその時空での語り手の設定、第三にその時空での聞き手の設定、第四に寓意する教訓（諷諫・学説・私憤）の言説化、第五に表現・修辞上の工夫である。これらは読者（研究者）側からいえば、対象テクストにおいて作品論的分析が成立するか否かに関わる問題でもあるように思う。浮世草子時代の寓言の方法が、より偏向し、あるいは先鋭化したのが談義本であり、読本だと言えるのではないか。

とりわけ第一の仮想的時空の設定と、第二、第三の仮想的時空における語り手および聞き手の設定は密接に関わり、方法的には最も重要であろう。第四の寓意する内容から必然的に、あるいは戦略的に導かれるのである。仮想的時空とは作品世界の舞台設定のことではない。舞台設定の中におかれた異界的な時空のことである。たとえば夢の中の時空、竜宮などの仙境、冥界などが典型的であるが、必ずしも非現実的な時空に限らず、寺社・墓地などの宗教的祭祀的な空間や、遊廓・隠逸者の庵などの周縁的な場、講釈や咄の場などがそれである。作者は、寓言の方法として、意識的にせよ無意識的にせよ、そういう異界的時空を戦略的に設定するのである[3]。

そのような仮想的時空の設定が緻密に計算され、構想と筋に緊密に絡んでくるのが、初期読本の世界ではないかと思われるが、それへの過渡的段階として、宝暦二（一七五二）年刊行の談義本『当世下手談義』第一話を取り上げてみたい。これを怪異物としてとりあげることも、寓言としてとりあげることも違和感があるかもしれないが、形式的には幽霊の登場する話であり、作者の世相批判を幽霊工藤祐経に託して述べるという形式は紛れもない寓言である。実際、この作品が寓言と認識されていたことは、同年刊行された追随作の伊藤単朴『教訓雑長持』の序文に、同書とその続篇『教訓続下手談義』について次のように述べることから証される。

……先開巻第一義が吾住庵の隣在所に、臍翁と云老人を設て、前篇に子息を教へ、後篇に手代を諭し、或江の島の神託に、淫曲を戒め、退卜が講訳《こうしやく》に浮説の惑を弁じ、安売の引札に潜上を諫め、農夫商賈の子弟《わかいもの》に、怠惰を励し、驕りを諷ぜし教諭の真実、寓言《うそ》の中より誠《まこと》をあらはし、鼓舞自在なる筆の働き、此叟等が及ぶ所に非といへ共……

ここでは「教諭の真実」を「臍翁」（第二話）や「退朴」（第七話）に託するという設定が「寓言」に基づくものであり、「寓言」とは「うそ」であることが傍訓に示されている。

『当世下手談義』を寓言として見れば、先の五つの工夫が全編に亘って用いられていることが了解されよう。このうちの四つ――仮想的空間、語り手、聞き手、寓意の内容――に着目して各篇を整理してみよう。

	仮想的時空	語り手	聞き手	寓意の内容
第一話	富士の人穴	工藤祐経の霊	馬牛（元役者）	近年の芝居批判
第二話	八王子臍翁の座敷	八王子臍翁	息子たち	渡世教訓
第三話	引き札	棺桶屋惣七	不特定	葬式の華美批判
第四話	夢	小栗	巡礼者娯足斎	開帳批判
第五話	占い	足屋道千	奉公女・きおい者	人生訓

第六話	辻講釈	鵜殿退ト	「我」	流言蜚語の類批判
第七話	神託	江の島弁財天	都無字太夫	豊後節批判

寓言の基本的な枠組みを作者が意識し、意図的に様々な仮想的時空および語り手と聞き手を設定していることがうかがわれる。この中で怪異的な趣向といえるのは、第一話・第四話・第七話であるが、怪異は寓言の形式の中に必要なものとして取り込まれている。第一話「工藤祐経が霊、芝居へ言伝せし事」を例にあげれば、東海道の駅路の道橋が破損して、往来の旅客は富士の裾野を通らねばならない。京都で役者を止め、雑俳点者になっていた馬牛という男が、生活に行き詰まって江戸へ下り再び芝居の世界に戻ろうとする。富士の裾野を通ったときに音に聞く人穴があり、そこから古風な出立の武士が登場する。それが工藤祐経の幽霊である。祐経は当世の曾我狂言で自分の扱いがひどいことを嘆き、心中物・お七物など、恋愛を肯定する芝居の影響で世の風俗が乱れていることを批判、このことを江戸へ伝えてくれと依頼する。これは作者の主意（当世芝居批判）を仮想的時空（富士の人穴）中の語り手（祐経）に仮託して述べる寓言であるが、聞き手として設定された馬牛がこれをおしいただくことなく、むしろ祐経を「吝（しわい）人」と切り捨てることで、祐経の権威が剥がされてしまう、その面白さを楽しむ物語である。

この話から思い出されるのが浮世草子『金玉ねぢふくさ』（元禄十七〈一七〇四〉年）巻之四「富士の山の影」である。二人の道心出家が富士のふもとで道に迷い、ある美女のいる宿に一夜を乞い、あるじの帰りを待つ。あるじは曾我十郎祐成、女は大磯の虎の霊であり「しんい邪婬の罪」を受け苦しんでいた。弟五郎時宗は転生して武田信玄になっているという。目貫の片方を託された二人は信玄をたずねて目貫を見せる。はたして信玄のもつ片方と符合、信玄（十郎）は兄の幽霊を追善するというものである。いわゆる曾我五郎再生・信玄奇誕譚（堤邦彦

『近世仏教説話の研究』〈翰林書房、一九九六年〉第二部第二章）の一変奏型であるが、富士という霊なる場に曾我物語（曾我狂言）の登場人物（語り手）が現れ、聞き手に何かを託すという構造は、『当世下手談義』第一話を先取りしている。『当世下手談義』第一話は、『金玉ねぢぶくさ』の設定に示唆を受け、十郎を祐経に置き換えたと考えられる。

『当世下手談義』第一話は、樗山の示した寓言の方法を用いながらも、寓意を語る語り手を神仏のような絶対的なものにせず、滑稽化することによって戯作の方法を獲得しているといえよう。

六　初期読本の怪異と寓言

次に初期読本の祖と言われる都賀庭鐘『英草紙』をみてみよう。『英草紙』が寓言として書かれているかどうか。『英草紙』自序において「彼の釈子の説ける所、荘子が言ふ処、皆怪誕にして終に教へとなる」と明らかに寓言に触れるところがある。『繁野話』の自序になると、各編の寓意を露骨に説明しているが、その中に「望月の偶言に竜雷の表裏たるを断《ことは》る」というのは第七篇「望月三郎兼舎《かねいへ》竜窟に竜と談《かた》る話《こと》」に登場する翁が望月三郎を相手に竜と雷が通じることを論じたことを言う。「偶言」は主客を立てて問答させる「寓言」。『莠句冊』序文も同じく寓言の方法で書かれたことを述べている。『英草紙』も当然寓言の方法を意識していると見てよいだろう。第五話「紀任重陰司《きのとうしげいんし》に至《いた》り滞獄《くじ》を断《わく》る話《こと》」は寓言の方法をとったものといえるがやや複雑な構成を持つ。後宇多帝の時、資性聡明な紀任重は自らの不遇を憤って詠詩し、これを焼いたことから、夢に地獄へ行く。そこでまず閻魔王と対面して不遇を訴え、地獄の裁きの公平さを疑う。閻魔王は任重に滞っている公事三件の裁きを命じる。ひとつは原告安徳帝と被告二位の尼の訴訟、二件めが原告源範頼・源義経と被告源頼朝・大江広元の訴訟、三件めが原告畠山重忠と被告北条時政・政子の訴訟である。庭鐘の歴史観・人物観を代弁する任重はこれを見事に裁き、賞罰を決する。この裁判の前後に、閻魔王との問答で、運命論と極楽地獄論が述べられる。やがて夢が覚め、任重は寿命を全うする。任重の夢中での地獄を仮想的時空とし、閻魔王と任重の問答があるだけではなく、さらに裁判の中で、裁き手の任重とそれぞれの公事での原告・被告との問答がある。この篇は白話小説の翻案であるから、寓言の形式が複合的であることについて庭鐘の独創性を過度に評価はできないが、初期読本が中国小説をとり入れて複雑な構造を獲得したことは確かである。そしてここでの寓意は、庭鐘自身の不遇意識を掠めながらの歴史的人物評論である。これが儒者文人の間に流行した歴史評論と関わるであろうことを中村幸彦（日本古典文学全集『英草紙・西山物語・雨月物語・春雨物語』〈小学館、一九七三年〉頭注）や日野龍夫（「読本前史」『宣長と秋成』筑摩書房、一九八四年）は指摘している。

庭鐘『英草紙』第五話に限らず、初期読本には多く夢が現れる。その場合、夢は単なる怪異の発現する場ではないことはもちろん、作者の主意を託す人物の登場する場であるだけでなく、方法的に構想準備された仮想の時空であると考えられる。それを可能にしたのは、初期読本の担い手である上方文人が中国白話小説の方法に習熟していたこと、浮世草子・談義本の「奇談」作者たちにおいて下地が出来ていた夢中寓言の方法が、より尖鋭的に方法として自覚されていたことが要因だと思われる。高田衛は、夢の趣向を視点として近世の怪異史を考えたときに、一七六〇年を境にして、「説話の時代」から「幻想の時代」に移ると述べている（高田衛「怪談の論理」『江戸幻想文学誌』平凡社、一九八七年）。要するに初期読本の作者達が、怪異を方法として取り入れて〈幻想小説〉と呼べるものに昇華したという、発展的文学観による図式だと理解されるが、それを認めるとすれば、それを可能にしたのは、寓言論の方法的深化ではないかと私は考えるのである。その検証にはなお紙幅を必要とする。

もうひとつは、『英草紙』で見たように、知的議論が深化するということである。翻案を巧みに行うためには、日本古典の知識と活用力がものをいうことは言うまでもないが、日本古典学が盛んになり、和歌解釈、伊勢物語・源氏物語などの注釈的な問題が議論の対象になってくる。『怪談とのゐ袋』冒頭話の秀吉による源氏物語論、『新斎夜語』第六話の戸田茂睡の徒然草論・源氏寓言論、『雨月物語』「仏法僧」の紹巴による古歌考証、『垣根草』第四話の業平による業平論・伊勢物語論・作中和歌論などは、作者の知見や最新の学説が踏まえられている（第三部第三章）。

おわりに

以上、寓言という視点から怪異の取り込み方の自覚化を文学史的に考察してみた。「浮世草子の怪異」を特化して考えるのではなく、むしろ仮名草子から繋がり、談義本・初期読本に共通する方法として考察することにより、結果として浮世草子のテクストも寓言の観点から分析できることを筆者なりに示したつもりである。「奇談」という仮想的な領域を構想する筆者にとっては、十八世紀仮名読物における寓言という方法的試みが浮世草子・談義本・初期読本の枠を越えて共通して見られることは、それを「奇談」の方法と位置づけることの可能性を探ることにつながるのである。

注

（1）ただ、いずれの立場にも立たないで、まったく違う視点から怪異を捉えたのが西鶴だろう。「人はばけもの」（『西鶴諸国はなし』序）と宣言する西鶴は、人間の営為そのものこそがどんな怪異にもまして怪異だというのである。「世の人心」を描こうとした西鶴のこの観点は、後世の作品に大きな影響を与えたようである。たとえば「気質」物は、逸脱の人間誌というべき系譜で、化け物や怪異がなくても十分に奇談が成立することを証明している。市古夏生によれば、「怪異小説」において仮名草子と浮世草子を分かつ規準のひとつは、西鶴を経由摂取しているかどうかだという（市古夏生「浮世草子怪異小説について」、叢書江戸文庫34『浮世草子怪談集』月報、一九九四年）。西鶴を経由することで仮名草子的怪異説話に現代風俗小説的要素が加味される、それが「浮世草子怪異小説」だというわけである。

（2）ちなみに一九八〇年に中国で出版された『寓言選』（上海教育出版社）の中には、荘子や韓非子の寓話とともにイソップ物語が同列に並んで配されている。

（3）寓言文学における仮想的時空の設定の重要性については尹柱弼「東アジア古小説の寓言の活用の比較考察——胡蝶夢・争弁話素を中心に——」（『東アジア比較論を通して見る寓言文学の位相と特徴』要旨集、韓国寓言文学会・京都府立大学、二〇〇四年）が参考になる。

第二章　前期読本における和歌・物語談義

はじめに「前期読本」の〈学び〉と〈戯れ〉

ジャンルとして認定されているわけではないが、近世文学史の中に「仮名読物」というものを想定できるのではないか。いわゆる「近世小説史」よりも広く、教訓・啓蒙・地誌・随筆・軍書など、〈圏外の文学〉と呼ばれる読物を含めた、散文読物群である。それらをもって「近世仮名読物史」を構想するとしたら、十八世紀は、漢籍に詳しく、漢文を作ることを苦にしない一方、日本の古典にも通じ、和歌俳諧を嗜むような人々が、作者となり読者となって、それらの教養を基盤とするコミュニティーの中で、衒学的な「知」を楽しむ「仮名読物」が、さまざまな様式を纏って登場する時代だと言えよう。そのひとつの典型が、都賀庭鐘・上田秋成の読本に代表される現行ジャンルでいう前期読本である。

中村幸彦は前期（初期）読本の特徴として次の五点を挙げた（中村幸彦著述集第四巻『近世小説史』第四章「初期読本の作家達」、中央公論社、一九八七年）。

1　近代小説に近い構成法。中国白話小説・歴史読物・実録体小説の筋の転用と影響
2　真実性の付与
3　和漢雅俗混淆の文体

4　直接史書伝説に依拠
5　思想的発言

この中村の指摘は、③④を除き、前期読本の近代小説性を評価しようとする指標であったと言ってよい。しかし筆者には、徳田武が、前期読本の特徴として、

6　作者の主張や学識を生の貌で開陳すること

を挙げ、談義本との親近性を指摘した（徳田武『日本近世小説と中国小説』第九章「『新斎夜語』と談義本」青裳堂書店、一九八七年）ことが重要であると思われる。学問的な見解の作中における主張は、近代小説という観点から見た場合には、緊密な構成を壊す方向に働いてしまっているように見え、マイナス評価に結び付きがちだが（中村がこれを挙げなかったのはそれを忌避したのではなかったか）、学術的著作ではない読物に「知」を取り込む試みとして捉える時、大いに注目すべき現象である。筆者は6のうち、とくに古典等についての見解や学説を登場人物に語らせるものを〈学説寓言〉と呼ぶことを提唱した（第三部第三章「大江文坡と源氏物語秘伝——〈学説寓言〉としての『怪談とのゐ袋』冒頭話——」初出は二〇〇六年）。

彼らが語る言説は、権威ある学術書からの借り物であることもあるが、多くは自説を開陳するものである。それらは学説史的にはほとんど顧みられることはないが、市井の好学者の〈学び〉の在り方がどういうものかを窺うには好材料である。また彼らの〈戯れ〉が、自分たちの共有する「知」に基づいていることもみてとれる。本章では、この中で特に和歌・物語をめぐる議論（どちらも歌学の領域の議論である）の例に即してこの問題を考えていきたい。

一　「逃水」――『英草紙』「後醍醐の帝三たび藤房の諫を折く話《こと》」

まず、『英草紙』（寛延二〈一七四九〉年）巻一の一「後醍醐の帝三たび藤房の諫を折く話」を取り上げる。源俊頼の「あづま路にありといふなる逃水のにげかくれても世を過すかな」（『夫木和歌抄』巻二七）の歌を後醍醐天皇から示された万里小路藤房が、帝の新製と誤解し、「逃水」の語を不審としたところ、帝が気色を損じ、武蔵野に逃げ水を実見するように命じる。藤房は土地の田夫から、「逃水」が蜃気楼的な自然現象であり、問題の古歌に謳われていることを教えられ、自らの浅才を恥じる。

田夫の「逃水」の説明とは、

あれは川にては侍らはず。あれこそ山峰に雲を出すがごとくにて、地気のなす所、いつとても春夏の際、遠所より見る所、水の流るるやうに見ゆれども、水にあらず、其の所に行けば見えず、行けども行けどもむかうに行くやうなれば、むかしより逃水と名づけぬ

というものであった。また作中世界では、藤房の父宣房が、「其歌は俊頼朝臣の歌にて、近比去る家に深く秘せらるる、扶桑といへる集にも出でたり」と述べていることは注目に値する。作中の彼らの言葉から、『英草紙』の作者や読者の、『夫木和歌抄』についての知識がかなりのものであったことは、福田安典「近世期における夫木和歌抄」（夫木和歌抄研究会編『夫木和歌抄　編纂と享受』風間書房、二〇〇八年）に論ぜられている。

「逃水」の議論については、尾形仂「中国白話小説と『英草紙』」（『文学』一九六六年三月号）が菊岡沾涼『諸国里

人談』にその議論が載ることをいち早く指摘し、拙稿「奇談から読本へ」（中野三敏編『日本の近世12』中央公論社、一九九三年。本書第二部第二章）も奇談書『竜宮船』（宝暦四〈一七五四〉年）巻一「東国影沼之説」に「逃水」の考証のあることを指摘したが、さらに真島望「俳諧師の江戸地誌――写本地誌『風流江戸雑話懐反古』の紹介を兼ねて」（『成城大学民俗学研究所紀要』第三八集、二〇一四年。のち『近世の地誌と文芸』汲古書院、二〇二一年）は、「逃水」についての議論は享保十七（一七三二）年『江戸砂子』に出ているのが早いことを明らかにした。「逃水」という気象学的現象への関心が近世中期に高まっていたことは、この時代の知の広がりを示す一つの顕れであろう。

ところで、『袖中抄』第十九（顕昭注の難語歌語の解説書）に、「にげみづ」の項目があるが、本書は『夫木和歌抄』成立以前の成立であり、和歌は『散木奇歌集』より引いている。

にげみづ
東路にあるといふなるにげみづのにげのがれても世をすぐすかな

顕昭云、にげみづとは東路にあり。人のくまむとすれども、おほかたくまれでにぐる水なりとぞいひ伝へある。是は俊頼朝臣詠なり。此もさる事やはあるべきと思へど、人のいひ置きたる事なれば、しるしのするなり。

『歌論歌学集成』五「袖中抄」（川村晃生校注）頭注には、「この語についての他の歌学書類に諸説はなく、実作例も見えない」とある。「逃水」が和歌的世界ではあまり出てこない素材であることを承知の上で、庭鐘は歌語「逃水」を議論の主題にしたわけであるが、思うに、庭鐘の新しさは、歌語に気象学的な説明を与えたことではないだろうか。「逃水」を科学的に説明することは、近世中期の学問的状況の中に置いても違和感はない。庭鐘は『繁野話』巻一の一でも雲のことを気象学的に述べており、その天文学の知識も並大抵ではないことが想像される。しかし、歌学の世界ではこのような観点からの分析があるだろうか。伝統的な歌学からいえば、この注釈は画期的である、と庭鐘は自負していたのではないか。その一方で、歌学の世界ではほとんど問題にもされないであろうこともわかっていた。したがって、読物の中でそれを試み、共感してくれる読者の反応を期待したと考えられるのである。

二　「宿直物の袋」――『怪談とのゐ袋』「都聚楽の旧地ゆめ物語の事」

大江文坡『怪談とのゐ袋』（明和五〈一七六八〉年）冒頭話「都聚楽の旧地ゆめ物語の事」の夢中寓言は次のようである。

明和三年のこと、都に龍田鴻斎という有徳の隠士がいた。和歌の奥義を論じることが好きで、源氏・伊勢・徒然・古今などの秘事を語っては自讃顔であった。一月下旬、同好の友二人と北野に詣でた帰り、旧知の尼崎少休なるものに会った。三人は聚楽の旧地にある少休の庵に一宿するが、そこで三人ともに、豊臣秀吉から『源氏物語』榊巻に出る「とのゐものの袋」のことを下問される夢を見る。鴻斎は、内裏の宿直の順番を知るための札を双六の筒のようなものに入れたのだという説を述べるが、秀吉はこれを否定し、『李部王記』を引いて、宿直の袋のことであると説き、三人に伝授秘伝などと人をまどわすな、と戒める。

詳細は次章「「大江文坡と源氏物語秘伝――〈学説寓言〉としての『怪談とのゐ袋』冒頭話――」を参照された

い。「宿直物の袋」は源氏物語三秘伝のひとつとされる。鴻斎が秀吉に言上した説は、『河海抄』に「殿上人宿直人の名字かきたる簡号日給簡を納むる袋の事なり云々」という説を敷衍したものか。これに対し、秀吉の説は、一条兼良『源語秘訣』の説の丸取りである。

巻頭話に、このような学説の採り入れを行うことは先に見た『英草紙』に通じるものである。本書の他話には学説の織り込みは見られない。巻頭話に、意図的にこの時代の学識者の嗜好を意識した篇を新たに創作して置いたと考えて差し支えなく、仮名読物史の観点からも興味深い。後藤丹治「雨月物語原拠私考」(『学大国文』一九五八年一月号)は、本話が『雨月物語』の「仏法僧」に影響を与えていると指摘しており、本話の読者の一人として秋成を想定できる。

次章で述べるように、作者文坡は和歌の師似雲から源氏物語・古今集・百人一首・伊勢物語・徒然草等の秘説を伝授されていた(内藤記念くすり博物館所蔵『源氏物語三箇大事』)。似雲が聞き書きした『詞林拾葉』の享保三(一七一八)年二月十九日の項には、烏丸光栄に直接聞いた話として、「畢竟、『源語秘訣』にて皆すみ申候」とある。『源語秘訣』は延宝年間に刊行されており、「秘伝」というにはふさわしくないが、文坡にとって伝授を受けた意味は大きかったに相違なく、『源語秘訣』説を述べる部分は文坡の矜持を思わせる。『河海抄』を敷衍したと思われる鴻斎の説は秀吉によって否定されるが、これも文坡の源氏物語古注釈への親炙の反映であり、彼の〈源氏学び〉を披露したものである。これらの説は庭鐘のように「新しい」説ではないが、新旧を問わず、〈学説寓言〉として打ち出してきたことは『英草紙』と同様で、この時期の仮名読物への、学芸の流行の反映を窺うことができるだろう。これは後述するように、浮世草子が、歌学に溺れる人々を揶揄するものが多くみられること表裏の関係にあると言えよう。

三　「玉川の水」――『雨月物語』「仏法僧」

『英草紙』も『怪談とのゐ袋』も読んでいた秋成が著作した『雨月物語』にも、生な形での学説の挿入が見られる。高野山を舞台とする「仏法僧」における「玉川の水」についての考証はその典型である。作中では、ひとりの武士が、紹巴に、〈玉川の水には毒が流れ、人が飲むときは倒れるので、弘法大師は、「わすれても汲みやしつらん旅人の高野の奥の玉川の水」と、玉川の水を飲まないように和歌で警告したと聞くが、大師のような神通力を持つ人ならば、毒が流れるような川をどうして枯らしてしまわなかったのか〉と質問する。

紹巴は笑って、この歌は『風雅和歌集』に入集しており、その詞書に「高野の奥の院へまゐる道に、玉川といふ河の水上に毒虫おほかりければ、此流を飲むまじきよしをしめしおきて後よみ侍りける」と書いている。今の疑いはもっともで、大師の神通力は、道なき道を開き、岩を彫り、大蛇や化鳥を意のままに操ることで、天下の人の尊仰を集めてきたのである。ということは、『風雅和歌集』の詞書こそ真実を曲げたものであろう。もとより「玉川」という名の川は全国にあり、どれを詠んだ歌もその流れの清さを誉めたことを考慮すると、高野山の玉川も毒を含んだ流れではなく、歌の意味も「これほど有名な川がこの山にあるのを、ここに参詣すると忘れてしまっていても、流れがあまりに清いのでそれを愛でて手に結ぶのだろう」と詠まれたのであろう。後人の、この川は有毒だという流言により、詞書は作られたものかと思われる。さらに深く疑えば、此歌の調べは今の都の初期の詠みぶりではない。わが国の古語で、「玉蘰（かづら）」「玉簾」「珠衣」の類は、形をほめ、清きを賞める語であるから、清水を「玉水」「玉の井」「玉河」とほめるのである。毒ある流れにどうして玉という語を冠らせるだろうか、と述べた。これが秋成の自説を展開したものであることは、既に指摘されている通り、晩年の随筆

『胆大小心録』四十六段に、

高野の玉川か毒じやといふ事は、あろまい事じや。清ければこそ玉川といふなれ。これは風雅集に阿一上人の歌に、高野の玉川には毒が流るると、大師のいましめ給ふ歌ありとて、

わすれてもくみやしつらんたび人の高野のおくの玉川の水

是は旅人があまりきよさに、玉川といふ名水ともしらずに、くんでのんだといふのじやが、阿一の歌よまれぬ故に、ことばのつかひが違ふた。

とあることから明らかである。秋成が三十年以上にも亘って自説に拘っているのは、この説に自負があったこともあろうが、三十年間、この歌の解釈が問題にされたことを聞かなかったからでもあろう。もっとも本居宣長の『玉勝間』にも「高野の玉川のうた」の項目があり、秋成同様、「わすれても」の歌を「後の人の、偽りてつくれるもの也、空海のころの歌のさまにあらず」と述べており、関連が想定される（宣長は毒云々については触れない）が、それはともかくとして、たとえば岩佐美代子『風雅和歌集全注釈』（笠間書院、二〇〇三年）は、とくに偽作説には触れず、毒水を飲むなという戒めと解釈しているのみである。おそらく伝統的な歌学の世界においても、この歌は問題にされることさえなかったのだろう。この説も、堂上歌学の立場から言えば、見当違いのことを論じているということになるのだろう。秋成の解釈の根源には、玉川と呼ばれるような川に毒が流れたはずはないという一種の合理的思考がある。これは庭鐘の『英草紙』第一話の和歌の科学的な解釈の方向と軌を一にする。この説を歌論に載せることはやはり難しい。しかし、近世中期の知識人は、寓言の方法を用いて、自分の説を主張することを知っていた。現代小説を読む立場からは、面白くないと評価されるであろう、これら登場人物の口を

借りた作者の生の学説の開陳は、上述した『怪談とのゐ袋』冒頭話の登場人物のような歌学かぶれの町人が少なくない当時の上方の状況の中では、なかなかスリリングなことではなかったか。

秋成の作品の中での同様の趣向は、柿本人麻呂に源氏物語論を語らせる『ぬば玉の巻』や、海賊に古今集論などを語らせる『春雨物語』の「海賊」などに顕著である。むろん秋成は、みずからの学問的著作の中でも同様のことを述べてはいるのであるが、読本あるいは物語の中で、このような学説を主張することに、自説の流通という一定の効果を見ていたのであろう。あるいは、学説としての主張と寓言の形での主張に我々が思うほどの違いを感じていなかったのかもしれない。

四　「水くくる」――『垣根草』「在原業平文海に託して冤を訴ふる事」

『垣根草』第四話は、典型的な〈学説寓言〉であり、それを作中で述べるのは、在原業平である。聞き手に設定されたのは、三条西実隆の門人で和歌を好んだ文海なる禅僧。業平は、平生の不平を文海に訴えるとともに、伊勢物語や自作の和歌を論じる。まず、世人が自分を古今第一の好色放蕩者と看做しているが、それらは『伊勢物語』を実説と混同した妄説であるとし、また、「ちはやぶる神代もきかず龍田川からくれなゐに水くくるとは」は「水くぐる」と読みならわしてきたが、これは散りしきる紅葉の流れる川を、くくり染めにそめたと見なしたものであるとする。

ここで注目すべきは、後半のトピックである。「百人一首」にも採られている『伊勢物語』百六段の歌の解釈に関わる説である。作中の業平は次のように言う。

某が趣意は龍田川に紅葉散りしきて流るるを、一疋の練《ねりきぬ》を纐纈のくくり染にそめなしたるに見なして、かかる大河を巧みにもくくり染にそめなしたるは、いちはやき神の御代にはさまざまあやしきことも多かれど、よもかかる例《ためし》は侍《はんべ》るまじとよみたる歌にて、（中略）しかるものをいつの頃よりか「水くぐる」と、く文字濁りてよみならはせり。紅葉の川水を泳ぎくぐる、何ほどのめづべき事の侍《はんべ》るべき。

『伊勢物語』『古今和歌集』『百人一首』の注釈史の中で、この歌を「くくり染め」と解釈したのは賀茂真淵であり、それは今日定説化している解釈でもある。『続万葉論』『古今和歌集打聴』『百人一首古説』にも見えるが、ここでは『伊勢物語古意』を引いておこう。

こは立田河に紅葉の流るるは、紅して水を絞染《くくりぞめ》にしたりと見えて、えもいはず珍らしきさまなれば、神代よりもまだ聞かざりしけしき也とほめたり。さるを近きほどの説に、紅の下より水の泳《くぐ》るを云といへる者理《ことは》りも聞えず、させる面白きふしもなし。（以下略）

おそらく『垣根草』の作者も真淵説を知っていたのであろう。真淵の所説は写本で流通しており、たとえば、宝暦年間の『小倉百首批釈』（宝暦ごろ成立。真淵に私淑した大菅白圭の著）には、「水くくる　ハ真淵云。纐なり。にしきに水をくくりぞめにするかと見たる也と。よく解せりといふべし」とある。

業平はそのあとさらに「くくり染のかのこまだらに似てうるはしきをもて、楽天も黄纐纈と詠じたりし類あるを」と、白楽天の詩を傍証にあげるのだが、この詩は『和漢朗詠集』「紅葉」に、「黄纐纈林寒有葉　碧瑠璃水浄無風」とあるもの。しかし、真淵の著述には白楽天の引用はない。むしろ後年香川景樹が『百首異見』（文政六

〈一八二三〉年刊）でこれを引いたことが、小町谷照彦「名篇の新しい評釈」古今和歌集（『国文学』学燈社、二〇〇二年十二月号）で指摘されている。『垣根草』の記述はそれに先駆けた指摘だということになれば、該歌の注釈史の上でも『垣根草』の所説は、注目されていい。『和漢朗詠集』にあるものだから、『垣根草』の作者が指摘しえないことはないであろう。

ところで、この真淵説は、中井履軒が、『百首贅々』（写本。中井履軒著、成立年不明。安永ごろか。真淵説の批判書）で、「くくるは絞ノ説大ニ好《ヨシ》」と一定の評価をしつつも、また「木葉みなからくれなゐにくるとて霜のあやにもおきまさるかな、時雨には龍田の河も染にけりからくれなゐに木葉絞れば、この二首を引て或家ノ古キ説ニヨルトイヘリ。然レバ古クヨリ言来《イヒキタル》コトナルベシ。淵ノ新説ニハ非《アラズ》。」と言うように、「新説」としての評判が高まっていた可能性が高い。素人ではあるが歌学に関心のある読本作者は、それを取り上げて、そこに自説を書き加えたと考えられるのである。これも歌学や国学の議論に参画はできないが、寓言という形であれば主張できるのである。

五　源氏物語異説——『新斎夜語』「嵯峨の隠士三光院殿を詰る」

『新斎夜語』（梅朧館主人作　安永四〈一七七五〉年刊）の作者三橋成烈《なりてる》は江戸冷泉派歌人の一人である。成烈はそれなりに『源氏物語』を学んでいたに相違ない。彼の源氏物語異説が「嵯峨の隠士三光院殿を詰る」で披露される。『明星抄』の著者とされてきた三条西実澄（＝実枝）が聞き手。官職を辞し、嵯峨に隠棲しているが、ある日、七十余りの隠者から源氏物語について三つの質問を受ける。

①冒頭に「いづれの御時」と書かれているのはなぜか。

②紅葉賀巻に「おそろしくも、かたじけなくも、うれしくも、あはれにも」と書いているのはどういうことか。

③紫式部が石山寺に通夜して仏前の般若経に須磨明石巻を書いたという説はどうか。

中世源氏学の常識を踏まえた実澄の答えに隠者は不満だった。隠者の説は、

①桐壺は玄宗に更衣は楊貴妃に准ぜられるので朧化した。

②は源氏の御心の、自らの身の上おそろしく、御門の事がかたじけなく、冷泉院が生まれたのがうれしく、藤壺の御心をおもいやって哀れに思ったのだという。

③は、源氏物語は寓言にして、なきところに事を設けるので、空即是色である。色即是空を説く般若経の裏を返したのだと。

この珍説に実澄も閉口して、その穿ち過ぎの説は堂上家には用いないという。隠者も、では『源語秘訣』の「子のこの餅」に左伝の絳県の節を引くのをなぜ鑿説と退けないのか、私の説が下民の詞だから用いないのは大道にもとる、と主張する。

本話の主意が末尾の「下民の詞も用いよ」の部分にあると考えるのが常識的な談義本的読みと思われるが、独自の源氏解釈の開陳こそが本話における作者の狙いであることは明らかである。ここでは『源語秘訣』の説が穿ち過ぎだという作者の意見が代弁されているのが注意される。『怪談とのゐ袋』冒頭話の秀吉が『源語秘訣』に拠っていたことがどのように受け止められるかが示唆されるからである。なお『続新斎夜語』第九話には本篇の続編「三光院殿再び嵯峨の草廬を訪ひ給ふ」があり、隠者はそこでは、源氏物語秘伝を含む、あらゆる「伝授」批判を展開する。

なお、本話については木越俊介「『新斎夜語』第八話「嵯峨の隠士三光院殿を詰る」と『源氏物語』注釈」（鈴木健一他編『江戸の学問と文藝世界』森話社、二〇一八年）に詳論がある。

結語　学問の流行と仮名読物

十八世紀が諸学流行の時代であるというのは、既に諸家により言われていること、それも専門家が登場する以前に、素人や玄人の区別もない状況が特に大坂にはあったとされている（中村幸彦「宝暦明和の大阪騒壇――『列仙伝』の人々――」『中村幸彦著述集』第六巻、中央公論社、一九八二年、初出は一九五九年九月）。一方で京都の町人は、公家学問に憧れその真似事をする連中もいた。浮世草子には、学問に極端に凝って世間とずれている学者気質が多く描かれる。

たとえば日野龍夫は、『世間学者気質』（明和五〈一七六八〉年刊）巻一の一に登場する、漢詩漢文に熱中し中国渡航をする京の町人に触れる（日野龍夫「江戸時代の学問」『本』5巻1号、講談社、一九八〇年。のち『日野龍夫著作集』第三巻所収）。こういう人々が、世間の偏った人々を滑稽に描く浮世草子作者の恰好の標的になったことは想像に難くない。

其磧『世間子息気質』（正徳五〈一七一五〉年、京刊）巻三の一「世間の人に鼻毛をよまるる歌人気質」は、歌学好きな江戸の商人助太郎が、公家もどきの生活に明け暮れて、渡世のことにかまわず、身を持ち崩すという、町人の公家文化への憧れを極端に描いたものである。多田南嶺『大系図蝦夷噺』（寛保四〈一七四四〉年、京刊）巻二の二「歌学の宗匠は蛙の歌袋」は、歌の道を志して洛外に庵を結んでいる元商人の随雲法師が、西行に自らを擬し、庵号を東行庵とするなどの歌人気取りを揶揄的に描いたものである。秋成の浮世草子『諸道聴聞世間狙』（明和三〈一七六六〉年、大坂刊）巻四の一「兄弟は気のあはぬ他人の始」は、奈良の墨商人鵜飼屋伊左衛門・伊兵衛の兄弟を対照的に描いた話。弟は万事に高尚を好む風雅志向で、「古今の三鳥三木・源氏物語に三箇の伝・勢語に七箇の大事と残りなく伝え得」た男。『怪談とのゐ袋』冒頭話の鴻齋そのものである。以上三例は、次章「大江文坡と源氏物語秘伝」で詳しく紹介する。また『雨月物語』「菊花の約」（安永五〈一七七六〉年刊）で、軍学談義をもって意気投合した丈部左門と赤穴宗右衛門もこの系譜に連なろう。このような学問流行を背景として、〈学説寓言〉の登場があった。

〈学説寓言〉において、作者によってその学説を仮託された者は、例外なく〈異界〉に登場する。学説を説く者とそれを聞く者は、多くの場合、どちらかが有名な歴史上の人物であり、どちらかが無名の人物または虚構の人物である。その設定の理由を解くことが作品論の要になるだろう。

開陳される学説は作者が学んだもの、定説や旧説の批判、独自の説などであるが、それらはストーリーの中で相対化されていることがある。虚構の物語（＝寓言）の中で述べられるため、学問的な責任を免れている。そして出版されるため、その学説（自説）を広く流通させることができる。

学問好きではあるが、学者にまではなれない（ならない）作者たちが、自分の学説を虚構の中で開陳できる〈ユートピア〉（日野龍夫）が、寓言というテクスト空間であった。〈学び〉を虚構の中で試す愉悦があり、その愉悦に共鳴できる読者は数少ないものの確実に存在した。

〈学説寓言〉は、仮名読物という虚構の世界に自らの〈学び〉で得た自説を投入して、同好の知識人たちとともに楽しむ〈戯れ〉であると言えよう。それは同好の知識人たちの、学芸による〈繋がり〉を前提としていた。その〈戯れ〉に共感できる者は数少ない。学問にかぶれていることは、浮世草子で揶揄されるように、世間では浮き上がった存在でもある。だが、それゆえに〈繋がり〉は強い。秋成もその中にいるところの、大坂騒壇がそのひとつの例であった。そこには作者の主意というより、〈学び〉への志があり、それを可能にしたのが〈学説寓言〉という方法であったのである。これが十八世紀の仮名読物の、確かに存在した一面である。

第三章　大江文坡と源氏物語秘伝――〈学説寓言〉としての『怪談とのゐ袋』冒頭話

一　「奇談」書としての「怪談とのゐ袋」

明和五（一七六八）年、京の菊屋長兵衛が刊行した大江文坡の『怪談とのゐ袋』は、現状では一応（前期）読本に分類される（『改訂日本小説書目年表』ゆまに書房、一九七七年）。しかしこれはあくまで便宜的なもので、内容的には怪異小説の系譜に位置づけられようし、中村幸彦「桜姫伝と曙草紙」（『中村幸彦著述集〈第六巻〉』中央公論社、一九八二年。初出は『国語国文』一九三七年八月）や富士昭雄「『宿直草』『御伽物語』の諸本」（『駒澤国文』第十八号、一九八一年）が指摘するように、その四分の三が仮名草子『宿直草』の版下をそのまま使うか、少しの改変を施したものであることに着目すれば、仮名草子に分類する立場もありえよう。

本書は、明和九（一七七二）年刊行の『大増書籍目録』（京、武村新兵衛刊）の分類では「奇談」書七十六部のうちのひとつである。第二部で述べたように、「奇談」は宝暦四（一七五四）年刊行の『新増書籍目録』（京、永田調兵衛刊）ではじめて立項された（五十九部収載）分類項目名であり、明和の書籍目録はそれを引き継ぐが、そこに収載される書目は、現行の文学史でいえば末期浮世草子の一部・談義本・初期読本・仮名草子改題本などを含んでおり、混沌としている。

大江文坡は神仙道を唱えた宗教家で、『勧善桜姫伝』（明和二〈一七六五〉年刊）、『小野小町行状記』（明和四〈一七六七〉年）などの勧化本や、怪談奇談物を著した。その人と思想については、浅野三平「大江文坡の生涯と思想」（『近世中期小説の研究』桜楓社、一九七五年）、中野三敏「大江文坡のこと」（「経済往来」一九六五年七月号。のち『江戸狂者伝』中央公論新社、二〇〇七年）、田中則雄「文化史の中の大江文坡」（『隔月刊　文学』三―三、二〇〇二年五・六月。のち『読本論考』汲古書院、二〇一九年）、同「大江文坡における思想と文芸」（『読本研究新集』六号、二〇一四年。のち『読本論考』）らの研究がある。

文坡著『怪談とのゐ袋』は、全四十話中三十話が、仮名草子『宿直草』所収話の再構成であるが、十話は文坡が新たに創作したものであると思われる。巻一の一「都聚楽の旧地ゆめ物語の事」（以下「聚楽ゆめ物語」と称する）もその一つであるが、本話は後述するように、書名の由来となった話であり、他の収載話とかなり異なる色合いをもつ説話で、冒頭に配されたことから文坡の意欲を感じさせるものといえよう。この冒頭話こそ上方の一部の「奇談」書に特徴的な、古典にかかわる学説を登場人物が述べるという〈学説寓言〉（この呼称は筆者の造語）の形になっている。本書には他にこのような例話がない。

二　「都聚楽の旧地ゆめ物語の事」の〈学説寓言〉性

管見の限り「聚楽ゆめ物語」は従来翻字が公にされていないので、全文をまず掲げる。翻字の方針は、本書の最初に掲げた凡例に従う。底本は京都大学附属図書館所蔵本である。

都聚楽旧地《みやこじゆらくきうち》ゆめ物語の事

明和みつ戊の年、都の東岡崎《をかざき》といふ処に難波津《なにはづ》のよしあしの世話《せは》を子にゆづり、世を遁《のが》れて柴《しば》の庵《いほり》幽《かす》かにすみなせど、朝《あさ》夕のけぶり豊《ゆたか》に龍田鴻齋《たつたこうさい》と号《がう》せる有徳《うとく》の隠士《いんし》あり。和歌《わか》の道に志《こころざ》しあつく、つねにまじはる友だち敷しまの奥義《おうぎ》を論じてはおのれ喜撰《きせん》法師もおさおさをとらじと、わが庵は都の東にありながらたつみあがりな声して源氏《げんじ》・伊勢《いせ》物語・つれづれ・古今などの秘事《ひじ》を語り、此道しれりと自讃《じさん》がほする。類をもて友とすれば友となる人もある広《ひろ》き世の中、頃はむつき廿日のすへつかた、鴻齋が友に松山春甫《しゆんほ》・池田立庵《りうあん》といへるものありしが、三人打つれて北野の聖廟《せいびやう》にもうで帰《かへ》るさ、下の森《もり》に寛通《くわんつう》上人のひらかれし転輪寺《てんりんじ》の茶《ちや》所に立ちより、しばし道のつかれをいかふ折から、聚楽《じゆらく》といふ所にふかく知音《ちゐん》とすなる尼崎 少休《しようきう》といへる老人、おもはずも此茶所に来り、たがひに顔見あわせ、まづ春のことぶきをのべて、鴻齋少休にむかひて申けるは、「けふは日もたかければ、貴翁《きおう》の庵《あん》に立より年始の礼も申さんとおもひし。これはよきところにて逢《あひ》けるものかな」と語れば、少休大きに悦び、「それこそ愚老《ぐらう》が心の通ぜしものか。明日は麁茶《そちや》をしんぜたく、わざわざ使《つかひ》を以て申べき所、かく三人ながら打そろひ来り給ふこそ嬉《うれし》しけれ」とて、それより少休が聚楽の庵《あん》にともなひ帰り夕飯《はん》をもうけぬれば、遠寺に初夜《しよや》をつく。少休かねのをとを聞て、「いざやこよひははやくやすみたまへ。けふは遠路をあるきたまへばさぞやつかれ給《たま》はん」と、よるの物とり出して三人をふせさせける。三人けふのつかれにや、枕《まくら》とるとはや前後もしらずふしぬ。しばしありて鴻齋・春甫・立庵と三人をゆり起《おこ》すに驚《おどろ》き、三人一同にをきて、これは上下さはやかに着《き》たる少人枕の上にたてり。「こはいかに。宵《よひ》に見ざりし少人なるが」と、心をしづめ四方をみればさも広《くわう》大なる金殿玉楼《ろう》あたりかがやき、さながら天子将軍《しやうぐん》の御所《ごしよ》ともいいつべき結構《けつかう》なり。三人わが身をみれば、いままで臥具《ぐわぐ》ひきかづき臥居《ふしゐ》たりしに、臥具枕やうの物もなく、本より少休の庵のさまはかたばかりもなし。「こはいかに」と三人茫然《ばうぜん》として暫時《ざんじ》立かねたるを、かの少人「はやくはやく」とひき立て奥《おく》の方へともなふに、長廊《ながらう》下を渡りてひとつの宮殿《くうでん》にいたれば、奥の上段《だん》に威《ゐ》たかく衣冠《いくわん》せる人、御簾《みす》たかくまかせて座したまへば、左右に列座《れつざ》せる人も凡人ならず見へにき。三人はつと平伏しながら、彼《かの》少人に、「あれにわたらせ給ふはいかなる御方なりや」と尋《たづ》ぬれば、かの少人ささやきけるは、「あれこそ殿下《てんが》豊臣《とよとみ》秀吉公にて渡らせ給ふ。左右は福島左衛門大夫、片桐《かたぎり》市之正、加藤虎之助、大谷刑部《げうぶ》、石田治部《じぶ》等」と申時に、殿下、三人をちかく召れ、御盃《さかづき》を下され仰せけるは、「今日汝等《なんじら》は和歌の道に志ふかく歌書をよくじゆくどくすと聞り。我汝等に尋ぬる事あり。源氏物語の榊《さかき》の巻にあなるとのゐものの袋の事はいかが心得たるぞ」ととはせ給ふ。鴻齋《こうさい》つつしんで申けるは、「御《ご》諚《でう》にまかせおそれながら愚意《ぐい》を申上べし。とのゐものの袋と申は大内にて番をいたす我役《やく》の次第をしらんために札のやうにけづり双六《すご》の筒《つつ》のやうなる物に入て持《もつ》を申也。源氏の零落《れいらく》せられし時分《じぶん》にて候へば左様のばんなどもなきよしを申にて候ならん」と答《こたへ》申ければ、秀吉公かしらをふらせ給ひ、「それこそ大きに心得たがえる事なり。李部王記《りぶわうき》に天慶《げう》九年九月十日蔵人《くらうど》右衛門尉《じやう》中原助信《のぶ》が宿直《とのゐ》の衣《ころも》を詔《みことのり》して裂《やぶ》り給ふとあり。是は主上殿上《てん》の侍《さぶらい》におはしまして助信が身にしたがふ裹《つつみ》の中の紅色《こう》すこぶる深《ふか》かりしを御覧《らん》じて詔《みことのり》して裂《やぶら》しめ給ふとぞ。此記《き》にはつつみと有り。裹《くわ》の字をつつみとよむ。ただ宿衣の袋の事なり。これを源氏にとのゐするものもやうやう稀《まれ》になりしといはんとてとのゐものの袋おささみえずとは書《かけ》り。若紫の巻《まき》にも宿直袋とりにつかはすとありて、ことなる義にあらざれども、秘事《ひ》と云伝へたり。汝等《なんぢ》つねづねことなることのやうに人に伝授《でんじゆ》秘伝などとて人をあやまたしむ、已後《いご》かかる虚事《きよじ》を伝へて人をまどはしむ事なかれ」と、殊の外いましめ給ひて御簾《ぎよれん》さがりぬ。三人大きにおそれて流《なが》るる汗《あせ》身をしたし御前《ご》をたつとおもへば忽《たちま》ち夢さめて、尼崎少休が庵の奥《おく》の間に三人臥《ふし》ゐたり。こはごは三人同じ夢を見しことをあるじに語れば、少休手をうつて「扨も扨も不思議《ふしぎ》なるかな。われ此《この》聚楽に来り住居してよりすでに三年になりぬ。まれに客を一宿させぬるたびごとに十人が十人ながら太閤秀吉公の聚楽の御所にまいりし夢を見る、しかしそのゆめみるところは奥の一ト間のみ。外の間にふすもの更《さら》にみず」とかたりけるぞ。

あらすじは左記の通り。

明和三年のこと、都の東岡崎に、龍田鴻斎という有徳の隠士がいた。和歌の奥義を論じることが好きで、源氏・伊勢・徒然・古今などの秘事を語っては自讃顔であった。一月下旬、松山春甫・池田立庵という同好の友と北野に詣でた帰り、転輪寺の茶所で、旧知の尼崎少休なるものに会った。三人は聚楽の旧地にある少休の庵に一宿する。夜中にゆりおこす者があり、一同に目を覚まして見れば、上下を着した少人が枕の上に立ち、周囲は金殿玉楼に変わっている。少人に引き立てられて奥に進むと、衣冠を着した貴人が座し、左右に列座する人々もいた。何人《なにびと》かと問うと、豊臣秀吉と臣下たちだという。秀吉は三人を召して、『源氏物語』榊巻に出る「とのゐものの袋」のことを下問される。鴻斎は、内裏の宿直の順番を知るための札を双六の筒のようなものに入れたものだという説を述べるが、秀吉はこれを否定し、『李部王記』を引いて、宿直の袋のことであると説き、三人に伝授秘伝などと人をまどわす事なかれと戒める。三人は恐れて汗をかき御前を立つと、たちまち夢から覚めた。三人同夢のことを少休に語ると、少休は、客を泊めるたびに太閤が聚楽の御所に参る夢を見る、それも奥の一間に臥す時に限ると語ったという。

説話は単純な構成だが、夢中問答の中で登場人物に学説を語らせるという、典型的な寓言の方法で書かれているものである。さらにいえば上方の「奇談」に頻出する〈学説寓言〉に他ならない。ちなみに後藤丹治は〈学説寓言〉の一典型ともいえる『雨月物語』「仏法僧」に本話の影響を見ている（「雨月物語原拠私考」『学大国文』、一九五八年一月号）。

文坡自身は寓言についてどういう認識を持っていたか。水谷不倒『草雙紙と讀本の研究』（一九三四年初版、『水谷不倒著作集〈第二巻〉』中央公論社、一九七三年）は彼の作品を佚斎樗山とともに「寓意小説」の仲間に入れている。「別に分明な意味を有するものではないが、すべて物に托して説をなすもの、又或学説を敷衍する為に、戯作の体を仮りたものの如きをいふ。即ち佚斎樗山の『田舎荘子』の類である」と「寓意小説」を説明するが、これは寓言の方法を用いた「小説」ということに他ならない。

文坡の『抜参残夢噺』（安永三〈一七七四〉年、京刊）は、明和八（一七七一）年に大流行したおかげ参りの批判書である『抜参夢物語』（是道子作、明和八年刊）への反論として成ったものであるが、その序文には「是道子が神に託し僧に寓《よ》る譫語《ねごと》も」と、「寓」の字を用いて、『抜参夢物語』を寓言として捉えた一節が見える。文坡もまた猿田彦と弘法大師の問答として『抜参残夢噺』を構成しており、あきらかに寓言の方法を意識的に用いていたと言えよう。また、『成仙玉一口玄談』（天明五〈一七八五〉年、京刊）では、守一仙人を登場させ、聞き手にも箒良《はくりよう》という魅力的な人物を配して、『和荘兵衛』（遊谷子作、安永三〈一七七四〉年、京刊）の続編を装いながら、あくの強い神仙教の教理を説く。途中守一仙人は文坡その人であることを暴露してしまう場面があって小説的結構が破壊されているようだが、寓言の方法からいえば実は問題はない。虚構の人物が作者と化すあたり、むしろ〈学説寓言〉の方法を熟知する書き手ならではと思わせるものがある。

「聚楽ゆめ物語」は一面では気質物浮世草子的な性格を持ち、一面では談義本的性格を持っている。有徳町人の学問好き・秘伝志向を描くのは気質物的であり、それが戒められるという形は談義本的である。しかし、『当世下手談義』や輩出したその追随作と比べると、学問の内容、つまり学説にまで踏み込んだ議論となっているところが上方初期読本に通じる。〈学説寓言〉と呼ぶ所以である。たとえば『雨月物語』の「仏法僧」らは考証的議論が顕わで、小説的な結構を破壊していると言われるが、後半が「宿直物の袋」の考説で占められる本話もその部分が突出しすぎていると言えよう。しかし、作者の主意は、小説的結構よりもむしろその学説の開陳にある。前述したようにそれが寓言というものだからである。

寓言とは、『荘子』「寓言篇」に淵源し、作者の思想（学説・教理・諷諫・憤悶）を、虚構の人物（動物）や神仏あるいは古人に託して語る表現方法であると、ここでは言っておこう。それを自己の著作の方法として語るのは佚斎樗山『田舎荘子』（享保十二〈一七二七〉年、江戸刊）以来、談義本・初期読本の序文等に見られる。作者の意見を仮託する人物が秀吉であることに何か意味があるのかは後述する。ただ、彼らを自宅に招いた少休の名は、秀吉に近かった利休とその嫡男の少庵を合成した名であろう。また基本的には『宿直草』の改題改編本である『怪談とのゐ袋』が新たに増補した十話のうち、巻四の一には豊臣秀次が登場する「伏見桃山亡霊行列の事」（これも「仏法僧」の典拠とされる話）があることも留意されよう。さらに聞き手の鴻斎・春甫・立庵という人物設定についてもなんらかの意味があってしかるべきだし、聞き手のモデルを想定することもできようが、現在のところ突き止めていない。

「宿直物の袋」は「楊名介」「ねのこの餅」と並んで「源氏物語三箇秘伝」のひとつとされる。「秘事」を物知り顔に日ごろ語っていた鴻斎にとっては、薀蓄を試すまたとない好機である。秀吉に言上した「愚説」は次の様なものであった。

とのゐものの袋と申は大内にて番をいたす我役の次第をしらんために札のやうにけづり双六の筒のやうなる物に入て持を申也。源氏の零落せられし時分にて候へば左様のばんなどもなきよしを申にて候ならん。

この説と同様の説を知らないが、「札」云々は『河海抄』に「殿上人宿直人の名字かきたる簡号日給簡を納むる袋の事なり云々」というのを敷衍したもののようである。

これに対して秀吉は「それこそ大きに心得たがえる事なり」と一喝し、次のように述べる。

李部王記に天慶九年九月十日蔵人右衛門尉中原助信が宿直の袋を詔して裂り給ふとあり。是は主上殿上の侍におはしまして助信が身にしたがふ褁の中の紅色すこぶる深かりしを御覧じて詔して裂しめ給ふとぞ。此記にはつつみと有り。褁の字をつつみとよむ。ただ宿衣の袋の事なり。これを源氏にとのゐするものもやうやう稀になりしといはんとてとのゐものの袋おさおさみえずとは書けり。若紫の巻にも宿直袋とりにつかはすとありて、ことなる義にあらざれども、秘事と云伝へたり。

秀吉の説は紛れもなく一条兼良『源語秘訣』の説の丸取りであった。文坡が伝授を受けた「源語秘訣之写」（内藤記念くすり博物館所蔵『源氏物語三箇大事』中に引用、この本については後述）の本文で引用する。

北山抄云至于近衛次将帯剱上殿無妨仍宿侍之時副於宿物持上之。

李部王記天慶九年九月十日詔裂蔵人右衛門尉中原助信宿直衣云云昨夕主上御殿上侍披見助信可随身之褁中衣紅色頗深仍所破或云宿衣私物非人主可開看頗渉荷（イ苛）酷云云。

今案とのゐ物の袋の事宿衣の袋也ふくろをばつつみ共いふ故に李部王記にはつつみとあり。嚢の字をば則つつみ共よむ也。さぶらひは殿上をいふ。二条院の殿上なり。宿直する人も漸稀になるといはんとてとのゐもののふくろおさおさ見えずとはかけり。若むらさきの巻にもとのゐものとりにつかはしてとあり。ことなる事もなきを秘事がましくいへる。今更云あらはさむもいかがなれば別の見をしるすもの色々の説あり。いづれも皆誤也。信用すべからず。

寓言は、夢中問答の形をとることが多いが、三人同夢という趣向は珍しい。『繁野話』（明和三〈一七六六〉年）第三編「紀の関守が霊弓《たつかゆみ》一旦《ひとたび》白鳥《しらとり》に化する話《こと》」に三人同夢の話があり、これに影響を受けている可能性もある。西郷信綱『古代人と夢』（平凡社、一九七二年）によれば、二人同夢、三人同夢は最も信じられるべき夢であった。これも怪異性を強めるとともに、鴻斎らにとって秀吉の言説に重みを持たせる意味があると見られる。

三　文坡と源氏物語

いったい作者文坡は『源氏物語』の秘説等にどの程度通暁していたのか。それを示唆する資料がある。それは先述した内藤記念くすり博物館所蔵『源氏物語三箇大事』である。同書は半紙本墨付四十一丁の写本。外題はなく、①「源氏物語三箇大事」（「称名院殿御自筆之写」・「又一流伝授写」・「源語秘決之写」より三箇大事に関わる部分を抄出したもの。昌琢より寛佐へ伝授、寛佐より昌通へ伝授）、②「古今和歌集灌頂口伝」（東常縁より宗祇へ伝授）、③「百人一首五首秘決切帋」（貞徳・盤齋の在判）、④「伊勢物語七ヶ之大事」（貞徳・盤齋伝授、天和二年夢鷗より東吟雅叟へ伝授）、⑤「徒然草三箇之秘決」、⑥「源氏物語三ヶ大事切紙・徒然草三ヶ大事秘決」（源氏物語は実隆→九条殿（稙通《たねみち》か）→貞徳→盤齋と伝授されたもの、徒然草は貞徳から伝授されたもの）から成る。そして全体の巻末識語（奥書）として次のように記されている。

右源氏物語古今集百人一首伊勢物語徒然草等の秘訣予従和歌之師似雲世称今西行隠于洛西嵯峨矣伝授之焉今依懇望令書写秘

授之漫不可許再伝者也。

大江匡弼書（印）

安永九庚子／七月中旬

印（江氏匡弼）　印（文坡之章）

伝来所蔵書今亦依懇望再伝者也。

紫燕藤重貞（花押）

天明六丙午下冬

署名の下には亀と蛇をあしらった花押風の墨印。ふたつの朱印とともに文坡の他著作に見えるものでもあり（中野三敏示教）、この奥書が文坡自筆のものであることは疑いない。

これによれば文坡は似雲から源氏物語・古今集・百人一首・伊勢物語・徒然草等の秘訣を和歌の師似雲から伝授されていた、そして懇望によって今それを伝授するというのである。似雲は安芸広島の商人河村彦右衛門の男。三十七歳で出家して源光寺住職となるが、その後上京して武者小路実陰に和歌を学んだ（土橋真吉『河内先哲傳』〈全国書房、一九四二年〉、神作研一「江戸の今西行――似雲覚書」〈『西行学』第六号、二〇一五年〉）。文坡の奥書に見えるように「今西行」と称せられた。文坡が和歌を似雲に学んだことは寡聞にして知らない。伝記資料の乏しい文坡の一面を知る貴重な資料であろう。似雲は宝暦三（一七五三）年に没しているので、伝授を受けたとすればそれ以前のこととなり、それは寛政二（一七九〇）年に六十余歳で没したという（享年は不明）文坡の二十代くらいのことと推測されよう。

実陰の和歌についての言説を似雲が聞き書きした『詞林拾葉』の享保三（一七一八）年二月十九日の項に、

烏丸光栄朝臣御相対御物語をききしに『源氏』にはきつと極りたる切紙もなし。『伊勢物語』は切紙あり。畢竟、『源語秘訣』にて皆すみ申候。然共是にてすむと云事も人に申さぬ事にて御座候。（下略）」

とあるのも『源語秘訣』第一主義と合致する。実陰→似雲→文坡と、堂上から地下へと受け継がれてきた秘訣（『源語秘訣』自体が延宝年間に刊行されており、比較的広く読まれていたと推察されるので、「秘訣」というには実際はふさわしくないだろうが）が、〈学説寓言〉として開陳されたものである。『怪談とのゐ袋』の読者層としてどのような層を想定するかという問題と関わるが、『源語秘訣』説を述べる部分は文坡の衒学と矜持とを思わせる部分だとしてよいだろう。

ただひとつ問題として残るのは、なぜ秀吉に仮託するのかということだろう。秀吉は連歌や能が好きであったが、彼が源氏物語秘伝をはじめとする歌学に詳しい人間だと思う者は当時の読者の中にもいなかっただろう。たとえば『槐記』享保十二年八月晦日に猪苗代兼竹の話として、次のような挿話が録されている。連歌の席で秀吉が「奥山に紅葉ふみわけなくほたる」としたところ、紹巴に「蛍の啼く」という証歌はないと指摘され、秀吉は不興であった。そこに細川幽斎が居合わせ、「蛍の啼く」という証歌を披瀝したので、秀吉は大いに機嫌をよくした。翌日紹巴が不調法を詫び、該歌が何の集に入るのかを幽斎に問うと、幽斎は「アレホドノ人ニ何ノ証歌所ゾヤ。キノフノ歌ハ我等ガ自歌也」と言ったという。秀吉ほどの大人物に証歌云々などいうのは愚かだと紹巴に教えたのである。

同書は近衛家熙の話を、頻繁に家熙の許に参上した医者の山科道安が聞き書きしたものだが、江戸時代中期においても、堂上側から見て秀吉は歌学の知識はなくても、関白まで上り詰めた大人物のイメージであろう。だから といって源氏物語秘伝を教え諭す人物に擬すのはミスマッチと言わざるを得ない。とはいえ、『怪談とのゐ袋』の読者の大部分は、都賀庭鐘や上田秋成の読本の仕掛けが読み解けるような知識人ではないだろう。であれば、上方の庶民に圧倒的な人気を誇る秀吉を、源氏物語の正しい知識を教えるキャラクターとして設定するのも強ち無理とは言えないのである。

四　浮世草子に描かれる歌学嗜好

こういう〈学説寓言〉が出てくる背景には、学問が風俗的にも流行するという時代背景を考える必要があるだろう。歌学における地下の台頭、古典学の庶民層への浸透などが近世中期の上方に顕著に現れた結果、浮世草子にこれを題材とするものがあった。

其磧『世間子息気質』（正徳五〈一七一五〉年、京刊）巻三の一「世間の人に鼻毛をよまるる歌人気質」は、歌学好きな江戸の商人助太郎が、船遊山の折に和歌を詠んだとき、公家に添削をお願いすればどうかと太鼓持ちの道鉄に勧められてその気になり、道鉄に旅費まで与えて公家への仲介を依頼する。京都見物だけをして帰ってきた道鉄の「公家様は助太郎の詠みぶりの卑しさを指摘された」というでたらめを真に受け、以来町人としての生活を嫌い、公家もどきの生活に明け暮れて渡世のことにかまわず、身を持ち崩すという話である。町人の公家文化への憧れを極端に描いたものである。

多田南嶺『大系図蝦夷噺』（寛保四〈一七四四〉年、京刊）巻二の二「歌学の宗匠は蛙の歌袋」は、歌の道を志して洛外に庵を結んでいる元商人の随雲法師が、格好だけで歌学の実力もなく、生半可な知識で恥をさらしながらも、西行に自らを擬し、庵号を東行庵とするなどの歌人気取りを、籠居しながら顔を黒く日焼けさせて旅帰りを装ったという能因の説話（『十訓抄』など）を摂り入れて揶揄的に描いたものである。随雲は元商人で僧となって歌道に志し、北嵯峨に庵を結び、「今西行」を気取ったという文坡の師似雲その人がモデルであろう。「名を好める人」（『近世畸人伝』）と言われた似雲が南嶺の諷刺の標的となることは十分考えられてよい。ちなみに、似雲の風雅は西村遠里『雨中問答』（安永七〈一七七八〉京刊）巻二においても、揶揄的に描かれている。

　さらに注目すべきは秋成の浮世草子『諸道聴耳世間狙』（明和三〈一七六六〉年、大坂刊）巻四の一「兄弟は気のあはぬ他人の始」である。奈良の町に軒を並べる墨商人鵜飼や伊左衛門・伊兵衛の兄弟は対照的な気質。兄は世渡りの心がけよい吝嗇気質、弟は万事に高尚を好む風雅志向。その弟は、能を「今春」（金春）に師事し、「連歌は京の花のもとに入門して」「何事を稽古しても最初から論がつき過て、無要の事に念を入れて、金銀を積でも伝授といふ程の事さらへてしまはねば気が済」まない性癖で「古今の三鳥三木・源氏物語に三箇の伝・勢語に七箇の大事と残りなく伝え得」た男である。「聚楽ゆめ物語」の鴻斎そのものだと言って過言ではない。

　浮世草子に繰り返し描かれた、歌学志向、上流志向の町人の風雅気質。「聚楽ゆめ物語」はその流れを受けていると言えるだろう。だが、その風雅を揶揄するだけではなく直接戒める秀吉が登場するのは談義本的な色合いだといえる。しかし重要なのは、「宿直物の袋」の正解を、自説ではないにしろ、自ら受けた伝授の説として詳しく展開するのは、学説を登場人物に語らせる衒学的な〈学説寓言〉であり、都賀庭鐘の初期読本三部作や、秋成の『雨月物語』「仏法僧」などに共通する方法だということである。きわめて限定的であることを承知で言えば、「聚楽ゆめ物語」は、浮世草子から初期読本への過渡期に位置するといえよう。浮世草子から初期読本への過程にはさまざまな現象が見られ、従来の文学史家を悩ませていたのだが、「奇談」という領域を仮設することによって、それらを「奇談」にあらわれた現象と見ることができるだろう。

〈学説寓言〉は、浮世草子には少なく、談義本や初期読本に多く現れるものであるが、突然現れたわけではない。「奇談」という器の中で醸成されるのであり、それは「奇談」史の一面でもある。つまり「奇談」史の中に、〈学説寓言〉の諸相・展開を見出すことができる。たとえば学説の内容が、旧説の丸取りから新説の引用へ、自説を仮託する場合も荒唐無稽なものから注目に値するようなものへという展開を、である。むろん過渡期のことゆえ、それは時系列を追って整然と現れてはこないだろう。

日本古典を題材とした〈学説寓言〉は、次章でも述べるように、上方でひとつの流れをつくっている。それは上方「奇談」史（あるいは「奇談」書のなかのひとつとしても捉えることのできる初期読本）の重要な一面である。一方、江戸の「奇談」書では、日本古典を論じるようなものはほとんどないと言ってよい。古典学の伝統を担う堂上の人々、それに憧れる風雅志向の富裕町人の存在を背景にもつ上方にこそ、この系譜が見出せるのは当然というべきだろう。

第四章　『垣根草』第四話の〈学説寓言〉

一　近世中期の仮名読物と寓言

近世前期に談林俳諧の表現理論として登場した寓言論が、仮名読物の創作方法として捉え直されたのは、佚斎樗山の登場によってであった。もちろん『河海抄』以来、源氏物語寓言説というものがあって、物語を『荘子』の寓言説で説明することは新しいことではなかった。しかし批評者・注釈者ではなくほかならぬ作者自身が己の作品を「寓言」と呼ぶことが起こったのは、散文の世界では樗山以前には認められない。このことは、樗山の言説が近世後期〈小説〉に大きな影響を与えたこととあわせて中野三敏によってはやく指摘されている（「寓言論の展開」『戯作研究』中央公論社、一九八一年）。

しかし、それ以来、寓言論そのものの詳細な分析、具体的作品に即した実践例については、主として『ぬば玉の巻』に見える秋成の寓言論を除いては、あまり考究されてこなかったようである（『ぬば玉の巻』については中村幸彦「上田秋成の物語観」〈『中村幸彦著述集〈第一巻〉』中央公論社、一九八二年〉、中村博保「秋成の物語論」〈『上田秋成の研究』ぺりかん社、一九九九年〉、川西元「秋成の〈寓言〉を巡って――屈折したテクストとしての『ぬば玉の巻』――」〈「日本文学」二〇〇一年十二月号〉等がある）。そもそも寓言論に基づいて創作された作品は寓意が露わであり文芸性に乏しいという批判をどうしても免れ得ない。秋成の作品でいえば、『雨月物語』の「貧福論」や『春雨物語』の「海賊」などは議論が表に出すぎているとして、〈小説〉的形象という点では必ずしも評価が高くなかったことは否定できない。しかし、たとえば佐藤朝四が『雨月物語』について、「をかしき本也。末に貧福論といふ論あり。小判の精あらわれて貧福の論を能く弁へたる書方也」(『木雁随筆』)というように、当時の読者の受け取り方は必ずしもそうではなかった。

ところで筆者は、近世中期以降の散文史の再構築を求めて、書籍目録に分類項目として載る「奇談」の語とそれに属する書目を手がかりに、「奇談」史というものを仮設する試みを行い、そこからいくつかの文学史的展望を立ててみた。しかし、書籍分類概念の「奇談」を新たな文学史的用語として揚言するのは、談義本・初期読本さらに浮世草子や教訓書・俳諧書などに拡がる「奇談」書の多様さからしても容易ではない。筆者は「奇談」の「談」に注目して〈談話の場を前提とした面白い語り〉を集約点として想定した(以上第二部参照)。しかし「奇談」史における最も重要な文学史的課題である、「談義本」と「初期読本」とをいかにして同一範疇で扱うかという問題の前には、この集約点は未だ十分な解答であるとは言えない。そこで、「初期読本」は知的議論を問答体で行う形式を「談義本」から学んでいるという指摘(前掲中野三敏「寓言論の展開」および徳田武『新斎夜語』と談義本」『日本近世小説と中国小説』〈青裳堂書店、一九八六年〉所収)――これこそまさに「寓言」の問題である――に改めて思い至った。

都賀庭鐘や上田秋成の作品において、その寓意を検証することはこれまでの研究が数々の成果を挙げてきている。たとえば秋成の寓言論では寓意は「いにしへの事にとりなし、今のうつつ(現在)を打ちかすめつつおぼろげに」(『ぬば玉の巻』)表現されるとされるため、秋成の作品にはそこに籠められた寓意を読み解く面白さがある。しかし、その寓意があまりにも露わなものについては、むしろそれゆえに「寓言」として考察され論じられることは少なかったというべきであろう。秋成以外の作者の手になる作品についてはなおさらである。

二　江戸の「奇談」書と寓言

樗山の寓言論については、第一部第一章や、第三部第一章で既に述べた。樗山に続く作者たちも「寓言」を重要視していた。享保十九（一七三四）年刊の筆天斎『御伽厚化粧』（宝暦目録「奇談」所載書）では「筆天斎が数条の編々、其名其趣に不通《かよはず》、亦他の寓言《そらごと》をねむじ、雪に霜を加ふる如くならば、跡から禿る厚化粧ともいわめ」とする。「寓言」に「そらごと」と傍訓しているのが注目される。

『田舎荘子』を模倣した延享二（一七四五）年写の如明『童蒙荘子』（写本、山口大学附属図書館所蔵）の自序では、「ここに一段の寓言を集めて草木鳥獣の論談の中には教と成べき道を顕す事は正道に心ざす舗石となす為也」と言う。

宝暦二（一七五二）年に刊行された静観房好阿『当世下手談義』（宝暦目録「奇談」所載書）は狭義の「談義本」の嚆矢として文学史的に重要だが、これも「寓言」の方法によって書かれた戯作である。同年刊行された追随作の伊藤単朴『教訓雑長持』（宝暦目録「奇談」所載書）の序文には同書とその続編宝暦四（一七五四）年刊『教訓続下手談義』（宝暦四年刊）について次のように述べる（なお、宝暦四年刊の本を同二年刊の序文で扱うことに疑問があるが、『当世下手談義』が最初割印が行われたとき写本留になった経緯〈詳しくは中野三敏「談義本略史」『十八世紀の江戸文芸』、岩波書店、一九九九年所収を参照〉などを勘案すれば、続編も同様に写本として単朴の目に入った可能性がある）。

……先開巻第一義が吾住庵の隣在所に、臍翁と云老人を設て、前篇に子息を教へ、後篇に手代を諭し、或江の島の神託に、淫曲を戒め、退卜が講訳《かうしやく》に浮説の惑を弁じ、安売の引札に潜上を諌め、農夫商賈の子弟《わかいもの》に、

> 怠惰を励し、驕りを諷ぜし教諭の真実、寓言《うそ》の中より誠《まこと》をあらはし、鼓舞自在なる筆の働き、此叟等が及ぶ所に非《あらず》といへ共……

ここでは「教諭の真実」を臍翁や退朴に託するという設定が「寓言」に基づくものであり、「寓言」とは「うそ」であることが傍訓に示されている。

源内の作品も自他共に「寓言」と評されている。明和六（一七六九）年刊の『根無草後編』の寝惚先生序には「地獄天堂金次第と、退きて一書を著して、言を八重桐に寓す（原漢文）」と、宝暦十三（一七六三）年刊の『根無草』を評して、荻野八重桐の水死事件に託したものだとするが、「寓言八重桐」という言い方を以てする。安永三（一七七四）年刊『里のをだ巻』自序には、「荘子が寓言、紫式部が筆ずさみ、司馬相如が子虚・烏有、弘法大師の兎角・亀毛、去りとては久しひ物なり。予も亦彼虚言にならひ、氣のしれぬ麻布先生・古遊・花景の人物を設て詭八百を書ちらす。針を棒にいひなし、火を以て水とするは、我が持まへの滑稽にして、文の餘情の譫言なり」と述べている。麻布先生・古遊・花景という人物を設定した虚構の話であることは「荘子が寓言」に倣ったというわけである。

このように江戸出来の「奇談」書である談義本は樗山以来、創作方法としての「寓言」を意識していた。では上方の「奇談」書はいかがであろうか。

三　上方の「奇談」書と寓言

天理大学附属天理図書館所蔵の伊丹椿園校合本『唐錦』（安永八〈一七七九〉年序）の見返しには書肆菊屋安兵衛

の識語がある（〈江戸怪異綺想文芸大系第二巻〉『都賀庭鐘・伊丹椿園集』〈国書刊行会、二〇〇一年〉に影印掲載）。そこには、「近来梓行の国字小説多き中にも、類を同して雅俗ともに喜びもてあそぶは、英草帋・繁野話・垣根草・新斎夜語・雨月物語・翁草なり。今此唐錦を合して奇談七部の書といはむのみ」という。椿園の意向が強く籠められた書肆の言であって、当時の一般的な認識ではないにしろ、ここで「奇談七部の書」が謳われていることはたしかに注目に値する（『都賀庭鐘・伊丹椿園集』福田安典解説）。ここに挙げられた七部書は上方出版の「初期読本」とされているものである。そして書籍目録には『英草紙』『繁野話』『垣根草』が「奇談」書として載る（他の四作は書籍目録刊年の明和九年以後に出版されている）この「奇談七部の書」に取り入れられたと見られる寓言的方法についてまず概観しておきたい。ここでいう寓言的方法とは、樗山の定義にしたがって、「寓言」あるいは「重言」に限定し、文体的測定を要する「巵言」的要素については今回は扱わない。

『英草紙』は自序において「彼の釈子の説ける所、荘子が言ふ処、皆怪誕にして終に教へとなる」と明らかに寓言に触れるところがある。第一篇「後醍醐の帝三たび藤房の諫めを折く話」では古歌・説教談義・駿馬論が後醍醐天皇と万里小路藤房の問答形式で論ぜられる。第三篇「豊原兼秋音を聴きて国の盛衰を知る話」では、横尾時陰と豊原兼秋の問答で雅楽論が、第五篇「紀任重陰司に至り滞獄を断くる話」では地獄へ行った任重が滞った公事を裁判を解決するという形をとって歴史上の人物評論が行われる。いずれも庭鐘の思想・知識が登場人物の口を借りて、つまり「寓言」の形をとって開陳されたものである。

『繁野話』の自序は、各編の寓意を説明している。第一篇「雲魂雲情を語て久しきを誓ふ話《こと》」では雲水が種々の雲からさまざまな気象現象の論を聞くという形式であり、第二篇「守屋の臣残生《ざんせい》を草莽に引話《ひくこと》」は前半部に物部守屋・蘇我馬子の論争形式で仏教論が展開され、第四篇「中津川入道山伏塚を築《つか》しむる話《こと》」前半は南朝を慕う宇多次郎に対して楠正成の変名だとされた桜崎左兵衛が楠正成らの戦いを評判する。

草官散人作『垣根草』（明和七年、京都銭屋七郎兵衛他刊）は庭鐘の影響を濃厚に受けた作品である。早くから作者庭鐘説があり、一時その説は顧みられなくなっていたが、近年劉菲菲は庭鐘作品との細かい比較などによって、再び『垣根草』庭鐘作説を説いて、注目された（「垣根草新論」〈『近世文藝』一〇三号、二〇一六年一月〉のち『都賀庭鐘における漢籍受容の研究　初期読本の研究』〈和泉書院、二〇二一年〉所収）。ただし、この説に対しても福田安典「『垣根草』諸本考」（『読本研究新集』第十巻、二〇一八年六月）などの慎重論がある。この議論に参入する準備はないが、寓意もあらわな議論問答を含む話が三篇見られることを指摘しておこう。後述する第四話「在原業平文海に託して冤を訴ふる事」は伊勢物語や業平歌についての俗説を、文海の夢中に現れた業平が駁するという設定になっており、第五話「覚明義仲を辞して石山に隠るる事」では、智者覚明が木曾義仲に軍略を説き、第十二話「千載の斑狐一条太閤を試むる事」では少年に化した老狐が一条兼良を相手に様々な薀蓄を開陳する。

『新斎夜語』（安永四〈一七七五〉年、田原屋清兵衛刊、梅朧館主人著）は前掲徳田論文が「九話中の七話がこの形式（筆者注—問答体）を備えており」「初期読本としては異例の多さである」と述べ、談義本の影響を指摘したものである。第一話「北野の社僧昭君の詩を難ず」は北野社僧が大石良雄を相手に王昭君詠の詩の誦し方を論じる（次章参照）。第二話「渡辺満綱《みつつな》古今の射法を弁ず」では足利義満を相手に満綱が弓の論を展開する。第四話「売茶翁数奇の正道を語る」では売茶翁が茶を語り、第五話「岐阜の老尼出離の縁を明す」では、元島原の遊女であった尼が経験談の中に詩歌を論じる。第六話「戸田茂睡つれづれ草を読む」は『徒然草』七十三段の虚言の横行を論じた段の講釈から寓言論に展開する。これについては『当世下手談義』巻四「鵜殿退卜徒然草講談の事」の影響が見られることを徳田論文は指摘する。第八話「嵯峨の隠士三光院殿を詰《なじ》る」では、三条西実澄（実枝）が嵯峨の隠士を相手に源氏物語を論じるが、新説のないことを詰られ、逆に隠士が自説を語る。第九話「鍛冶国助《くにすけ》家業に託して士を諷ず」は篇名のとおり鍛冶の河内守国助が刀剣の扱いを通して武士を論じる。このように寓意性が強い短編集であるが、その序文（明和八〈一七七一〉年、君山朱正盈撰）は「南華有寓言、而人知有寓言」とはじまる。『新斎夜語』の最初の読者もこの短編集を「寓言」と捉えていた。『雨月物語』（安永五〈一七七六〉年、大坂野村長兵衛・京都梅村半兵衛刊）が「寓言」の書であることは、秋成自身が物語寓言説を唱えている（『ぬば玉の巻』『よしやあしや』）ことからも首肯できる。「白峯」「仏法僧」「貧福論」の三編が述べてきたような意味で「寓言」性のあらわなことは、中野三敏・徳田武が談義本との類似性を指摘していたことを記すまでもなく明らかであろう。

以上の五書は、明和年間までに刊行されたか、作品が既に一応完成したと見られるものであった。伊丹椿園の『翁草』（安永七〈一七七八〉年刊、京都菊屋安兵衛刊）および『唐錦』（安永八年序、京都菊屋安兵衛刊）は安永年間に成立したものだが、上記五書とは明らかに色合いが異なる。登場人物に知識思想を語らせる趣向は『唐錦』巻一の「足利義教異人に遇話《あふこと》」に見られる程度であり、あとは文字通り奇談的な話柄である。

天理本『唐錦』の見返しにいう上方出来の「奇談七部の書」では、みてきたように明和期のテクストに樗山的な「寓言」をいくつか見ることが出来た。樗山の教訓に比べると、そこには衒学的とも呼ぶべき和漢の知識の誇示があり、主意としての教訓からは離れて遊戯性が濃くなる。特に注目されるのは、秋成の「仏法僧」における「玉川の水」の考証のような、国学的知識の開陳である。第三部の前章までに述べてきたように、このような寓言を筆者は〈学説寓言〉と称している。しかし安永期に成立した椿園の作品は結果としてその方向には行っていない。それでも椿園はおそらくこの先行五作に自作を比肩したかったのだと思われる。

四　「寓言」としての『垣根草』第四話

『垣根草』第四話「在原業平文海に託して冤を訴ふる事」は次のような話である。

天文二十年七月（三好長慶が細川晴元を攻める）の兵火で京相国寺は焼亡、三条西実隆の門人で和歌を好んだ禅僧の文海は東国を数年行脚の後、京へ戻る道で、伊勢路から大和路に越え、吉野山に花を見ようと深く入り、ある家に投宿を乞う。在原業平を名乗る三十歳ほどの清麗な宿の主人は、平生の不平を文海に訴えるとともに、伊勢物語や和歌を論じる。その内容は次のとおり。

世人が自分を古今第一の好色放蕩者と看做しているがその妄説は『伊勢物語』に淵源する。二条后を盗み出したという説、伊勢斎宮との密通の事、妹や母に懸想したこと、真済僧正との衆道説はいずれも根拠のない風説である。そもそも『伊勢物語』は「作り物語」であって実録のように事実を想定することは間違っている。はかなき事、戯れ事を三十一文字にしたのが歌で、それをまた一転して風情を生じたのが『伊勢物語』である。国史や伝記でさえ虚構が混じるのだから、まして作り物語ではなおさらのことである。因みに百人一首に載せられた「ちはやぶる神代もきかず龍田川からくれなゐに水くくるとは」は「水くぐる」と読みならわしてきたが、これは自分の作意と齟齬している。この歌は紅葉が散りしきる紅葉の流れる川をくくり染めにそめたと見なしたものだったのである。

文海は感銘して、世にこの説を伝えることを約束した上で、業平昇仙説の真偽を尋ねる。業平は笑ってこれを否定し、奥に消え、文海もまどろむ。目覚めた文海は、自分が在原明神の傍らに臥していたことを知る。一旦都に帰るものの都の騒動は一層激しく再び諸国にさすらうが、住吉の祠官津村何某の許で物語った業平との夢問答が語り伝えられている。

以下、この話を勘案した書き手が、業平美男説は『伊勢物語』の「むかし男」を業平と同一視する誤謬から起こっており、これは楊貴妃美女説と同じく根拠のないものであろう、ということを述べて一編は終わる。

以上の話を「寓言」として検討していく場合、時代設定・人物設定および業平の口を借りて表明される見解の内容等を押さえる必要がある。特に「文海」という聞き手に相当する禅僧の設定や、業平が夢に現れる吉野の在原明神の存在、この話が語り伝えられる場所としての住吉神社（語り手としての津守氏）の設定の意味が重要な問題となってこよう。しかし、最も肝要なことは『伊勢物語』が虚構の作り物語であるという主張であろう。そのことを業平自身が訴えるというのは非常にわかりやすい構想である。『垣根草』成立当時、『伊勢物語』は一般的にどのように受容されていたのか、そして作中人物業平の主張する「業平は好色にあらず」「勢語は実録にあらず」の説はどのように受け止められていたかをふまえた上で、作中人物業平の言説を定位していく必要があるだろう。江戸時代の作品にみえる『伊勢物語』受容についての基本的文献には、中村幸彦「伊勢物語と近世文学」（『中村幸彦著作集〈第三巻〉』中央公論社、一九八三年）、美山靖「月やあらぬ――近世文学と伊勢物語と業平伝説と――」（『皇學館大學紀要』第七輯、一九六九年）、鈴木健一『伊勢物語の江戸――古典イメージの受容と創造――』（森話社、二〇〇一年）等がある。伊勢物語注釈史における近世中期は、室町時代注釈の集大成であり、江戸時代においても多大な影響力を持った『伊勢物語闕疑抄』を真向から否定した荷田春満の『伊勢物語童子問』やこれを継承した賀茂真淵『伊勢物語古意』や秋成『よしやあしや』等の、昔男業平説を否定して勢語寓言説を打ち出した国学者達の言説が注目されていた時期であり、旧注と新注が交差する季節であった。まさにその時期に、古典の解釈そのものを主題とする読本が現れるのであり、本篇はそのきわめて典型的な例であった。以下具体的に検討しよう。業平の主張は前半と後半に分けられる。

前半は、「世の人」が「某を古今第一の好色放蕩の者のようにいひな」すことへの不平である。その「妄誕の源」は『伊勢物語』にあって「昔男」とあるのを自分のことと思われたこと、つまり「昔男＝業平」という理解にある。しかしながら、当時政治を担っていた公家は決して暇ではなく、年中女性を口説いているような誤解は武家政治の時代に公家が暇だったことから類推されたものである。業平が冤を雪ぎたいというのは、①二条の后を盗み出して亡命した（六段）。②伊勢斎宮と密通した（六十九段）。③妹に懸想した（四十九段）。④母が業平に心を寄せた（八十四段）。⑤真済僧正と衆道の関係にあった（根拠不明）などという「妄誕」であった。これを正すために業平は次のように自らの『伊勢物語』観を披瀝する。

そも伊勢物語のふみは作者昔よりさだかならねども、実は具平親王の手に出でて、昔は真名なりしを後に仮名文字になしたるものにて、古今の序などと同じ類なり。それはともあれ、物語の大体、歌の意《こころ》をのべて端書を添へたるものなり。無中に有を生じて歌のさまを一転して、風情あらせたる作り物語の体なり。近き頃定家も、詞花言葉を翫ぶべき書なりと、をしへられしは格言にて、実録のごとく、年月日を正し、誰某の事などと思ふこそいと拙きことにて……

こういう勢語理解が契沖・春満・真淵らの新しい『伊勢物語』観に影響されていることは明らかである。しかし契沖は「昔男は業平ではない」とまでは言っていなかった。のちの和歌の解釈などを併せ考えれば、本話の業平の主張は真淵説を中心にして構成されたと見るべきだろう。真淵の『伊勢物語古意』が秋成によって刊行されたのは寛政五（一七九三）年であるが、成立自体は宝暦までさかのぼるとされ（大津有一『増訂版伊勢物語古註釈の研究』八木書店、一九八六年）、その説は写本で十分に流通していたと考えられる。作中人物の業平が『伊勢物語』の

原型だという真字本を、真淵が重視していたことはよく知られている。「伊勢物語古意総論」には、

是に古本有て真字《まな》にて書たる、其文字の用ゐざま、万葉集をもおもひ、専らは新撰万葉によりて、それよりも戯《たは》れたる書ざまながら……（中略）。其古本のはじめに六條宮御撰としるせり、こは村上天皇の皇子二品中務親王具平を云、さて御撰とは書たれど、此物がたりを此親王《みこ》の作りたまふてふ事には有べからず。

真淵は具平親王作者説こそ否定しているが、親王が真字に書きなしたこと、真字本が現行伊勢物語に先立つ古本であることを明言している。また『伊勢物語』の実録性を明確に否定して、「然るを後の世の人は物語てふ名をいかに意得つらん、殊にそら言にいひなしつる此伊勢物語をば実の録の如く思へるこそいぶかしけれ」と言う（「伊勢物語古意総論」「物がたりは」）。また業平は、自らが馬頭観音の化身であるという説も否定する。

某を観音の化身なりといふはあまり過当の説にて、却つて人の嘲を生ずる端なり。是は釈氏の作り出せるものにて、欲の釣をもて、引いて仏道にいたらしむという経文より、普門品の三十三身応現の説に付会し、楊柳観音などのその形艶麗にちかきをもて、この説を生じたるものなり。光明皇后如意輪の化身といへると同日の談にしてとるに足らず。

業平馬頭観音説はたとえば謡曲「杜若」に「又業平は極楽の、歌舞の菩薩の化現なれば」とあり、室町物語『鴉鷺合戦物語』に「かの中将は極楽世界の歌舞の菩薩、正観音の化現なり」と見える俗説であるが、その元々の出所は鎌倉時代の伊勢物語注釈書『和歌知顕集』にあった。一条兼良は『伊勢物語愚見抄』で、「次に知顕集

に業平中将は馬頭観音、小野小町は如意輪観音の化身といへり。其外うろんなる事のみ也」といい、近世によく読まれた注釈書である幽斎の『伊勢物語闕疑抄』もこれを受けて「又知顕抄とて三帖有。それには、業平を馬頭観音、小野小町は如意輪観音の化身といへり。其外、胡乱《うろん》なる事のみ」と言う。『童子問』も『闕疑抄』のこの部分を引いて観音化身説を「妄説なり」と一蹴する。しかし真淵は業平馬頭観音説には触れていない。つまり作中人物業平の言説を真淵のみに求めるのは正しくないのである。たとえば『闕疑抄』は、藤原定家の奥書について「只可レ翫二詞花言葉一而已とかかれたる事、道の肝要也。ことば又つくりやうの面白《おもしろ》き所を心にかけて述作のたよりにせよとの教へなり」と言うが、これが先に引用した業平の言説に取り入れられていると思われるのである。

よくわからないのは業平が否定する、「若年たりし時、真済僧正に密教を習ひしをも、龍陽の愛より断袖の契も侍りしやうにいひなせる」という俗説の出所である。『嵯峨物語』序文に「真雅阿闍利のおもひ出る常盤の山の岩つづじと詠るは、在中将にめでてつかはしけるとぞ」とあり、また「業平十一より東寺真雅僧正の弟子にて有けるを」（『謡曲拾葉抄』巻八「杜若」所引「冷泉家流伊勢物語注」）という所伝があるから、真雅との男色関係と混同したのかもしれない。真雅は空海の弟であり、真済は空海『性霊集』の序文を著すなど、二人はともに「弘法大師の十人の弟子」（『江談抄』）の一人でほぼ同時代を生きていた。しかも文徳天皇後の皇位継承争いで、真済は惟喬親王の祈禱師に、真雅は惟仁親王の護持僧になった（同）ということもあり、混同しやすかったと思われる。

いずれにせよ、近世にあっても謡曲や浄瑠璃・歌舞伎等で業平の俗伝は生きつづけていたに違いない。その中のいくつかを拾い上げて作者は業平をして弁ぜしめていると理解すれば十分であろう。

後半のトピックは「百人一首」にも採られている『伊勢物語』百六段の歌「ちはやぶる神代もきかず竜田川からくれなゐに水くくるとは」の解釈に関わるものである。これについては、第三部第二章で言及したので、ここでは割愛する。

五　『垣根草』第四話の時空設定

以上のように作者は「寓言」の方法を用いて、世の業平像の誤謬をただし、新注に基づいた『伊勢物語』解釈に導こうとしているようである。『伊勢物語』の注釈書そのものを読むよりは容易く、興味を持って読者が参入できるという点で、「寓言」の所期の目的は達せられていると言ってよいだろう。それを効果的に実現するために物語の枠組み——時代・場所・人物設定にも工夫が凝らされている。それについて述べておこう。

中世歌学以来の『伊勢物語』観や謡曲らを育んできた業平像に異を唱えるのが一篇の主意であるから、その見解を業平自身が語るというのは最も効果的である。在原明神としての業平がそれを語るとなれば、場所もおのづから決まってくる。『本朝神社考』巻六に「世伝。在原業平。貌閑雅而善和歌、殆乎和歌之神也。一旦入吉野川上。而不知所終」などとあるところから、「吉野川のほとり」である。

聞き手にはやはり旧来の『伊勢物語』観を持つ人物を配する方がよいが、吉野川に出向くような人物となればやはり遍歴僧が適当であろう。そこで中世歌学の主流に位置する三条西実隆の門人であり、僧である文海なる人物をそれに当てた。文海は相国寺の僧であり、天文二十年七月の兵火で寺が焼亡するとともに旅に出る。東国を志して遍歴し四、五年を経て都に戻って来る途次、吉野でこの不思議な体験をすることになる。この兵火は三好長慶が相国寺に陣取った細川晴元を攻めたことによるもので史実である。『重編応仁記』巻十六の同年の項には、「同年七月、晴元方ノ多勢、紅《(ママ)》州坂本ヨリ出張シテ相国寺ニ陣取ケルヲ同月十四日ノ早旦長慶自身押寄テ火ヲ放チ攻ケル程ニ、晴元勢打負テ江州ヱ引帰ス其後洛中軍無シテ今年無為ニ暮レニケリ」とある。しかし文海なる僧が実在の人物なのかどうかはわからない（人名辞典類および『実隆公記』『相国寺史料』等には出てこない）。むしろ相国寺で修行したという宗祇や、天文二十二（一五五三）年に三条西公条の吉野旅行に同行した紹巴（時代的にはぴったりくる）や、実隆に親しい数奇の僧で天文二（一五三三）年に『あづま道の記』の著書のある尊海（禅僧で名に「海」と付く）などの面影を合わせた虚構の人物ではないかと考えている。

また、業平の夢託を受けた文海がその後、再び諸国を彷徨し、「住吉の祠官津守の何某が許にて物語した」のを「たまたま世の人」が「伝へ」たという伝承の仕方が委細ありげである。『和歌知顕集』が住吉の翁からの聞書という体裁を採っていることを意識していたのだろうか。津守家は住吉社代々の祠官であり、歌人としての活動も盛んであった。しかし天文ごろの祠官である六十代津守国順・六十一代津守国繁の事蹟はよくわからず、具体的な人物を比定することにあまり意味もなさそうである。ただ中世の仏教付会的な解釈を代表する『和歌知顕集』が住吉の翁に語らせた形式を持つのを逆転して、業平自身の言説を住吉の祠官に真実を語るという趣向が面白いということになるだろう。

しかし全体的にいえば、作者が『伊勢物語』の解釈を新しい説を踏まえて解説することを主意とした〈学説寓言〉であるために、様々な舞台設定がなされているということになる。もっとも作者が持っていたのが啓蒙的意図ばかりであったかは疑問である。むしろそのような寓言の形式で『伊勢物語』の新解をするという表現技法そのものを、『伊勢物語』については十分知識のある教養人を相手に披瀝してみせたというのが真の意図だったのではないか。上方の知識性の濃厚な初期読本の土壌から生まれた作品だけに、そのように受け取っておくのが妥当である。

六　『垣根草』第四話と『ぬば玉の巻』

さて『垣根草』第四話に似た構造を持つのが安永八（一七七九）年の序文を持つ秋成の『ぬば玉の巻』である。『ぬば玉の巻』は談義本でも初期読本でもなく、源氏物語論を物語的形式で書いた和文（『上田秋成全集』では「王朝文学研究篇」に入っている）であるが、「寓言」の方法で物語と和歌を論じ、旧来の常識的見解を退けるところといい、時代設定・人物設定といい、『垣根草』第四話に非常に近い（表）。中世歌学を学び、源氏物語に傾倒している連歌師宗椿を登場させ、その夢中に人麿が現れて、まず源氏物語を語る。その内容は中世的源氏物語観を否定し、契沖らの新注に基づく見解を述べるという展開であり、後半には人麿作と伝えられる「ほのぼのとあかしの浦の朝霧に島がくれゆく舟をしぞ思ふ」が実は小野篁の歌であることを述べるなどの和歌論になっている。時代設定も「足利ノ世ノ末」であり、『垣根草』第四話と同じである。もっとも、これをもって直ちに『垣根草』の影響を『ぬば玉の巻』に見ることは早計である。むしろ、これは「寓言」の意識的採用と古典註釈史の新局面が融合した現象が複数現れたと見るべきであろう。

	『垣根草』第四話	『ぬば玉の巻』
時代設定	天文のころ	足利の世の末
場所	吉野	須磨
言説を仮託された人物	業平	人麿
聞き手	文海（三条西実隆門人）	宗椿（紹巴門人）
問答形式	夢中問答	夢中問答

問答内容（前半）	問答内容（後半）
伊勢物語と業平像の誤謬を正す	「ちはやぶる」の歌の解釈
源氏物語と光源氏像の誤謬を正す	「ほのぼのと」の歌の作者

第五章　『新斎夜語』第一話の〈学説寓言〉——王昭君詩と大石良雄

はじめに

梅朧館主人作『新斎夜語』は、大坂の田原屋平兵衛が出願し、安永四（一七七五）年正月、田原屋と糸屋源助の相板で刊行された。刊記によれば京都の銭屋荘兵衛と江戸の須原屋茂兵衛が売り出し書肆であった。半紙本五巻五冊、全九話からなる短編奇談集で、文学史的には談義本的色彩の濃い初期読本に位置づけられている（徳田武「『新斎夜語』と談義本」『日本近世小説と中国小説』、青裳堂、一九八七年。初出は一九七二年）。また、『続新斎夜語』とともに、『前期読本怪談集』（国書刊行会、二〇一七年）に翻刻・解題が備わる（翻刻浜田泰彦・解題篗田将樹）。作者の梅朧館主人は幕臣。二条城や大坂城の警護を務める大番の三橋成烈で、冷泉派歌人でもある。その経歴・文事については前掲徳田論文および市古夏生「梅朧館主人と飛檄連中——『飛檄』『飛檄随筆』を通して」（堀切実編『近世文学研究の新展開——俳諧と小説——』ぺりかん社、二〇〇四年）に詳しい。

本書について筆者は、その〈学説寓言〉性を指摘した（第三部第二章）。〈学説寓言〉とは筆者の造語で、いわゆる寓言的手法を用いる読物の中でも、古典にかかわる学説を登場人物が述べるものをいう。『雨月物語』「仏法僧」の登場人物紹巴が展開する歌語「玉川の水」の考証的議論がその例である。『新斎夜語』の諸篇については〈学説寓言〉が多いことを指摘してきたが、具体的な作品論には及んでいなかった。本稿はその冒頭話である

「北野の社僧昭君の詩を難ず」を読む試みである。本話は、〈学説寓言〉的な一面を持ちながらも、思想的な寓意も籠められている。

まず、その梗概を紹介する。

播州から上京し山科に蟄居していた大石良雄は、冬半ばのころ、次男大三郎を連れて、北野天満宮に参詣した。絵馬堂に佇み、「宇治川の先陣争い」や「草摺引」の絵馬を大三郎に見せ、「このような勇気をもつことで、後世に名を知られる」と教訓した。大三郎は頷いて、別の絵馬を指さし、「あの唐国の、馬上の女性が琵琶を抱いて泣いているのは、いったい誰なの?」と問うた。良雄は「あれは王昭君という人。漢の時代に（匈奴の）王単于の要請で宮女を一人送ることになった。漢の帝は三千人の宮女の絵を画師に書かせ醜女を送ろうとした。絶世の美女であった王昭君は、他の宮女のように賄賂を贈らなかったため、画師に醜く描かれ、その結果単于のもとに送られる悲劇のヒロインになった。そこで（『和漢朗詠集』所収の大江朝綱の）詩に、「昭君若贈黄金賄、定是終身奉君王（昭君もし黄金の賂《まいない》を贈らば、定て是身を終ふるまで君王に奉《つか》へん）と作られた」と語った。その時に通りかかった北野天満宮の社僧がこの朗詠（解釈）を非難した。これは、その昔詩の訓読を諫めたという天神のお告げかもしれないと、先ほどの社僧を本殿に訪ね、「息子が疲れているから休ませてほしい」と頼むと、「ちょっとした〈てにをは〉の違いで意味が大いに変わってくる。王昭君が名を遺したのは、容貌ばかりではなく心が正しく美しかったからだ。大江朝綱は「昭君もし黄金の賂を贈りなば、定て是身を終るまで君王に奉るのみならん」と作り、賄賂を贈らなかったからこそ昭君が美名を遺したという意味を含ませてその潔白を称賛したのである。それを貴下のように訓ずれば、その清潔を過ちだと言っているようなものだから思わず非難したのだ。今の世に仕える人々もその心得違いするものが少なくない。名利ふたつながら忘れてこそ、道に近づくのである。至人は名もなく徳もない。さらに可不可一条の道を得るならば、これらは論ずるに足りない」と語った。良雄は、心中にある思いがあったので感銘を受けた。再び社僧を訪ねた時、社僧を知るものはいなかった。

大石良雄、北野天満宮、王昭君詩、徒然草（後述）と、思わせぶりな諸設定だが、さて本話をどのように読めるのか。ここでは江戸時代の読者が『新斎夜語』をいかに読んでいたかをまず押さえ、それを手がかりとして考えてゆきたい。

一　読みの前提

『新斎夜語』は現在ほとんど顧みられない作品であるが、江戸時代においては必ずしもそうではなかった。

伊丹椿園作『今古小説唐錦』（安永九（一七八〇）年正月、京都菊屋安兵衛刊）の見返しに、

> 近来梓行の国字小説、多き中にも、類を同《おなじう》して雅俗ともに喜びもてあそぶは、英草帋・繁野話・垣根草・新斎夜語・雨月物語・翁草なり。今此《この》唐錦を合して、奇談七部の書といはむのみ。／皇都　書林　菊英館識

とあり、書肆菊屋が『英草紙』『繁野話』『雨月物語』らと並ぶ位置づけを行っていることから、その評価の高さがわかる。また注目すべきは、芍薬亭長根作『坂東奇聞濡衣双紙』（文化三年〈一八〇六〉正月、江戸松本平助刊）自

序に、本作が中国小説の翻案物の怪談として系譜づけられる（高木元「江戸読本研究序説」『江戸読本の研究　十九世紀小説様式攷』ぺりかん社、一九九五年）中で、

（都賀庭鐘の『古今奇談英草紙』『古今奇談繁野話』と比較して）新斎・前席・垣根草の初篇、文花降《くだる》といへども、事に託《よせ》て自己の識見を述《のべ》、議論高《たかき》にいたりては、剪燈の書中、子胥范蠡を罵《のる》の流亜《たぐい》にして、二書の美を奪《うばふ》に足れり。

（下略）

と、反古斎作『怪異前席夜話』（寛政二（一七九〇）年、江戸三崎屋清吉刊）・草官散人作『垣根草』（明和七（一七七〇）年、京都銭屋七郎兵衛刊）とともに、「事に託て自己の識見を述、議論高き」と指摘されていることである。これはまぎれもなく寓言的手法についての言及である。

また『新斎夜語』の本文自体に、寓言について言及しているところがある。第六話「戸田茂睡つれづれ草を読む」は、戸田茂睡が『徒然草』七三段「世に語り伝ふる事、まことはあいなきにや、多くは皆虚言なり。……」の講釈を行う。その中で、ある棟梁が、神社建立のために、絵図を見せて実力のある棟梁を捜す話がある。その時絵図にはわざと柱を一本書かずにおき、それを見て「柱をもう一本増やせば絵図の通りに建てられる」と言った匠が選ばれた。そこで茂睡はいう。

是をもて考るに、書毎に誠のみを書かば見る人の力も入らず。学問工夫も荒かりぬべし。されば釈迦の説給ふ経は、四十九年未顕真実と自ら無量義経に曰ひぬれば、誠のみを説けるにあらず。地獄天堂の沙汰も、いかさまにも誠としがたし。されば儒家よりは釈氏の悟らしむるといふは、本《もと》迷はざるものを迷はしめて、後

に漸其迷ひをわかつなり。（中略）

源氏物語も是又寓言にして、ははきぎの「有とは見えてあはぬ」をかたどり、誠かと思へは虚談にて、偽かとおもへは実語なり。其虚実は見ん人の心に味《あじはひ》て、是を甘しとも酢しとも嘗《なめ》分けて其善を見てはせよといはねども、憤発して是にひとしからん事を思ひ、悪を見ては禁ざれども、戦競して内に自ら省てこそ、書をよめる徳とも成ぬべし。（中略）

倭漢の群書を見んもの、是は実録なりとて、悉く信じ、是は戯作成《なり》とて皆捨んは大なる誤にて、泥の濁れるを見て、蓮の清きをしらぬ類成べし。内外の聖典の深き事は、何某が明らかに知侍らぬ事なれば且置《しばらくおく》。近く哥物語・軍記なと其外誰渠《たれかれ》が筆ずさみてふものなど見んには、其真偽虚実を論ぜす、書るものの意趣の在《ある》所に心をつけて、繰返し侍れば、千年の後に生れて、千歳の前の人に対面する心地して、自ら心も慰みつれづれも忘るるなれ。

茂睡の説くところは、「実録」（事実の記録）だけを信用し、「戯作」は読み捨てるべき無価値なものと考えるのは大きな誤りで、真偽虚実は別にしてテキストの「意趣の在所」に留意すれば、千年後に生まれたとしても千年前の人に対面するような気持ちで自らの心も慰められるのだという、一種の読書論と見ることができる。虚実相半のテキストの事例として「歌物語」「軍記」が挙がっているのも注目すべきである。ここから実作論を導くとすれば、事実の虚構化は、「意趣」を盛り込むための手段であるということになるだろう。そのことを踏まえると、第一話はその虚構化の部分に「意趣の在所」を突き止めるヒントがあると言えるだろう。

また『新斎夜語』は、前述の通り、初期読本に多く見られる〈学説寓言〉色の強い著作であり、それは九話中七話に及ぶ。作者は本話でも『和漢朗詠集』所収の「王昭君」詩の訓読および解釈について独自の説を披露している。本話は〈学説寓言〉として典型的な一篇であるので、その独自説挿入の意図とストーリー展開との関わりを明らかにすることは、初期読本の方法を考える一助にもなるだろう。

二　大石良雄と北野天満宮

大石良雄は、いうまでもなく近世演劇で最も人気のあった作品であろう『仮名手本忠臣蔵』（寛延元〈一七四八〉年、大坂竹本座初演）の大星由良助のモデルであり、歴史的実在人物である。「歴史的」と言ったが、赤穂浪士討入事件（元禄十五〈一七〇二〉年）は本書の刊行から七十三年前で、記憶の彼方の事件というほどでもない。浅野家は断絶したとはいえ、大石家は安永期にはなお存続していた。実名での大石良雄の登場は、当時出版される読物としては思い切った設定ではなかろうか。

冒頭は、「そのかみ播陽に在し大石良雄は都に登り、山科の辺に蟄居して」とあるが、山科といえば、忠臣蔵九段目「山科閑居の段」もあって、大石良雄隠居の地として広く知られる。お家再興への道を探るも結局は吉良邸討ち入りを決意することになる場所として、読物作者が、大石の山科蟄居時に何らかの出来事を虚構し、討ち入りへのストーリーを創造する誘惑にかられることは、ありそうなことだ。良雄が山科にいたのは元禄十四年の六月から十一月ごろまでとされる。おおむねこの時期が本話でも想定されているだろう。

作中で、山科蟄居中に良雄が吟じる「もののふのうき身のはての置所されどもてらす秋の夜の月」は出典不明。「うき身にはながむるかひもなかりけり心にくもる秋のよの月」（『拾玉集』一三七五、番号は国歌大観番号）を本歌としたか。作者三橋成烈は冷泉派の歌人であり、自作は可能である。藩主の犯した事件のために城の明け渡しを余儀なくされた後、隠棲するわが身の不甲斐なさを嘆きながらも、一筋の希望を捨ててはいない良雄の心境が浮かび上がる。あるいは人口に膾炙した辞世の句「あら楽し思ひは晴るる身は捨つる浮世の月にかかる雲なし」から発想されたものかもしれない。

さて、良雄は「冬も中半《なかば》の比、次男大三郎が八歳許《ばかり》なるを伴ひて」洛中の寺社を見廻る。「冬も中半《なかば》」とは十一月頃だが、これが史実に対応する討ち入り前年の元禄十四年を想定しているのか、当年の直前月元禄十五年を想定しているのか、それ以外なのか、本文からはわからない。大三郎は史実では次男ではなく三男。良雄が切腹死した前年の七月五日に生まれており、八歳という設定は史実とは違う。次男吉之進（吉千代《きちちよ》）は元禄十四年の赤穂藩改易後、父に従って山科にいた。その時の年齢は十二歳。元禄十五年なら十一歳となりこちらの方が本文の設定に近い。

とはいえ、本書執筆の時点ですでに虚実相交えて伝えられていただろう赤穂事件であれば、作者がどの程度意識的に〈史実を変える設定〉をしたかという測量は困難である。私が見た限り、良雄の和歌、息子を連れての寺社廻りなどを赤穂事件関係の史料に見出すことができないが、それが全くないとも言い切れないからである。

さて物語の中の良雄は北野天満宮に出向き、神前に額づいて、絵馬殿にたたずむ。なぜ北野なのか、そしてなぜ絵馬殿なのか。大石良雄が北野に参詣したという記事はやはり赤穂事件関係の史料・読物には見いだせない。しかし、たとえば談義本や読本にみられる議論問答の範型のひとつに、『太平記』巻三十五の「北野通夜問答」がある。そして北野天満宮は神仏を借りて作者の意見を代弁させる「重言」（荘子「寓言」の中で三言といわれるもののひとつ）を用いるのに最適の舞台のひとつであると言えよう。たとえば『田舎荘子』附録「聖廟参詣」がそうである。そして絵馬堂は京都では清水寺と並んで有名だった。そうしたことから北野参詣の設定は、読者に違和感を与えることはない。

北野天満宮の絵馬堂といえば、その『宮仕記録』（『北野天満宮史料』所収）によれば、元禄十四年四月に絵馬殿掛所の新造が行われ、神事奉行から次のような連絡が廻状で回された。

松梅院より廻状来ル

一、　　覚

絵馬之事、此度掛所新造被為　仰付之上、正殿廻りハ不申及、末社諸堂ニ掛候義も堅可為停止候、廻廊之義は重而可申其沙汰候事

（中略）

巳四月日　　　　　　　　　　　　　　神事奉行

ちょうど大石良雄が山科に蟄居していた時期と重なり、この史実を成烈が知っていたら、舞台設定に利用しそうではある。

絵馬殿では、「佐々木梶原が川渡し・時致《ときむね》義秀が草摺引など指ざして、大三郎に見せしめ、いにしへの兵《つはもの》はかくこそ、勇みて、世に名をしらるる」と教えた。「佐々木梶原が川渡し」は『平家物語』の宇治川先陣争いをテーマとし、「草摺引」は、工藤祐経を討とうとする曾我五郎を朝比奈義秀が草摺を捕えて止めようとする場面。北野天満宮で、当時これらの絵馬がかかっていたかどうかは確認できない。現在の北野天満宮の絵馬所にも、多くの古い絵馬がかかっている。その中には享保や延享の年記のあるものもあり、武者絵がおおく、中国説話をモチーフにした絵馬も確かにある。しかし、宇治川先陣争い、草摺引き、そしてこれから話題とする王昭君馬上弾琴図は見いだせない。絵馬の縮図を版本にした『扁額軌範』初編（文政二〈一八一九〉年刊）・二編（文政四〈一八二一〉年刊）には、清水寺と祇園社の絵馬を多く掲載するが、北野社の絵馬は長谷川等伯画「土佐坊昌俊之図」（二

編中巻冒頭）のみである。ちなみに祇園社の「草摺引」（延享三〈一七四六〉年、服部梅信筆）は掲載されている。

実際に絵馬がかかっていたかどうかはともかく、作中の良雄は「宇治川先陣争い」と「草摺引」の絵馬で、武士が勇敢な行いをもって名を知られることを息子に教えようとしたことを押さえておくべきだろう。

三　王昭君詩の解釈

大三郎は、別の絵馬を指し、「唐の女の琵琶を抱きて今に乗り泣しめるは、いかなる人ぞ」と問う。良雄は王昭君という美人であると教え、絵の事情を説明する。王昭君が匈奴に向かう途中馬上で琵琶を弾く図はよくあるもので（例えば東京国立博物館所蔵の久隅守景「王昭君図」）、これを花魁道中に見立てたやつし絵もある（奥村政信「遊君王昭君身請のすががき」神奈川県立歴史博物館ホームページに掲載）。また、絵手本『絵本唐紅』（元禄末年ころ刊）にも王昭君の馬上琵琶図がある。

良雄の説明は以下のようなものである。


昔、匈奴の王の単于が漢帝に、宮女の一人を賜れば友好関係を保持できると申し入れたため、三千人いる宮女の似顔絵を画工に描かせて、醜い女性を遣わすことになった。宮女たちは画工に賄賂を贈ったが、美貌の王昭君は贈賄をしなかったために、醜く描かれ単于に嫁することになってしまった。そこで、（『和漢朗詠集』所収の大江朝綱作「王昭君」という）詩の一節にも、

昭君若贈黄金賂　　定是終身奉君王
（昭君もし黄金の賂を贈らば、定めて是れ身を終ふるまで君王に奉へん）

と作られたのだ。

似顔絵が絡む王昭君説話は中国の『世説新語』『西京雑記』などに見え、琵琶を馬上で演奏する話は『文選』所収の石崇「王明君詞」序文や、李商隠「王昭君」らの詩に見える。（黒川洋一「王昭君の伝説と文学」『埴生野国文』第二号、一九七二年。堀江湙子『王昭君変文『明妃傳』の研究――中国における《王昭君説話》の変遷――』白帝社、二〇〇八年）。日本においても、王昭君説話は漢詩・物語・説話・謡曲らに広がっていく（阿部泰記「日本における王昭君故事の受容」（『異文化研究』第一一号、二〇一七年三月）。良雄の説明する王昭君説話は何を参照したであろうか。宮女たちがこぞって賄賂を画工に送るさまを「我も我も」と良雄は表現するが、これは王昭君説話を記す『俊頼髄脳』や『今昔物語集』にも見える。だが、『俊頼髄脳』も『今昔物語集』も宮女の数を「四五百人」とする。宮女の数を良雄と同じく「三千人」とするのは近世以前の文献では『唐物語』や永済注系の『和漢朗詠集抄注』（永青文庫蔵）らであるが、「三千人」に加え「我も我も」の表現をも取り入れているのは、『和漢朗詠集抄註』だけである。本話の趣旨からして、作者が『和漢朗詠集』の注釈書を見ている蓋然性は高いが、「三千人」と「我も我も」は、近世を通じて最もよく読まれた注釈書であろう北村季吟の『和漢朗詠集註』（寛文十一年刊）にも引き継がれているから、これを参照したと考えて問題ないだろう。ただし馬上で琵琶を弾く王昭君については『和漢朗詠集註』には言及がない。これは『文選』や李商隠詩から摂り入れたものかもしれないが、先述の絵手本類を見たものとも考えられる。

良雄の大江朝綱「王昭君」詩（尾聯）の訓読「昭君若し黄金の賂を贈らば、定めて是れ身を終ふるまで君王に奉《つか》へん」は、『和漢朗詠集註』では「昭君若シ黄金ノ賂ヲ贈ラマシカバ、定（メテ）是レ身ヲ終テ帝ニ奉《ツカフマツ》ラン」（「メテ」の施訓はなし）と訓んでおり、良雄の訓みと完全に一致はしないが、その解釈は「是ハ落句也。昭君モ金ヲモテ画工ニマイナヒヲ送ラマシカバ、身ヲ終ルマデ君ニツカヘエ、カカルウキメヲ見ザランモノヲトナリ」とあって、良雄の解釈とほぼ重なっている。

ただし、良雄は漢詩原文の「帝王」を「君王」としている。これは、敢えて改変したというよりも、作者のうろ覚えだったのかもしれない。近世出版の『和漢朗詠集』諸本において、この部分の本文を「君王」としているものはないかと、『和漢朗詠集』の近世期注釈書を網羅的に見ている村上義明氏にうかがったところ、知る限りにおいては存在しないということをご教示いただいた。ただ、天保十年に刊行された『校正　和漢朗詠集』（後印・嘉永元年）および刊年未詳の大嶋屋伝右衛門から刊行された『新刻　和漢朗詠集』、文政九年の『和漢朗詠集』では、「君王」が「帝王」ではあるが、「昭君若し黄金の賂《まいない》を贈らば　定めて是《これ》身を終ふるまで帝王に奉《つか》へん」と訓んでいるという。ちなみに「君王」では平仄も正しくないが、なぜ「君王」と誤ったのか考える余地はありそうである（後述）。

さて、あらすじに示した通り、この良雄の解釈は、社僧によって非難される。良雄は社僧に教えを乞う。その答えとなる社僧の解釈の主要部分を引用しておこう。

譬ひ外にをとらぬ貌ありとても、かの黄金を贈りし心の醜さは、いかて愛するに足べきや。諺にも人は一代名は末代といへるごとく、利慾を離れて名望をおもはんにはしかじ。されば江相公もそのこころをふくめて、「昭君もし黄金の賂を贈りなば、定て是身を終るまで君王に奉るのみならん」と作り、賂を贈らねばこそ、かく末代に美名をのこしつれどの意をふくませて、昭君が潔白を賛し給へるなるを、足下の吟じ給ふやうにては、昭君が清潔を過てるやうに心得給ふやうに侍れば不図難じ侍る也。

昭君が賄賂を贈っていたならば、生涯を終わるまで無事に王に奉公することができるというだけで、後世に名を残すことはできなかっただろう、という解釈、その解釈の立場からの訓読である。きわめて特異な訓と解釈と言うべきだろう。このような従来の注釈では考えられないような新説を、虚構の物語の中で登場人物の口を借りて表明するのが私にいう〈学説寓言〉の方法である。

作者自身にも、それが学問的には無理な解釈であることは分かっているのだろう。学問的な書としてそれを公にしたら、学力教養を疑われかねない。また説の根拠も示せない。だが、虚構の中であればそれが可能になるのである。無理筋ではあるが言ってみたいというところだろう。では作者はなぜ社僧このような解釈をさせたのか。

四　『徒然草』三十八段の名利の説

社僧は、王昭君の詩句を、かなり無理かと思われる訓みで、昭君の利欲否定のふるまいを称美した表現として解釈する。そして「凡今の代に仕ふる人を見侍るに、其心得違ひあるも少なからず。我才覚の及ばざる事はしらで、天下の大官に昇らん事を好み、彼方此方の画工をたのみて、うつくしく彩色、形勢の途に奔走して」いると、名利にまみれた今の武士批判に転じる。暴君であった桀紂（桀は夏の、紂は殷の王）よりも、潔癖を貫いて首陽山に餓死した伯夷・叔斉を人々は好み、栄華を極めた平清盛よりも、薄命の楠正成を羨む。利のために法を説く僧職は「売僧」と卑しめられ、利のために仕える武士は「商奉公」と誹られる。そして、

名利《めいり》ふたつながら忘れてこそ、道に近づくともいふべけん。至人《しじん》は名もなく徳もなし。猶可不可一条の道を得ば、何ぞこれらを論ずるの労を待んや。

と結論づけると、良雄は「内におもひある身にしあれば」衝撃とともに感銘を受ける。ここに、作者の「意趣」があることは疑いない。

社僧の言は「名利に使はれて、閑かなる暇なく、一生を苦しむるこそ、愚かなれ」ではじまる『徒然草』第三十八段を踏まえている。老荘や仏教思想の影響を指摘される段であり、林羅山の『野槌』は、本段の趣旨に賛意を示しつつも、儒教的立場から天下の名利まで放擲する姿勢を非難し、「若兼好に我道（儒教）をきかしめば、向上の工夫あるべきに、いと口惜からずや」と熱弁をふるう（川平敏文「徒然草をめぐる儒仏論争――中世的学知の再編」『徒然草の十七世紀』岩波書店、二〇一五年）。

『徒然草』三十八段は、「智恵と心」とによって後世に誉れを長く残したいものだが、よく考えると、誉れを愛するのは、他者の評判を喜ぶことであり、そういう他者とはすぐに過ぎ行く存在であって、むしろ誉れとは謗りの元であり、これを求めるのも愚かであるという。そして、それでも智と賢を求め願う人の為にいえば、智恵は偽りを生み、才能は煩悩を増長させる。人から聞き、学んで知るのはまことの智ではないと述べ、

いかなるをか智といふべき。可不可は一条なり。いかなるをか善といふ。まことの人は、智もなく、徳もなく、功もなく、名もなし。

と断じる。この引用部分を社僧が用いているのは明らかである。社僧は『徒然草』のいう「まことの人」を「至人」と表現しているが、それはこの部分の典拠である『荘子』「逍遙遊篇」の「至人は己れ無し。神人は功無し。聖人は名無し」、に基づく。『野槌』や『徒然草文段抄』は、もちろん典拠を指摘している。先に引いた、徒然草

を戸田茂睡に講釈させるという趣向の第六話を創った作者であれば、『徒然草』の注釈書を参照していたのは確実である。

そうすると、社僧は、兼好の化身であるという読みも可能である。兼好は『仮名手本忠臣蔵』の世界である『太平記』の登場人物であることから、連想の糸で繋がってはいる。ただし、兼好と北野天満宮の関わりについては見出せない。

五　太宰春台の赤穂義士論

社僧の教えを受けて、「良雄は内におもひある身にしあれば、砭《いしはり》するごとく覚へて（心中にある思いがあったので、鍼を刺されたように感じて）」、あふれてくる涙をこらえきれなかった。良雄の内なる思いとは、誰が考えても吉良討ち入りを決行するか否か、決行するとしたらいつどういう方法で、という思いであろう。では、社僧の名利否定の言葉は、なぜ良雄の胸に響いたのか。

良雄は大三郎に、宇治川先陣や草摺引きの絵馬を見せて、「いにしへの兵《つはもの》はかくこそ勇みて、世の名をしらる」ことを教えていた。これは武士が「世に名を知られる」ことに価値をおくこと、つまり名分を重視する教えであった。そして王昭君の絵馬については、賄賂を贈らなかった昭君を称えつつも、その悲劇に同情し「もし賄賂を贈っていたならば、君王に終生仕えることができただろうに」という『和漢朗詠集』の詩句を口ずさんだのである。もちろんこの解釈は、『和漢朗詠集』の解釈としては一般的な解釈であった。「利」をとらずに「名」をとった者の話として良雄は大三郎に教訓しようとしたのだろう。いずれにせよ、良雄は名利にこだわっていたと読める。そこに「名利ふたつながら忘れてこそ、道に近づくともいふべけん」という社僧の言葉が刺さったというわけである。

作者はなぜこのようなことを社僧に言わせたのか。そこには、大石良雄をはじめとする赤穂浪士たちのふるまいへの、同時代の様々な評価と議論が関わっているのではないか。そのような見通しを立てた時に、視野に入ってくるのは、赤穂義士論として大きな反響のあった、太宰春台の「赤穂四十六士論」である。執筆は享保十六（一七三一）年から十八（一七三三）年頃と推定されている（日本思想大系『近世武家思想』所収「赤穂四十六士論」頭注）。赤穂義士批判書としては佐藤直方の論とともに有名であり、反論を含め、大きな反響があった。この春台の「赤穂四十六士論」は、まさに「名利」をキーワードに、大石良雄をはじめとする赤穂家臣を批判しているのである（なお、主要な赤穂義士論を分析検討した著書に田原嗣郎『赤穂四十六士論　幕藩制の精神構造』〈吉川弘文館、一九七八年〉がある）。

その要旨は、左記のごとくである。

一、吉良義央は浅野長矩を殺したのではないから、讐ではない。

二、幕府が、吉良を傷つけただけの長矩に自決を命じたのは、過ぎた刑であり、赤穂家臣は幕府を恨むべきであった（藩臣は幕府に仕えているのではなく、大名に仕えているのだ）。

三、赤穂家臣は城を背にして幕府の使者と戦い、しかる後自決すべきであった。さもなくば速やかに江戸へ行き、吉良を攻め、結果の如何に関わらず死ぬべきであった。それをせず、時を待ち、陰謀秘計を用いて吉良を殺そうとした。「その志は事を済《な》し、功を成して以て名利を要《もと》むる」（原漢文）に在ったからである。

四、吉良を討ったのであれば、その罪は死に当たるのであるから直ちに自決すべきであったのに、処分につき幕府の命を待ったのは、あわよくば仕官しようとする邪心からであり、「名利を要むる者」であり、「大義を仮りて以てその利欲を済す者」である。

これに対する反論も、「名利」をポイントにしている。松宮観山の「読四十六士論」は「大義を仮て其の利欲を要す」といへるは豈刻薄に非ずや」といい、五井蘭洲「駁太宰純赤穂四十六士論」は「凡そ将士の闘に趨くや、みな必ず死するの心ありて、生くるの気なし。然らずんば安んぞ能く不測に入り、身剣芒の質（剣の切先の的）と為らんや。これ儒生文人の関知せざる所なり。良雄ここにおいてただ敵をのみこれ求め、身の死するを顧みず。あに名利を要むるに遑あらんや」といい、「この後数百言は、みな強誣の辞にして、以て名利を要むるの説を敷衍す」と締めくくる。

幕臣であった成烈が、赤穂義士の議論に無関心であったとは思えない。まして春台の義士論は、広く流通し、天保期まで続いていったものである（前掲田原著書）。

要旨の三に挙げたように、春台は山科に隠棲して仇討のタイミングを待ち続けた大石良雄を、厳しく批判した。大石が失敗なく吉良を殺して名利を得ようとしたからだと。

この春台の批判を下敷きにすると、本話は、討ち入り直前の冬なかばを想定しており、この後日談として、名利に縛られていた大石が、北野の社僧の言葉に刺激されて、名利を顧みずに、討ち入りを実行した、と読者が想像することも可能だろう。

おわりに

本話は、「王昭君」詩の新解釈を示す〈学説寓言〉であるが、その解釈は学問的にはかなり無理がある。なぜならば、作者の思想を託した社僧の、名利論を引き出すための解釈だからである。おそらく作者もそこは承知しているだろう。同じような構図が、第八話の「嵯峨の隠士三光院殿を詰る」にある。この話については、第三部

第二章で触れている。『明星抄』の著者三条西実澄が、嵯峨に隠棲する老翁に会い、『源氏物語』論をかわすが、そこで老翁は、珍説ともいうべき新説を披露する。あきれた実澄は、そのようながち過ぎの説は堂上では用いないと退けると、老翁は、下民の詞だから用いないのは大道にもとると説教する。本話の主意はむしろ「下民の詞を用いるべきである」というところにあり、鑿説はそのために出したものである。とはいえ、学問的な著述ではない読物の場で、開陳してみたかった説でもあるのだろう。第八話については木越俊介「『新斎夜語』第八話「嵯峨の隠士三光院殿を詰る」と『源氏物語』註釈」（鈴木健一他編『江戸の学問と文藝世界』森話社、二〇一八年）がある。本話の王昭君の説もそういう説であって、学問的に自信があるわけではないが、読物という世界を借りて、披露してみたかったという側面もあるのではないか。

本話は、物語の作り方としては、諸々の綻びがあるとはいえ、議論を主体におく初期読本としての魅力を十分に備えたものと言える。同様に議論を組み入れた「白峰」「仏法僧」「貧福論」を含む『雨月物語』とほぼ同時期に本話を含む『新斎夜語』が刊行されたということは、『雨月物語』が孤絶の作品では決してないということを示すことになるのであろう。

第四部　仮名読物の諸相

第一章　怪異語り序説

はじめに

読本は近世後期における仮名読物群の中でも、最も本格的と言ってよい娯楽読物である。読本研究は近世文学研究全体の中でも比較的活況を呈している分野だと言える。ここ三十年ほどの読本研究を振り返ると、そこにはいくつかの流れがある。本章では読本研究史を述べることが目的ではないので、具体的な論文名等は割愛する。

第一に読本発生史あるいは読本展開史という文学史的な研究である。読本前史や明治小説への展開、浮世草子や草双紙、さらには演劇との関わりなどもこれに入る。最近では読本の周辺の奇談・地誌などを視野にいれる研究もある。

第二に読本様式論・構成論というべきもの。様式論には、書誌学的なテキスト外的様式論と、構造論的なテキスト内的様式論がある。

第三に、前期読本・後期読本問わず、これが最も盛んだろうが、典拠・素材研究、および作品論。前期読本では近年特に白話小説との関わりを中心に研究が深化している。作品論は、前期読本では庭鐘・秋成、後期読本では京伝・馬琴を中心に盛んであり、それ以外の作品の研究も着々と積み上げられている。

第四に、特に近年の傾向として、読者論や出版流通論の中に読本を位置づける研究がある。

しかし一方で、「読本研究の未来」を見すえた時に、明るい見通しが開けているといえるかといえば心許ない。研究者人口の漸減と先詰まり感。読本研究者間には共有されていても、外に開かれているとは必ずしも言えない問題意識。

未来に向けて読本研究を開くとはどういうことか。まず読本に関心を持ってもらう必要がある。一般読者に読本を開くためには、研究の切り口もジャンル横断的・学際的であることが求められている。

研究者コミュニティの外部にも関心を持ってもらえるテーマで、読本とも親和性があるのは怪談（怪異譚）だろう。怪談は民俗学・歴史学でも研究対象であり、学際的なテーマでもある。そして、読本に限ったことではなく、近世文学は怪談の宝庫である。怪談のコンテンツとしての「鬼」「妖怪」「霊」などは、映画・ドラマ・小説・コミックを問わず人気がある。近世文学専攻の筆者たちは、ジャンルごとの研究にあまりにも馴染みすぎていて、その枠組以外での研究にあまり関心を払わない。もちろん一般向けに研究者によって書かれた本では、ジャンルにこだわらないアプローチは多々見られるのだが、多くは出版社による企画であって、研究論文として怪談を枠として書かれたものは、読本を枠として書かれたものより遥かに少ないだろう。言うまでもなく、これは一般的な関心とは逆なのである。また怪談へのアプローチは、文学研究からよりも民俗学の側からの方が断然多いのが現状である。

そういう中で想起されるのが日本名著全集『怪談名作集』（日本名著全集刊行会、一九二七年）の山口剛の解説である。草双紙・演劇を含めて、縦横無尽に江戸時代の怪談を解説しつつ、ジャンルとしての「読本」の名目についての問題点も指摘し、『剪燈新話』「牡丹灯記」の翻案の流れを通して、怪談史を構築した手腕は見事であった。山口のこの仕事を研究者として正面から受け止め、継承したのは、太刀川清（『近世怪異小説研究』笠間書院、一九七九年）・堤邦彦（『江戸の怪異譚』ぺりかん社、二〇〇四年）・近藤瑞木（「怪談物読本の展開」『西鶴と浮世草子研究』二、二〇〇七年）らである。彼らは怪異小説・怪異譚・怪談物という枠組で、読本の怪異的要素に関心を示している。おそらくあらかじめ読本への関心があるのではない。

筆者の偏見かもしれないが、読本に描かれた怪異に関心を持つ研究者の多くは、それを考察していたとしても、結局はそれを読本研究に収束させているように見える。だが、近世文学研究の未来を見すえる時には、ジャンルを超えた怪異表現にフォーカスする怪談研究、すなわち山口、太刀川、堤、近藤らの試みに連なる研究が必要であるように思う。たとえば学問的な叙述による「近世怪談文学史」はまだ書かれていない。むしろ歴史学の成果である木場貴俊の『怪異をつくる　日本近世怪異文化史』（文学通信、二〇二〇年）が、近世怪談史の一つの指標となった。

本稿は、構築すべき「近世怪談文学史」のために、どのような視点が考えられるかのアイデアを出すささやかなひとつの試みである。そこに読本も関わりうるのではないかという見通しを示すに過ぎないが、ジャンルごとの作品史の組み合わせになりがちな「近世文学史」を相対化する何らかのヒントになれば幸いである。

一　語りに着目する怪談史

「怪談」はその語の通り、談話性に大きく依拠している。これは「奇談」も同じである（第二部第四章）。かつ、「怪談」「奇談」の語は、近世になって広く流通した語であり、それ以前に用例を見出すことが難しい。また漢語由来でもないため、一種の和製漢語であると言える。

研究上では、「怪談物の浮世草子」とか「奇談物の読本」などと称することが多い。あくまでそのテキストの所属するカテゴリーは「浮世草子」であり「読本」なのである。だが逆に、「怪談」や「奇談」というカテゴリーや、その歴史（怪談史・奇談史）の中に、怪談物浮世草子や奇談物読本と言われている書物を位置づけるということも可能な筈である。近世小説史（浮世草子史・読本史）の構想がこれまでの研究史でさまざまに浮上しているのに対して、「怪談」は史的な見通しを立てようとする試みがない。怪談研究の側では、それは「文学史」ではなく「系譜」として語られてきたと言えるだろう。

「怪談」は談話性を基盤とする、怖くて不気味な話の総称ということができ、あらゆる散文・演劇ジャンルに存在しうる。民俗学的あるいは歴史学的な怪談研究はさておき、書かれたもの、書き起こせるもの（テキスト）を対象とする「怪談文学史」を構想する場合は、「怪談」の語の文献的用例や「怪談」を称する書名（その嚆矢は寛永末ごろ成立の林羅山の『恠談』）が、江戸時代以前にはほぼ確認できないことから、江戸時代の読物を中心に「怪談文学史」を叙述するのが妥当だろう。もちろん『伊勢物語』六段の鬼一口説話や、『源氏物語』の六条御息所の生霊の物語、そして夢幻能のなどのテキストも、「怪談文学」と呼んでよいテキストであるばかりか、江戸時代の怪談文学に大きな影響を与えているから、これらをも抱え込む形で、怪談文学史は構成されなければならない。

「怪談文学史」を立てる場合、〈語られた怪異〉の歴史がまず構想されるだろうが、「怪談」の語の談話性に着目するならば、〈怪異の語られ方〉の歴史を構想することも許されるのではないか。そういうものが成り立つのかどうかは不明であるが、筆者は「奇談」史というものを構築する試みを行ってきており、江戸中期の書籍目録で「奇談」に分類されたテキストの「語られ方」に着目してきた。その応用問題として「怪談」史を構築することも可能ではないかと想定している。

その試みの端緒として、怪異がいかに語られているか、という点に着目し、怪異表現に即して分析してみる必要があると考えた。もちろん、その史的展望をいきなり行う準備が出来ているわけではない。「怪異の語られ方」

の史的展望をめざす第一歩として、読本における「怪異の語られ方」を、怪異発動前後の語りに注目することで、考えてみたい。とりわけ語りが、作中人物の視点に重なりつつ怪異が発動するというありかたについてである。

二　前期読本以前の怪異語り

まず「読本」以前の怪談を見ておこう。十七世紀を代表する怪談書のひとつである『曾呂利物語』（寛文三〈一六六三〉年刊）から二例をあげる。

頃は九月中旬の事なれば、月いと白く、木の葉ふり敷き物凄まじき盛りのうちを過ぎて、石段を通りけるが、杉の木の上より小さきもの一つ、ひらめきて足元に落ちけるが、怪しみてこれを見るに、へぎ一枚なり。かかる所に何とて有りけるぞと思ひながら、踏み割りてこそ通りけれ。割れたる音の山彦に答へ、夥しく聞こえけるを、不審に思ひながら別の事もなくて、上の社の前にて一礼して、証の札をたて置き帰りしが、何処ともなく、白き練りの一重を被きて女房一人来たれり。さては音に聞きつる変化の物、我が心を誑かすらんと思ひ、走り寄りて被きたる衣を引きのけて見れば、大いなる目ひとつ有りて、振り分け髪の下よりも、並べたる角生ひたるが、薄化粧に鉄漿黒々とつけたり。（巻一の一「板垣の三郎高名の事」）

越前の北の荘といふ所に、ある者、上方へまだ夜を籠めて上るとて、沢谷といふ所に、大いなる石塔有りける。その下より鶏一つ発ちて、道に降るる。月夜影によくよく見れば、女の首なり。彼の男を見てけしから
ず笑ふ。（巻一の二「女の妄念迷ひ歩く事」）

怪異を描く場合、語りの視点が、怪異を見聞する作中人物に重なり、「見るに」「聞こえけるを」「よくよく見れば」などの語とともに、その立場（視点）から描写される。そして作中人物の眼は読者もこれを共有し、怪異性が発揮されるというあり方の語りである。後者の例の場合、石塔の下から出てきたものが鶏であるという、一見客観的な語りが読者をいったんミスリードし、鶏に見えていたものは女の首であったという視界の更新が「よくよく見れば」を介して行われている。作中人物の男の視線に読者の視線が合わさった語りである。（ちなみ引用した二例は『諸国百物語』巻一の一、同巻二の三の典拠となっている。叢書江戸文庫②『百物語怪談集成』国書刊行会、一九八七年、太刀川清解説）

次に怪談物浮世草子における怪異語りの例として『玉箒子』（元禄九〈一六九六〉年刊）から巻一の二「妖物実検」を挙げよう。武勇自慢の片桐某は妖怪を信じない。ある時金毘羅山に天狗妖物がいると聞き、ひとりで確かめに行く。

四方を見まはすに、ただ松風谷水のひびきよりほかさらに音なふものなし。そろりそろりと山を下りかへらんとするに、暁がたになりて、たちまち人のあしおとたかくきこえて、本堂の方へあゆみきたれる。片桐「すはや。これぞ妖物《ばけもの》ならん」とかたはらにかくれてうかがふに、何ものとはしらず、息継ぎあらくあへぎ来り。たちまち手に持ちたる物を草原の中へがはとなげすていにけり。片桐、そのかへるをまちて、草原の中をたづねさがしければ、何やらん、丸くしておもき物を得たり。いまだ暗ければ、さやかに見へず。やをらなでさぐりみれば、人の生首にてぞありける。ただいまきりはなしたるとみえて、血したたりて、腥し。「人にみとがめられじ」と髻《たぶさ》をとりてひつさげ、本堂の縁の下に投げこみ、夜あけはなるるを待ち、さらぬ体にて家にかへりける。

この場面は、一貫して片岡の視覚（「みまはすに」「うかがふに」「さやかに見へず」）・聴覚（「きこえて」）・触覚（「何やらん、丸くておもき物」「なでさぐりみれば」）さらには嗅覚（「腥し」）を通した語りとなっている。『曾呂利物語』と同じく、怪異に出会うのは片桐一人であり、片桐の語りを基にした怪異語りの体裁となっている。俯瞰的客観的視点はない。『曾呂利物語』の怪異語りに比べると、怪異の正体がなかなか明かされず、片桐の知覚をフルに駆使して徐々にそこに近づくという体である。物語によれば片桐は三四十年これを語らなかったが、たまたま侍たちが集まって昔話をしている場で「何心なく」その次第を語った。するとどうであろうか、その場にいた七十ばかりの侍が「生首を投げすてたるは我なり」と明かすのである。生首を捨てたのは妖怪変化ではなく人為であったと結ばれる一種の弁惑物になっているが、それは最後まで読者に秘匿されている。近世の怪異語りには、このように怪異と見えたものが、実はそうではなかったという構成を持つものが少なくない。いったんは怪異を読者に共有させ、最後に種明かしするという「語り＝騙り」の技法がそこでは用いられる。

三　前期読本における怪異語り

読本の嚆矢とされる『英草紙』（寛延四〈一七四九〉年刊）第四話「黒川源太主山に入ッて道を得たる話」の怪異語りを見てみよう。

黒川源太主は、棺を十日家に留めて葬れと妻深谷《みたに》に遺言する。夫の弟子道竜と葬儀の準備をするうちに深谷は道竜に好意を抱く。道竜の下人、九郎から明後日道竜が妻を迎えると聞いた深谷は、急ぎ自分の気持ちを道竜に伝えるが、師の棺が家にある時にそれは無理だと断られる。諦めきれない深谷は道竜を呼び、再婚に支障のないことを告げ、道竜も「心の動きしにや」（語り手の言）従うと言う。酒を酌み交わし枕に臥そうとする時、道竜が発作を起こす。応急処置には生者の脳髄を熱酒で飲ませるしかないが、死後四十九日以内の死人であれば有効だと九郎が告げる。深谷は自分の夫の脳髄はどうだろうと九郎に尋ねる。さすがに「夫《それ》こそ某《それがし》がよからんとも申し難し」と九郎は言うが、深谷は「万一道竜我が心を引き見ん為の作り病にや、さあらば、いよいよ我が心中の誠をあらはさでは有るべからず」と、発作は道竜の芝居で自分を試しているのではないかと疑い、夫の棺の蓋を斧で打ち破ると、なんと夫の死体が欠伸をして立ち上がる。この時に深谷の驚きの描写は、「深谷肝を化して、あつと飛びのき、妖怪の着きしにやと、よくよく見れば、面色生けるにかはらず」である。このあと「蘇生」した源太が、言い訳をする深谷を追及し、自殺に追い込んでゆく。

源太主の分身隠形の術にはまって深谷は心の奥底を見透かされてしまったのであるが、ここには、怪異を仙術に回収するにとどまらない怪異語りと心中思惟描写の工夫が見られる。ひとつは深谷が道竜の発作を自分の愛情を試す芝居ではないかと疑うところ、この描写は原話「荘子休鼓盆成大道」（『警世通言』）にはないのだが、深谷の切羽詰まった心理を庭鐘は効果的に表現している。その前の道竜のやや消極的な態度と呼応しているし、道竜が結婚に合意する場面でも、傍線部のように「心の動きしにや」と語り手の言葉を投げ入れて、あくまで道竜の本音が見えないようにしているのである。さらに、棺から出てきたのが「妖怪」かと思えばそうではなく、「よくよく見れば」生きている時と変わらない源太主だったという流れ、「よくよく見れば」の深谷の視点に、読者も視点を重ねてこの現象を受け止める。深谷の心理に知らず知らず寄り添っていた読者の驚き・恐怖がここで頂点に達するという仕組みは、よく考えられた怪異語りに負っている。「語り＝騙り」がここにも見て取れる。

前期読本の次の例は伊丹椿園作『唐錦』（安永八〈一七七九〉年刊）の巻三「萩本夫婦奇縁を結ぶ話《こと》」である。浪人萩本式部は農家の娘藤波と恋仲になるが、父の反対を受け、藤波は明石の浦に身を投げる。傷心の式部は書写山に登り、とあるところで密室を発見する。

……奥に壇を高くまうけて、見なれぬ一幅の仏像を掛けたり。拝し畢つて、何の仏なるやと近よつて見ゐたるに、折節一陣の狂風吹来つて仏像の画を捲き上げければ、後に人の入るべき程の穴あり。大に怪しみ壇に上つて穴の中をうかがふに、暗々として更に弁じがたく、あまりに首《かうべ》を下げけるゆゑにや、忽ち倒まに穴の中に落入ること五間斗りと思しく、驚きながら手足の痛みを忍び、早く這ひ上らんと探り廻りけれ共便りなく、儚然《ばうぜん》とあきれ果てたりしに、少し明りさしければ、其方にむかひて這行きけるに扉あり。開き見れば内には燈明らかにして、方五間ばかりの室なり。杯盤酒肉を取散らして酒宴を催せし跡の如くなり。障子をひらきて奥をみれば、一人の女を柱に縛り付け置きたり。近寄つて熟視れば、こはいかに、入水し終りしと聞きし藤波なれば……

萩本の視点で語られ、読者もその視点に重ねて読んでゆく。見なれぬ一幅の仏像、その画が狂風に巻き上げられて出現する穴、その穴の中に落ち、明るい方向に向かうと扉があり、それを開くと五間ばかりの部屋に酒宴の跡、さらに障子を開いたそこには、入水したと聞いた藤波がいた……。

一連の描写は厳密にいうと怪異語りではないが、未知なるものに向から作中人物の視点で状況が語られている点で、これまで述べてきた怪異語りと同じ構造を持っている。『唐錦』の作者は、この語りの手法を効果的に用いている。

中国白話小説から影響を受けている庭鐘・椿園らの前期読本に対して、日本の説話・巷談を材とする短編怪談集が明和期に続々と刊行され、それらも前期読本に分類されている。それらの怪異語りはどうであろうか、一例として高古堂の『新説百物語』（明和四〈一七六七〉年）のそれをあげよう。同書には作者による短い序文があるが、そこに「妖怪のみにもかぎらず、仏神の霊験までも残さずまのあたり人のかたりしを書とどめて、一編となしたり」とあるように、京都の本屋作者である高古堂が多く実説から収集した形をとっており、各話の語りは実体験者の視点からなされることを前提としている。巻一の三「丸屋何某化物に逢ふ事」も「近き頃の事」で、丸屋何某という薬売りが、寄り合いの帰途ぬっぺりぼうという化物に出会った話である。

川原にて下のかたを見れば、うす月夜に乞食《こつじき》とも見えずうごめくものあり。さけのきげんにてそばに立ちよりとくと見ければ、人のかたちにはありながら、顔とおぼしき所目口鼻耳もなく、もののもいはずはいまはりける。

この目撃談は、丸屋自らの語りを生かしたものだが、特に怪異語りとして工夫がなされているとはいえない。十七世紀の読み物である先述の『曾呂利物語』のように読者を誤誘導するような仕掛けもなく、聞き書きに見られる素朴な叙述である。庭鐘・椿園らのような方法意識はない。
ただし、『新説百物語』全般には、興味深い事実譚（もしくは事実らしき奇談）を面白く読ませようとする娯楽性が意識されている。それは、私のいう「奇談」という仮想的領域に属するテキストたちに共通するものである（『新説百物語』は「奇談」書でもある）。怪異語りの技法ではむしろ後退しているのだが、だからといって等閑視してよいテキストではないのである。「奇談」という領域の概念を従来のジャンル概念中心の文学史と併用することで、無理のない近世仮名読物史を構築できるのではないかと夢想する。

四　『雨月物語』の怪異語り

前期読本の中で『雨月物語』ほど、卓抜した怪異語りを実現したテキストはないことに異論はあるまい。実際『雨月物語』の巧妙な怪異語りはこれまで、評釈書（鵜月洋著・中村博保補筆『雨月物語評釈』〈角川書店、一九六九年〉。長島弘明『雨月物語の世界』〈ちくま学芸文庫、一九九八年〉など）や研究書（高田衛『上田秋成研究序説』寧楽書房、一九六八年。田中厚一『雨月物語の表現』和泉書院、二〇〇二年。井上泰至『雨月物語の世界』〈角川選書、二〇〇九年〉など）や、多くの論文で詳細に分析されてもきた。そのような高度な語りの分析に耐えうるのが『雨月物語』だったという見方もできる。

ここでは、語りが作中人物の視点に置き換わった時に怪異が発動するという流れを見る本稿の問題意識に即して考えたい。

「菊花の約」と「浅茅が宿」は、作中人物（左門、勝四郎）が、再会した相手（宗右衛門、宮木）を幽霊と認識せずに対応し、会話するが、その場面を読んでいる読者も、作中人物と同様、相手が幽霊であることを知らされていない。

「菊花の約」では、再会を約した重陽の日、宗右衛門を一日中待ち続けた左門が、月の光も陰り、諦めて家に入ろうとするその時「ただ看《みる》、おぼろげなる黒影の中に人ありて、風の随来るをあやしと見れば赤穴宗右衛門なり」と、漸く待ち人を見出す。怪異の出現は、左門の視線によって語られる。躍り上がる心地で中に招き入れるが宗右衛門は頷くばかりで一言も発しない。歓待の言葉と無言の反復の後、遂に宗右衛門が自ら霊であることを告白する。事情を語ったあと、宗右衛門は「今は永きわかれなり。只母公によくつかへ給へ」といい、「座を立と見しがかき消て見えずなりにける」。「見し」「見えずなりにける」は左門の視点に立つ語りである。読者は左門と同じ視線でこの場面をイメージする。

「浅茅が宿」では、七年ぶりに帰郷した勝四郎が、変わり果てたふるさとで、かつて住んでいた家を探し出す。妻の宮木は既に死んでいると思いきや、灯りが洩れている。別人が住んでいるのか、もしや妻がと心騒がしく、「門に立よりて咳《しはぶき》すれば」、聞き取って「誰《たそ》」と問いただす声が聞こえる。「正しく妻の声なるを聞て」勝四郎は胸さわがれて「我こそ帰りまゐりたり」と呼びかける。本来読者は宮木の声を知るよしもないが、この場面では勝四郎の耳と同化している。宮木は勝四郎の声を「聞きしりたれば」直ぐに戸を開けるが、その姿はやつれ果てていた。しかし勝四郎の予想と違って妻は生きていたのである（勝四郎も、多くの読者もそう思っている）。「聞きしりたれば」の表現も、宮木の声を知る勝四郎の立場からの語りといえる。呆然として長く帰って来れなかった言い訳をする勝四郎。それに対する宮木の恨み言。この場面、読者は勝四郎の視点と自らの視点を重ねるが、一方で語り手が宮木は幽霊だと暗示する描写にも反応しているだろう。勝四郎は、共寝した翌朝、周りの状況から宮木が霊であったことを自得するが、それを本当に実感するのは、宮木の末期の心を詠んだ歌を発見したときである。

水向けの具物せし中に、木の端を刪りたるに、那須野紙のいたう古びて、文字もむら消して所々見定めがたき、正しく妻の筆の跡なり。法名といふものも年月もしるさで、三十一文字に末期《いまは》の心を哀にも展《のべ》たり。

消え消えの文字をなんとか読もうとする勝四郎の視点を語り手も共有し、勝四郎とともに「哀にも」と語る。勝四郎の心情と語り手の心情が重ねられている。怪異語りを軸にした切なくも哀れな物語はこのようにして誕生する。

『雨月物語』の中で最も恐怖度の高いと定評のある「吉備津の釜」はどうだろうか。恐怖を引き出す語りとしてよく言及されるのは次の場面。

あるじの女屏風すこし引きあけて「めづらしくもあひ見奉るものかな。つらき報ひの程しらせまいらせん」といふに、驚きて見れば、古郷に残せし磯良なり。顔の色いと青ざめて、たゆき眼《まなこ》すさまじく、我を指したる手の青くほそりたる恐しさにあなやと叫んでたをれ死す。

すでに数多くの指摘があるように、「我を指したる手」から読者は正太郎の視点と同化し、磯良が突きつける手を見る。

続いて磯良の霊が物忌み四十九日の明けようとする朝（と見せかけた夜）、正太郎を襲う場面。

かくして四十二日といふ其夜にいたりぬ。今は一夜にみたしぬれば、殊に慎みてやや五更の天もしらじらと明わたりぬ。長き夢のさめたる如く、やがて彦六をよぶに、壁によりて「いかに」と答ふ。「おもき物いみも既に満《みて》ぬ。絶て兄長《このかみ》の面《おもて》を見ず。なつかしさに、かつ此月頃の憂怕《うさおそろ》しさを心のかぎりいひ和《なぐ》さまん。眠《ねぶり》さまし給へ。我も外の方に出ん」といふ。彦六用意なき男なれば、「今は何かあらん。いざこなたへわたり給へ」と戸を明る事半《なかば》ならず。となりの軒に「あなや」と叫ぶ声耳をつらぬきて、思はず尻居に坐す。こは正太郎が身のうへにこそと、斧引提《おのひきさげ》て大路に出づれば、明けたるといひし夜は未だくらく、月は中天《なかぞら》ながら影朧々として風冷やかに、さて正太郎が戸は明はなして其人は見えず。内にや逃入つらんと走り入て見れども、いづくに竄《かく》るべき住居にもあらねば、大路にや倒れけんともとむれども、其わたりには物もなし。いかになりつるやと、あるひは異《あや》しみ或は恐る恐る、ともし火を挑げてここかしこを見廻るに、明たる戸腋《とわき》の壁に、腥々《なまなま》しき血潅ぎ流《ながれ》て地につたふ。されど屍《しかばね》も骨も見えず。月あかりに見れば、軒の端にものあり。ともし火を捧げて照し見るに男の髪の髻《もとどり》ばかりかかりて、外には露ばかりの物もなし。浅ましくもおそろしさは筆につくすべうもあらずなん。夜も明けてちかき野山を探しもとむれども、つひに其跡さへなくてやみぬ。

彦六が正太郎に呼びかけられ、自宅の戸を開けかけた時点から、語り手は、彦六と視点を共有する。正太郎がいるはずの隣から「あなや」と叫ぶ声が耳を貫く。正太郎の身に何かあったかと、斧を手に大路に出ると、明けたはずの夜はまだ暗く、月は朧々とし、風はひんやりとする。聴覚、視覚、触覚と彦六の怪異体験が知覚全体を使って語られる。正太郎の家の戸は開け放たれているが姿は「見えず」、奥に隠れたかと家に入って「見れども」、あるいは大路に倒れたかと「求むれども」、気配もない。読者に焦燥が共有される。「異しみ」「恐る恐る」「見廻る」と、戸脇の壁にねっとりと血が流れている。しかし死体も骨も「見えず」、月明かりで「見れば」、軒端に「もの」（何か）がある。見ている彦六はそれが「もの」であることは認識しているが何であるかわからない。そこで灯を捧げて「照し見る」と、男の髪の髻だけがかかっていて、他には全くなにもなかった。古典文学史上屈指の怪異描写は、このように彦六の視覚・聴覚・感覚を通してなされていることが確認できるだろう。

一方で彦六の聴いた「あなや」の叫び声は、周知のように『伊勢物語』六段の芥川の段に出てくる言葉である。女を盗み出して逃げ、夜更けて雷雨の中であばら家に籠った男は「はや夜も明けなむ」と思っていたが、「鬼はや（女を）一口に食ひてけり。（女は）あなやと言ひけれど、神鳴るさわぎに、え聞かざりけり」。「吉備津の釜」の読者は「あなや」から鬼一口説話を連想し、正太郎は消されるのではないかと半ば疑いつつ、彦六の視線に同化してこの怪異場面を疑似体験する。「吉備津の釜」の「照らし見るに……外には露ばかりの物もなし」には、『伊勢物語』の「やうやう夜も明けゆくに、見れば、率て来し女もなし」の怪異語りが重層的に響いている。

五　後期読本の怪異語り

後期読本を詳しく分析する余裕はないが、秋成の影響を受け、叙上の「吉備津の釜」の文章をほぼ丸取りしていることで知られる山東京伝の『復讐奇談安積沼』（享和三〈一八〇三〉年）の、別の箇所の怪異語りを取り上げよう。

現西は此夜も常のごとく、鉦《かね》をならし念仏をとなへて村々をあるき、三更すぐる頃住家にかへらんとて、錦木塚の辺にちかづく時、俄に一陣の風おこりて、颼々《しうしう》と樹梢《こずへ》をならし、月色朦朧として不覚《すずろ》にものすごくおぼえけるが、怪哉《あやしきかな》錦木塚のうしろに一道の陰火もえ出てあたりをめぐり、草ふかき所に虫のこゑかとあやまつばかりさめざめと泣かなしむ声いともあはれに聞えて、人の魂をおどろかすばかりなれば、現西こはいかにと頭《かうべ》をめぐらしてこれを見るに、たけ長き黒髪を乱し、顔は雪よりもしろく、吭《のんどぶえ》のあたりより鮮血《なまち》淋々《したたり》て、身にまとひたるうすものを朱に染なしたるが、黒暗中《くらがりのうち》にたちておぼろげに見えたり。（巻の三、第六条）

お秋という女を強姦した上で殺した悪僧の現西が、お秋の幽霊に会う場面。傍線部が、作中人物の現西の五感を通した怪異語りである。この場面については佐藤深雪に語りの分析がある（「読本における「語り」」『日本文学』、一九八八年一月号）。

「覚え」「聞え」「見え」るという作中人物の感覚が総動員され、読者と語り手は、この現西という作中人物を通して、亡霊を見、聞き、感受するのである。（中略）「見るに……見えたり」という表現はこの両作品（筆者注『安積沼』と『優曇華物語』）を特徴づけるものであり、「見るに」という作中人物の視線を通してみられたものを、「見えたり」という作中人物と語り手の重層を示す表現によって括り出しているのである。（中略）読者・語り手・作中人物は、同じように亡霊を見、聞き、感受するのである。

非常に的確な分析である。しかし、語り手と読者の関係はもう少し複雑である。この部分の前の場面で、代官は、現西を殺人犯と見定め、下役人二人に「如此々々」と何事か指示していた。それを知る読者は、代官らが仕組む罠に現西が嵌まり、彼が殺人犯であることが晒されるだろうと予想し、現西が怪異に出会っているのをどこかでいい気味だと思いつつ読んでいる。読者は、「吉備津の釜」の正太郎や彦六の場合と同様、現西の知覚を共有する。しかしながら、語り手によって観察者の視点をも与えられており、単純に恐怖を感じながらの読み方ではない。結果、読者の予想した通り、幽霊はにせもの（下役人たちの扮装演技）だったことが明らかになる。幽霊芝居というオチがつくだけに、なおさら怪異の恐怖は迫真的であるべきで、そのために作中人物と視点と同一化する怪異語りが用いられたのである。

むすび　『源氏物語』の怪異語りに言及して

仮名読物における怪異語りを摘出して考察してきたが、以上のように怪異発動の前後、怪異を体験する作中人物の視覚・聴覚などの知覚を通して、語り手は作中人物の視線と一体化して語り、読者の視線もそこに重ねられることで、怪異表現は効果的になる。

しかしこの叙法が近世の怪談本の発明だったかといえば、もちろん答えは否である。すでに多くの研究が明らかにしてきたように、作中人物と語り手の視線や情意が一体化することは、『伊勢物語』や『源氏物語』から見られるものである。とりわけ怪異語りに限定すれば、前述の『伊勢物語』六段の鬼一口説話や『源氏物語』の六条御息所生霊譚が、この叙法を用いている。伊勢や源氏を読んでいる江戸時代の仮名草子から後期読本にいたる読物作者たちは、怪異語りに際してその叙法を学んでいた可能性が高いだろう。

『源氏物語』夕顔巻、「なにがしの院」で夕顔が物の怪に取り殺される有名な場面は、源氏の知覚を通して、様々に語られる。

宵を過ぎる頃に少し寝入ると、枕上に女が座っていて、恨み言を述べたあと、「この御かたはらの人（夕顔）をかき起こさんとすと見たまふ」。「見たまふ」とあることで、女の姿と言葉は、源氏の視覚と聴覚でとらえられる。続いて「物に襲はるる心地して、おどろきたまへれば」と、源氏のはっとした目覚めの感じが鮮やかに語られる。怯える夕顔と侍女の右近をおいて、源氏は周りの様子をうかがい、戻ってくる。「帰り入りて探りたまへば、女君はさながら臥して、右近はかたはらにうつ伏し臥したり」と、今度は闇の中、源氏による手探りの感覚による語りである。右近は気分が悪いといい、源氏は夕顔を「かい探りたまふに、息もせず」。そこで紙燭を取り寄せて、「見たまへば、この枕上に夢に見えつるかたちしたる女、面影に見えて、ふと消え失せぬ」。ここが怪異のクライマックスであるが、源氏視線の語りであり、この女（六条御息所）の姿はおそらく源氏にしかみえないのだろう。

この場面の怖さは、物の怪が六条御息所であるということは書かれず、また夕顔が実際に襲われる場面の描写がなく、恐怖に怯える描写に続いて、既に身体が冷たく、息をしていないことに、源氏が気づくという展開である。物の怪の襲撃という恐怖のクライマックスを、それ自体を書かずに表現するあり方は、「吉備津の釜」の最終場面を想起させる。「吉備津の釜」の中で霊となる磯良は六条御息所に、殺される袖は夕顔に比定されることは従来も指摘されてきたが、それだけでなく、怪異語りの方法という点でも、秋成は『源氏物語』に学んでいるであろう。こうしてみると、怪異語りの話法は『源氏物語』においてすでに非常に高度な達成をとげていることがわかるだろう。

読本の特徴としては、中国白話小説の影響が大きいことが指摘されてきた。典拠を丸取りする例はもちろん、ストーリー構成、人物の性格づけなど、白話小説に学んだ部分で、小説の新境地が開かれたのは事実である。だが、怪異語りについて言えば、日本古典のもつ表現法を再生した側面のあることを否定できないだろう。前期読本作者の多くは、日本の古典文学にも精通していたことは忘れるべきではない。

第二章　「菊花の約」の読解

日本近世文学研究においては、読解の対象となるテクストを、できるだけ同時代のコンテクストにおいて解釈するという方法意識が研究者の間に浸透し定着している。しかし、同時代のコンテクストの捉え方そのものが千差万別であれば、読みはひとつに収斂しない。〈近世的な読み〉を主張する研究者がそれぞれにまったく異なる読みを提示することはめずらしくない。これは〈近世的な読み〉とはどういう読みのことかがきちんと定義されないまま、自らのイメージで作り上げた〈近世〉を前提に論じられているからか、あるいは別に原因があるのか。〈近世的な読み〉とは、同時代の読者の読みを再現すること、それを目指す読みであろう。〈近世的な読み〉の実現のためには、テクストの読者層を想定・仮設したうえで、彼らの一般的な常識・教養世界を把握し、作者の意図をも汲みながら、典拠と同時代的文脈の両面からテクストに迫っていくことが求められよう。当然、用例による注釈的読みが欠かせない。ただし、そうした作業を経て得られた解釈であっても一つに収斂しないのは当然である。我々が現代小説を読んだ時に、多様な解釈が生まれるように、近世の読者の読みも、誰が読んでも同じ読み、ということになるはずはない。

〈近世的な読み〉へのアプローチの方法もひとつではない。テクストの読者をどう仮設するかによって、様々な読みがありえよう。本論は、ひとつの試解である。

一　「信義」

数ある近世文学のテクストの中で『雨月物語』「菊花の約」は、論じられる頻度においても、その解釈の多様さにおいても屈指のものだろう。周知の物語であるが梗概をのべておく（長島弘明『雨月物語の世界』〈ちくま学芸文庫、一九九八年〉を一部変えて引用する）。

播磨の国加古の駅に、母と二人で住む丈部左門という清貧な儒者がいた。ある日知人の家を訪ねた折、熱病に苦しむ旅人を救う。旅人は出雲の富田城主塩治掃部介に仕える赤穴宗右衛門。左門の献身的な介抱で宗右衛門は快方に向かい、二人は意気投合して義兄弟の契りを結ぶ。やがて全快した宗右衛門は出雲に戻ることになるが、左門母子の恩返しに九月九日の重陽の日に戻ることを約束する。約束当日、朝早くから宗右衛門を待つが宗右衛門はやってこない。あきらめて床につこうとした時、すでにこの世の人でない宗右衛門が現れる。宗右衛門は新城主尼子経久に仕える従兄弟赤穴丹治より幽閉され、自刃して亡霊となり約束を果たしたという。赤穴に信義を尽すべく左門は妹の嫁ぎ先に母のことを頼み、出雲に下る。左門はすぐに丹治を訪ね、その不義をなじり、その場で斬り殺して逐電した。尼子は兄弟の信義の篤さを憐れみ、左門の跡を追わせなかった。

本編は中国白話小説『古今小説』中の「范巨卿雞黍死生交」の翻案である。おおむね原拠通りだが、いくつか重要な改変部分があり、そこに主題に関わる重要な意味があるとして従来さまざまな議論がなされてきた。それらについては前掲長島弘明『雨月物語の世界』の「菊花の約」にまとめられており再説はしない。ここでは「菊花の約」の〈近世的な読み〉とは何かという議論に限定して進めていきたい。

この有名すぎる一篇が、丈部左門と赤穴宗右衛門との「信義」を描いた物語であるということはほとんどの研究者がみとめるところである（ただし「菊花の約」の中では「信」「義」「信義」の用い方にある傾向があることに留意して、「信義」を〈信〉〈義〉として個別的に読むべきだという山本和明「〈信〉と〈義〉――「菊花の約」試考」〈『読本研究』第四輯、一九九〇年〉がある）。その「信義」のあり方に読者が共感・感動するか、違和感を抱いて行き過ぎたものと捉えるかによって読みの方向が変わってくる。研究史は、二人の「信義」を美しく描いた物語ととらえる見方から、「信義」のありかたに疑問を呈する見方へと流れてきたが、それは「信義」の賛美という封建倫理的な主題を、秋成が好んで書くはずはない、としてこれを退けたいという研究者の〈欲望〉がそうさせているとも思われる。研究者は〈読み〉の更新を重要なミッションとしており、普通に読めば〈信義の物語〉と読めてしまう「菊花の約」を、秋成ほどの作者が、そんな単純な一般的倫理に落とし込むようなことをするはずはない、と考えてしまうのであろう。あるいは、秋成の意図がどうあれ、当時の読者の読み方がどうあれ、今、面白く、あるいは深く読み解くことこそが研究者の使命だと思っているのかもしれない。そういう立場の読み方を筆者は否定するつもりはない。

ところで、左門と宗右衛門の関係を「信義」の極致と見る読み方も、「信義」という観念に囚われた偏奇で迂愚なものとみる読み方も、もともと読み手の主観的で直観的な読みであり、特に〈近世的な読み〉を志向した結果生まれたものではないだろう。にもかかわらず、それらは結果として〈近世的な読み〉を主張しうるだけの根拠をそれぞれ持っている。

儒教倫理において、また武士道において「信」や「義」が重視せられ、「義」のために命を捨てることが美徳と認められていたことはいうまでもない。しかし、同時に、そのような建前を観念的に墨守する者が現実社会の前では偏奇に映ることを気質物浮世草子は活写してきた。否、『雨月物語』そのものにさえそれは描かれている。最終話「貧福論」の主人公岡左内は「いと偏固《かたは》なる事あり」と紹介されている（西鶴の『武道伝来記』の解釈においても、武士道を礼賛するか、斜めから見るかという対照的な読みが成立しうるのは「菊花の約」と同様である）。今、詳述は避けるが、「菊花の約」のここ三十年ほどの研究史の状況を見れば、「信義」の物語から「軽薄」の物語へとその主題の読み方の主流が移ってきており、とくに原拠にはなかった末尾の「咨軽薄《あゝけいはく》の人と交はりは結《むす》ぶべからずとなん」の一文の解釈から、「軽薄の人」は誰かという議論が活発になされてきた。

だが、「信義」の物語と読む場合に、その「信義」の実質が何であったかのか、また「軽薄の人」という場合の「軽薄」とは何かという根本的な問題は意外に等閑に付されてきた感なしとしない。原拠の語を享けているという理由だろうが、〈近世的な読み〉の再現を試みる時、とりわけ「信義」の語は再検討を要する。

「信義」が主要な経典類に案外見出せないことは山本和明前掲論文に指摘があるが、漢籍においては史書に散見され、日本の儒書においては、たとえば伊藤仁斎『童子問』に見出すことができる。

　村甿野夫、商販奴隷の賤しき、或は孝友廉直、天性に出で、士人の及ばざる所の者有り、或は学問に由らずして、信義遜譲、澹泊自治して、慷慨義に赴く者も、亦往往之れ有り（原漢文）。

また通俗教訓書にも見出せる。常盤潭北の『民家分量記』巻二「朋友の交」に、「朋友は異親同体とて、信義をもって兄弟となる交也。仮にも約束一言をたがへざるを本とす」と言う（同じ作者の『民家童蒙解』にもほぼ同内容の文がある）。

もっとも秋成にとって、ということはつまり秋成が想定した同時代の読者にとって、「信義」の語は、中国白話小説を通すことで実感の伴う言葉となっていたと思われる。「菊花の約」の原拠「范巨卿雞黍死生交」（『古今小説』所収）自体に「信義」の語があり、秋成が翻案に当たってこれをそのまま用いていることは周知の事実である。だが中国白話小説における兄弟の盟約あるいは「信義」の語は、あの有名な場面を常に連想として伴っていたはずであった。たとえば『古今小説』「臨安里銭婆留発跡」における兄弟盟約の場面で、「只説我弟兄相慕信義、情願結桃園之義」とあるのは、いうまでもなく、『三国志演義』第一回「宴桃園豪傑三結義　斬黄巾英雄首立功」における劉備・関羽・張飛の義兄弟の桃園の盟約を踏まえているのである。今その部分を引く。

念劉備、関羽、張飛、雖然異姓、既結為兄弟、則同心協力、救困扶危、上報国家、下安黎庶。不求同年同月同日生、只願同年同月同日死。

また『雨月物語』序文に言及される『水滸伝』における豪傑たちの兄弟の誓いもまた『三国志演義』と共通している。第二回、朱武と楊春・陳達の誓いの場面で「不求同日生、只願同日死。雖不及関・張・劉備的義気、其心則同」とされる。同日に生まれてはいなくとも同日に死ぬことを願うという強い結義が、関羽・張飛・劉備の結義に准えられる。これらを背景においた時、「信義」は、友情のレベルを超えて命がけで殉ずべき理念であることが了解されるのである。「菊花の約」の「信義」もまずはこの文脈で理解されなければならない。もっとも田中則雄「庭鐘から秋成へ――「信義」の主題の展開――」（『読本研究』第五輯、一九九一年九月。のち『読本論考』〈汲古書院、二〇一九年〉所収）は秋成に描かれた「信義」のあり方が「愛憐、惻隠の情に基づく情誼的一体感」であるとして、『水滸伝』『三国演義』等に顕著な信義のあり方に強い関心を抱いた」庭鐘・椿園の描き方とは異なっていると指摘している。しかしながら、兄弟の盟約に基づく信義の範型が、『三国志演義』『水滸伝』にあったこと自体は動かせないはずである。

二　『和字功過自知録』

近世人の読み自体が実際は一つの解釈に収斂しない可能性も十分に考えておくべきだろう。たとえば従来も「雅俗」二層の読者の存在は指摘されてきたが、さらに雅の層の中でも、俗の層の中でも、〈近世的な読み〉は案外多様なのではないか。〈近世的な読み〉と称する排他主義を自戒し、「こうも読める」ということを〈近世的な読み〉にも適用してみる試みがあってもよいだろう。もちろん〈近世的な読み〉が多様であるのは当然だが、その中でもより蓋然性の高い読みを〈近世的な読み〉と想定しているのだという反論を受けそうである。しかしその蓋然性の高さの客観的測定は極めて難しい。多様であることを認めた時に、〈現代的な読み〉でも〈誤読〉でもない〈ある近世的な読み〉が浮上するという可能性の方を大切にしたいものである。

〈近世的な読み〉とはテクスト外の要素を排する、いわゆるテクスト論的な読みではない。なんらかのテクスト外の情報を活用する読みであろう。ここに模索されてしかるべき方法があるように思う。作者の読書歴や師系から材源や思想的背景を探ることは常道的な方法であるが、仮想的に近世の読者を措定して読んでみることも有効な方法ではないか。同時代評があれば理想的だが、「菊花の約」の場合それもないので、次善の策として同時代に読まれた通俗教訓書を参考にして読者を仮設してみようと思う。

『雨月物語』が刊行された安永五（一七七六）年、大坂の富士屋長兵衛が出願出版（『享保以後大阪出版書籍目録』による）した『和字功過自知録』は、近世の通俗的な教訓書（善書）としてよく読まれ、版を重ねたものである（ただし富士屋（野村）長兵衛版は未見）。版元の富士屋長兵衛は『雨月物語』を出版した京梅村判兵衛・大坂野村長兵衛のうちの後者。国会図書館所蔵『雨月物語』（梅村判兵衛・野村長兵衛版）に付載された「文煥堂（野村長兵衛）」の広告にはこの「和字功過自知録」が掲げられる（『上田秋成全集〈第七巻〉』「解題」三八四頁に写真あり）。読者が重なっていても不思議はない。この書を読んでいる者に『雨月物語』はどのように映るだろうか。

　該書は明の袁了凡の著した善書『功過格』の日本版である（酒井忠夫『中国善書の研究』弘文堂、一九六〇年）。人が自らの言動を省みてその功過（善悪）を点数化し、それを日録するためのマニュアルというべきものである。功過がそれぞれ分類され、箇条書的にならべられて条ごとに点数化されている。見出しは、「善門　忠孝類」「過門　不忠孝類」、「善門　仁慈類」「過門　不仁慈類」、「善門　雑善類」「過門　雑不善類」と、功過各三類（計六類）が立つ。たとえば冒頭の「善門　忠孝類」を見ると、

　一　父母につかへうやまひて、心をよろこばしめよく養ふ一日一善
　　○ことさらによろこび、或は楽しみ給はば、一事を別に一善

とある。

「菊花の約」と重なってくるのは「仁慈の類」である。その冒頭から次のようにある。

　一　人の一命をすくふ百善
　一　重病をかいはうし、病人の心に満足せしむ一人十善
　　かるき病は一人五善　○薬をほどこす一服一善

○無縁の病人をつれかへり、やしなひかいはうす一人二十善

左門は無縁の重病人を介抱し、薬を施し、病人に安らぎを与えた。まさに「菊花の約」の状況とぴったり重なる。『和字功過自知録』の読者からみれば、左門は模範的な善行を行っているのである。ちなみに「忠孝類」には、「一　兄をうやまひ弟を愛す一事一善○異父母の兄弟は一事二善」とあって左門と宗右衛門の交わりを彷彿とさせるし、「雑善事」には、「○身命をすてて、義をまもる百善」とあり、「雑不善事」には、「一　約束を負く小事一過大事十過」と、この一篇の主題ともいうべき項目がある。『和字功過自知録』の読者に「菊花の約」の主役たちは、功を積み、過を忌避する、まれに見る善行の模範的人物として映るに違いないだろう。実は『和字功過自知録』の病人への対応の記述が「菊花の約」の左門に似ていることを最初に述べたのは、中山右尚であった。中山は「作者」（鹿児島大学文芸部、刊年不明、一九八〇年と推定）というサークル誌に寄稿した「和字功過自知録」という文章の中でわずかにこれに触れているが、重要な指摘であった。

どんなに観念的で偏奇な人物だったとしても、信に殉じ、義を全うした宗右衛門と左門に対し、『和字功過自知録』の読者がこれを迂愚であるとか、現実対応能力がないなどと思うはずはないだろう。現実の中で理念を貫く困難があるゆえに、「信義」を貫く美しさがあると、彼らは認識していたはずだからである。『和字功過自知録』の読者は、おそらく先述の潭北教訓書の読者層とほぼ重なるであろう。

三　「軽薄」

それにしても「信義」を守ることが宗右衛門の自刃をもたらし、左門による赤穴丹治の斬殺という復讐そして

逐電という事態を生むことになったことも確かであり、それは現代の眼から見れば悲劇には違いない。それゆえに左門や宗右衛門に対する批判的な読みが続々と登場したわけである。二人の「信義」を賞賛するような読みは少なくともほとんど見られなくなってきた。だが、その批判の根拠は、左門の観念的思考や不条理な復讐そして逐電、さらには母親への不孝などであり、宗右衛門への批判にいたっては、軍略家としての言動への疑問が主なもので、いささかためにする議論の感なしとしない。松田修「「菊花の約」の論――雨月物語の再評価2――」(『文芸と思想』二十四号、一九六三年二月) 以来、テクストを細かく読んで、左門や宗右衛門の言動に矛盾を見出したり、不遜や謀略を嗅ぎ取ったりする論が跡を絶たない。そのことと関わるのが、「軽薄の人」の問題であろう。

周知のようにこのテクストの冒頭には、

青々たる春の柳、家園《みその》に種《うゆ》ることなかれ。交《まじは》りは軽薄《けいはく》の人と結ぶことなかれ。楊柳《やうりう》茂りやすくとも、秋の初風《はつかぜ》の吹くに耐《たへ》めや。軽薄の人は交りやすくして亦速《すみやか》なり。楊柳いくたび春に染《そむ》れども、軽薄の人は絶《たえ》て訪《とむら》う日なし。

と、原拠「范巨卿鶏黍死生交」冒頭部「結交行」を改変した格調高い文章があり、末尾には、尼子経久が逐電した左門を追わせなかったことを述べた後、

咨軽薄《あゝけいはく》の人と交はりは結《むす》ぶべからずとなん

と冒頭部を繰り返すような文章がある。原拠にはこれがなく、なぜ秋成がこれを新たに付け加えたのかが謎とし

て残され、さまざまな解釈が生じている。またそれに関連して「軽薄の人は誰か」という議論が、先の左門や宗右衛門に対する批判的な見方と関わって盛んである。一九六五年以前の説は金井寅之助「「菊花の約」の構成」(『松蔭短期大学研究紀要』第七号、一九六六年二月)に「代表的な」四説に分類整理されている。その中で挙げるべきは二説で、第一は、冒頭と結語は赤穴丹治の話と結びつき、主題とずれているとする鈴木敏也(『雨月物語新釈』冨山房、一九一六年)の説、第二は、赤穴宗右衛門と左門の信義に対して逆説的においたのが冒頭と結語であり、これにより宗右衛門が約束を破りはしないかという不安を高め、その不安を解消させることで強い感銘を与えるという読みを示した重友毅(『近世国文学考説』積文館、一九三三年)の説である。他の二説(中村幸彦・鵜月洋)および金井説は、この二説の上に立っているとしてよい。

研究史の流れを変えたのは、前掲の松田修論文であった。左門宗右衛門衆道説として著名な論文だが、さしあたって重要なのは松田が、宗右衛門の「策士性・利害打算性」と、左門の「信義の士であ」るとともに「偏奇であり迂愚である」人間性を指摘したことである。これが後の「軽薄の人」論争に影を落とす。全部には触れ得ない。任意にいくつかの説を検討する。

冒頭結語の「軽薄の人」議論に再び火をつけたのが木越治である。木越は「「軽薄の人と交わるべからず」という教訓に冒頭部と末尾をはさまれたこの物語が、もしも理想的な人物による理想的な物語として書かれていたならば、それはごくまっとうな教訓としての効果を発揮した」だろうが、「この物語は」「人物も状況もきわめて特殊なものとして書かれて」おり、「ここに描かれている「信義」とは、「信義」の観念にとりつかれ、「生」のすべてをその一点に凝集しうる者、あるいは自らに課せられた「信義」を果たすことにより他に自己の生存の場所を見出しえない者以外には実現不可能なもの」であり、「冒頭部と結語に含まれる教訓はほとんど色あせ、無意味化され」るという。その結果「否定されるべきはずの「軽薄の人」の現実性がかえってあざやかに印象づけられることになった」としている（「「菊花の約」私案」〈『国語通信』二六八号、一九八四年九月〉。のち『秋成論』〈ぺりかん社、一九九五年〉所収）。矢野公和は「「軽薄の人」との交わりを戒めた起・結の二句の意味するところは、こうした（濃密な交わりを避ける方がよいという――筆者補）大人の論理からする、左門又は彼に応えて逝った赤穴に対する批判だったのである」（「親愛なる者へ――「菊花の約」私論――」〈『共立女子短期大学文科紀要』二八号、一九八五年二月〉。のち『雨月物語私論』〈岩波ブックサービスセンター、一九八七年〉所収）という。小椋嶺一は「この物語は、一見まことしやかに見える信義という観念的美に装われた、その内奥に見え隠れする軽薄をこそ描出していたのであった」とし、「丈部左門と赤穴宗右衛門の交りこそ軽薄そのものであった」（「秋成「菊花の約」の論――信義から軽薄へ――」〈『女子大国文』一〇〇号〉。のち『秋成と宣長』〈翰林書房、二〇〇二年〉所収）と断じる。井上泰至は末尾の一文を読んだ読者にとって「もはや、冒頭の「軽薄の人」は他人ではない。純粋な信義の実態を向こう側のこととして感激していた者も、この繰り返しと「となん」という含みのある表現により、誰が自信をもって自らを「軽薄」でないといいきれるのか、信義を実行することはかくも困難なことなのか、と思い知らされる。美談・悲話から反転、読者に突きつける言葉の刃こそが、原拠の結末を大きく改変した理由だった」と、軽薄の人＝読者説を唱える。（「軽薄の人は読者なり――「菊花の約」を読む」〈『文学研究』八六号、一九八八年四月〉。のち『雨月物語論』〈笠間書院、一九九九年〉所収）。

だがこれらの議論の中で、「軽薄」とは何かが十分吟味されていただろうか。上述の諸々の論は、「約束を守ら（れ）ない」＝「軽薄の人」という図式で捉えているように見えるが、果たしてそれでよいのであろうか。

「菊花の約」においては、「軽薄の人」は「信義の人」の対義であるようだ。享保二年版『書言字考節用集』は「軽薄」に『文選注』の「勢ヲ逐ヒ義ニ背キ志矜夸ニ在ヲ軽薄ト曰フ」（原漢文）を引用しているが、このニュアンスに近いといえよう。しかし〈近世的な読み〉をする当時の読者にとってはどうであったか。

まず、秋成自身が「軽薄」をどう用いているかを、晩年の著述だが『茶瘕酔言（異文）』六（『上田秋成全集』第九巻所収）から見ておこう。

出雲の国の山僧、都に遊びて、我煎品を撰《えらぶ》と聞《きき》て、人によりて国産の茶を贈らんとて、先六韻を寄《よせ》らる。「不老多奇勝、園春瑞草生、候帷須緑嫩、採那必旗鎗、気与巌僧潔、味留雲脚清、兎山真可敵、鹿谷莫能当、換骨嘗三椀、忘眠到四更、非縁君一顧、安取大方名」。かく聞えて、今や五年を歴《ふ》れど、茶は餉《おく》らず成ぬ。同国の僧にあひて、談此事に及ぶ。僧後に本土に帰りて告《つげ》たりけむ。又一僧、言をつたへて来たる。「鱷淵の茶、十余里の峭嶮を隔て得やすからず。今年のうち必《かならず》おくらん」とぞ。「実にさる事有《あり》し。忘却の疎情、言を企ずとやいはむ」と一咲して止ぬべきを、今や贈らずともあれかし。文人の軽薄、此ごとき人多し。

出雲国産の茶を贈ると約束した僧が、詩のみ贈って来て現品を五年も贈ってこず、言い訳を寄こしてきたことを「文人の軽薄」と斬って捨てている。だが正文ではその後贈って来たことを記し「佳茗也」としている。掲出した異文では「文人の軽薄」をいうべくそのことを省略したと思われる（正文には「軽薄」の語はない）。つまり秋成の「軽薄」観を知るに都合のいい文章だということになろう。この場合の「軽薄」とは、約束を守らなかったことではなく、約束を忘れていたことを何かと言い訳する態度をいうのである。

秋成の戯作『書初機嫌海』（天明七年〈一七八七〉刊）巻之中では「さて学文の風も三十年前とはちがうて、一家の見識を立つる人なく、口には素難仲景の軽薄弁でうりつける事也」という一節があるが、ここでも実質が伴わない口だけ達者な人間を「軽薄弁」と称している。

こういった秋成の「軽薄」観は近世には一般的なものであったと思われる。

又よく礼義を知りて慇懃をもつて人を敬ひ、心立柔かに結構人なりと誉むる者は、皆馬鹿慇懃を尽し、表裡軽薄の諂ひ者なり。とにもかくにも内外揃ひたる誠の人は無きものなり。

（寛文ごろ刊『浮世物語』巻三、『浮世物語』には「軽薄」の用例多し）

……初知行三百石、今に立身なく、馬壱疋、若党三人、世並にかかへ、身に奢なく、軽薄いはず、一子もなく、養子もせず、我一代の覚悟、律義千万に物がたき、むかし作りの男なり。

（貞享四〈一六八七〉年刊『武道伝来記』）

今俗に威儀かろがろしく徳うすき者を軽薄者と云。

（元禄十二〈一六九九〉年成『諺草』巻之五）

「是は結構なおたばこかな。よいかほりで御座ります」と、怖さに軽薄を申せば、

（宝暦二〈一七五二〉年刊『当世下手談義』巻一の一「工藤祐経が霊、芝居へ言伝せし事」）

さしもの道千気を呑まれて、しばし挨拶も出ざりしが、漸胸のおどりをしづめ、熟《つらつら》手の筋を詠め、先《まづ》軽薄の虚笑《そらわらひ》して、

（同巻三「足屋の道千、売卜《つじうら》に妙を得し事」）

「少《ちつと》の間、御庵室《あんじつ》の軒下をおかしなされて下されませ。一樹の蔭、一河の流も」と、古事《ふるい》いふて、軽薄の虚《そら》笑《わらひ》するは、渋張の笈、背負《せをふ》たる坂東巡礼。

（宝暦十二〈一七六二〉年刊『教訓差出口』巻四）

其名を愚医国といひ、又藪医国ともいふ。此国の人皆頭を丸め、折には惣髪なるもあり。学問を表にかざり、人の病を直す事を業とすれども、近年甚下《げ》こんになり、書物を見れば目の先くらみ、尻の下より火焔もえ出、暫時も学問する事ならず、只世間功者にとばかり心懸、軽薄を常とし、てれん・ついしやうの妙術をきはめ、羽織は小袖より長く、竹輿《かご》のすだれはいき杖よりもふとし……（宝暦十三〈一七六三〉年刊『風流志道軒伝』巻四）

「偽りのなき世なりせばいかばかり人の言の葉嬉しからまし」されば卯の方《しかく》と倡妓《じやらう》に実なきのみならず、仏法に方便あれば、軍法に計策《はかりごと》あり。浮世に追従軽薄あれば、参会《であひ》に座《ざ》なりおはむきあり。虚言《うそ》あれば、てれんあり。偽あれば、手くだあり。（明和五〈一七六八〉年刊『根無草後編』一之巻）

文の詞も古きを襲ひて肺腑より出るとも見えず。其求る所美色に非ず美産にあり。俗情軽薄誠とすべからず（天明六〈一七八六〉年刊『莠句冊』第三話）

これらを通覧しても、「軽薄」の語が誠実さにかける言葉だけの追従、表面的な媚び諂いというイメージで近世人には捉えられているだろうと推定される。そういうイメージを抜きに「軽薄の人」を考える方が困難ではないだろうか。だとすればそれに相応しい人物は、赤穴丹治を含めても、「菊花の約」の中には見出しがたい。つまり「軽薄の人」に相当する人はいないとしなければならない。といって、「軽薄」が読者に突きつけられているというような峻厳な読みをするのもまた飛躍がある。たしかに約束を守れないことは人間にはあるが、それがつまり「軽薄」だということにはならない。守れなかった時に口先で誤魔化すような人が「軽薄の人」であろう。

宗右衛門のような状況で約束を守れないからといって、『和字功過自知録』の読者はその人を「軽薄」だと責めることはないだろう。

四　「菊花の約」の読み

筆者の考える本話の〈近世的な読み〉を述べてみよう。現実に生活を営んでいる普通の町人の立場からいえば、左門と宗右衛門に対して「そこまでしなくても」と思うかもしれないが、本話はあくまで「信義」の物語である。そういう現実離れした理念が実現された話として、私の仮設した『和字功過自知録』の読者はこの物語を読んでいたと考えてよいのではないだろうか。

約束を守るという一事に存在を賭けた二人にとって、「信義」はそれ以外のあらゆる世事に優先する。そして彼らは「同年同月同日」に死にたいという願望を持っていたに違いない、と読者は思っただろう。丹治を斬ったことも、この「信義」の物語を読む態度から言えば、決して疑問をはさむべき事ではないはずである。現在からみれば偏奇で極端な「兄弟」愛も、『三国志演義』などにみる「兄弟」愛を参考にすれば違和感なく了解されるであろう、盟約を交わした「兄弟」としては理屈ぬきの「信義」の表現であった。理性を失うほどの衝撃・哀しみがそうさせているのであって、理屈で彼を責めることなど『和字功過自知録』の読者ならしないだろう。左門の「信義」が実現される場がなければ、この物語は十全ではない。復讐によってそれが果たされるのは、「信義」の物語の文法として当然の帰結である。実際、尼子経久が「信義」に感じて左門を追わせなかったのも、そういう理屈ぬきの「信義」をよくわかっているからに他ならない（次章参照）。

左門にとって復讐を果たすことは「信義」の一部であり、復讐が完了すれば、死こそが彼の唯一の選択肢であったはずである。左門はもとより死を覚悟していた。それゆえにこそ母を佐用の家に頼んだのである。母を捨てて宗右衛門との「信義」に己の存在を賭けることにした左門は、そうすることが親不孝であることは百も承知、佐用の家に後を頼むことが彼のできる精一杯のことだったのである。必ず帰るという母との約束もそれが守られない約束であることは、母子とも十分わかったうえでのことと読むべきだろう。

一部の論者の言うように左門や宗右衛門を「軽薄の人」であるとすれば、その「軽薄の人」を作中人物尼子経久が讃えるというまことに判りにくい筋立てを秋成が作ったことになり、到底与しえない考え方である。

末尾の一文はしたがって、左門も宗右衛門も「軽薄の人ではなかった」ことを讃えている文でなければならない。つまり、「軽薄の人と交わってはならない」というけれども、本当にその通りで、左門は口先だけの「軽薄」の人と交わらず、「信義」の人宗右衛門と交わって本当によかったと、また宗右衛門もまた「信義」に答えた左門のような人と会い「信義」に殉じるという生を全うしたことは実に立派である、としなければならないだろう。そこに違和感を覚えたり、「そこまでしなくとも」と思った読者も近世には確かにいたかもしれないし、秋成自身もそうであったかもしれないが、さすがに左門や宗右衛門を「軽薄の人」と見立てる読み方は苦しいのではないか。

では左門はなぜ逐電したのか。いうまでもなく、左門は自刃する境遇を確保するためにその場を去ったのである。生き永らえて逃亡漂泊を続ける気もないし、母のところへ帰る気持ちもなかった。母との約束を守らないことになってしまうではないかという意見もあるわけだが、すでに述べたように、左門は母との永久の別れを覚悟して来たのである。

重要なのは、前述したように、尼子経久が「兄弟信義の篤きをあはれみ」左門の跡を追わなかったということである。経久は左門が自刃の決意をしていることを見抜き、彼自身にその時と場を選ばせるために、彼を追わせなかったのだと解釈するのが妥当な読みではないかと私は思う。この物語の中で、「信義」が絶対の価値観として存在していることが、尼子経久のとった処置で確認できるのである（尼子経久の設定の意味は次章でさらに追究していく）。末尾の一文から立ち上がる可能性のある「信義」なるものへの疑問は、すくなくとも『和字功過自知録』の読者には無縁のものだと言わねばならない。これが現在の筆者の、「こう読みたい」という〈欲望〉が反映したものかもしれないという危惧を抱きつつ提出する、「菊花の約」の、ひとつの〈近世的な読み〉の試みである。

第三章　尼子経久物語としての「菊花の約」

一　〈信義の物語〉再検討の研究史

美しい〈信義の物語〉として読むのが当然とされた『雨月物語』「菊花の約」の評価に一石を投じたのは、松田修だった（「「菊花の約」の論——雨月物語の再評価2——」『文芸と思想』二十四号、一九六三年）。松田の「菊花の約」への疑問を約言すれば次のようである。

　赤穴宗右衛門は「伴《とも》なひに後れ」たことを理由にあるじに宿を求めたが、丈部左門には単身で近江を抜け出したと言っているのは矛盾であり、精読者は赤穴を表裏の人物として把握しかねない。また宗右衛門は信義の士であるならどうして仇敵の尼子経久に面会などしたのか。一方左門が「死生命《しせいめい》あり、何の病か人に伝《つた》ふべき。これらは愚俗《ぐぞく》のことばにて吾儕《ともがら》はとらず」というのは主人に対して失礼であるし、赤穴を主人の家にとどまらせ続けるのも身勝手である。このような欠陥のある二人を信義の士として設定するのはいかがか。二人の別れ・再会の約束の場面は、べたべたしすぎていて、信義とは異質の性的な雰囲気を暗示する（二人の関係は男色である）。

　松田論文を契機に「菊花の約」の読みの議論が活発化する。さまざまな〈深い読み〉が行われて〈信義の物語〉と読むのはむしろ少数派となった。たとえば高田衛は、左門の復讐は、近世の読者にとっては、『武家義理物語』の世界のごとき、男色的な敵討物の「型」において読まれた可能性があるとして、復讐の主題という観点から本篇を読みなおす。念友のために、彼をして死に追いやった者に対して仇を討つという構造である（「復讐の主題」『上田秋成研究序説』、一九六八年）。

長島弘明は、〈天合と義合〉というテーマをあぶり出す。左門が宗右衛門のいとこの丹治を斬ったのは、「義合」の論理による「天合」の論理の駆逐であり、義のない血縁よりも、信義で結ばれた義合の兄弟の方が強いという認識が示されているという（「『雨月物語』『春雨物語』と『英草紙』」『秋成研究』〈東京大学出版会、二〇〇〇年〉。初出一九七九年）。丹治が宗右衛門の従兄弟に設定されている意味を考えれば、まことにしかりといえよう。

そして木越治の「「菊花の約」私案」（『秋成論』ぺりかん社、一九九五年。初出一九八四年）は、松田論文を受け継ぎながら、信義という観念への偏執がこの話の基調にあるとして、以後の研究史に大きな影響を与えた。木越の主張は、軽薄の人との交わりを戒めるこの物語が、人物も状況も極端な設定として描かれており、ここに描かれている「信義」は、その観念にとりつかれた者、そこに人生のすべてを凝集できる者、それより他に自己の生存場所を見出せない者以外には実現不可能なものであるから、教訓はほとんど色あせ、無意味化され、その結果、否定されるべきはずの軽薄の人の現実性が印象づけられたとしている。

木越の論の影響を受けた小椋嶺一は、「丈部左門と赤穴宗右衛門の交りこそ軽薄そのものであった」と結論し（「菊花の約」論――信義から軽薄へ――」『秋成と宣長』翰林書房、二〇〇二年。初出一九八六年）、矢野公和もまた、「淡きこと水のごとし」とされる君子の交りとは正反対に濃密な交わりを求めた左門と宗右衛門の関係は小人の交わりであったとする（「菊花の約」『雨月物語私論』岩波ブックサービスセンター、一九八六年）。井上泰至は、左門と宗右衛門はやはり「信義」の人だが、左門の厳しい「信義」の下に斬り殺される丹治の「不義」「軽薄」は、読者のだれもが持ちうるもの、「軽薄の人」に誰もがなりうることを説いているとする（「軽薄の人は読者なり――「菊花の約」を読む――」、『雨月物語論』笠間書院、一九九九年。初出一九九八年）

これらに対して、思想的な文脈から本編の「信義」を考える論も存在する。田中則雄は、原拠が「義気」の精神を契機として生じた信義を描いたのに対し、秋成は左門・赤穴の信義を、惻隠の情を契機として生じた非功利的純粋な心的結合として描出したとし（「庭鐘から秋成へ――「信義」の主題の展開――」『読本研究』第五輯、一九九一年九月。のち『読本論考』〈汲古書院、二〇一九年〉）、秋成の作品を同時代の空気の中でとらえようとする稲田篤信は、「母子の孝」と「朋友の義」との葛藤の中で苦悩し、他人の苦しみを自分の苦しみとして受容的に生き、『孟子』の共感という理念に忠実でありたいとする近世的人間像を左門の中に見る読み方を提示する（「分度と逸脱――『雨月物語』の作中人物――」『名分と命録　上田秋成と同時代の人々』ぺりかん社、二〇〇六年）。以上、〈信義の物語〉再検討の研究史という視点から、あえて前章との重複を恐れずに述べてきた。

私自身も、『雨月物語』上梓と同じ安永五年に刊行された『和字功過自知録』の読者が「菊花の約」を読んだとすれば、という設定から、〈近世的な読み〉のひとつを仮想的に復元する試みを前章で行った。該書は『雨月物語』初版の板元の一つである野村長兵衛の刊行である。極端な状況の中での信義の物語として読む準備を十分にしている読者が、左門と宗右衛門の信義の物語が現実離れしているからといって違和感を覚えるはずはないと考えたのである。

二　尼子経久への注目

本章では、これらの研究史を尊重しながら、従来あまり顧みられることのなかった作中人物、尼子経久に着目することから「信義」の問題に迫りたい。

「菊花の約」の解釈の大きな分かれ目は、前節で述べたように、語り手（あるいは作者）は「信義」を讃美しているのか、それとも「信義」という観念に取りつかれた人々を批判しているのかということ、言い換えれば、左門と宗右衛門は美しく肯定的に描かれているのか、偏奇な人として批判的に描かれているのかということである。左門は何のために逐電し、どこへ姿を消したのか、そして、なぜ尼子経久はそれを許したのかという問題も重要である。さらに最大の謎は、やはり冒頭部で示された「交《まじは》りは軽薄の人と結ぶことなかれ」の教訓と本文内容との齟齬、そして末尾で繰り返される「咨軽薄《あゝけいはく》の人と交はりは結ぶべからずとなん」の意味は如何ということである。

私見によれば、これらの謎の解決に、作中人物の尼子経久はことごとく関わってくると考えられる。

「菊花の約」の時代設定は室町時代、九代将軍足利義尚の時代。応仁の乱は終焉したが全国各地でその余波で戦乱のやまない時代である。文明十六年、近江の京極（佐々木）氏の所領である出雲国の守護代尼子経久は、佐々木氏に貢租を納めないなどの理由で富田城を追放される。経久はその後諸国を流浪するが、やがて山中党・鉢屋賀麻党をかたらって富田城の奪還を図る。鉢屋賀麻党は、芸能・技術に関わり、兵役・武器生産にも携わっていたという。

文明十八年正月元日の未明、城の表門で賀麻の一党が甲冑の上に烏帽子・素袍をつけ、太鼓を打ち鳴らして千秋万歳を寿ぎ、鼓・手拍子で騒ぎ立てた。城ではこれをひと目見物しようと開門して女童たちが飛び出してきた。この時搦め手から忍び寄った経久らが所々に火をかけて合図すると、表門の賀麻の一党も烏帽子・素袍を脱ぎ捨てて武装姿となり、城内は戦場となった。この奇襲に富田城主の塩冶掃部介は防戦及ばず敗れる。二十九歳の経久は再び月山富田城の城主となった。

この富田城奪還の顚末は『陰徳太平記』が詳細に伝えており、「菊花の約」の、本文とは一見無関係なことで議論にもなっている挿画は、まさにこの奇襲の場面を『陰徳太平記』の本文に基づいて描いたものであった（中村幸彦「菊花の約」注釈、松田修「読本の流れ」。いずれも『日本古典鑑賞講座』第二十四巻、角川書店、一九五八年）。挿画は、原本十四丁裏・十五丁表の見開きに描かれている。そして次の十五丁裏には、宗右衛門の幽魂が、左門に語る場面だが、そこに「経久」の名が何度も出てくる。挿画が、経久がいかなる人物であるかを説明する場面の直前に配置されていることから考えれば、本挿画は、経久を重要人物と認識するもので、本文と関係が薄いとはいえず、むしろ密接な関係を有するということになるだろう。そこには次のように記されている（傍線筆者、以下同じ）。

赤穴いふ。「賢弟とわかれて国にくだりしが、国人《くにひと》大かた経久が勢《いきほ》ひに服《つき》て、塩冶《えんや》の恩《めぐみ》を顧《かへりみ》るものなし。従弟《いとこ》なる赤穴《あかな》丹治冨田の城にあるを訪《とむ》らひしに、利害《りがゐ》を説《とき》て吾を経久に見《まみ》えしむ。仮《かり》に其詞を容《いれ》て、つらつら経久がなす所を見るに、①万夫《ばんぷ》の雄《ゆう》人に勝《すぐ》れ、よく士卒《いくさ》を習練《たならす》といへども、②智を用《もち》うるに狐疑《こぎ》の心おほくして、腹心爪牙《ふくしんさうが》の家の子なし。永く居《を》りて益《やう》なきを思ひて、賢弟が③菊花の約《ちぎり》ある事をかたりて去《さら》んとすれば、経久怨《うら》める色ありて、丹治に令《れい》し、吾を大城《おおぎ》の外にはなたずして、遂《つひ》にけふにいたらしむ。此約《ちかひ》にたがふものならば、賢弟吾を何ものとかせんと、ひたすら思ひ沈《しづ》めども遁《のが》るるに方なし」。

経久は万人に優れた英雄で、兵卒をよく訓練していた。しかし、智臣を用いることにおいて疑い深い心を持っていたために、心から従う忠臣はいなかった――そのように宗右衛門は観察した。『陰徳太平記』に活写された経久の智略と連動する説明であろう。武将として超一流の人物であり、軍をよく統率してもいるが、人には常に疑いの目を持っている。これは戦国を生き抜く武将の条件だとも言えるだろう。宗右衛門が「菊花の約」の約束を述べて去ろうとしたときに、経久は「怨める色」を見せて幽閉したという。「狐疑の心」を持つ自分に「信」を掲げて辞去を申し出る宗右衛門。経久が彼を感情的に許せなかったのは、説得力のある展開といえるだろう。

では、このような経久の造形はどのようにしてなされたのか。経久説話のひとつである『塵塚物語』（元禄二年正月、京八尾庄兵衛・八尾平兵衛刊。国会図書館所蔵本による）の「尼子伊予守無欲《むよく》の事」の冒頭部分には次のようにある。

尼子伊予《あまこいよ》のかみつねひさは雲州《うんしう》の国主として武勇《ぶゆう》人にすぐれ、万卒《ばんそつ》身にしたがつて不足《そく》なく、家門《かもん》の栄耀《ゑいよう》天下にならびなき人にてぞ有ける。

先に掲げた傍線①「万夫《ばんぷ》の雄《ゆう》人に勝《すぐ》れ、よく士卒《いくさ》を習練《たならす》といへども」の部分が、『塵塚物語』の冒頭部分を踏まえていることは明らかであろう。ところが『塵塚物語』ではその後、その題目が示す通りに、実に正直無欲な人間として経久は描かれているのである。

扨此つねひさは天性《てんせい》無欲正直《よくしやうぢき》の人にて、らう人を扶助《ふぢよ》し民と共に苦楽を一にし事にふれて困窮《こんきう》人をすくはれける間、因《よつて》レ之彼門下に首《かしら》をふせ渇仰《かつごう》する者多《おほ》し。

無欲正直で、人々が門下に伏して渇仰というこのあり方を逆設定したのが「菊花の約」の傍線部②だといえる。『塵塚物語』における経久の無欲正直さは極端で、訪ね来る人が所持品をほめれば、墨跡・衣服・太刀・馬鞍にいたるまで即時に贈るのが常であった。ある時、出入りの某が庭の見事な松をほめた。某は経久の平生のふるまいを知ってはいたが、まさか松を下さるとは思わなかった。しかし経久は松を掘らせ、それが車に乗せるのも困難で通路も狭いと知るや、切り砕いてすべてを送り付けたという。

智謀不信の武将（『陰徳太平記』）と無欲正直の御仁（『塵塚物語』）。この二つの相容れないイメージが経久にある。経久のこの二面を、「菊花の約」では信義の物語を重層的にする仕組みとして用いたように思われる。

つまり、本話は左門と宗右衛門の〈信義の物語〉であるとともに、信義を掲げて雄々しく振舞う宗右衛門に偽善を読み取り、嫌悪の感情を抱いていた経久が、激しいとも言える二人の信義の実践を目の当たりにして、〈狐疑の人〉から、〈信義の人〉に改心する物語として、読むことができるのではないか。一見本筋とは無関係に思われる挿画は、この物語が経久の物語でもあることを暗示しているのではないだろうか。

三　「狐疑」と「信義」

「菊花の約」の典拠である中国白話小説「范巨卿鶏黍死生交」（『古今小説』所収）には全く存在しない、後半の復讐譚は、何のために付加されたのか。この物語の信義の主題を激越に彩るために相違ない。経久物語としてこれを見るとき、〈狐疑の人〉経久が、家の子赤穴丹治に手を下して姿をくらました左門を捕らえようとしなかったほど、その「兄弟信義の篤き」に感じた出来事であった。

従来の「菊花の約」の論では、「信義」と「軽薄」を対照的にとらえることが前提となっていた。それは間違っていない。しかし、本話の時代背景は、人を信ずることが難しい戦国の世。同時代に舞台設定される秋成の作品『ぬば玉の巻』では、「大君のしづもりませる都の内さへ、つるぎ打ふり、弓《ゆ》ずゑふりたてて、主おやともいはず、妻児《めこ》ともうつくし《寵》まず、あさましううばひあらそふには、人ひとりとしてたのまるる心はなく、ましてゐなか《辺鄙》のはてはての国には、豺狼《さいらう》のいどみのみ」と書かれる状況である。戦国武将が〈狐疑の人〉になるのはむしろ当然であった。その「狐疑の心」を動かすほどのインパクトが、彼らの「信義」にはあったということであれば、「狐疑」と「信義」の関係を重視して読解することこそが、試みるべき「菊花の約」の鑑賞法ではないだろうか。

「狐疑」は、中国の兵法書の『呉子』に、「兵を用うるの害は、猶予、最大なり。三軍の災いは狐疑に生ず」とあるように、用兵の指導的存在に対して用いることが多い。「狐疑の心」の語は、『漢書』の劉向伝に、劉向の上奏文の中の言葉として「夫れ狐疑の心を執る者は讒賊の口を来す」とある。

もともと塩冶掃部介の旧臣であった者達（赤穴丹治もその一人だったという設定には注意が必要である）が今自分に仕えている。戦国時代の武将である尼子経久が「狐疑の心」を持っているのも当然といえば当然である。

経久が「狐疑の心」を持つことと、彼の許に「腹心爪牙の家臣」がいないのは表裏のことであった。ところが、経久の前に現れた赤穴宗右衛門は、一貫して塩冶の旧臣として振る舞い、それが経久の心の琴線に触れた（そして宗右衛門には経久の「怨める色」に見えた）。朋友との約束を理由に辞去せんとする宗右衛門を拘束したのである。もともと義を尽くすべき主君である塩冶を失った宗右衛門は、森山重雄のいうように、「菊花の約の「信」にしか帰るところがなかった」（『幻妖の文学　上田秋成』三一書房、一九八二年）わけであるが、経久が彼を幽閉したのは、宗右衛門の復讐をおそれてのことというよりも、義に厚い家臣をもった塩冶掃部介、信義の友をもった左門に対する嫉妬であったと考えられよう。

さて、〈狐疑であることが当然の戦国の世において厳粛に遂行される信義〉が本話のテーマであるとすれば、本話における「信義」の内実について最小限のことを確認しておかねばならない。この点については前章と重なる部分もあるが、行論上必要なので許されたい。

「菊花の約」において「信義」は次のように用いられている。

1　左門が母に対して別れの挨拶をする中で、「兄長赤穴《このかみあかな》は一生を信義の為に終《をは》る。小弟けふより出雲に下り、せめては骨《ほね》を蔵《をさ》めて信《しん》を全《まつた》うせん」という。

2　左門が丹治に対して、「士《し》たる者は富貴消息《ふうきせうそく》のことともに論ずべからず。ただ信義をもて重しとす」と言う。

3　左門が丹治に対して、「吾今信義を重んじて態々《わざわざ》ここに来る。汝は又不義のために汚名《をめい》を残せ」と言う。

4　末尾近くの地の文に、「尼子経久此よしを伝《つた》へ聞きて、兄弟信義《しんぎ》の篤きをあはれみ、左門が跡をも強《しひ》て逐《をは》せざるとなり」とある。

2、3は秋成が新たに創造した場面で用いられているが、1と4は典拠の「范巨卿鶏黍死生交」に対応する箇所があり、そこに「信義」の語が使われているので、「信義」は典拠に則る言葉であるとしてよい。そして「范巨卿鶏黍死生交」をはじめとする中国白話小説において「信義」の語は、たとえば『古今小説』「臨安里銭婆留発跡」における兄弟盟約の場面で「只説我弟兄相慕信義情願結桃園之義」というように、『三国志演義』第一回「宴桃園豪傑三結義　斬黄巾英雄首立功」における劉備・関羽・張飛の義兄弟の桃園の盟約を踏まえていた。そこには、

今劉備、関羽、張飛、雖然異姓、既結為兄弟、則同心協力、救困扶危、上報国家、下安黎庶。不求同年同月同日生、只願同年同月同日死。

とあり、契約を結んだ兄弟は、「同年同月同日に生れることを求めず、願わくは同年同月同日に死にたい」とあ

った。『水滸伝』における豪傑たちの兄弟の誓いもまた『三国志演義』をふまえる。第二回、朱武・楊春が、とらえられていた陳達を救うきっかけになった場面で、「不求同日生、只願同日死。雖不及関・張・劉備的義気、其心則同」。という。生まれた日は違うが、死ぬときは同じ日に死のうと。関羽・張飛・劉備の義気には及ばないものの、志だけは同じであると。『三国志演義』に遡る「信義」の理念を「菊花の約」も踏まえているとすれば、それは友情のレベルを超えて命がけで殉ずべき理念である。

この「信義」観は、同時代の通俗教訓書・奇談においても見られる。

常盤潭北の『民家分量記』（享保六〈一七二一〉年刊）巻二「朋友の交」に、「朋友は異親同体とて、信義をもって兄弟となる交也。仮にも約束一言をたがへざるを本とす」と言う。またすでに「菊花の約」との関係が指摘されている、寛延二（一七五〇）年刊『怪談登志男』巻二「亡魂の舞曲」は次のような話である。

江戸の謡曲好きな老人岩崎翁と楽しみをともにした彦兵衛という老人、しばらく翁の前に姿を見せなかったが、ある日かねてから京都にあつらえていた扇が出来たとして訪れ、仕舞を舞うが、そでを返すはずみに消えてしまう。翌日彦兵衛の息子藤七となのる若い町人が「兼ねておおせ付けの扇を持ってまいりました」と訪ねてくる。それは昨日彦兵衛がもってきたものと同じ。さてはと昨夜のことを話すと、藤七は、病に倒れ扇のことを気にしていた彦兵衛だったが、扇の到着にそれを吟味して息を引き取ったと語った。

この話のあと、末尾に、「彦兵衛が実義まことに世の人の鑑なり。人はみな信義あつきこそ人の人といふべし。いつはりかざれるべんぜつもの、りかうさいかくはありとも、人の道にあらじかし」とする。ちなみに「いつわりかざれるべんぜつもの」とは「軽薄の人」と言い換えることもできよう。そうすると「菊花の約」の末尾と類似することになり、注目されよう。

四　尼子経久物語としての「菊花の約」

「菊花の約」の末尾は次のようである。

尼子経久此よしを伝《つた》へ聞きて、兄弟信義《しんぎ》の篤きをあはれみ、左門が跡をも強《しひ》て逐《をは》せざるとなり。咨《あゝ》軽薄《けいはく》の人と交はりは結《むす》ぶべからずとなん。

経久が許すことで、この信義譚は、それを憐れんだ経久の寛容とともに、伝承される物語という形になった。それは、典拠「范巨卿鶏黍死生交」における張劭と范巨卿の信義譚と、それを憐れんで顕彰した明帝の寛容に相当する。つまり、本話は信義の物語の枠組みを持つことが改めて確認されよう。だが、明帝は「信義の墓」と「信義の祠」を建立することで、信義譚を後世に伝えた。経久はどのようにして伝えたのか。

もう一度、経久についてみてみよう。「つらつら経久がなす所を見るに、万夫《ばんぷ》の雄《ゆう》人に勝《すぐ》れ、よく士卒《いくさ》を習練《たならす》といへども、智を用《もち》うるに狐疑《こぎ》の心おほくして、腹心爪牙《ふくしんさうが》の家の子なし」という宗右衛門の経久評。これは、最後の場面で経久が「信義《しんぎ》の篤きをあはれ」む伏線になっていよう。経久が単に狐疑の人であるのではなく、すぐれた武将であることが示されていたことによって、納得できる場面となるし、それは経久の「狐疑の心」を晴らすような出来事であったという読みが可能になる。

つまり、「狐疑の心」が多かった経久は、左門と宗右衛門の信義の実践をまのあたりにして、変わったのである。変わりうるだけの本来的な実直さを彼は持っていたのである。その根拠・必然性を秋成は、『塵塚物語』における「無欲正直」の経久説話に求めていたと思われるのである。

家臣を殺された経久が、逐電した左門を捕らえて処刑するのは当然のはずだが、そうはしなかった。経久は同年同月同日に死にたいという『三国志演義』「桃園の盟約」を踏まえた「信義」の本来のありかたにふさわしく自決しようとする左門に、その場を与えたのである。経久が「強て逐せ」なかったのはそういう理由であろう。

以下は経久物語としての、本話末尾の解釈である。

経久は思った。あるいは公言したと考えてもよい。「咨《あゝ》軽薄《けいはく》の人と交はりは結《むす》ぶべからず」と。この思いは、自らが「狐疑の人」であったのは、「軽薄の人」と交わっていたからだという深い反省であり、「信義の人」と交わりたいという強い願いでもあった。

「ああ」「となん」という具合に、なぜ語り手の詠嘆で終わっているのか。語り手の詠嘆の原型に、経久の詠嘆がこめられているのではないか。つまり、

「咨《あゝ》軽薄の人と交はりは結ぶべからず」となん、経久はいひける。

と考えればよいのではないか。そこを起点にこの物語の伝承が始まっているということではないのか。

以上は、「菊花の約」が信義の物語であると確認するとともに、尼子経久が改心し、信義を獲得する物語でもあるとする私見である。このように読み取った時にはじめて、本編との関係が薄いとされた挿画が、むしろきわめて明示的に第二の主題を示していることになるのである。

第四章　濫觴期絵本読本における公家・地下官人の序文

はじめに

「絵本読本」（絵本もの読本）とは、上方の古典絵本・武者絵本の伝統が、軍談・実録写本の流れと合流して出来た、近世後期の通俗的な読物で、精細な挿絵を多く配する。相当数の出版がなされているものの、ジャンルとしての研究は緒についたばかりである。絵本読本の概略については、山本卓「絵本読本の成立と展開」（『おおさか文藝書画展』関西大学図書館、一九九四年）がわかりやすい。入手しやすいところでは『読本事典』（笠間書院、二〇〇八年）の「I—ii　上方＝（絵本もの）読本の広がり」などが参考となろう。絵本読本については、中村幸彦「近世の小説」（『〈毎日放送文化双書10〉大阪の文芸』毎日放送、一九七三年）、横山邦治『読本の研究』（風間書房、一九七四年）、濱田啓介「造本とよみもの——ある視点とその諸問題」（『国語国文』一九五七年五月号、）、同「画本読本の作者速水春暁斎伝攷」（『国語国文』一九六一年一月号）、長友千代治「上方読本の展開」（『読本の世界　江戸と上方』世界思想社、一九八五年）、菊池庸介『近世実録の研究』（汲古書院、二〇〇八年）がある。山本卓の前掲論文以外の論文については本論中で言及する。かつては寥寥たる研究状況だったが、近年ようやくその文学史的意義が認められ、研究の俎上に載せられるようになった。

それでも、京伝・馬琴らの江戸読本に比べると、研究が活発であるとはいえず、本格的な作品論は数えるほどしか存在しない。濱田啓介「『絵本太閤記』と『太閤真顕記』」（『読本研究新集』第二集、二〇〇〇年。のち『近世文学・伝達と様式に関する私見』京都大学学術出版会、二〇一〇年、所収）はその稀少な一例である。

濱田が大きく取り上げた『絵本太閤記』（初編は寛政九〈一七九七〉年七月刊）にはじまり、『絵本楠公記』（初編は寛政十二〈一八〇〇〉年正月刊）、そして『絵本忠臣蔵』（寛政十二年七月刊）と続く濫觴期の絵本読本の様式は、その後上方に簇生する絵本読本に大きく影響を与えることになる。

その濫觴期絵本読本の研究において、近年きわめて重要な報告があった。後期読本の様式が江戸の『忠臣水滸伝』（寛政十一〈一七九九〉年十一月刊）において確立し、『絵本忠臣蔵』はその模倣・対抗意識によって成ったという定説（中村幸彦「読本展開史の一齣」『中村幸彦著述集』第五巻。初出は一九五八年）に対して、大坂の本屋扇屋利助が寛政六（一七九四）年閏十一月二十九日に『絵本忠臣蔵』開板を出願して差し戻されていること、同十一（一七九九）年三月には著屋善助が京都で開板願を提出し、大坂でも十一月に扇屋が再提出、京大坂で和議が整い、先発の京都著屋に京大坂が大同団結する形で出版に至った経緯を明らかにし、『忠臣水滸伝』の『絵本忠臣蔵』への影響を否定、むしろ『絵本太閤記』からの流れを重視すべきであると述べ、絵本読本の生成と展開を周到に跡付けてみせた山本卓の「文運東漸と大坂書肆小攷」（『文学』二〇〇〇年九・十月号、のち『舌耕・書本・出版と近世小説』〈清文堂出版、二〇一〇年〉所収）である。

この説はきわめて説得力に富んでいる。『絵本太閤記』からの流れに『絵本忠臣蔵』があるとすれば、同時期に刊行された『絵本楠公記』もまた『絵本太閤記』と無関係ではありえないだろう。さらに同年春刊行の『絵本宇多源氏』も巻頭に木下長嘯子の和歌「かきあつむ濱の砂子のかずかずは春秋たへぬながめなるらん」を載せ「長嘯子は豊太閤の氏なりしが」云々の文を掲げるところから『絵本太閤記』との関係を窺わせる（『絵本宇多源氏』については山本卓「絵本読本誕生の頃――『絵本宇多源氏』をめぐって――」『日本を中心とする東西の図像』〈関西大学東西学術研究所研究報告書、二〇〇七年十一月〉。のち『舌耕・書本・出版と近世小説』〈清文堂出版、二〇一〇年〉所収を参照〉。寛政九（一七九七）年から十二（一八〇〇）年にかけての一連の「絵本読本」の「誕生」は、文学史的にも多角的な検討を要しよう。

一　絵本読本と公家・地下官人

本論では絵本読本の様式の検討の一端として、これら濫觴期絵本読本の序文について考えてみる。まず一連の絵本読本の序者を掲げてみよう。

『絵本太閤記』初篇　寛政九（一七九七）年七月　源（山下）重直序（和文）
『絵本太閤記』二編　寛政十（一七九八）年六月　賀茂（伊丹）宜顕序（漢文）
『絵本太閤記』三編　寛政十一（一七九九）年春　源（三谷）寛成序（和文）
『絵本太閤記』四編　寛政十一（一七九九）年五月　穂積重賢序（漢文）
『絵本太閤記』五篇　寛政十一（一七九九）年冬　源（松井）永喜序（和文）
『絵本楠公記』初篇　寛政十一（一七九九）年冬　富小路貞直序（和文）
『絵本宇多源氏』　寛政十二（一八〇〇）年春　藤原忠利自序（和文）
『絵本忠臣蔵』　寛政十二（一八〇〇）年春　石野忠寄序（和文）
『絵本太閤記』六篇　享和元（一八〇一）年三月　清原宣久序（和文）
『絵本楠公記』二編　享和元（一八〇一）年　源弘毅序（漢文）

『絵本太閤記』七編　享和二（一八〇二）年三月　藪沢宗陽序（漢文）

公家および地下官人（朝廷・門跡に仕える官位の低い役人）（「地下官人」については、高埜利彦編『朝廷をとりまく人々』〈吉川弘文館、二〇〇七年〉、西村慎太郎『近世朝廷社会と地下官人』〈吉川弘文館、二〇〇八年〉などを参照）の序文がほとんどである。当然のことではあるが、江戸読本には彼らのような身分（立場）の者の序文は見られない。序文は和文で書かれる時もあり、漢文で書かれる場合もある。多くはゆったりとした書体で書かれた和文であり、一葉あたりの行数も少なく、流麗な字姿をしている。末尾に枠で囲まれた官位または官職名が示され（このことは様式上重要だと思われる）、署名が書かれる。おそらくは全て自筆版下を用いたものだろう。従来の読本研究史はそれらの序文について触れるところが少ない。フォーマットとしての読本の序文一般については、横山邦治『読本の研究』（風間書房、一九七六年）に「序文は、和製漢文仕立てのものが多いけれども、和文体のものも相当数あり、時には万葉集を殊更に用いたり、宣命の文体にしてみたりで、千差万別の趣向をこらしている。自序も多いけれども、他の有名人に序文を求めている例も数多く、序が二重三重になっているものもある」といい、高木元「読本の書誌をめぐって」（『讀本研究』第四輯、一九九〇年）に、「概して、様式性の強い漢文体を採るものや、ひどく崩した変体仮名を用いたものが多く、内容的にも文人趣味の濃厚な韜晦的な文章といってよい」とある。しかし絵本読本の序文に限定した言及は後掲する濱田啓介以外には見出していない。作品本文に深くかかわることがないような文章を取り上げるには及ばないと考えられてきたためだろう。しかし、それらの序文に共通する「様式」を一部の絵本読本の「様式」と考えてみることはできないだろうか。

それらは、作品本文を読破した上で書かれたものとは思われない。書肆ないし作者側から、このような内容なのでよろしく、と依頼されるままに形式的に書いたものが多いと推察される。だから、筆者も、公家ないし地下官人の序文が、当該読本の作品論へのヒントとなることは少ないと考えている。それにしても、なぜ朝廷・門跡に関わる人々の序文を戴く必要があるのだろうか。一般的に考えれば、上方では公家の文化的権威はなお存しているので、いわゆる箔がつく。朝廷の運営に携わる地下官人も公家に準ずる存在と考えられていただろう。また序文を書く公家・地下官人側から言えば、多少なりとも小遣い稼ぎになっただろう。

しかし、それだけではあるまい。これら一連の絵本読本が刊行された時期は、天明大火後の御所の復古的造営や朝儀復興をめぐる幕府老中松平定信と光格天皇の政治的折衝、光格天皇の父に尊号を与えることを主張した朝廷側に対し、幕府側がこれを認めず、議奏中山愛親と武家伝奏正親町公明が処分される（寛政四〈一七九二〉年）という結果を招いた尊号事件など、朝幕関係が動揺する事態が発生していた。寛政十二（一八〇〇）年には朝廷楽人が江戸で捕らえられ、解官されるという事件も起こる。尊号宣下の件で事情聴取の末処分された議奏中山愛親が幕府側を言い負かすという「中山大納言物」と称される実録がのちに流行し、多数の写本を発生させることは、この時代の空気を想像させるに十分である（寛政期の朝幕関係については、徳富蘇峰『松平定信時代』講談社学術文庫版、高埜利彦「後期幕藩制と天皇」〈『講座前近代の天皇2　天皇権力の構造と展開その2』青木書店、一九九三年〉、藤田覚『近世政治史と天皇』〈吉川弘文館、一九九九年〉等に詳しい）。

一方、本居宣長の著書『古事記伝』が光格天皇の異腹の兄妙法院宮真仁法親王を通して禁裏に献上される（寛政二〈一七九〇〉年十月頃）など、地下の古学が朝廷周辺に接近する事態が起こる。宣長はやがて公卿達を相手に京都で講義する栄誉に浴するのだが、この事態は、かつて垂加神道の竹内式部に学んだ公卿らが桃園天皇に日本書紀神代巻を進講し、関白近衛内前ら重臣が幕府を憚って、これに関わった公家達を大量処分する結果に至った宝暦事件を思い出させる。享和二（一八〇二）年には地下歌人の大愚が判をする歌合に一部の公家が参加し、これが問題となって、翌年保守派の重臣たちによって彼ら地下に近い公家たちが、宮廷歌会から追放されるという事件が発生する。この大愚歌合一件の顚末については、盛田帝子「享和期京都歌壇の一側面――大愚歌合一件を中心として――」（『近世文藝』第六十二号、一九九五年六月。のち『近世雅文壇の研究』〈汲古書院、二〇一三年〉）に詳しい。

このような朝幕関係の動揺と、朝廷社会の中での地殻変動が大きなうねりとなって変革の時代を迎えていた京都の政治的文化的背景の中で、『絵本太閤記』『絵本忠臣蔵』『絵本楠公記』が続々と刊行されたという事実、そして、それぞれに公家・地下官人の序文が付されていることは、作者や版元の思惑を超えて、ある「意味」を発生させることになる。

二　『絵本太閤記』の序文

まず『絵本太閤記』は大坂勝尾屋六兵衛の開版。作者武内確斎、画者岡田玉山。寛政九（一七九七）年に初編刊行、享和二（一八〇二）年までに七編を刊行するものの、文化元（一八〇四）年、幕府により絶板の命が下る。絶板の理由について、諸資料によれば、歌麿の描いた太閤五女花見の図が幕府の忌憚に触れ、これが『絵本太閤記』を出拠としていたため、災いが及んだものとされる（中村幸彦「絵本太閤記について」『中村幸彦著作集』第六巻、一九八二年）。豊臣人気が徳川幕府にとって面白くなかったからだという話ではないのだが、釈然としない絶板理由である。中村幸彦は、大阪本屋仲間記録の『差定帳』によれば、寛政十（一七九八）年刊行の二編に対して、役人から本屋行事に問い合わせがあったことを指摘している（同前）。つまり早い段階で当局に「睨まれていた」ことは確かなのである。幕府にとっては、売れすぎると愉快とはいえない本であったということである。

既に指摘されるように、演劇や実録の世界で太閤物が流行、本書はそれを絵本読本化したのだが、この太閤ブームを背景に太閤没後二百年を記念する年に出版されたのではないか。ちなみに上田秋成に「祭豊太閤詞」という文章があり、秋成識語に、寛政九（一七九七）年が没後二百年に当たることを明記している。『絵本太閤記』が豊臣秀吉一代記である以上、秀吉を祭る豊国社が解体された後、その社宝が移管された妙法院の関係者が序文を書くことは必然的であるといえる。初篇の「大仏殿吏山下大和守」の序文には、

（前略）豊太閤の初生より天下の権を掌握し給ふに及び、一世の雄功を記し、人をして驚嘆せしめ且傍他人の事状におきても隠たるを顕はし、うもれたるをあきらかならしむるもの賞すべき哉。そもそも昇平とし久しく民人枕を高うして腹を鼓し干戈といふものの世に有事をしらず、あはれ此記の録する所を見ていまの治世の忝きを思ひ心を正しうし、身を修て各其職を慎しみ守らんことこそねがはしけれ。吾方広殿は豊太閤の名残とどまる所にして予も殿下の吏に属するをもて此端に言を添むことをもとむ。予は文筆に乏しければ固辞すれども需てやまざれば聊数言をのべて責を塞のみ。

と記し、豊太閤との縁を強調している。もちろん徳川治世の安泰をも寿ぐ気配りは忘れていない。大仏殿方広寺は妙法院の管理下にあり、「大仏殿吏」とは妙法院門跡に仕えることを意味する。山下大和守重直は妙法院宮の侍で、寛政三（一七九一）年に従六位に叙せられる（『地下家伝』）。「山下」は代々近習を務める家である（田中潤「門跡に出入りの人びと」〈高埜利彦編『朝廷をとりまく人々』吉川弘文館、二〇〇七年〉所収）が、官位は低い。それでも門跡に連なる人物、すなわち地下官人の序を戴いたことによって、通俗史書・一代記である本書が、典雅な外見を持つことになった意味は大きいだろう。序末は次のようである。

大仏殿吏山下大和守

源重直（花押）

「大仏殿吏山下大和守」が枠で囲まれているスタイルが目立っている。官位官職を肩書のように記して枠で囲む序末署名の形式は、

五條式部大輔菅原為俊卿
栖霞館主人書

という序末を持つ『都名所図会』（秋里籬島編著）にはじまる一連の名所図会に倣ったものである。続々と出版される名所図会は、そのほとんどが公家・地下官人の序を戴き、序末を右のような形式にしている。『都名所図会』以降、『絵本太閤記』初篇以前の名所図会を挙げると次の通りである。

『拾遺都名所図会』　天明七（一七八七）年秋刊　鷲尾大納言藤原隆建卿　桜寧主人（漢文）
『大和名所図会』　寛政三（一七九一）年五月序　伏原正二位清原宣條卿　佩蘭主人（和文）
『摂津名所図会』　寛政六（一七九四）年春序　中山前大納言愛親卿　惜陰室主人書（和文）
『住吉名勝図会』　寛政七（一七九五）年正月序　藤波三位寛忠卿　花洲主人書（和文）
『和泉名所図会』　寛政七（一七九五）年十月序　正二位花山院大納言愛徳卿　通斎主人識（漢文）
『伊勢参宮名所図会』寛政九（一七九七）年六月序　藤波二位季忠卿　二緑園主人書（和文）

いずれも秋里籬島の編著である。籬島の著述に公家衆が序を寄せたことには清水勝が注目し（「伴蒿蹊の門流――秋里籬島疑問――」〈『伴蒿蹊研究』私家版、一九九九年〉所収。初出は一九八六年）、このような公家との交友を裏付ける事実として、寛政の初めの内裏新造の折に図方御用に召されて日々出勤したことを写本『ももしき』から明らかにした長友千代治の指摘が備わる（『江戸時代の書物と読書』東京堂出版、二〇〇一年）。

序を寄せた公家らは、どちらかといえば、俸録の少ない、また地下と交渉のある人々である。とくに寛政六（一七九四）年序の『摂津名所図会』は、尊号事件で処分されたばかりの中山愛親の序を載せていることは注目に値する。

絵本読本の形式が名所図会に倣ったものであることは、横山邦治や濱田啓介が指摘している（前掲、横山『読本の研究』、濱田「造本とよみもの」）ものの、序文についての言及はない。瞭然であるので、わざわざ触れなかったのであろう。

『絵本太閤記』は濱田啓介（『読本事典』「絵本太閤記」の項目）の指摘する通り、その後七編まですべて妙法院関係者によって序が記された。二篇は伊丹宣顕（賀茂氏）。侍。寛政三年従六位に叙せられる（『地下家伝』）。三編の三谷寛成（源氏）は『地下家伝』では確認できないが、三谷の家職は侍。四編の穂積重賢（鈴木氏）は不明だが、妙法院出入の鈴木知足庵（小沢蘆庵門人、妙法院宮出入の茶人）と関係があるか。寛政十一（一七九九）年の第五編序は諸大夫の松井西市正永喜。左にあげた序の内容は太閤顕彰と皇国主義の結び付いた、幕府の目に触れると危険な序だと言えなくもない。

いはまくもあやにかしこきは、豊臣の神のみいづになも有ける。そのかみ蘆原のいやみだりに乱りにたるを、焼鎌《かき》の利鎌《とかま》もて、かり払うて、平均《ことむけ》ませる。はては、から国までひたなびけになびけ給ひし、やまとたましひの生《あれ》のまにま、ちはやびたるみ功《いさを》を、即《やかて》皇国風《おほみくにぶり》の仮字《かんな》にかきうつして、修飾《かざらひ》なくものしたるこそふさはしともふさはしけれ、ことさへぐ漢学《からまなび》の徒《とも》、あかぬわざになあはめそしりそ。玉纏《たままき》のま楫かけなべたる船も、岩たたむ高ねに漕のぼさむは、絶てえあらぬわざになむ、海はやうみ、山はや山の幸こそあらめ。

すめらぎのおほ宮ところ古へにかへしそめたる神ぞそのかみ

時の妙法院門跡真仁法親王は宣長に興味を示した好古の親王で、小沢蘆庵を寵愛するなど地下の和歌・国学に関心が深い。光格天皇の叡覧を実現することにもつながる、真仁法親王への宣長『古事記伝』の献上は、梅宮神社祠官の橋本経亮、新日吉社祠官の藤島宗順（妙法院出入）経由で、永喜の父松井永昌を通して行われた（飯倉洋一「本居宣長と妙法院宮」『江戸文学』第十二号、一九九四年）。永喜の序は、妙法院宮の古学志向と連動する色彩が濃い。第六編の青木宣久（清原氏）は未詳、やはり侍か。第七編の藪沢宗陽は「近官」とあるが不明。

三　『絵本楠公記』・『絵本忠臣蔵』の序文

『絵本太閤記』五篇の序と同じ寛政十一（一七九九）年春の年記のある序を持つのが、山田得翁斎著とされ、速水春暁斎が画を描いた『絵本楠公記』（初編）である。京勝村次右衛門の開版で、享和元（一八〇一）年の刊行。序者は富小路貞直である。実父伏原宣條は桃園天皇の侍読を務めた儒者であり、寛政三（一七九一）年に『大和名所図会』の序文を書いている。貞直は寛政年間には賀茂季鷹・加藤千蔭と積極的に交遊し、享和元年の宣長上京の際には熱心に講義を聞き、宣長に入門するなど地下古学に近い公家だが、前掲大愚歌合事件で地下同座の歌合に参加して処分を受け宮廷歌会から追放された。（富小路貞直については、盛田帝子「富小路貞直宛加藤千蔭書簡――

『富小路貞直卿御詠歌並千蔭呈書』翻字と解題──」〈『語文研究』第八〇号、一九九五年〉、同「富小路貞直と転換期歌壇──松平定信への視座として──」〈『文学』二〇〇六年一・二月号〉、のち『近世雅文壇の研究』〈汲古書院、二〇一三年〉所収)。

序文は次の通り。

刈萱のみだれし世にあたりて、国の爪牙ともかしづかれにしいくさぎみはあまたあれど、元弘の穐のころ、みかどの御夢にみそなはせ給ひしより、つかへ奉りて、身をいたしつつ、みたび顧をうけし操にも、八の陣をたばかりし功にも、ほとほとはぢざるべくして、はてはては、みなと川とかやにて、いときよき名をながし、三代のうまごまで、玉くしげふた心なく、おのが志をつがの木のつがせし、楠の千枝のかげより、げに秀たるはあらじかし。此ごろこのぬしの事どもを、うつしゐにし、ふるき言の葉をも、かきあつめて、はしがきをこふ人あり。まろがいはく。出師表をよみて涙をおとさざる人は、かならずしもまめならじときくめり。こも又そがたぐひにして、みる人ごとにいよよ彼みさをと、いさをしとを、かしこみつつ、ひとしからむ事をあふぎ、ねがはざらめや。されば此ふみのよしある、吉野の山のさくら木にのぼせて、くれ竹の世々につたへむ事をよろこぼへるまにまに、あら玉のとしの号もゆたけきまつりごとのひつじの冬ごもりの、くらきまなびの窓に硯のうみの氷をくだきつつ、筆をとることとしかり。

富小路新三位貞直卿

おほきみつのくら井さだ直しるす

楠正成を讃えて過不足のない序文である。それにしてもこのような通俗書に堂上の公家が序を書くことは極めて珍しい。地下文人との交友の多かった貞直ならではと言えるだろう。ちなみに貞直は享和三（一八〇三）年に

『播磨名所巡覧図会』（文化元〈一八〇四〉年、大坂刊）の序文も書いている。

＊

『絵本忠臣蔵』は速水春暁斎画、寛政十二年大坂扇屋利助他の刊。序文は石野忠寄で寛政十二（一八〇〇）年春。まず序文を掲げよう。

むかし唐土の予譲は君のあだをむくはんとて身にうるしをぬりてたねらひけれども、身ひとつにても見あらはされたりき。ああ大ィなるかな良雄のぬし、君につかへていさほしある事、聞つたへかたりつぎて世の人みなめでくつがへるぞむべなりける。こたびつばらにしるすとてやつがれにそのはじめにものせよとあるにぞ、いとおこなれど、そのゆゑよしのながくのこさんは本意ならめ。ああ大ィなるかな。

寛政庚申春

広福王府

石野忠寄（花押）

広福王府は妙法院。石野忠寄については不明だが、本居宣長の『寛政五年上京日記』に妙法院訪問の際「宮の侍なる石野縁信主」から歌を送られたという記事がある。侍は世襲であるので、「石野」家も代々侍であろう。そうすると同姓の石野忠寄も妙法院宮の侍を務めていたのではないかと推測される。『絵本太閤記』の序者が全編妙法院関係者であったこと、『絵本楠公記』の序者も妙法院と関わりの深い貞直であったことを考えると、『絵本忠臣蔵』においても書肆が妙法院関係者に序文を依頼したことは留意すべきことである。ただ「石野忠寄」については、「石」と「忠」が大石内蔵助の忠義を懸けた戯名ではないのかという可能性も捨てきれないが……。

先に述べたように、山本卓「文運東漸と大坂書肆小攷」は、『絵本忠臣蔵』の成立を江戸の『忠臣水滸伝』への対抗意識ではなく、『絵本太閤記』からの流れで考えるべきであると指摘した。山本は、東西でこの時期に忠臣蔵の読本化が企画された理由として浅野内匠頭長矩の百回忌が考えられるという。首肯すべき説であろう。『絵本太閤記』が秀吉没後二百年を記念するものであったとすれば、その意味でも『絵本太閤記』の発想の流れにあるということになる。序文に妙法院関係者を起用するのもうなずけよう。

また馬琴がその黄表紙『楠正成軍慮智恵輪』（寛政九〈一七五九〉年、江戸蔦屋重三郎刊）で「われうち死してのちかならず石となるべしといひしが、そののちゑんやの忠臣大石とうまれかはり、本朝楠石の両忠臣といはるる事」とし、「楠化大石図」を図示したように、楠正成と大石内蔵助は忠臣として並称されるようにイメージが重なる。『絵本楠公記』と『絵本忠臣蔵』の「忠臣」の主題は共通しており、貞直と忠寄の序文がどこか似ているのも宜なるかなであろう。

おわりに

絵本読本初期を代表する三作の序文を考察することで、その「様式」について考えてきた。上方の絵本読本の序文は、名所図会に倣って、公家・地下官人という、朝廷・親王家に連なる人々の序をいただき、その形式を同じうした。それも門跡妙法院との関わりのある人々が目立つ。その背景に、朝幕関係の動揺、堂上公家と地下文人の接近などが考えられる。それらを考慮すると、忠臣、尊皇などのテーマが次々と絵本読本化される事態は、きわめて興味深いと言わざるを得ない。

なお絵本読本初期三作の序文の形式は、上方読本の一部に引き継がれる。名所図会と直接つながりのある図会物『南北太平記図会』（錦林王府橘正弘序、天保七〈一八三六〉年刊）、『役行者御伝記図会』（堤中大夫藤原哲長朝臣訓堂散人序、嘉永三〈一八五〇〉年刻成）や、自らが地下官人である尚古堂主人池田東籬亭の『絵本双忠録』（文化八〈一八一一〉年刊）・『絵本孝勇譚』（文政八〈一八二五〉年刊）・『絵本忠孝美善録』（文政十〈一八二七〉年刊）（いずれも自序）、『絵本菅原実記』（大納言金岡卿二十五世孫巨勢秀信序、天保十三〈一八四二〉年刊）などである。

第五章　『絵本太閤記』「淀君行状」と『唐土の吉野』

はじめに

『絵本太閤記』は七篇、各篇半紙本十二巻十二冊、合計八十四冊の歴史長編で、豊臣秀吉の一代記。版元は大坂の勝尾屋六兵衛。上方特有の、多くの挿絵をもついわゆる絵本読本である。本作も全体の約四割が挿絵となっている。武内確斎が作文、岡田玉山が作画した。初篇は寛政九（一七九七）年刊。二・三篇が同十年、四・五篇が同十一年、六篇が享和元（一八〇一）年、七篇が同二年に刊行され、『絵本楠公記』とともに大いに世に行われた（『絵本曾我物語』享和三〈一八〇三〉年、一割咲居士序）が、文化元（一八〇四）年六月、絶板を命ぜられた。

本作は非常な人気を博したため、当時の演劇から現代の歴史小説や映画・ドラマにいたるまで、太閤記物に与えた影響は非常に大きいが、その内容についての研究は乏しいのが現状と言わざるを得ない。本論では、『絵本太閤記』七編末尾近くの「淀君行状」を検討し、本作の作品研究をわずかでも前進させたい。

『絵本太閤記』（寛政九〈一七九七〉年〜享和二〈一八〇二〉年、七篇八十四巻八十四冊）七篇巻十二の末尾に、秀吉の側室「淀君」と正室高台院「ねね」の行状が記されている（「淀君行状」「北廳行状」）。淀君はいわゆる「淫婦悪女」のイメージ、高台院は「貞婦才女」のイメージで、対照的に記されている。とくに淀君の淫婦悪女ぶりは、本作の中でも際立っている。「淀君の乱行などというのは、江戸時代の臆説である」（『国史大辞典』山本博文執筆）、「これら淫婦悪女説は徳川方の手で行われた悪宣伝とも言われる」（『日本伝奇伝説大事典』田中友季子執筆）などと言われているが、徳川方の手で書かれたわけではない『絵本太閤記』こそが、淀＝悪女のイメージ形成に大いに関与したと考えられる。

本稿は「淀君行状」の中でも怪奇的で異彩を放つ「蛇体変身」の場面について、重要な関連文献と考えられる『唐土の吉野』（天明三〈一七八三〉年）巻三の一「桂の方金龍の法を修して肉親を殺事《そぐ》」との関係を考察するものである。

一　淀君説話

淀君は、豊臣秀吉の側室で、秀頼の母である。父は浅井長政、母は織田信長の妹お市の方。幼名お茶々。お市の再婚相手柴田勝家が賤ヶ岳の戦いで敗北したのに伴い、勝家とお市は自害。お茶々ら三姉妹は秀吉の庇護を受けることになるが、やがて寵愛を受けたお茶々は懐妊、山城の淀城を改築して与えられ、淀と呼ばれる。誕生した男児は早逝するが、再び男児を産み（これが秀頼である）、伏見城西の丸に移り、権勢を振るう。秀吉の死後、遺命により大阪城に移るが、徳川家康との戦いに敗れ、元和元（一六一五）年に秀頼とともに城中で自害する。主要な伝記的研究として、桑田忠親『淀君』（人物叢書　吉川弘文館、新装版一九八五年）、福田千鶴『淀殿　われ太閤の妻となりて』（ミネルヴァ日本評伝選　ミネルヴァ書房、二〇〇七年）がある。

しかし、淀君説話に関する研究となると数少ない。金時徳「成熟していく歴史読み物」（井上泰至・金時徳『秀吉の対外戦争』笠間書院、二〇一一年）と、網野可苗「7　秀吉と女性　虚像編」（堀新・井上泰至編『秀吉の虚像と実像』勉誠出版、二〇一六年）くらいである。

淀君を悪女として描く作品は、多くは徳川家を正当化する徳川史観に基づくものに多く見られる。網野は仮名草子の『大坂物語』（慶長二十〈一六一五〉年）、軍記の『難波戦記』（寛文十二〈一六七二〉年）、実録の『浪速秘事録』（「大淫好色、恥を知らざる婦人」）らを挙げている。

先述したように「淀君行状」と「北廳行状」は連続している。「北廳行状」は、それ自体がねねを称える簡略な伝記になっているが、「淀君行状」は太閤が病に倒れ、石田三成へ名護屋を託したことから、淀君の動揺→容貌減退への不安→日瞬の金龍の法による美貌回復→蛇の憑依と奇談的展開を見せる。

両行状の叙述形態は、片や伝奇的、片や顕彰風と、全く趣を異にする。淫婦悪女と貞婦才女という書き分けのためと言うには、「淀君行状」の『絵本太閤記』の中での書きぶりは異常である。前掲の網野は「本作において、淀に関する最も衝撃的な記述と言えば、『絵本太閤記』終巻に配された「淀君行状」の淀が蛇身となる話であろう」と、「衝撃的な記述」と表現した。とはいえこれが『絵本太閤記』の作者による全くの創造とは思われない。それでは淀君の蛇体変身を記した文献が『絵本太閤記』以前にあるのだろうか。

二　淀君登場場面

まず、『絵本太閤記』の中の淀君登場場面について検討しておこう（『絵本太閤記』の本文は国文学研究資料館所蔵『絵本太閤記』（ナ4-762-1～84）（国文研書誌ID20014405）の公開画像データ（オープンデータセット所収））による。

淀君がはじめて登場するのは、浅井長政の小谷城落城の時（天正元年）で、頼る夫を失ったお市の方と三人の女子の行く先を説明する場面である。

此時信長の妹於市の方を小谷の方と申しける。御方の腹に一男三女あり。（長政は）いと愛らしく生立《おひたち》給ふを近く招き、（中略）藤掛三河守・木村小四郎両人を添て、妻子を信長の陣に送らしむ。（二篇巻之七「信長大軍囲二小谷城一」）。

（長政自害後、信長は）「長政の室家小谷ノ方と稚き児とは、尾州清洲《きよす》の城主小田上野助信包《のぶかね》に預け給ひ」（二篇巻八「浅井長政最期」）

その後、お市は柴田勝家に再嫁するが、その勝家の武運も尽きる。『絵本太閤記』は五篇に至ってあらためてお市とその子供達の生い立ちから、お市が勝家とともに生害し、子供達がそれぞれ引き取られていくさまを語っていく。

爰に勝家の北の方小谷の御方と聞へしは、故信長公の妹君にて、其名を於市殿の御方とぞ申ける。始め浅井備前守長政に嫁して三女一男を産給ふ。三人の女子は浅井滅亡の後、於市の方と倶に小田家に帰りて信長公のいたはりをうけておひ立給ふ。其後三人の女子を秀吉方へ送り遣すべしとて、其口上に、「勝家武運すでに尽き、明朝城中におひて生害を遂ぐべきに候。夫に付此三人の女子は勝家が子にても候はず、故浅井長政が女《むすめ》にして、爾《しか》も信長公の因縁《ゆかり》にて候。城中において倶に亡び候も便なく候故、送り遣しまゐらするの間、よきに痛《いた》はり給ふべし」との事也《なり》けり。富永委細承り、三人の姫達を引具し城中を出んとするに、姫君達泣悲しみ、「母上と諸共に同じ道に伴ひ給へ」とて右と左の手にすがり、転び臥て泣き給ふは、哀れ也《なり》ける次第なり。斯て有べき事ならねば、富永新六、三女子の手をとりて強て輿に乗参らせ、秀吉の陣に到り、しかじかのよし相宣ぶれば、秀吉早速是を請取、三女の身の上聊か疎意有べからざる間、心安く生害遂らるべき条返答し、使者を城中に帰し給ふ。此姉姫は、後に秀吉公の妾《せふ》秀頼の母堂淀君と申せしは此御方なり。其次は京極若狭宰相高次《たかつぐ》の室、末の姫君も高貴の簾中に備り給ひ、何《いづれ》もいみじく栄へ給ふは、則勝家が寸志也けり。（五篇巻之五「勝家籠北ノ庄城」）

次いで、秀吉の五人の女君、北政所・松の丸殿・三條殿・加賀殿・淀殿を紹介する場面で、二十三歳になった淀君を、次のように描く。

第五は淀殿、此は浅井備前守長政が息女《むすめ》、信長公の御妹小谷方於市殿の腹に出生し給ひ、柴田勝家北ノ庄落城の節送り出し参らせし三女の内の姉姫にして、其時年十九、今年正十五年二十三歳に成り給ひ、容顔美麗、一たび笑ば百の媚なる傾国の姿、秀吉公閨婦の中に第一位の艶色也。音声の妙《たへ》なるは鶯の春霞を出て囀るがごとく、心佞弁にして気怜悧なり。その行《おこなひ》爽やかに、爾《しか》も情あり。人若《もし》淀殿の一言《いちごん》を得る時は、死すといへども其心に叶ん事を需む。然ども性実徳なく、生得《うまれえ》て嫉み深く、人を殺して猶足れるとせず、肉を喰らひ骨を砕くに至る。（五篇巻八「賜二佐々陸奥ノ守肥後国一」）

ここに至って淀殿の外貌・内面は余すところなく述べられている。右引用部分の直後に北政所との対立の構図が描かれている。

尤才智は政所に対容すべし。其中に、政所は篤実の明、淀殿は虚慧《きよけい》の智なり。若政所を廃して淀殿一人を心の侭に威を行はせば、唐の則天皇后、我朝の尼将軍政子の方にも遥に勝るべき佞才なり。此故に政所と淀殿と左右に互角して才を闘《たたか》はし、智を争はしめ、終に閨中の二将軍として其下風《かふう》に立つ愛妃閨婦双方に分れ、政所に与し淀殿に党し、或は謀計を構へて、恥辱を与へ、又は白地《あからさま》に舌戦し、閨中の戦《たたかひ》、人しれずといへども、恰《あたか》も戦国諸侯の国境《くにざかひ》のごとし。その一方は政所を魁首《かしら》として、三條殿、加賀殿是が副たり。忠臣には、おこいの方、朝日の局等御味方なり。一方は淀殿を大将として、松の丸殿副将たり。正栄尼専ら此党の功有者にて、淀殿も深く頼み思召す。（五篇巻八「賜二佐々陸奥ノ守肥後国一」）

　このあとの政局に二人の対立が大きく関わってくるという叙述になっているのである。さらに注目すべきは、それが可視化される五篇巻八の二十四丁裏・二十五丁表の挿絵である。右に「北政所之像」、左に「淀君之像」が描かれる。特に淀君像の上部には大蛇が描かれているのは、後述する「淀君行状」の蛇体変身を予示するものだと言えよう。

　五篇巻九「佐々成政生害」「北政所茶会饗二応淀殿一」「黒百合滅二佐々一」では、いわゆる黒百合事件のことが語られる。

　天正十六年春、北政所に厚遇を受ける佐々成政はその御礼として旧領越中の白山《しらやま》大汝山《おおなんじやま》の険難の地に咲く黒百合を取り寄せて献上した。北政所はこれを淀殿に見せようと、茶事に詳しい利休の娘綾女に命じて準備させる。直後に利休の娘は太閤に戯れかけられ、自らの仕える淀殿のところへ駆け込むが、淀殿は、北政所の茶事に趣向があれば教えよと迫り、弱みを握られた綾女は黒百合のことを伝えてしまう。淀殿は自ら黒百合を手配し、松の丸殿の花筒に賤しい花に交えて黒百合を生け捨てておき、北政所を驚かす。北政所一派は佐々を貶め生害に追い込んだ。

北政所と淀の対立は、それぞれが加藤清正と小西行長に肩入れすることで、大きな影響を与える（五篇巻之十「賜二加藤清正曼荼羅旗一」）。

また六篇巻之一「殿下被レ召二利休之女一」でも、北政所と淀君の対立が描かれる。天正十八年三月、双方が間者を忍び込ませる背景が述べられている。

> 此頃政所は聚楽の城、淀君は大坂に座《をはし》しけるが、兼て政所の御方、淀の御方といつとなく党を結びし奥の女中、三條殿・加賀殿・松の丸殿を始めとし、末々の婢女にいたる迄、京と大坂に引別れ、双方より間者を入、忍の者を入込せ、心裡の戦日々に止ず。

天正十九年四月、淀君は若君を出生し、五十を超えた秀吉は溺愛するが、同年九月に若君は早世する（六篇巻之二「朝鮮征伐之評議」）。朝鮮征伐が始動し、先陣を争う加藤清正と小西行長はそれぞれ北政所と淀君を訪ね、互いに負けじと、その戦略を語る（六篇巻之二「朝鮮渡海定先鋒」）。清正と行長それぞれの後ろ盾に北政所と淀君がいて、「戦功がライバルに劣れば面目を失うから、必ず高名を挙げよ」と命ぜられているため、軍が中和を得ず、完全な勝利を得ることが出来ない（六篇巻之五「小西行長為レ入二大明一」）。

一方、関白を継いだ秀次は悪行を重ねて反省の色がなかったが、これには淀君が関与していた。淀君は秀次に太閤はますますご満足と消息し、淀君の侍女を「おまん」と称して秀次に献じ、悪事に荷担させ滅亡に至らしめた（六篇巻之十二「秀次公悪行」）。

『絵本太閤記』の作者武内確斎は、秀次の悪逆の源は淀君と石田三成だとし、淀君の怜悧と妬心が、秀吉の判断をも誤らせたとする。

秀次公生得残忍におわしけれども、悪逆の募し源は淀君と三成がはかりごとなり。淀君は天下に並びなき嫉妬深き御方にて、人の上の御事にても、うるわしき女房の人の寵愛をかうむると聞しめしては、我身の上の事に思ひなして、憤り恨み給ふ事常の御気質なり。秀次公天下にもとめて選み出し給ふ美女三十余人、ことごとく御寵愛深く、男女の君達多く出来させたまふなど、皆淀君の忌み妬み給ふ所にして、是を殺して猶飽足らず、骨を刻み肉を醢《ししびしお》にする漢の呂后、唐の則天なんど淀君と其生得相似たり。かかる妬心を以て深く久しく讒言を入給へば、太閤も初の程こそ実《まこと》とも思し給はねども、三伝《みたび》ニ市虎一人皆信といへるがごとく、いつしか左もあるべしなんど思ひ付せ給ふは、霤《あまだり》の石に穴するに等しく、終に畜生塚の因縁とはなれり。淀君の麗利なり又妬心の深きは、此太閤記全部の中、拾遺等の中に往々しるしたり。互見して知るべし。（七篇巻之四「畜生塚由来」）

三　淀君行状

右引用の末尾部分に「拾遺」とあるのが、本稿で問題とする七篇巻之十二の「淀君行状」であろう。長文なので、その概要を四分して述べる。

①　慶長三年、秀吉は再び肥前の名護屋へ御出陣の予定だったが、五月ごろから気分優れず、周囲の心配する中、石田三成を召し、自分に代わって指揮を執るように命ず。これにより三成の勢力は増大する。太閤にもしもの事があればと諸国の大名小名は、北政所側・淀君側に別れて与した。北政所方に有力大名が多く付き、淀君は妬心深く思い暮らしていたところ、あまつさえ、若君の顔が太閤に似ていないと政所方から噂を立てられて深く恨ん

だ。淀は自らの味方を増やすため艶言を以て懐柔すると、参仕するものも少なくなかった。

②　淀君は、太閤に死なれたら北政所の思いのままとなり自分の立場はなくなると思い煩っていたが、ある朝鏡に向かうと、自身の容色が衰えてしまっていることに気づき寝込んでしまった。

③　明国から来朝した日蓮宗の日瞬は、法力のある僧侶で人々の病苦を祈禱で治癒していた。淀君は日蓮宗を尊敬していたので、日瞬を招き、容色の回復を願う。日瞬は謹承し、「金龍の法」という祈禱を行うという。そのために淀君の内股の肉を切り取り、これを携えて富士山に登り、行法を行うと、大蛇が顕れ激動する。日瞬は淀の肉を与えて食わせ、蛇の肉を切り取って持ち帰り、淀君の内股の傷口に納めると、淀君の容色は忽ち回復した。

④　淀君の艶色は周囲の者を蕩かし、内寵を蒙る者は甚だ多かったが、これは妖蛇のなさしむ所だった。淀君の嫉妬心はいよいよ深まり、口が耳まで広がるなど蛇体化したが、半時ばかりして鎮まり、妖艶の姿は常と変わらなくなった。これを近く仕える者から家老用人まで聞き伝えて不思議なこととささやき合った。

四　『唐土の吉野』巻三「桂の方金龍の法を修して肉親を殺《そぐ》事」との関係

四―一　桂の方と淀君

『唐土の吉野』は、天明三（一七八三）年刊、大坂伊丹屋善兵衛を板元として刊行された半紙本五巻五冊の十篇の短編を集めた読物で、前期読本に位置づけられている作品である（江戸怪談文芸名作選第二巻『前期読本怪談集』〈国書刊行会、二〇一七年〉所収）。作者は版元の伊丹屋善兵衛こと前川来太（序の撰者）である。

第六話「桂の方金龍の法を修して肉身を殺《そ》ぐ事」（以下「桂の方」と略記）は、次のような話である。

東国の或る大守は四十になっても子がないため、妻の甥を養子とした。しかし大守六十の時、側室桂は男子を生むや、大守を籠絡し、奸計を以て養子を追い出さんと謀り、また美貌を保とうと、日栄という法華僧に金龍の修法を頼み、陰部の生肉を贄《にえ》として法力を得たが、大守の死後は家士に見放されて、我が子を食い、蛇となって姿を消す。

そもそもが、秀吉と淀を想起するような筋だが、とくに、法華僧の唱える金龍の法に従い、生肉を与えて容色を保つくだりが「淀君行状」と酷似することが注目される。以下、『唐土の吉野』の本文を挙げて検討する。本文引用は前記『前期読本怪談集』による。左訓は括弧内に記す。

老爺《との》は御年六十《むそぢ》ちかうならせ給ひて、はじめて御子をまうけ給ひしかば、御悦《よろこ》びいはんかたなく、連城《れんじやう》の璧《たま》を得《え》たるより勝《げ》にめでたうおぼしめされて、即別室《やがてへつや》をしつらひ、桂親子《かつらおやこ》を安下《すゑおき》給ひ、日夜《よるひる》の寵愛《てうあい》、給人《きふにん》の奔《ほん》走《そう》たとふるにものなし。

此の桂といへる女は、山城《やましろ》の国淀《くによど》わたりのおひたちにて、父母《ちちはは》の名《な》もさだかにきこえざるほどのいやしきものにしあれど、天性《てんせい》の殊色《しゆしよく》にてざえかしこく、音声《おんせい》よりたちふるまひまで、いかにも上﨟《じやうらふ》と見えたるに、其の心正《ただ》しからず、ものねたみつよく、暴疾《いちはやき》ふるまひ多《おほ》かれど、矯飾《いつはりかざり》て其のけしき聊《いささか》見えざりしが、

右の引用部分は「淀君行状」とは重ならないが、『絵本太閤記』が描いてきた淀君の描写と似通っていることに留意すべきだろう。「山城の国淀わたりのおひたち」というのもそのヒントである。つまり「桂の方」は、淀君

の淫婦悪女ぶりを意識した創作なのである。さて、「桂の方」では、桂が次のように太守に訴える場面がある。

妾《せふ》がいやしき身の、かくまで君《きみ》の恩《なさけ》をかうぶりまゐらせ、かたじけなう若君《わかきみ》さへ生《うま》れさせ給ひし事、いかなる宿世《すくせ》の契《ちぎり》にやと、露《つゆ》わするる間《ま》なく、ありがたう思ひ奉る所に、何《なに》やらん君が御寵愛《ごてうあい》をねたみて、奴家《わらは》がうみまゐらせし若君《わかきみ》の御おもざし、某《なにがし》に似《に》て、君の御かんばせに異《こと》なりなどと、局方《つほねかた》の密語《ささやき》侍《はんべ》るよし、君にも聞《きこ》しめさせ給はん。妾何等《せふなんら》の情《こころ》ありて、かく海山《うみやま》の御恩《なさけ》にそむきて、他人《あだしびと》の胤《たね》をいつはらんや。是なん申さぬとても、君こそ御おぼえましますらめ。さるをかく取沙汰《とりざた》つかうまつるは、妾《せふ》を妬《ねた》む人ありて、更《さら》に若《わか》君《ぎみ》のましますをいぶかりおもふ僻心《ひがごころ》なるあたりよりかも、いひふらして、妾《せふ》と共《とも》に若君《わかぎみ》を君にうとませしめんとの、こしらへごととは推《すゐ》しまゐらせども、衆口金鉄《しゆうこうきんてつ》をとらかすのならひにて、遂《つひ》には御たねにてなきなどと、君の御辱《はぢ》に及《およ》ぶ事をうたはせて、いかに聞流《ききなが》しさふらふべき。ただ何となく妾《せふ》に御いとまをたまはらば、若君もろとも自尽《じがい》して、君の御名をいさぎよくなし奉らん

「淀君行状」は、「剰へ若君の御貌《かたち》太閤に似給はぬとて政所方の人々兎角に私言《ささやき》あへるなど深く恨み思めし、あわれ一人にても方人と頼む人の多かりしと大名小名陪臣に至る迄、艶言を以て之を懐け」と、「桂の方」に比べれば簡略だが同趣旨の内容である。

四―二　「桂の方」と淀君の変化の描写

さて、「桂の方」が容色の衰えを鏡で自覚し、日蓮宗の僧侶の法力を借りて艶色を取り戻し、蛇体化する一連の展開は、「淀君行状」でも全く同様で、文辞も一致するところが多い。以下、やや長文にわたるため、本文を

いくつかに分割し、それぞれ文辞の似る部分を、アルファベットの大文字と小文字で対応させてみる。

○「桂の方」1

（前略）A「われかく殿《との》の寵《てう》を得《え》て、諸人《しよにん》のうやまひを受《うく》るといへども、今御病《やまひ》たのみすくなう見え給へば、山高水低《もしものことありて》の後《のち》は、わがたのむかたを失《うしな》へるに、時《とき》を得《え》て、養君《やうくん》をはじめ古老《こらう》の臣等《しんら》、かねてわが計《はかり》し事《こと》をばいぶかり、目《め》を側《そばめ》て候《うかが》ふ上、B若君《わかぎみ》は御幼稚《ごえうち》といひ、Cましておもざしの父君《ちちぎみ》に肖《に》給はざるなどと疑《うたが》ひけるこそ、近《きん》臣某《しんなにかし》とみそかごとありしを、はからずも洩聞《もれきこ》えてや沙汰《さた》しけん、いとかしこきをりからにこそ」

○「淀君行状」1

c剰へ若君の御貌《かたち》太閤に似給はぬとて政所方の人々兎角に私言《ささやき》あへるなど深く恨み思めしあわれ一人にても方人と頼む人の多かれし眸《まなじ》を凝して人を釣《つり》給に又茲《ここ》に甘心し命《いのち》をすてて参り仕る者少なからず。然に今年五六月に至りて太閤御心地常ならず見へさせ給へば、淀君深く心を苦め給ひ、つらつら思惟《しゆひ》し給ふに、「a今我太閤の寵愛を蒙り、威勢人の下にあらずと雖も、若や不予の御事有て太閤におくれ参らせなば、b若君は御幼稚と申し、何事も政所の思召のままに成り行きて、我は有てもなきがごとくにや有ん」

○「桂の方」2

Dと思ひわづらひて日《ひ》を経《へ》しに、或暁《あるあかつき》鏡《かがみ》を取《とり》て、むかひ照《て》らせば、こはいかに、ありし艶顔《えんがん》たちまちにおとろへて、皺《しは》などあさましうよせて、色《いろ》は青《さを》にしらけたれば、みづからおどろきしばし言《こと》にも出《いで》ず。ただためいきのみつぎてありしが、ややありておもへらく、「妾《われ》已《すで》に殿《との》の目《め》をかすめてE諸臣《しよしん》にしたしみ、威権《ゐけん》を他《ひと》にゆづらじとたくめるものは、Fわが容色《ようしよく》を恃《たのみ》て、衆《しゆう》をなびけんとおもひしに、いかなればかくおとろへ疲《つかれ》て、殿に後《おく》れあらんには、何を以てか諸臣《しよしん》を囙《ちな》み親《したしま》んや。かくては日比《ひごろ》われを怨《うらむ》るともがら、皆養君《みなやうくん》をたすけ参らさば、兼《かね》て計《はか》りし事ども、尽《ことごと》くあらはれて、若君諸《もろ》とも、此の館《たち》に住《すむ》事あたはざるべし」と、或《ある》はいかり、或はなげきて、「Gたとひ命数《めいすう》は限りありとも、容色《ようしよく》に於《おい》ては此のままにて衰《おとろ》へざらんこそ、女の願ふ所なるに、かくあさましくなりゆかば、いかでか養君《やうくん》奥方を失《うしな》ふ時を期《ご》すべき。いでやいかなる荒行《あらぎやう》をも修《じゆ》して、神仏の力をたのみて、顔色《かんしよく》ふたたびわかやぎ、心中《しんぢう》の欝憤《うふん》を散《さん》ぜんものを」

○「淀君行状」2

dと思ひ煩はせ給ふ事、数日なり。或曙《あかつき》鏡に向ひ御面影をうつし、細かに御覧有けるに、此頃の御物思ひにやさしもうるわしき花の顔ばせも、肉落て色青み、はやくも肌に皺を生ひたり。忽ち大きに驚きたまひ「こは口惜しき事にて有かな。もしや太閤におくれ参らせてもあはれe天下の諸侯を味方に引入、吾威権をして他の人に譲るまじと思ふは、f只我容色のうるはしきを以て人を釣《つる》の外に出ず。然るにはやく色衰へ容貌憔悴たらんに、いかでか人と親しまれんや、g譬《たとへ》命に限り有とも俤の変らで積る年ならば物思ふ事のあらじかし」と、引かづひて臥給ひしが、

○「桂の方」3

と、年頃《としころ》帰依《きえ》する所の日栄といふ僧《そう》を請《しやう》じて、低声《こゑをひそめ》ていへらく、「H妾兼《われかね》て法華経《ほつけきやう》を信じ、御僧《そう》の教化《けうげ》によつて、宗旨《しうし》の奥義《あふぎ》を承《うけたまは》るに、此の宗の密法《みつはふ》に、荒行《あらきやう》を修《しゆ》して祈《いの》る時は、一の願《ねがひ》をば叶《かなへ》るよし、果《はた》してしからば、万望其法《なにとぞそのほふ》を授給《さつけたま》はるべし。いかなる難行《なんぎやう》をも厭《いと》はずつとむべし」

○「淀君行状」3

爰に大明国より来船せし僧に、日瞬といへる者あり。（中略）淀君は信長公の御姪女にしてh元来《もとより》日蓮宗を尊敬ま

しませば、此日瞬が異験有事を聞しめし、かねてより、伏見の里にめし登し、瑞龍院といへる一寺を賜ひ、常に帳内に立入て御帰依尤深かりにし、俄に日瞬を招き、h密かに仰せ有りけるは、「汝日来人の難病を祈り苦しみを救ふ事甚だ多し。一人も其験の有ざる者なし。誠に常世の広徳我深く是を尊ぶ。今我身に一つの大願有。祈りて験有べくばいかなる荒行苦行といふとも、我自ら是を修せん。」

○「桂の方」4

「罪業《さいごふ》のほどあさましうこそおぼしめすらんが、I妾《せふ》が願《ねが》ひは、後の世の事にあらず。現《うつつ》の我身《わかみ》をして、容色《ようしよく》心力《しんりよく》永《なが》く衰《おとろ》へ疲《つか》れず。ねたし悪《にく》しと思ふほむらを養《やしなひ》て、行末《ゆくすゑ》心のままに栄耀《えいえう》をきはめんには、いかなる来世《らいせ》の苦《くるし》みを受《うく》るとも、更《さら》になげくべからず」と、

○「淀君行状」4

「.i抑我願《ねがひ》といつぱ来世成仏の望にあらず、現世に福をいのるに非ず。只我身の姿色衰へず嬋娟《かほうるはし》くして幾年《ねん》をも経ば我望み既に足れり」。

○「桂の方」5

日栄もおそろしくやおもひけん、一言《いちごん》の教化《けうげ》をも説かず、心よくうけ合ひて申けるは、

「いかにも其の密法《みつはふ》を授《さづけ》候べし。およそかかる願ひを叶《かな》へんには、J金龍《きんりよう》の法《ほふ》とて。其願主一七日が間《あひだ》、火《くわ》食《しよく》を断《たち》て冷水《れいすゐ》に浴《よく》し、関東八所《くわんとうはつしよ》の霊山《れいざん》に登《のぼ》りて、密法《みつはふ》を行《おこな》ひ、終《つひ》に富士山《ふじさん》に於《おい》て其法《そのはふ》を成《じやう》するに、金龍の形《かたち》を現《げん》せしめてこれを祭《まつ》るに、きよらにあぶらづきたる女の、陰所《いんしよ》にちかき生肉《いきじし》を以て贄《にえ》となし、又瓶《かめ》に美酒《びしゆ》をたたへて供物《ぐもつ》となす時は、金龍これに感《かん》して其願《ねか》ひを成《じやう》ぜしむる事、密法《みつはふ》の奇特《きどく》疑《うたが》ふべからざる所なり。しかりといへ

どもK百里《ひやくり》の山川《さんせん》を越《こし》て、婦人《ふじん》の身にてかかる荒行《あらぎやう》は修《じゆ》しがたければ、御身の肉《にく》を截《たち》て、愚僧《くそう》に託《たく》せられば、これを携《たつさへ》て、諸高山《しよかうさん》を巡《めぐ》り、法《はふ》を修《をさめ》て龍《りよう》の生肉《いきじし》を取《とり》て、君《きみ》の御疵口《きすぐち》へをさめば、心力《しんりよく》の衰疲《おとろへつかれ》たるを復《ふく》（もとのごとく）して、いかなる大望《たいまう》をもかなへずといふ事なし」

○「淀君行状」5

日瞬笑ふて、「（中略）.j爰に金龍の法と申す尊き祈の候。此法を行ふ時はいかなる願といふとも満願せずといふ事なし。是を修するに富士山に登り、山気龍気を相呼んで修行なし候事にて、中々以て金閨の深きに育《やしなは》れ給ひ、殊には人の唱へ尊き御身の、いかでかk百里の山川を渉り、富士の山谷に野行あらせられんや。あはれ御生身《いきみ》の肉一寸を切て拙僧に賜らば其肉身に経文を読み入れ、倶に行法を積て御願を充し奉ん」と申ければ、

○「桂の方」6

桂《かつら》はL元来剛気《ぐわんらいがうき》の生れつきなれば、少しもおそれず、大によろこびて、厚《あつ》くこれを謝《じや》して、即内腹《やがてうちもも》の肉《にく》一寸許《ばかり》を切《きつ》て、日栄《にちえい》にあたへてねんごろにたのみければ、日栄これを持《もち》て、伊豆駿河《いづするが》の諸山《しよさん》を巡《めぐ》りて行法《ぎやうばふ》を修《じゆ》し、なかんづく甲斐《かひ》の国身延七面山《くにみのぶしちめんざん》は霧深《きりふか》くして咫尺《しせき》をわかたざるを、心気《しんき》を澄《すまし》、呪《じゆ》を修《じゆ》して奥深《おくふか》く入り、終《つひ》に富士《ふじ》の絶頂《ぜつてう》に上《のぼ》りて遍《あまね》く山中《さんちう》を探《さぐ》り、澗底《かんてい》の洞口《とうこう》をもとめて、行法《ぎやうばふ》を修《をさむ》る事。三七日にして、符《ふ》を投《たう》ずれば、猛然《まうせん》（たちまち）として天地震動《てんちしんどう》し、山谷雲起霧閉《さんこくくもおこりきりとぢ》て闇夜《あんや》のごとく、疾雨迅雷《しつうえんらい》（しんどうらいでん）に乗《じよう》じて、金龍の光曜《きんりようくわうえう》（ひかりかがやく）眼《まなこ》を奪《うば》ひ、魂《きも》を消《け》すばかり現《あらは》れ出《いづ》れば、日栄其《その》まま桂が肉《にく》を投《たう》じ、美酒《びしゆ》をあたへて、猶《なほ》も行法《きやうはふ》おごそかなれば、金龍肉《にく》をくらひ酒《さけ》をのみて、ほれぼれと酔へるがごとく、頭《かしら》を低《たれ》て近《ちか》よる所を、日栄戒刀《かいたう》を把《とつ》て、其肉一寸許《ばかり》を切取《きりとつ》て呪《じゆ》をとなへ、経《きやう》を念《ねん》ずれば、金龍忽《たちま》ちかたちをかくして、雲晴雨収《くもはれあめをさまり》て帰路《きろ》を促《うなが》して、即日《そくじつ》桂《かつら》が許《もと》に到《いたり》て彼肉《かのにく》をあたへて、桂が疵口《きすくち》に補《おぎな》はしむれば、其のまま癒合《いえあひ》て、少《すこし》も瘢《あと》を見せざる事、奇《ふしぎ》といふべ

し。是より桂が顔色《がんしよく》衰《おとろへ》を復《かへ》し、嬌態《きやうたい》（はでなすかた）旧《きう》（もと）に増《まさ》り、気力《きりよく》もますます壮盛《さうせい》（さかんに）になりて、大酒《たいしゆ》をこのみ、淫欲《いんよく》に耽《ふけ》り、老爺《おほとの》の病中《びやうちう》を幸《さいはひ》に近臣の美少年《びせうねん》を帳内《ちやうない》（ねやのうち）に招《まねき》て、乱行言語《らんぎやうごんご》に絶《せつ》しける内に、

○「淀君行状」6

淀君、大きに歓び給ひ、[1]元来心気勇壮の女性《によしやう》なれば、短刀を抜て内股の肉一寸計切取て賜ひける。日瞬携へて東海道に馳下り、先伊豆駿河の山々より入て、甲斐に身延《みのぶ》七面山霧深く峯にむすぶを深淵の水に写して地を縮め、富士の山谷を踏遍して、終に三つ股川の河岸に立て行法を修する事三七日、忽ち川上鳴動して、逆浪《げきらう》高く発りて岸を崩し、急雨篠《しの》を乱すがごとく、黒雲四方《くろくもよも》を塞で日の光を蔽ひ、数十丈の大蛇顕れ出、爪を鳴し角をふり立て、雲中に翻飜《へんほん》せり。日瞬いよいよ、丹誠をこらし、符を以て大蛇を近く招き、彼淀君の生肉《いきみ》を与へて是を喰《くらは》しめ、又蛇の肉一寸を切取て符水の中《うち》におさめ、遯覆の法を行ひて大蛇を去しめ、道を急ぎて伏見の城に帰り、淀君に謁し、蛇肉を以て内股《うちもも》の疵口に納め、「今は御願《ぐはん》成就せり」とて退きけるが、暫時の間に肉全く癒合《いへあひ》て、露計の痕もみへず。是より淀君の御容《かたち》日毎にうるわしく、顔の膩《あぶら》のつややかなる事は、桜花《おうくわ》の露を含めるごとく、視る者心を蕩かし志を失ふ。淀君も亦淫心頻りに生じて制しがたく、大野が一党、渡辺が従類を始めとし、帳内に仕ゆる少年、内寵を蒙る者、甚だ多し。

○「桂の方」7

Mはたと白眼《にらみ》し顔色朱《がんしよくあけ》のごとくに変《へん》じて、眼《まなこ》の光《ひかり》あたりを奪《うば》ひければ、さしもの人々目《め》くらみ力《ちから》すくみて進《すすむ》事《こと》を得《え》ず。猶予《いうよ》して見えけるが、一人気《き》を励《はげま》し立寄《たちより》て手《て》を取《と》れば、其熱《そのあつ》き事烈火《れつくわ》のごとし。

○「淀君行状」7

m顔色変じて朱のごとく、心熱頭上に突出て焔と成り、（後略）

以上、並べてみると一目瞭然で、「桂の方」と「淀君行状」の文章は一致、類似しているところが多くある。とくに日蓮宗の僧侶が「金龍の法」を以て若返りの秘術を行うところは、重なるところが多い。

四―三　挿絵の比較

また挿絵においても、その構図が似通っている。『唐土の吉野』で法華僧の日栄が、大蛇と対する場面の挿絵（巻三、三ウ・四オ）では、右面に日栄が左面に大蛇が描かれ、川岸に立つ日栄が、川波から顕れた大蛇に法力を施そうとしている。『絵本太閤記』の岡田玉山も同じ場面を描き（七篇巻十二、六ウ・七オ）、構図は基本的に同じである。日瞬の表情、荒れ狂う川波、大蛇の迫力とどれをとっても玉山の絵の方がその精緻さと迫真力で勝っているが。

また『唐土の吉野』の挿絵では、施術を受けた後の桂の方の着物が鱗形文様になっている（巻三、十ウ・十一オ）が、『絵本太閤記』の淀君もまた、鱗形文様の衣裳で描かれている（七篇巻十二、八ウ・九オ）。「淀君行状」が「桂の方」の本文を摂取しているとすれば、挿絵の構図も同様に倣った可能性は大きいだろう。

五　「桂の方」は「淀君行状」の典拠か？

以上を踏まえると「淀君行状」の蛇身変化のストーリーは、「桂の方」と関連があることは明らかであろう。しかし、「桂の方」が「淀君行状」の典拠であると断言はできない。そもそも「桂の方」のストーリーは、淀君のイメージをかすめているると思われるので、「桂の方」以前に、淀君を主人公としながら「桂の方」と似た本文をもつ典拠Xを想定することも可能だろう。「淀君行状」は典拠Xを参照したのかもしれない。

『唐土の吉野』の各篇の典拠については全貌が明らかにされているわけではないが、第五話「大隅小平太奸計を以て寡婦を犯す事」が『懐硯』巻五「俤の似せ男」の、第九話「幽霊芭蕉の舞を奏て実誼を告る事」が『怪談登志男』巻二の三「亡魂の舞踏」の、ほぼ丸取りであることが判明しているなど、先行のテキストを利用することが多い。「桂の方」についても、何らかの典拠が予想されよう。

しかし、どちらかといえば、「淀君行状」は「桂の方」を参照した可能性が高いのではないだろうか。それは、「桂の方」の蛇体変化の場面が一種の幻想譚であり、『太閤記』物やそれに連なる実録的読み物には、それが見いだされにくいと考えられるからである。

『絵本太閤記』巻六以降の大きなトピックである朝鮮出兵や、秀次乱行、また利休説話などは、北の方と淀君との対立が底流にあるという解釈で一貫している。その際、淀君の性格を蛇性と結びつけることで、北の方の正しさ、誠実さを、一層際立たせるという構図を実現したのである。淀君を寵愛した秀吉がそもそも悪いという批判に対しても、淀君が実は蛇性だったからやむをえなかったという、秀吉擁護の論理を引き出すことが可能になる。

結果として「淀君行状」の怪異は、『雨月物語』「蛇性の婬」に代表される〈女人蛇体譚〉の系譜に位置づけられることになるのである。

第六章　『摂津名所図会』は何を描いたか

はじめに

秋里籬島が画師とともに制作した『都名所図会』をはじめとする名所図会シリーズは、「絵入の通俗地誌」（朝倉治彦、『日本古典文学大辞典』）「一種の地誌、案内書」（宗政五十緒『上方風俗大坂の名所図会を読む』東京堂出版、二〇〇〇年）、「旅を演出する道具」（西野由紀「先達はあらまほしき――「名所図会」と旅人――」『国文学論叢』第五十二号、二〇〇七年二月）、「総合的なガイドブック」（中尾和昇「『摂津名所図会』の利用法――大田南畝の名所見物」『国文学』第百号、二〇一六年三月）などと言われてきた。そのような側面はもちろん認められるが、それだけにとどまるものではない。名所図会は、絵と文によって、ある地域を、著者と画工の世界観に基づいて織り上げた書物であり、その世界観は、名所図会ごとに異なっているのである。本章は、このような観点から、『摂津名所図会』を検討し、特に絵画に注目して、その世界観を解明する端緒としたい。

一　『摂津名所図会』の絵と画工

『摂津名所図会』は大本九巻十二冊、寛政八（一七九六）年に巻七～巻九の三巻四冊が刊行され、寛政十（一七九八）年に、巻一～巻六の六巻八冊が刊行され、都合九巻十二冊となった。巻頭の序文は惜陰堂主人こと中山愛親であり、序末には「寛政きのえとらのとし（六年）」の年記がある。『摂陽群談』などを主な典拠として、籬島が実際に現地取材もしつつ、詳細な歴史的・地誌的情報を記したもので、後世の地誌に大きな影響を与え、今でも大阪の地名を説明する文章には、『摂津名所図会』を基にしていると思われるものが少なくない。挿絵は竹原春朝斎を主筆として、丹羽桃溪など何人かの画師が補筆している。

寛政十年版『摂津名所図会』の挿絵の点数と、画工の内訳について記すと次のごとくである。なお署名のないものは後述する凡例に従って春朝斎が描いたと解し、続き絵は何丁にわたっていても一点として数えた。

巻一　住吉郡　三十点（春朝斎十・桃溪十八・春泉斎二）
巻二　東生郡　二十七点（春朝斎十・桃溪十七）
巻三　東生郡・西成郡　三十八点（春朝斎二十五・桃溪十・春泉斎三）
巻四　大坂上　三十四点（春朝斎十四・桃渓二十）
巻四　大坂下　二十五点（春朝斎七・桃溪十八）
巻五　島下・島上　二十五点（春朝斎二十五）
巻六上　豊島郡・河辺郡　十八点（春朝斎十一・桃溪七）
巻六下　河辺郡　二十点（春朝斎十七、桃溪三）
巻七　武庫郡・菟原郡　二十四点（春朝斎十三・友汀五・維恵三・春泉二・桃溪一）
巻八　矢田部郡上　十四点（春朝斎七・桃溪四・友汀二・楠亭一）
巻八　矢田部郡下　十六点（春朝斎九・友汀四・春泉二・中和一）
巻九　有馬郡・能勢郡　十九点（春朝斎十二・桃溪五・友汀一・春泉一）

『摂津名所図会』は寛政八年に巻六～九が先行して出版されたが、寛政十年の十二冊版刊行時に、巻七～九の秀雪亭画の全部、友汀・維恵画の一部が桃溪画に差し替えられて上記の結果となった。

以上のように、寛政十年版『摂津名所図会』の挿絵二百九十点のうち、竹原春朝斎が百六十点、丹羽桃溪が百三点と、この二人が大部分を占めた。春朝斎は続き画が多く、面数で数えればもっと多くなる。同書凡例に「寺社の細画は竹原春朝斎の一筆なり。かるがゆゑに姓名印章なし。景物の画に至つてはしからず。これによつて、画面に姓名印章をことごとくしるし侍る」と記すように、寺社・景勝地をはじめとする景観図を春朝斎が描き、人物を活写する風俗図を他の画師（そのほとんどが桃溪）が描くという役割分担となっている。友汀も人物を描くが、軍記を題材とする武者絵が多い。そして、本書においては、『都名所図会』と比べると、人物・風俗・故事画の割合が多いのが特徴である。『都名所図会』の場合、全二百四十九図のうち、人物が大きく描かれる風俗図は四十五図（五分の一以下）にすぎないが、『摂津名所図会』では、三分の一以上に及んでいる。丹羽桃溪一人が画工を務めた『河内名所図会』でも『都名所図会』と同様で、風俗画は少ない。

二　丹羽桃溪

『摂津名所図会』で桃溪は百点以上の絵を描いているが、そのほとんどが人物・風俗を活写する画である。とくに巻一、巻二、巻四に多く、『摂津名所図会』を代表するもの（よく引用される図）が多く含まれる。そのことを考慮すると、桃溪の挿画こそが『摂津名所図会』の特徴を考える材料となるはずである。

丹羽桃溪は、通称大黒屋喜兵衛。島之内木挽北之丁に住み、薬屋を営んでいた。画の師は蔀関月。肥田皓三は「『摂津名所図会』（寛政十年）、『河内名所図会』（享和元年）、『紙漉重宝記』（寛政十年）、『鼓銅図録』（享和元年）の四つは代表作で、『摂津名所図会』と『河内名所図会』の挿画に江戸時代中期の大阪庶民生活の細部を伝え、『紙漉重宝記』と『鼓銅図録』の挿画に近世の紙漉き技術と製銅工程の詳細な写生を残したことは特筆すべき大きな功績である」（『日本古典文学大辞典』「丹羽桃溪」、一九八四年）と述べる。

『摂津名所図会』における桃溪の画は、後述するように『摂津名所図会』のコンセプトと大いに関わっているように思われる。肥田が指摘する「庶民生活の細部を伝える」というのはそのひとつであるが、それにとどまるものではない。

画師としての丹羽桃溪については、高杉志緒が狂歌絵本を中心に、精力的に研究を行っているのが目立つが、（「丹羽桃溪研究序論――伝記研究を中心に――」『福岡大学大学院論集』第六一号、二〇〇四年など）、『摂津名所図会』の挿絵を桃溪画に限定して全体的に考察したものはない。

先述したように、現代風にいえば旅行ガイドブックであり、また臥遊を楽しむための本であるというのが、大方の名所図会観であるが、『摂津名所図会』は、それだけでは説明できない内容・志向を画文で表現しており、そこに桃溪画がことごとく関わっているのである。

三　挿絵に見る『摂津名所図会』の特徴

『摂津名所図会』の桃溪画の中には、次のようなものがあり、これらが『摂津名所図会』を特徴づけていると考えられる。

1　仁徳天皇をはじめとして人物故事説話が絵画化されている。

2　一枚の画面に大勢の群衆が生き生きと描かれている。

3　刊行時点のことばかりではなく、少し前のことが描かれている。

三—①　仁徳天皇ほか人物故事説話の絵画化

『摂津名所図会』巻一の口絵。目次では「春色高台図」と題される、仁徳天皇が高津宮から国見をする場面。「仁徳聖帝《にんとくせいてい》　眺《のぞミ》二高臺《かうたいニ》一　観《みテ》二人烟《じんえんヲ》一　免《ゆるス》二課役《くはやくヲ》一」と漢文で説明される、見開き図となっている。高津宮を左に描き天皇が高台から民の竈に烟の立ち上るのを観ている。右上方には船の集う難波津が、宮廷の庭には二羽の鷺が、左下には年貢を納める民の姿が描かれるという、国見説話を巧みに示す構図になっている。また右上には『古今和歌集』序に載る「なには津にさくやこの花冬ごもり今は春べとさくやこの花」を引くが、これが「春色高台図」と題される所以であろう。

「難波高津宮」の仁徳天皇に関する本文は異例に長く、その中には有名な菟道稚郎子との帝位互譲の話や、国見聖詠の話が『日本書紀』らに基づいて記される。さらにその他の様々なエピソードを織り交ぜ、仁徳天皇伝の趣をなしている。そのエピソードからいくつかを選び、桃溪の画も「春色高台図」を含め、四図に及ぶ。いずれも故事説話自体を絵画化したものである。摂津という国が仁徳天皇からはじまったという印象付けの意図は明らかである。

ちなみに『都名所図会』は内裏、『江戸名所図会』は「武蔵」「江戸」「江戸城」（つまり将軍）が巻頭である。いずれも、都市のアイデンティティとして重要な事項を冒頭に位置させた。が、『摂津名所図会』の場合、それは大坂城ではなく、高津宮であり、仁徳天皇なのである。先行の『摂津志』『摂陽群談』はこのような形をとっていない。籬島名所図会の天皇中心主義については後述する。

名所図会が天皇のゆかりの地域であったことの宣言からはじまることは、中山愛親の序文とも呼応している。

序文の前半をあげておこう。

おほやまとよあきつしまのなか、いつつのうちつくには、すめらみことのみやほどちかく、いともかしこし。そがなかにもなにはづは、かみやまといはれのすめらみこと、あまつひつぎをひろめのべむとて、みいくさひむがしにゆきて、このみさきにいたりまししときに、はやきなみありて、なみはやのくにとなづけけむ。くにぐにのみつぎもの、あをうなばらにさほかぢほさず、ちふねももふねつどひあつまるみなとなり。すみのえのおほむかみはおきながたらしひめのすめらみことのみついてにしたがひ、おほつのぬなくらのながを、かのみさきにしづまりましてより、いまもおほむまもりあらたにいちじるく、おほささぎたかつのみやはひじりのみかどのおほむうつくしみ、たみのかまどのけぶり、いまこそにぎはふ。

『日本書紀』に基づく天皇中心史観で摂津国の成り立ちを説明している。「おほさざぎたかつのみや（大鷦鷯高津宮）」は仁徳天皇が作った高津宮であり、民の竈から煙が立たないのを嘆き、三年間課役を免じ、宮殿の壊れを修理せずに、民を慈しみ、遂に煙の立つに至った仁政の故事を踏まえている。それがいまも浪花の賑わいの元になっているということを叙べているのである。

中山愛親は江戸時代後期の公家で安永三（一七七四）年に権大納言、天明二（一七八二）年九月に議奏となった。光格天皇が生父閑院宮典仁親王に対して太上天皇の尊号を宣下しようとしたいわゆる尊号事件のため、寛政五（一七九三）年正月幕府の訊問を受け、結果蟄居を命ぜられた。この事実を元に実録「中山大納言」物が流行する。愛親が『摂津名所図会』の序を記すのは蟄居が解かれた直後のことだった。中山愛親は寛政五年の本居宣長の上京の際に、講義のため宣長を招いた数少ない公家である中山忠尹の父であり、宣長の講義も聴いていた可能性が高い。序は多く『日本書紀』を援用しながら、摂津国の沿革を、神話的（皇国的）に説明し、仁徳天皇の徳によって現在の賑わいがあると定位している。

籬島の著した名所図会には公家が序文を書くのが通例であり、そのことも関わるだろうが、基本的に天皇中心に構成されているように思われる。たとえば、『都名所図会』（安永八〈一七七九〉年）では内裏之図、『拾遺都名所図会』（天明七〈一七八七〉年）では公卿拝賀参内体、『大和名所図会』（寛政三〈一七九一〉年）では国栖《くず》の奏という宮中行事、『東海道名所図会』（寛政七〈一七九五〉年）では小朝拝、『都林泉名所図会』（寛政十一〈一七九九〉年）では神泉苑が巻頭に描かれている。千葉正樹『江戸城が消えてゆく――「江戸名所図会」の到達点』（吉川弘文館、二〇〇七年）にも同様の指摘がある。さらに言えば、『都名所図会』には二条城が立項されず、『摂津名所図会』には大坂城が立項されないのも、偶然ではないだろう。

人物故事を絵画化している他の例を挙げる。巻二に兼好法師が阿閉野《あべの》の命婦丸の故郷で筵を織るのを手伝う図がある。巻三に江口の遊女と西行の出会いの場面が描かれ、巻六では応神天皇時代に呉服穴織《くれはあやは》の二女が渡来して錦を織ることを教えたという話柄が絵画化されている。つまり、景観・風俗だけではなく、名所に関わる人物イメージを描くことがあるということになるが、このように、人物故事説話そのものを絵画化することも、『都名所図会』にはみられなかったものである。

もっとも人物故事説話は、『摂津名所図会』に先立って刊行された『住吉名勝図会』や『大和名所図会』には、見られるものであり、その前例に倣っている。『住吉名勝図会』の凡例には、「巻中の絵に、現在を画くあり、過去を画くあり、文によりて画くあり、古歌によりて画くあり、画に寄りて画くなり」とある。

兼好法師の挿絵（四十三ウ・四十四オ）には、次のようなキャプションが付いている。

吉田の兼好法師《けんかうはうし》は乱《らん》をさけて阿閇野《あべの》の命婦丸《みやうぶまる》が故郷《ふるさと》に寄《やど》り、筵《むしろ》を織《おり》て業《なりはひ》を扶《たす》くるは楚詞《そし》に「六気《き》を喰《くら》ふて沆瀣《かうかい》を飲《のむ》」と書かれ、陸《りく》法師が、「道徳《どうとく》を父とし神明《しんめい》を母《はは》とし大和《くわ》を友《とも》とすれば自然《しぜん》の福《さいはひ》を興《おこ》す」、といひしも此兼好師《このけんかうし》の道徳《たうとく》にも比《ひ》せんや。

兼好《けんかう》の織《おら》れしむしろ今あらばむしろ目のある大判《おほばん》とぞる（ママ）

ちなみに本文には五十二丁表に「兼好古蹟」の見出しのもと、天下茶屋村の里長からの聞書をふまえて「天下茶屋村の内今の街道より二丁許東に丸山といふところあり。これ其旧蹟なりとぞ。印に石の宝塔あり」と記したあと、『扶桑隠逸伝』の兼好条を引用しているのみで、挿絵に描かれた挿話には触れていない。兼好の挿絵とも八丁後ろである。つまりこの兼好の筵織りの図は唐突にあらわれる印象がある。

本説話は兼好俗伝・兼好説話で知られる話柄であるが、「命婦丸」ではなく「命松丸」とするものがほとんどであり（『兼好諸国物語』など）、『摂津名所図会』の参照したものを特定できない。本説話の元とされる伝三条西実枝『崑玉集』も「命松丸」としている（青木賢豪「『崑玉集』の紹介」『古代中世文学論考　第四集』新典社、二〇〇〇年）。「命婦丸」は『摂津名所図会』から広まった名だと思われる。ちなみに本文（「兼好遺蹟」）には、この説話に関する言及はない。インパクトのある兼好の筵織りの絵は古典的世界に繋がる回路としての、人物故事説話の絵画化である。

巻三では、西行が江口の遊女に会った説話が絵画化されている。この説話の元は『新古今和歌集』巻十羇旅歌（九七八・九七九）。「天王寺に詣で侍けるに、俄に雨ふりければ、江口に宿を借りけるに、貸し侍らざりければ、よみ侍りける」の詞書で「世の中をいとふまでこそかたからめかりの宿りをおしむ君かな」と詠みかけた西行に対し、遊女妙が「世をいとふ人としきけばかりの宿に心とむなと思ふばかりぞ」と返す知的な贈答歌である。本挿話は『西行物語絵巻』や『撰集抄』にも見え、謡曲「江口」の題材ともなって広く知られていた。『西行物語絵巻』や版本『西行撰集抄』の挿絵とは異なる構図で桃溪は描いた。西行とわたりあう知的な尼を可視的に描き、摂津の、古典的世界と結びつく文化度をアピールしているのである。

三—②　群衆の活写

『摂津名所図会』に先立って刊行された籬島の『住吉名勝図会』（寛政六〈一七九四〉年刊）の凡例には「画によりて画くとは、俗のいはゆる絵そら言にて、さもなきこともおもしろくゑがき、さびしきをも賑はしく画きなす。これまた絵の本意なり」と注目すべき言があり、『摂津名所図会』を考える際にも参考になるだろう。

『摂津名所図会』には群衆を活写する挿絵が多く、これは他の名所図会にない特徴と言える。巻二の四天王寺六時堂の修正会、天王寺庚申参り、勝曼阪毘沙門祭り、巻三の難波午頭天王綱引、寺島新艘船卸、秋興沙魚釣、巻四の八軒屋、東堀十二浜の楽車、天満の青物市、堂島の米商い、上難波仁徳天皇宮神輿渡御、順慶町井戸辻夜店、御津八幡祭の女伶風俗、道頓堀夜の顔見世、道頓堀歌舞伎戯場、新地の大相撲、雑喉場魚市、巻六の箕面富・伊丹の酒造、巻九の有馬温泉明神祭などが、一枚に数十人以上の人物を一人一人の表情も捉えて描写している。とくに大坂の町中に当たる巻四にその場面が多く描かれているが、その凡例には「大坂市街に神廟仏刹多からず。因レ茲諸社の祭式、あるひは朝市夕市の繁花、又は新艘の船おろし、出帆帰帆、河口の風景を図しあらはす」とあり、籬島自身、本名所図会の特徴として打ち出していると考えられる。

群衆を描くのは桃溪の得意としたところであったか、『絵本拾遺信長記』（初編は享和三〈一八〇三〉年）で画を担当した桃溪は、戦闘場面に多くの兵士が群集する場面を多く描いている。しかし、『摂津名所図会』の群衆の活写は、後述する凡例から考えて、大坂を「賑わう町」として打ち出そうとした籬島の執筆意図が桃溪に伝えられた結果であろう。それは、先に述べた、「仁徳天皇が作った都」のイメージとも重なる。中山愛親の序にあるように難波津は仁徳天皇が慈しんだ「たみのかまどのけぶりいまもにぎはふ」都なのである。

キャプションにもそのことが明示される。巻二の「天王寺庚申参り」の挿絵には、「天王寺庚申まいりを見てよめる／遠近のたれもねがひをかのへさるおほくの人をよぶことりかな」とおそらくは籬島の狂歌が記される。巻四の「八軒屋」では「豊太閤御在城より市中となりて、京師上下のゆきき、夜の船昼の船出づるあり、着くあり。群れ来る人の絶え間もなく、賑はしき事ならぶ方なし」という文があり、賑わしさが強調される。同じく巻四の「天満市」では「常に朝毎に市あり、また毎年極月二十四日の夜には紀国より多く積み上せるみかんをここにて市をなすこと稲麻の如く、諸人群をなす、市の繁花たる首長たるべし」と、市の繁華を活写し、「御津八幡祭女伶《じょれい》風俗」では蘭更の「夏祭り人も潮のわくがごと」の句を載せている。さらに以下は、仁徳天皇の国見を踏まえた中山愛親の序と呼応していると思われる例である。巻四「道頓堀夜顔見世」では、班竹の「顔見せや民の竈に雁《がん》を煮る」が明らかに国見を意識している。同じ巻の「新地大相撲」では、「大相撲は毎年三ヶ津《さんがのつ》にあれども、殊に賑はしきは難波新地の大ずまふなり」と言い、「雑喉場朝市」では「朝毎にいろいろくづのあつまりて市にぎはしうたつの都か」という虹丸の狂歌を載せている。

以上を鑑みると、大坂市中の巻では、群衆を描くことが多く、挿絵の説明や詩歌に「賑わい」を示すことが多い。その群衆図を描いたのは全て桃溪であった。

三―③　少し前の時代の人物風俗の絵画化

最後に、『摂津名所図会』刊行時点ではすでに見られないはずの情景を絵画化している例を二例考えてみる。

いずれも桃溪画である。

巻一には平野含翠堂における伊藤東涯の講義の図がある。この図は有名なものである。本文には伊藤東涯の撰んだ「含翠堂記」も引用されている。しかし東涯の没年は元文元（一七三六）年であり、寛政十年から遡ること六十二年である。もともと時代の著名人を描くこと自体異例であるが、なぜ眼前で観たわけでもない東涯講義図を描いたのであろうか。本文には、含翠堂創設に尽力した平野の名士土橋友直の貢献を詳細に記し、度々の飢饉時に窮民を救うなどの善行を記し称え、「今に至って相続し、かはらぬ松の色とこしなへに朽ちずして、聖教を学び、呉竹の世々に伝ふべきよしを」土橋宗信らが細々と記し置いたのを伝え聞いて記したと述べている。一方で、大坂町人の代表的な学校である懐徳堂には触れることがない。『摂津名所図会』刊行時点で、懐徳堂は官許化されていたことが関わっているかもしれない。それにしても他の名所図会でもこのような私塾の紹介は異例である。現時点では全くの推測に過ぎないが、土橋家の籬島らに対する饗応の見返りの可能性もあるだろう。町人が学問を重んじ、みずからの財力で京都の有名学者を招くほどであったことを描くことで、摂津の繁栄を示そうしているのではなかろうか。

巻四、竹田近江のからくり芝居の挿絵は、阿蘭陀人が立ったまま演芸を凝視しているのを「阿蘭陀が足もかがまぬ目で見れば天地も動く竹田からくり」と評した狂歌が添えられる。そのからくりの演目は、「船弁慶」と「諫鼓太平楽」のようである。しかし『摂津名所図会』の刊行年より三十年前に竹田芝居は閉場されていたという（『国史大辞典』「竹田芝居」）。つまり挿絵は、制作者の実見したものではなく、何らかの資料を参考にしたものと思われる。山田和人『竹田からくりの研究』（おうふう、二〇一七年）を参考にすれば、『璣《からくり》訓蒙鑑草』（享保十五〈一七三〇〉年）・『機関竹の林』（刊年不明）あるいは『機関《からくり》千種《ちぐさ》の実生《みばえ》』（宝暦から明和ころ刊）らが考えられる。また、これを阿蘭陀人が観ているという構図は『拾遺都名所図会』（天明七〈一七八七〉年）巻四の二軒茶屋の豆腐切りを見物する阿蘭陀人の構図を再利用したものだろうか。

結語

以上、桃溪挿絵にみられるパターンのいくつかについて、実例を挙げて述べてきた。これらの特徴は、いずれも、京都にも、大和にもない、大坂の特徴を打ち出すための工夫であるという点で通底するものがある。一言で言えばそれは「仁徳天皇の徳によって、今日まで繁盛し、にぎわう町」という大坂のイメージを打ち出すためのものである。仁徳天皇の記述と絵画化に紙幅を割いていることや、群衆を描くことで賑わいを現前化することは言うまでもないが、兼好や西行らが関わった地であることをことさらに視覚化することで、古典世界と結びつく文化的な地であることを印象づける意味もある。大坂の地の賑わいが、商いに基づくことも、多くの挿絵によって感得できるし、富を蓄積した民が学問を嗜み、芝居や見世物を愉しんだことも、そのもっとも象徴的な場面を、あえて時代を遡ってでも描くことで、読者にアピールしているのである。

そのためには、市井に住み、その賑わいを肌で知る画師の起用が必要であった。桃溪は『摂津名所図会』のコンセプトを実現するために撰ばれた画師だったのである。

初出一覧

序論

「十八世紀の文学」（飯倉洋一編『近世文学史研究　二』ぺりかん社、二〇一七年六月）

第一部　江戸産仮名読物の誕生

第一章　「解題」（飯倉洋一校訂『叢書江戸文庫⑬　佚斎樗山集』国書刊行会、一九八八年十月）

第二章　「常盤潭北論序説――俳人の庶民教化」（『江戸時代文学誌』第八号、柳門舎、一九九一年十二月）

第三章　「『作者評判千石篩』考」（『日本文学研究ジャーナル』第7号、古典ライブラリー、二〇一八年九月）

第二部　「奇談」書という領域

第一章　「近世文学の一領域としての「奇談」」（『日本文学』六十一巻十号、日本文学協会、二〇一二年十月）

第二章　「奇談から読本へ」（中野三敏編『日本の近世12　文学と美術の成熟』中央公論社、一九九三年五月）

第三章　「浮世草子と読本のあいだ」（『國文学』第五十巻六号、學燈社、二〇〇五年六月）

第四章　「「奇談」の場」（『語文』第七十八輯、大阪大学国語国文学会、二〇〇二年五月）

第五章　「「奇談」史の一齣」（伊井春樹先生御退官記念論集刊行会編『日本古典文学史の課題と方法』、和泉書院、二〇〇四年三月）

第三部　〈学説寓言〉の時代

第一章　「怪異と寓言——浮世草子・談義本・初期読本——」（『西鶴と浮世草子研究』第二号、笠間書院、二〇〇七年十一月）

第二章　「前期読本における和歌・物語談義」（飯倉洋一編『近世文学史研究　二』ぺりかん社、二〇一七年六月）

第三章　「大江文坡と源氏物語秘伝——〈学説寓言〉としての『怪談とのゐ袋』冒頭話」（『語文』第八十四・八十五輯、大阪大学国語国文学会、二〇〇六年二月）

第四章　「上方の「奇談」書と寓言——『垣根草』第四話に即して——」（『上方文藝研究』第一号、上方文藝研究の会、二〇〇四年五月）

第五章　「王昭君詩と大石良雄——『新斎夜語』第一話の「名利」説をめぐって」（『語文』第百五輯、大阪大学国語国文学会、二〇一五年十二月）

第四部　仮名読物の諸相

第一章　「怪異語り序説——前期読本への一視点」（『国語と国文学』第百巻第十一号、東京大学国語国文学会、二〇二三年十一月）

第二章　「「菊花の約」の読解」（浅見洋二編『テキストの読解と伝承』、大阪大学大学院文学研究科広域文化表現論講座共同研究成果報告書、二〇〇六年三月）

第三章　「尼子経久物語としての「菊花の約」」（横山邦治先生叙勲ならびに喜寿記念論文集編集委員会『横山邦治先生叙勲ならびに喜寿記念論文集　日本のことばと文化　日本と中国の日本文化研究の接点』渓水社、二〇〇九年十月）

第四章　「濫觴期絵本読本における公家・地下官人の序文」（『江戸文学』第四十号、ぺりかん社、二〇〇九年五月）

第五章　『絵本太閤記』「淀君行状」と『唐土の吉野』」（『語文』第百十四輯、大阪大学国語国文学会、二〇二〇年八月）

第六章　「『摂津名所図会』は何を描いたか」（『上方文藝研究』第十八・十九号、上方文藝研究の会、二〇二二年二月）

いずれの論文も加筆修正をしている。

あとがき

『仮名読物史の十八世紀』と題する本書は、私なりの文学史の構想を元にした諸論を集成したものである。「仮名読物史」を名乗るほどの体系性も網羅性もないという批判は当然受けなければならない。ただ私の行ってきた研究をまとめようとすると、従来の文学史の枠組では説明がつきにくく、新たな枠組を必要とした。その枠組での〈文学史〉を書くにはもちろん力不足であるが、その構想を提示しておくことは私にとって必要だったのである。今、とても豊かとは言えない自分の研究人生を振り返りながら、本書所収のいくつかの拙論の成り立ちについて述べておきたい。

九州大学文学部に入学当初、私は西洋史学（ヨーロッパ中世史）を志したが、語学力があまりにも貧困で、一年間語学の勉強をしようと教養部で留年、しかし留年中に『教行信証』を読んだことから、日本中世仏教に興味を移し、仮名法語を卒論で取り上げようと思って、国語学国文学研究室に進学した。私は国文学研究室にどういう先生がいるかも知らず、調べもしなかったのである。進学して一年もたたずに中世文学を断念した。

国文学研究室は『源氏物語』研究の権威である今井源衛教授と、近世文学研究の中野三敏助教授のお二人がスタッフだった。私は今井先生を心から尊敬していたが、中古文学を研究しようとは思わなかった。高校の時の古典の苦手意識が尾を引いていたかもしれない。一方で近世の戯作にも食指は動かなかったが、中野先生の授業に垣間見える思想史的な部分に惹かれ、また実に多様な近世文学の世界に「何か面白いことがあるに違いない」と直観して、近世文学を専攻することにした。卒論は秋成の国学・史論を取り上げた。

大学院に進学して勉強はしていたものの、近世文学の研究の目的や方法を見出せずにいた。モチベーションが湧かなかったのである。別の専攻の同級生と集まって哲学書の読書会はしていた。中野先生はよく、秋成研究者の多くは秋成しか読んでいないからね、と言われた。私もそうであることを先生は見抜いていたが、私は不肖の弟子であり続けた。

助手を務めていたころ、国書刊行会の『叢書江戸文庫』の企画があり、編者のお一人の高田衛先生が、その一冊『佚斎樗山集』の校訂を中野先生に依頼された。中野先生は、その仕事を私にやってみよと回して下さった。翻刻のお手伝いではなく、校訂者として責任を担うものだった。中野先生の教育的配慮があった。解題を書くに当たって、樗山の刊本を見られるだけ見ようと自分なりに目標を立てた。これを契機に私は、テキストは活字ではなく原本で読むべきこと、そして何より秋成以外のテキストの面白さに少し目覚めた。第一部第一章は、『佚斎樗山集』解題をベースとしている。

樗山の版本を数多く実見するうちに、樗山の作品を刊行した主要な版元のひとつ、西村源六の蔵版目録を何度も目にした。そこに樗山と並んで掲載されていたのが常盤潭北の著作であった。潭北については、従来文学研究の立場からの研究はなかった。私は、中野先生の人物研究を真似て、潭北を対象に調査を行うことにした。文学史と思想史の融合を漠然と目指していた私にとって、潭北は恰好の標的である。伝記研究では言うまでもなく、その人物のお墓や御子孫を訪ねることが鉄則だった。栃木の烏山の善念寺や潭北の御子孫を訪ね、またゆかりの人々を紹介していただいき、はじめてフィールドワークのようなことをした。その成果をまとめたのが第一部第二章の「常盤潭北論序説――俳人の庶民教化」であった。本論で、私は思いがけず若手俳文学研究者対象の柿衞賞を受賞することになり、その流れで享保俳諧に関することを書いたこともあった。

樗山と潭北の著作が揃って当時の書籍目録の分類で「奇談」書とされることに興味を持ちはじめたころ、中野先生の編集になる中央公論社の『日本の近世12 文学と美術の成熟』（中央公論社、一九九三年）に、読本成立論の一章を書かせていただけることになり、宝暦四（一七五四）年の書籍目録の「奇談」書を通覧、「奇談から読本へ」と題して、初めて「奇談」論を書いた（第二部第二章）。科研をとって「奇談」書の研究を明和九年書籍目録にも拡げ、研究発表や論文執筆を少しずつ重ねていき、遅々たる歩みながら、「奇談」書を視点とする近世中期散文文芸史を構想するに至った。

山口大学から大阪大学に転じ、はじめて参加する大阪大学国語国文学会で新任教員として講演をしなければならなかったが、そこでは秋成ではなく〈「奇談」の場〉のはなしをさせていただいた。それを活字化したのが第二部第四章の基になった論文である。大阪大学では、学界をリードする素晴らしい同僚に恵まれ、様々に刺激を受け、研究の視野を拡げることができたことに感謝している。中古文学の伊井春樹先生の御退職にあたって教え子の皆さんが企画した論文集にもお声がけいただいた。そこではじめて「奇談」書一覧を作成し、「奇談」史の基盤整備をした。それが第二部第五章である。

「奇談」書の中でも、〈学説寓言〉と造語した、和歌や古典の談義を含む作品に興味を持つようになった。それについて考えた諸論を収めたのが第三部である。中でも記憶に残るのは、〈学説寓言〉の語を初めて使用した、第三章の『怪談とのゐ袋』についての論である。神谷勝広氏に、「内藤記念くすり博物館に秋成の資料があるから見に来ませんか」と誘っていただき、自家用車で連れて行ってもらった。秋成関連の資料を堪能したあと、少しだけ時間があったので、大量の和本が並べられている書庫を見せていただいた。帙の背に書かれた書名を眺めながら歩く感じだったが、ほぼ見終わろうとするとき、『源氏物語三箇大事』という書名が目に入った。何かを感じたのか、手に取って中身を確認したのはその一点だけだった。なぜ源氏の秘伝書のような本を見ようと思ったのか、今でもよくわからない。その奥書を見て驚いた。大江文坡の自筆で、彼が似雲から源氏物語などの伝受を受けたことが記されていたのである。全くの新事実に興奮を抑えきれなかった。その縁もあって、神谷氏にお招きいただいた同志社大学国文学会では、この資料を話題に講演させていただいた。この論文は、先師の『江戸狂者伝』（中央公論新社、二〇〇七年）に収められた「文坡仙癖」で言及していただき、万分の一の恩返しが出来たようで嬉しく思った。

二〇〇一年以降、本書所収の論考を成すにあたってお世話になった研究会は主として三つある。廣瀬千紗子氏が世話人をされ、濱田啓介先生を顧問格に、同志社女子大学を会場として行われていた京都近世小説研究会、大阪大学のOBと大学院生をコアメンバーとする上方文藝研究の会、そして大阪大学で月例研究会として行っていた上方読本を読む会である。また大高洋司氏を研究代表者とする科研プロジェクト「近世後期江戸・上方小説における相互交流の研究」に参加させていただいたことも有り難かった。これらの研究会で学んだ成果が、第三部・第四部の各論文である。とりわけ第三部第五章の『新斎夜語』論、第四部第五章の『絵本太閤記』論は、上方読本を読む会のテキストであった。また第四部第四章は、大高プロジェクトの成果論集に相当する雑誌特集号に書かせていただいたものである。

第四部には、「菊花の約」論二編を入れた。拙論に対して、木越治氏から厳しいご批判をいただき（『上田秋成研究事典』笠間書院、二〇一六年一月）、それに対する反論を書き（『リポート笠間』六〇号、二〇一六年五月）、それへの再反論もいただいた（『笠間リポート笠間』六一号、二〇一六年十一月）。私が経験した唯一の活字での公開論争であるが、その相手が木越治氏であったことは幸せであった。拙論には空井伸一氏からもご批判をいただいている（『国文学の批判的考察』文学通信、二〇二〇年）。論文が批判の対象となることは研究者冥利に尽きることである。第四部第六章の『摂津名所図会』論は、上方絵本読本の様式を遡ると名所図会にいきつくことから関心をもったことによるが、一方でハイデルベルク大学のユディット・アロカイ氏と「日本のデジタル文学地図」という共同プロジェクトを行っていることとも関わる。この論文は絵入本ワークショップで発表させていただいた内容を元にしている。以上、振り返ってみれば、多くの方とのご縁があって、本論集が成ったことに改めて思い至る。その全ての方に感謝の念を捧げつつ、筆を擱く。

二〇二四年夏　ハイデルベルク大学のゲストハウスにて

著者紹介

飯倉 洋一（いいくら よういち）

1956年、大分県生まれ。九州大学大学院文学研究科博士課程中退、博士（文学）（九州大学）、大阪大学名誉教授。専門は日本近世文学。

著書：『秋成考』（翰林書房、2005年）、『上田秋成 絆としての文芸』（大阪大学出版会、2012年）。

校訂：叢書江戸文庫⑬『佚斎樗山集』（国書刊行会、1988年）、江戸怪談文芸名作選 第二巻『前期読本怪談』（国書刊行会、2017年）

編著：『アプリで学ぶくずし字』（笠間書院、2017年）、『文化史のなかの光格天皇 朝儀復興を支えた文芸ネットワーク』（共編、勉誠出版、2018年）、『真山青果とは何者か？』（共編、文学通信、2019年）。

監修：『近世文学史研究二　十八世紀の文学』（ぺりかん社、2017年）ほか。

装丁——鈴木 衛

仮名読物史《かなよみものし》の十八世紀《じゅうはちせいき》

2024年11月20日　初版第1刷発行

著　者　飯倉 洋一

発行者　廣嶋 武人

発行所　株式会社 ぺりかん社
〒113-0033　東京都文京区本郷1-28-36
TEL 03(3814)8515
http://www.perikansha.co.jp/

印刷・製本　閏月社＋モリモト印刷

Printed in Japan

ISBN 978-4-8315-1678-7